U0727257

重建

CHONG JIAN

重建中文之美

百花洲 杂志社 选编

百花洲文艺出版社
BAIHUAZHOU LITERATURE AND ART PRESS

《重建中文之美》丛书
编委会：

主编：姚雪雪
编委：胡青松　游灵通　朱　强
　　　赵　霞　张诗思

目 录

contents

与灰尘斗争到底

赵柏田

与灰尘斗争到底

A

一天不收拾屋子里就到处都是灰尘。它们占领地板，茶几，电视机柜，沙发，书架，电脑桌，唱片架，餐桌，椅背。它们躲在床底下。躺进翻开一半的书里。它们钻进电脑机箱后面的电线接口，落在收录机的卡座上。甚至电话机按键和电脑键盘中间的凹槽也有着它们微小的颗粒。空气无处不在，它们就无处不在。它们是空气的伴生物。它们就是空气。灰尘的主要成分：皮屑，头发，体毛，烟灰，衣服上磨损的纤维。最主要的是皮屑。

它们聚成蓬松的一团，像个小绒球，坚果那样大小，行走时的气流都能带动它们飞起来。冬天，我干燥的皮肤好像不断地在掉皮屑。可是掉得再怎么多也不会生长出这么多的灰尘啊。它们又是从哪儿长出来的？难道它们会裂变，会自我复制和繁殖？每天早上，拉开窗帘，阳光射进屋子时就到处都是尘埃，飞扬着，盘旋着。其实它们一直都在，只是早晨斜射的光线把它们彰显了出来。我被尘埃包围着，被昆虫一样飞舞的尘埃包围着。嗓子眼堵得慌。我抖动衣裤，拍打床单，它们全都飞起来，飞起来。我的屋子就像一个装满了灰尘的大集装箱。总有一天，它们会湮灭我的呼吸。我一遍遍地擦拭。钟点工走了我就自己干。湿拖把，抹布，吸尘器，全用上了。我伏在地板上，像一只笨拙的树熊，擦呀擦。直到地板像一面镜子能照出我的脸才歇手不干。可是我一转身，它们像雨后树林里的蘑菇一样又长出来了。它们是怎么长出来的，就在我转身的一瞬间里？这微小的过程我从来没有看到。我成天战战兢兢，眼睛像探测器一样在地板上移来移去，发现一星灰尘的颗粒就伏下身子赶紧把它们擦去。我成天干不了别的事，与灰尘的斗争就是我一天的工作。我在屋子里走来走去，从一个房间到另一个房间，从一扇门出来推开另一扇门。一个电话打进来，你在干什么？我说。我在擦灰尘。第二个电话打进来，你在干什么？我在擦灰尘。第三个电话，我还是说，我在擦灰尘。再也没有电话了，一整天里，电话就像一个哑巴一样坐着。我也坐着，不说话，不抽烟，不想事。天色向晚，屋里的光线一点点暗去，桌子下面的脚好像被灰尘埋住了，动一动都很沉。我看着桌子下面我的脚，它们已经被黑暗截断。我抚摸着它们，就像抚摸消失了的一段生命。死去的一段时光。

B

下午三时起，对面五楼，那个男子的手就不住地在窗户上抹呀，抹。他是在擦玻璃窗。看不见他的脸，也不知道他做着这事是一副什么样的表情，只有一只戴着蓝色绦棉袖套的手在不住地抹呀抹。在我与他之间，我目测有三十米的平行距离。三十米的空气后面，是不锈钢防盗窗的棂条，再是铝合金窗。这是可以用肉眼看到的；那些看不到的，其距离就不是可以用米来计量的了。穿过这个下午阴沉的空气，我的目光捕捉到了一只手在窗玻璃上的移动：从上到下，自左往右，从顶部的气窗到下面的窗档和窗台，如是循环不止。那只手，他移动着，擦过来，又抹过去，有时轻缓，有时滞重，就好像是一具另有着灵性的生命。再后来，窗子开了一条小缝，这只手不耐烦地伸到了外面擦拭。窗玻璃上映出了这只手的影子。现在我的视野里，出现了两只擦玻璃窗的手。一只是真实的，一只是它的影子。我可以想象擦玻璃窗的男子此时的身姿是努力前倾着的，踮着脚，头颈偏向另一边，他这个姿势好像要把自己的身子整个的送到窗外去。这是一个非常吃力的姿势，这个动作所呈现出的力度是迟缓的、坚韧的，一点一点蚀入到筋骨里去。十分钟，二十分钟，三十分钟，这只手还在窗玻璃上抹呀，抹。在我写下这些字的时间里，这个男子，已经从这个房间走到那个房间，那只戴着蓝布袖套的手也从这扇窗户移到了另一扇。我突然止不住好奇，这个男子，他是谁？钟点工？下岗工人？退休教师？一个有些微洁癖的居家男人？这个同灰尘斗争着的男子，他一天天地抹呀，抹呀，就像一个殡仪馆里的工人，不住地擦拭着死者的脸。生命一日一日，就这样子抹掉了。抹掉了。我现在这样看着他，我敢断定，他也看着我。他看着对面窗口的那个男子，一会走动，一会抽烟，一张脸慢慢地被升起来的暮色销蚀掉。

瘤

　　它生长在腰与臀之间，缓慢地生长了三年。肌肤上一个轻微的隆起。手指触去，它会轻微地滑动，像皮肤下一只奔跑的幼鼠。它是怎样像种子一样生长的？我不知道。我知道它的时候已经大如一颗豌豆。再后来，长成一颗鹌鹑蛋大小。我想象它最初的生长，就像一滴雨的形成。开始是一粒毒素的尘埃（生活将在我身上积淀多少毒素），一天天地，周围集结了越来越多的纤维和脂肪。它在我睡眠时生长。在我谈话时生长。直至有一天，我无意中隔着裤子摸到了它。有点麻。痒。还有点，恐惧。当然这恐惧很快被打消了。在第二人民医院工作的三皮告诉我，这个叫瘤的体表突起，在医学上叫囊肿，皮脂腺囊肿。你可以不必理会它。它基本上是无害的。这又让它在我的身体上成长了三年。这三年，我与它相安无事。尤其开始一段时间，我几乎忘记了它的存在。按理说，我们可以长期友好相处，犯不着上医院挨上一刀去切除它。可我最终还是上了医院。因为不管怎样说，平滑的肌肤上长出这么一个突起之物毕竟不是好事。它让我好长时间不敢进公共浴室（在我们这个南方小城，冬天洗澡只能上这样的公共浴室），夏天不敢上游泳场，大热天气里不敢赤膊。我怕听到这样的惊叹语气：啊，一个瘤！还受不了一次次这样的关心：哦，没事吧？不会再大了吧？

　　当他们用这样的语气跟我说话的时候，我就意识到自己成了一个病人。我就恨不得有一把闪亮的手术刀切除它，也切断他们杂乱的视线。自觉远离他们，成了我唯一能做的。可是我还是受不了。受不了他们关于此疾病的种种的揣测。这些揣测不外乎以下这些：一、尚无证据表明它会传染，但还是不能掉以轻心。二、这种疾病或许是遗传的，或许是器质性病变，如果是后者，此人的生理和心理都有问题。三、不排除以下种种心理问题的可能：这是一个心理时常受挫的人。一个不能发泄自己的人。一个遭受压抑的人。更有可能是一个经常压抑自己的肝火和性欲的人。四、五、六……我终于挑选了冬日里晴朗的一天上医院去切除它。我必须去切除它。CT拍照显示，1.60×1.30。这是它在我体内所占的空间。微小。

椭圆。可是我感觉它几乎占去了我全部的生活天空。光标在底片上滑动，在晦暗不明的身体内部滑动。骨骼。体液。脂肪。纤维。三皮说，你看，它是透明的，肯定是脂肪瘤，对对，就是囊肿，没大问题，其实你不必急着在冬天切除它，冬天气候干燥，刀伤缝合起来慢得多。可是我已经等不及了。我几乎是逼着三皮立即给我找一个外科大夫。十分钟后，我躺在了外科诊疗室的一张简易病床上。衣服上拉，裤子下拉，腰臀之间的这一圈皮肤裸露在了空气中。两分钟后，皮肤感到了酒精棉花擦拭的沁凉。

局部的麻药针让我感到身体的这一部分不再是我的。五分钟后，我听到了皮肤割开的嗖嗖声。手术刀。镊子。小剪刀的咔嚓声。酒精棉花。金属托盘的叮当声。再过十来分钟，围着我的医生走开了。整个过程就这样不到二十分钟。我被嘱咐再在这张小床上躺半小时，待麻药的药性过了再起来。可是他们一走，我就迫不及待站起身，拉上裤子，整好衣服走出了诊疗室。一会儿我就来到医院门外的和义路上。我看着姚江公园里像哲学家一样散步沉思的病人。看着河水。靛青的河水像冻住了。我看着河对岸的槐树路。那里没有车，也没有人。只有靛青色的天空，压着江岸细弱的柳树。真是个寒冷的冬天。

上坡·下坡·单车

解放桥开始整修了，施工队在烧电焊，焊花落进了桥下的河里。桥的两端用天蓝色的玻璃钢瓦设置了路障，车辆不能通行，行人也不能通行。每天清早，我都要为怎样去河对岸的银行大楼犯愁。那里有我办公的一张桌子。隔着河，土灰色的银行大楼看上去是那么近，可是要进入这个城堡却大费周折。去银行大楼有两种走法，每一种走法都要绕大半个圈，费时三十到四十分钟不等。第一种走法是向东。骑着单车，穿过解放北路上的十字路口，依次经过苍水街，中山东路，新江桥，再沿江岸的槐树公园骑行。路上要经过市政府，中山食苑，出版社，新华书店，雅戈尔大楼，E咖啡，长发商厦，新世纪百货，第二百货，新华联商厦，培罗成大楼，东门口邮局，新江桥，老外滩，金港大酒店。吹着江风上了新江桥（这里的风咸腻腻的，有了海水的气味），不远处是江厦桥，灵桥。这三座桥横跨着三条河，姚江，奉化江，甬江。这就是三江口，三条江汇流在一处的地方。很多人喜欢把它作为这个城市的一个标志。

但除了江宽，除了风大，除了停泊的船，我看不到别的什么。在这条路上我遇见过无数步履匆忙的公务员，店员，公司白领和成群结队逛街的妇女。走这条路的好处是新江桥不陡，不用费劲上坡下坡。不好之处是人挤，车挤，红绿灯多。第二种走法，从我白衣巷的住处，沿西河街向西，到翠柏路折向北，经新芝路，永丰桥，槐树路。这样走路远些，人车少些。路上会经过第二医院门诊大楼，中医院，高塘二村、三村、四村，高塘菜市场，槐树小区，槐树公寓。在永丰桥上还可以看到似乎永远都在施工的大剧院工地。

永丰桥是这座城里我见过的最长的桥了。我骑着单车晃晃悠悠上了桥面。大风好像要把我吹走。我弓身。猫腰。双脚用力蹬踏。蹬。蹬。蹬。随着蹬踏身子起伏，就像踩着一辆水车。蹬踏得厉害了屁股抬起来离开了坐垫，人几乎站立在了单车上。上坡。

下坡。单车滑行。转弯。直行。走完这座桥我总是大汗淋漓。几乎每天都是这样，上坡，下坡，蹬着单车。像追赶着什么，又像被什么追赶。我三十六岁了。我几乎还什么都没有过。我刚刚开始学习观看，学习爱，学习谦逊，学习承受和广大的寂寞。每天就这样，上坡，下坡，像一个少年一样蹬着单车。再把自己像一枚硬币塞进吃老虎机一样送进大楼。上坡，下坡，多么失败。下一场雪吧。下一场遮没这个世界的大雪。让我像马可瓦多一样，早晨醒来发现我居住的这个城市消失了。我要赶往的单位消失了。

至少是今天，城市，单位，晃动的脸，今天都找不到。

两年前发出的一道命令

我接到一项命令，要我去一所中学任事，做某个副校长的秘书。那个副校长据说仕途行情看涨。

不久将要去局里出任副局长一职。接到这个荒唐的命令，我的第一反应是不去。领导和同志们都跑来做我工作。照他们的说法，如果我不服从上级的决定，肯定是没有好果子吃的。甚至有被审判的可能。

这让我为自己的后半生感到了担忧。同时，我的软弱更让我感到了耻辱。一个人要屈服于权力的淫威是多么容易啊。据说那所中学就在我家的后门，但我家的后门只有一个幼儿园，并没有命令里说的那所中学。那么，这所中学是在我原先白衣巷的居所后面了？我记得那里对着小区的大门的确是有一所中学的，只是我想不起来到底是八中还是九中了。

忽然好像明白过来，我住在白衣巷最迟也是两年前的事。那么，难道今天才送达我手中的命令是两年前就发出的吗？它为什么迟至今日才送达我的手上？这两年七百多个日夜，它被哪些手传递又曾经在哪些地方停留？尽管这是一道两年前的命令，但在我收到它之前并没有收到任何有关取消该命令的命令，那么也就是说它还是一道有效的命令。我还是要不折不扣地执行它。费了些周折我还是找到了那所中学，见到了将要成为我的上司的副校长。

我发现这个副校长我是认识的，好多年前还采访过他。但他装出一副不认识我的样子。我也不好意思与他相认。作为一个下属是不好这么随便造次的。

接下来副校长交给我今天的第一项任务，陪同他的夫人穿过菜市场回家。我的耳中一下子塞满了嘈杂的市声，菜市场里喧腾着的牲畜粪便和腐烂食物的气息几乎让我晕头转向。接下来我看到让我吃惊的一幕，副校长夫人提起一只公鸡和两条银色的带鱼飞跑起来。身材臃肿如同一只母鸭的夫人跑得如此迅疾只能让我目瞪口呆。她和无数死去的牲畜的影子一道在我眼前升了起来。

家庭景象

一、他翻箱倒柜，拉开大衣柜的橱门找一件方格子衬衣。他身材矮小，一脸的孩子气。他蹲着身翻底层的一排抽屉。看起来要高大得多的她俯身在他上方。背景中是一张堆得乱七八糟的床，几乎占去了半个房间。一只不锈钢热水瓶，一张铁架子小方桌。门后还有一只猫。后来他们一起出门，去参加他一个同学的生日宴会。经过楼梯转角时，她突然紧紧地挤靠着他。

二、他紧紧地抓着她。他不在乎如何抓住她或者抓到了她身上的哪一部分。重要的是他已经抓着她。这是他内心深处的欲求和渴望。如果有可能，他也会同样喜悦地抓住她的鞋带不放的。

三、她将双臂置于脑后，腿分得很开。一个把自己交出去的动作。他踞坐着，动作有点儿僵硬，有点儿紧张。对疲惫的他来说，她的身体有点遥不可及。

皱纹和毛发，旋涡和隆起，罅隙和褶子。他弯着腰，看似努力，但他僵持的姿态中暴露出某种沮丧和无精打采的表情。

四、现在是在一个旅馆的房间里。他们并排躺着，靠得很近，但是并不触及对方的肌肤。好像两块各有其风俗和历史的大陆，中间没有桥梁连接。他们背对背躺着，似乎两人的手上都握着一把匕首，正在等待适当的时机扎向对方。

五、他越来越感到婚姻生活就像一只不停旋转的洗衣筒。有一个晚上，他想起了以前的女友。前女友穿着一条黄颜色的裙子，像一只醒目的蝴蝶。她的一辆摩托车倒在了地上。她使尽力气也扶不起来，只好把求助的目光投向他。真实的、发生在这年夏天的情形是这样的：在他单位的门口，她那辆满是铁锈的自行车掉链了，她弄得满手油污，通红的脸渗出了细小的汗珠子。他帮她整好了车子。后来他才知道，那些天她正与新婚不久的丈夫闹别扭。

她给他打电话，好半天不说话，只是一个劲地抱着儿子哭。后来他们约了一个时间在一家茶馆里见了面。他的第一句话蹩脚得像是一部国产电影里的台词。他是这么说的：你的额头还像过去一样光洁。

托尔斯泰的蚂蚁

托尔斯泰五六岁的时候，经常和他的三个哥哥一起玩一种蚂蚁兄弟的游戏。他们找来几把椅子，用箱子、盒子把土丘下爬来爬去的蚂蚁围起来，然后他们蒙上头巾，钻到椅子底下，在黑暗中紧紧偎着坐在一起。他说他就是由此感受到了爱与同情这些特殊的感情。那时，他的一生刚刚开始，他和他的三个哥哥把这个游戏视作共同的秘密。很长时间他们都相信，谁一旦拥有了这个秘密，他就可以借此成为幸福的人，没有疾病，没有不幸，永远不吵架不生气，就像蚂蚁兄弟一样相亲相爱。他的大哥声称，他已经把这个秘密写在了一根小绿棒上，并埋在了某个林子的路边。他低声对大哥说，我死了后就把我葬在那里吧，反正人死了后总要有个地方埋葬的。到了晚年，有一天，他和小女儿骑马经过那个林子，他突然大声叫了一声，扬扬马鞭对女儿说：就在那儿，那儿，那几棵树的中间。我死后就把我埋在那里吧。可是他最终还是死在了路上。死在旅途中的一个三等火车站里。他在这个火车站里进入了通向永生的窄门，随身带走的是一件宽松的灰色法兰绒上衣、一条灰色长裤，一双灰色长羊毛袜，一双夜间穿的便鞋。

他从自己的生活里逃开了。他好像一直在奔逃——"屈从然后解脱"。

他对世界的第一个印象就是他被捆绑着：他想把绑着的两只手松开，他哭喊，他觉得不公和残忍，但没有一个人帮他。在半明半暗中，似乎有人走近，还向他弯下腰来，但就是没有人帮他。为什么会有这样的初始记忆？长大以后他猜测：一、裹在襁褓里，想把手伸到外面来。二、为了不让他抓疹子，大人把他的手捆住了。不管是出于什么样的原因，"绑着"，成了他的第一个也是最强烈的生命印象，这一场景不住地暗示他，我是脆弱的，我需要力量，而他们则是强有力的。

人与人的区别何在？或许就在于"屈从"和"解脱"方式和程度的不同。

天一阁

从长春路转入天一街，天就暗了。长春路上满街樟树，而此间的树木愈加茂密。不足十米宽的小街，两边蔓长的枝叶纵横交错着几乎让天光漏不下来。枝叶罅隙间漏下的几缕光则成了晃动的水纹。

还有一个差堪比拟的经验，是一个人走在剧院长长的走廊。那长廊似乎在无限地延展，你走着，却不知道内里的剧院将要上演的是一出什么戏。但这街事实上并没有如此幽深，它一目到底，百米开外就是天一阁森然的西大门。准说这不是又一个剧院呢。

那里的假山、亭台、楼阁、花园和花园里的阴影不也同样是戏台上的布景一般，虚幻，且美好。一个家族四百年的惊情故事在这里上演。老爷，侍妾，小姐，丫环，兵部侍郎，哲学家，教师，诗人与盗贼。一些人来过，一些人离去。还有一些人在黑暗的楼梯里静气屏息蹑足行走，饿了吞枣，渴了吃雪。对书籍的尊崇使他们不自觉地拱肩、弯背，把头勾得低低的，如同一条条衰老的虫子。这些故事的前传，则是这个园子的主人范侍郎如同一颗不安分的精子般的游荡生涯：从南方到北方，从沿海到内陆，伴随着他的宦游的是越来越重的书囊和一颗从躁动到疲惫的心。还有芸，一种能辟蠹鱼的优雅的植物的传说——几百年来这个神话化了的家族故事里，我说到的芸，演化成了一个哀怨的妇人的名字——"这个女人只是抱了花蕾睡"——她对文字的敏感如同对异性手指触摸的敏感。于是乎，小姐郁郁而终，死前的手指还指着园中藏书的阁楼——设若有来生，我倒情愿她转世成了黄宗羲在1673年秋天看见过的那只在花园中白色闪电般飞掠而过的白鼠——她轻盈的腰身足可以登临十丈高的风火墙，并像一张薄薄的纸片侧身挤入那些藏书的黑匣子——在更早的宋人的笔记里，她又叫七里香——"叶类豌豆，作小丛生，其叶极芬芳，秋间叶间微白如粉污，辟蠹殊验，南人采置席下，能去蚤虱"……女人与植物，妖娆的，或是苍白的，哦，这些阴性的名词这些潮湿的虚虚实实的往事。这些故事让我迷惑。是的，迷惑。它们让我一靠近天一街就仿佛闻到明朝雨水的气息，那样的腐朽和清新，如同花朵沤烂在水里。

东明草堂。西园。曲池。南园。水北阁。这个南方中国的古老园子好像有着魅人心性的神秘力量，那么多年了，我一次次地进入其中，那么多的门，正门、边门、暗门，还有门背后的一处处转折、暗道，还是会让我一次次地迷路。我曾经把这个古老的园子作为我在这座终日海风吹彻的城里的日常生活的一个隐喻：一个令人迷惑的园子，它内部交错的小径，直接对应于生活背后的幽暗和神秘。1997年，它初次出现在我梦中——实际的情形是那时我还没有见过它——醒来后我记下了那次梦乡旅行：梦里的情境好像是冬日的夜间——天色有着一种暖洋洋的玫瑰红——下过雨，天一阁墙门外的水洼闪闪发光。青砖铺成的甬道，非常长，像清宫戏里的某个场景。旁边的屋子里，木匠在锯一根根圆木。空气里有好闻的刨花的香气。夜色中的楼阁、翘檐，好像是比墨还黑的纸剪出来的。我为什么要梦见这座玫瑰色夜空下的古老建筑？它诡异的外形又在向我昭示什么呢？十年后我再度描述这个梦，生活已越来越让我感到是一座让人迷失的宫殿。

当年画栋横朱楼，今日尘埃在荆棘。那是一个叫陈登原的历史学家在1930

年夏天访天一阁的心情。从叙述来看，他也是从西大门进入这个园子的。

只是不好断定他之所谓"迂回"、"屈折"而人的"鸟道"，是不是今日这条如同在水底的街巷？陈以一个历史学者的忠实记下了他之所见：杂生的怒草，苔藓与爬山虎，见人乱窜的飞燕，酱紫的木头楼梯（已从原位置抽去）与全祖望的字，屋宇纵深处几乎不见底的黑。让我高兴的是陈登原和我一样注意到了这屋子深处的黑。从某种含义上说，正是这黑，一次次地吸引着我进入这个园子并努力想去看个究竟，它对我的诱引，或可说远甚于可感的碑林、石像，珍本或一张明代的印版。"其处甚昏黑，几无以辨人"

——黑暗中浮上历史学家记忆的是这个园子的第一个客人黄宗羲，他断定，就是那架抽去了的楼梯把1673年的秋天的黄宗羲送入了这个园子的秘密心脏：藏书楼。前修可念，为之默尔，他这样对我们说。1930年的陈登原想象着1673年的黄宗羲，而我在2006年春天想象着1930年的陈登原想象着若十年后他一个人在西北孤独的死，想象着1673年的黄宗羲。我见过照片上的陈登原：瘦，且老，一张愤怒者的脸，严厉地盯视着你，让你为品行的不洁和对花园里的妇女的遐想羞愧。愤怒的陈登原说出这样温暖的话真让人吃惊。而他后来在用了半年时间完成的《天一阁藏书考》中，把书视作范氏家族灾祸的种子，更显出了学者身上难得一见的人性的关怀："范氏藏书，自懋柱以来，无读书种子久矣。家贫者以书为奇货，而有串同盗窃之嫌；家贫者忙于赎书，亦多牵累之虞。是则书为范氏祸，明矣……"

每天早晨我经过天一阁西大门的时间是八点三十分。此时阳光正从青灰的院墙后面蔓延开来——当然须是晴天——天一街两边旧街区的房子里，老妇人生起了炉子，呛人的烟缭绕着总不肯散去。再过去，汽车修理厂打开了锈蚀的铁门。穿蓝色工装的修理工开始用钢钎敲打汽车轮胎。梆梆梆，梆梆梆。幼儿园的孩子们开始用他们拙笨的动作跳一支《喜刷刷》或者《今天是个好日子》了。前一日抵达的从上海或江苏方向来的大客车把一天里的第一批客人拉到了天一阁西大门口。在郭沫若和潘天寿的字后面，尽职的门卫结束晨练，坐到了功德箱般的桌子后面，他的桌上摊开着一本股市大全。而此时，阳光正透过头顶密云般的樟树叶，落在范钦先生石像的肩头，并顺着他衣服上的皱褶，落在他膝前的青砖地上。

玉屑集

赵丽宏

"玉屑"之引

现代人，生活紧张，物欲膨胀，很多人心烦意乱，怨尤顿生，大千世界纷繁热闹，却寻不到一个清静去处。殊不知，有一个美妙所在，人人都可随意造访，如能沉浸其中，哪怕是片刻瞬间，也是莫大享受。这所在，在中国的古典诗词中。

读诗，而且是读古诗，岂不背时？

我们老祖宗，用他们的智慧和才华，创造了人类文学宝库中最耐人寻味的文字。两千多年来，中国历史上出现过多少了不起的诗人，方块字被他们反反复复使用，却常用常新。中国的古诗，以简练的文字，构筑成阔大幽深的意境，让人惊叹，这实在是汉字的光荣。那些流传千百年而依旧魅力不衰的优秀诗词，是文字中的钻石，是真正的文学瑰宝。识字的中国人，如果不懂得欣赏我们祖先留下的这些宝贝，难道不是天大的憾事？

宋人魏庆之，有《诗人玉屑》传世，数百年来一直有人在读，在研究。那是一本诗话，内容和作诗有关，有诗人的故事和言论，也有关于写诗方法和种种论述。我要写的文字，其实和这本书没有太大的关系。我喜欢《诗人玉屑》这书名，尤其是"玉屑"这两字，想象一下，一把雕刀，滑过润洁的玉石，刀锋下，溅起晶莹的碎玉，如雪，如丝，一缕缕，一片片，在阳光下飞舞，飘扬，虽只是闪烁于片刻瞬间，却可以长久漾动于心头，那奇妙的清亮荧光，可以驱逐浊思，照亮幽暗的心谷。读古诗，当然可以用现代人的眼光，欣赏的触角和情感的波动，若能如刀锋琢玉，滑过古人智慧艺术的诗句，溅起片片玉屑，何其美妙。

古老的中华大地上，诗魂不死，诗人不绝。我想，只要我们还在使用汉字，中国古诗的魅力便不会消失。

早春消息

暖风徐来，冰雪消融，春意在大地上悄悄蔓延。春意最早在什么地方露头？苏东坡有名句："春江水暖鸭先知"，在河里游泳戏水的鸭子最先感知到温暖的春意。这其实是诗人的想象，苏东坡诗中没有具体描绘鸭子们如何感知春意，但就这么巧妙一点，已经可以让人联想春意如何不动声色地悄然而至。鸭子们在水中欢腾的模样，读者可以自己去想象，那一片被欢快的脚掌和翅膀搅动的春水，正带着春天的暖意，缓缓而来。苏东坡写早春景象，在他的词中也有佳句："东风有信无人见，露微意，柳际花边"，这几句诗中，东风是早春信使，吹得柳绿花发。鸭戏春水，表现的是瞬间景象，而东风播春，却是一段较长的时空。诗人对春的观察，细致入微，从微观到宏观，从有形到无形。

在我的记忆中，古人描绘大自然最初春意的佳句，可以举出很多。李白的《宫中行乐词》中，有两句诗写得传神："寒雪梅中尽，春风柳上归。"寒冬的冰雪在梅花的幽香中消融，柳条在和煦春风中爆出了金黄嫩绿，这也是最早的春的消息。同样的意境，在李白的诗中可以找到不少，如《早春寄王汉阳》中："闻道春还未相识，走傍寒梅访消息"，《落日忆山中》中："东风随春归，发我枝上花。"杜甫的《腊日》中，也有两句妙诗，和李白的诗意异曲同工："侵陵雪色还萱草，漏泄春光有柳条。"这样的早春诗意，李清照也感受到了："暖日晴风初破冻。柳眼梅腮，已觉春心动。"从柳和梅在暖风中的变化中感觉"春心动"，是李清照的创造。宋人张来的《春日》中有两句写得很生动："残雪暗随冰笋滴，新春偷向柳梢归"。在冰棱滴水融化中，看到冬天已悄悄过去；从柳梢的新绿中，发现春天已偷偷归来。同样的意境，也可以在宋人张先《立春偶成》中看到："律回岁晚冰霜少，春到人间草木知。""春到人间草木知"，和"春江水暖鸭先知"，属于相类似的思路，"草木知"，也可以引动读者的丰富联想：春风中，草木复苏，大地泛出新绿。韩愈咏春，曾写道："草树知春不久归，百般红紫斗芳菲"，也是草树知春，不过却已经春深似海了。他这首诗题为《晚春》，所以会有万紫千红的景象。

韩愈的《春雪》，写的也是早春景色，却与众不同："新年都未有芳华，二月初惊见草芽。白雪却嫌春色晚，故穿庭树作飞花。"二月初，正是春之头，在刚刚解冻的田野里看到草芽，心生惊喜。对盼春心切的人来说，这一丝春色初露，实在不过瘾。于是诗人笔锋一转，请来了白雪，这当然是春雪，是冬天的尾巴。雪花在已经萌动春芽的草木间飞舞，仿佛是在向诗人预示春花烂漫的盛景。

多年前我曾以《早春》为题写过一组短诗，每首六行，写这些诗时，眼前漾动着大自然的春意，心里也出现古人的诗句。去年在《光明日报》发表这组诗，引起很多读者的共鸣。其中有《芦芽》，描绘的是我当年下乡"插队落户"时的感受，每年初春，看到河边芦苇发芽，总是心生喜悦和希冀：

> 出土便是宣判冬天的末日，
> 尽管寒风仍在江边呼啸横行。
> 纤细的幼芽竟能冲破冻土，
> 地下搏动着何等强韧的春心。
> 不要再为自己的柔弱哀叹，
> 且看这遍野迎风而长的生命。

杜鹃啼血

杜鹃，在汉语词汇中，是花，也是鸟。

杜鹃是多年生灌木，品种繁多，花开缤纷七色，以红色居多。春天山野中，杜鹃是最常见的花，盛开时，满山遍野殷红如火。江西民歌中的《映山红》，陕北民歌中的《山丹丹开花红艳艳》，唱的便是杜鹃花。

杜鹃作为鸟名，含义更为丰富。杜鹃，就是布谷鸟，又名子规、杜宇、子鹃。如果生活在乡村，在春夏时分，能听到杜鹃彻夜啼鸣，如歌如吟，如泣如诉，引人遐想。我年轻时在崇明岛"插队落户"，经常听到杜鹃的鸣唱，那声音总是从远处传来，在田野中飘绕不绝。那时人们都把杜鹃看作报春鸟，"布谷声声"，是督促农民播种耕耘。但在我听来，杜鹃的啼鸣，总有凄苦悲凉之感。这或许是因为联想到那些古老的传说。

杜鹃花，如何成了杜鹃鸟？唐代诗人成彦雄写的一首五绝作了很妙的回答："杜鹃花与鸟，怨艳两何赊。疑是口中血，滴成枝上花。"

我没有仔细看过杜鹃的样子，但知道杜鹃有红色的嘴，富有想象力的古人以为这是啼血所致。杜鹃鸣唱时节，正是杜鹃花盛开之际，于是便有了"疑是口中血，滴成枝上花"的联想。中国古代有"望帝啼鹃"的神话。望帝是传说中周朝蜀地的君主，名杜宇，不幸国亡身死，魂化为鸟，哀啼不止，口中流血。"杜鹃啼血"，在很多古人的诗中提及，杜鹃被称为杜宇，由此而来。李商隐《锦瑟》中，"望帝春心托杜鹃"引用的就是这个典故。因为这样的故事和传说，杜鹃出现在古诗词中，多与凄惘和悲苦相关联。如李白《闻王昌龄左迁龙标遥有此寄》："杨花落尽子规啼，闻道龙标过五溪。我寄愁心与明月，随风直到夜郎西"；白居易《琵琶行》："杜鹃啼血猿哀鸣"；秦观《踏莎行》："可堪孤馆闭春寒，杜鹃声里斜阳暮"；辛弃疾《定风波》："百紫千红过了春，杜鹃声苦不堪闻"；贺铸《忆秦娥》："三更月，中庭恰照梨花雪；梨花雪，不胜凄断，杜鹃啼血"；王令《送春》："子规夜半犹啼血，不信东风唤不回"。

文天祥晚期的诗歌，多悲切之情，国破家亡，前景渺茫，他曾以杜鹃的形象寄托自己的情思："草合离宫转夕晖，孤云漂泊复何依。山河风景原无异，城郭人民半已非。满地芦花和我老，旧家燕子傍谁飞？从今别却江南路，化作啼鹃带血归。"这首题为《金陵驿》的七律，生动表达了因国破家亡而生发的忧伤沉痛。

杜鹃的啼鸣，在很多游子的耳中，仿佛在诉说"不如归去"，诗人常因杜鹃之鸣而撩动乡愁。范仲淹有诗云："夜入翠烟啼，昼寻芳树飞，春山无限好，犹道不如归。"

杜鹃，不仅是花和鸟，也是中国古诗中含义幽邃的意象，值得玩味。

弦管暗飞声

古人在诗中描绘的音乐，我们大多都已经无法听到。然而那些吟咏音乐的诗篇，直到今天依然令我神往。

白居易的《琵琶行》中那些美妙的诗句，已成为中国人记忆中最熟悉的诗句："大弦嘈嘈如急雨，小弦切切如私语。嘈嘈切切错杂弹，大珠小珠落玉盘……银瓶乍破水浆迸，铁骑突出刀枪鸣。曲终收拨当心画，四弦一声如裂帛。"把琵琶的声音转化成这样的文字，是天才所为。

唐人诗中，写弹琴的诗很多，其中不少写得非同一般。如李白的五律《听蜀僧浚弹琴》："蜀僧抱绿绮，西下峨眉峰。为我一挥手，如听万壑松。客心洗流水，余响入霜钟。不觉碧山暮，秋云暗几重。"其中"为我一挥手，如听万壑松"两句，是典型的李白风格，既有想象力，也有气势。

常建的《张山人弹琴》，也写得传神："君去芳草绿，西峰弹玉琴。岂惟丘中赏，兼得清烦襟。朝从山口还，出岭闻清音。了然云霞气，照见天地心。玄鹤下澄空，翩翩舞松林。改弦扣商声，又听飞龙吟。稍觉此身妄，渐知仙事深。其将炼金鼎，永矣投吾簪。"琴声中，云霞缭绕，仙鹤翔舞，还有飞龙歌吟，这当然是诗人的想象。琴声驱散了现实世界中的喧嚣烦乱，把人引入仙境。

写琴的诗中，流传较广的是韩愈的《听颖师弹琴》，其中"浮云柳絮无根蒂，天地阔远随飞扬"，是韩愈描绘琴声的名句，此诗我曾在《诗和琴》一文中谈过，不再重复。宋人晏几道的《菩萨蛮》写弹筝，也值得一读："哀筝一弄湘江曲，声声写尽湘波绿。纤指十三弦，细将幽恨传。当筵秋水慢，玉柱斜飞雁。弹到断肠时，春山眉黛低。"晏几道写的是"哀筝"，通篇都是哀声，其实也是游子的乡愁。

古人诗中的音乐，常和乡愁相连。弹琴如此，吹笛也一样。李白也描写过笛声："谁家玉笛暗飞声？散入春风满洛城。此夜曲中闻折柳，何人不起故园情。"这首诗题为《春夜洛城闻笛》，诗中并没有直接写笛声，只是"暗飞声"三字，却传神地写出了笛声的哀怨婉转。夜色中，隐约飘来的玉笛声，吹奏的是故乡熟悉的曲子，触动乡愁，是极自然的事情。中唐诗人张祜有绝句《听简上人吹芦管》，也是一首写音乐的佳作："细芦僧管夜沉沉，越鸟巴猿寄恨吟。吹到耳边声尽处，一条丝断碧云心。"此诗和李白的《春夜洛城闻笛》有异曲同工之妙，一是玉笛，一是芦管，却都是回旋在夜色中的思乡哀曲，而且都隐约朦胧，一是"暗飞声"，一是"耳边声尽"，在玉笛声中生出的"故园情"，和在芦笛声中引发的"碧云心"，意思也是相近的。

谈到古诗中的音乐，不能不提一下李贺的《李凭箜篌引》。箜篌何物？这是古代的弦乐器，现代人已不识其面。不过，读一读李贺的诗，可以想象它奏出的奇妙音乐："吴丝蜀桐张高秋，空山凝云颓不流。江娥啼竹素女愁，李凭中国弹箜篌。昆山玉碎凤凰叫，芙蓉泣露香兰笑。十二门前融冷光，二十三丝动紫皇。女娲炼石补天处，石破天惊逗秋雨。梦入神山教神妪，老鱼跳波瘦蛟舞。吴质不眠倚桂树，露脚斜飞湿寒兔。"天上人间的奇景幻象，纷纷出现在诗中，凤凰叫，芙蓉泣，香兰笑，老鱼跳，瘦蛟舞，这些声音，谁也没有听见过，李贺这样写，看似荒诞，却把音乐的奇美和神秘表现得淋漓尽致。

怎一个愁字了得

在很多人的印象中，李清照是一个刚烈女子，这是因为她那首只有二十字的《夏日绝句》："生当作人杰，死亦为鬼雄。至今思项羽，不肯过江东。"如此浑厚而有气势有风骨的诗，出自一个纤柔女子之手，实在让人惊叹。这首诗，表面上是赞扬项羽，其实是批评当时的朝廷在外敌侵犯时偷安南逃，没有骨气。和她同时代的男诗人，有几个能写出这样血气方刚的诗篇？

其实，李清照的诗词中，更多的是愁绪，千回百转，都是凄楚愁苦。这和她生活的时代有关，国破家亡，使她难得欢颜，即便面对大自然的美景，撩动于心的，还是一个愁字。且看那个"愁"字，如何出现在她的词中："薄雾浓云愁永昼，瑞脑消金兽"（《醉花阴》）；"寂寞深闺，柔肠一寸愁千缕"（《点绛唇》），"闻说双溪春尚好，也拟泛轻舟。只恐双溪蚱蜢舟，载不动，许多愁"（《武陵春》）；"梅蕊重重何俗甚，丁香千结苦生。熏透愁人千里梦，却无情"（《摊破浣溪沙》）；"花自飘零水自流，一种相思，两处闲愁"（《一剪梅》）；"独抱浓愁无好梦，夜阑犹剪灯花弄"（《蝶恋花》）；"黄昏院落，凄凄惶惶，酒醒时往事愁肠"（《行香子》）；"梦断漏悄，愁浓酒恼"（《怨王孙》）；"酒从别后疏，泪向愁中尽。遥想楚云生，人远天涯近"（《生查子》）……

　　古代诗人中，作品中"愁"字用得如此频繁，很少见。她的很多作品中即便没有出现"愁"字，然而通篇都是愁绪。如《好事近》中"梦魂不堪幽怨，更一声啼鴂"，《清平乐》中"采尽梅花无好意，赢得满衣清泪"。李清照写愁绪，不是无病呻吟，家国身世，都使她心情郁闷，把这种情绪转化为形象的文字，是真正的艺术。心怀愁绪的诗人，在夜间更感觉孤独无助，且读《如梦令》，这是一个孤苦诗人的自画像：

> 谁伴明窗独坐？我共影儿两个。灯尽欲眠时，影也把人抛躲。无那，无那，好个凄惶的我。

　　上面这阕《如梦令》，在明代前曾被认为是李清照的作品，后人在编《乐府雅词》时，署名作者为向镐。不过在我的记忆中，一直把它当作李清照的词，觉得这是一个女诗人的感受。

　　李清照的词，最脍炙人口的，是那首《声声慢》，词中那种孤寂愁苦的心境和气氛，可以说是前无古人：

> 寻寻觅觅，冷冷清清，凄凄惨惨戚戚。乍暖还寒时候，最难将息。三杯两盏淡酒，怎敌他晚来风急！雁过也，正伤心，却是旧时相识。
>
> 满地黄花堆积，憔悴损，如今有谁堪摘？守着窗儿，独自怎生得黑！梧桐更兼细雨，到黄昏，点点滴滴。这次第，怎一个愁字了得！

　　她作品中的那些叠字，成为宋词中独特的景观，而叠字的运用，成功地渲染出她作品中浓郁的愁绪。李清照是一个有独创性的诗人，不仅文字美妙，诗词中的意象，也常常新意迭出。她曾将自己的《醉花阴》寄给丈夫赵明诚，其中有"莫道不销魂，帘卷西风，人比黄花瘦"，写相思之苦，将人比黄花，异想天开，满纸愁绪。赵明诚也写了五十首词，把李清照那三句夹在其中，请一位名诗人品评，那诗人读后评价："只有三句最好。"

蛙鼓声声

儿时背诵的古诗中，有宋人赵师秀的《约客》："黄梅时节家家雨，青草池塘处处蛙。有约不来过夜半，闲敲棋子落灯花。"中国人熟悉这首诗的前面两句，因为诗人用最通俗明白的语言，描绘出乡村初夏最常见的景象，人人读了都会有共鸣。江南夏夜的蛙鸣，是美妙的天籁之声，记得童年到乡下，曾经被蛙声震惊。白天玩得疲劳，晚上倒头便入睡，夜间做梦竟到了战场上，只听见枪炮噼啪，金鼓齐鸣，震天动地的声音将我惊醒。醒来，那巨大的声音仍在我耳畔回响，一阵响似一阵，如万人擂鼓，轰鸣不绝，整个世界都被这声浪填满。这是青蛙的大合唱，是生命在天地间发出的奇妙呼喊。年轻时也曾在城乡交界处住过，初夏时也夜夜听到蛙鸣，现在回想依然觉得美妙。

古代的诗人当然不会忽略了这大地上的奇妙天籁。在我读到的古诗中，凡出现蛙鸣，大多是美妙的声音，如唐代贾　的五绝《孟夏》："江南孟夏天，慈竹笋如编。蜃气为楼阁，蛙声作管弦"；吴融的《蛙声》："稚圭伦鉴未精通，只把蛙声鼓吹同。君听月明人静夜，肯饶天籁与松风"；周朴的《春中途中寄南巴崔使君》："旅人游汲汲，春气又融融。农事蛙声里，归程草色中"；来鹄的《清明日与友人游玉粒塘庄》："风急岭云飘迥野，雨余田水落方塘。不堪吟罢东回首，满耳蛙声正夕阳"。还有很多写到蛙鸣的诗句，读来都让人感觉余韵不绝，如"蛙鸣夜半寻荷塘，误作星辰友人灯"；"何处最添诗兴客，黄昏烟雨乱蛙声"；"昨夜蛙声染草塘，月影又敲窗"。

贾　在诗中把蛙声比作"管弦"，虽然有想象力，但其实有点勉强。古人称蛙鸣为"蛙鼓"，那才是形象的比喻。宋人王胜之有佳作："蛙鼓鸣时月满川，断萤飞处草迷烟。敲门欲向田家宿，犹有青灯人未眠。"蛙声确实如擂鼓，而且常常是万鼓齐擂，颇有声势，难以想象是由这些小小的青蛙发出的声音。

写到蛙声的古诗，除了"黄梅时节家家雨，青草池塘处处蛙"，最脍炙人口的，大概是辛弃疾《西江月·夜行黄沙道中》：

明月别枝惊鹊，清风半夜鸣蝉。花香里**说**丰年，听取蛙声一片。

七八个星天外，两三点雨山前。时茅店社林边，　路转溪桥忽见。

这是辛弃疾夜过江西上饶农村沿途的感受，在稼轩词中，这是写得很优美的一首。乡村的丰收景象，引发了诗人的好心情，这样愉悦的情绪，在他的作品中很难得。辛弃疾的词，更多的是苍凉，是蕴涵着凄楚的刚健，出现蛙声，未必都这样优美，他在《谒金门》中写到蛙声，就是完全不同的心情："流水高山弦断绝，怒蛙声自咽"，以万鼓齐播般的蛙声表现这样的激昂悲愤，也很自然。

齐白石晚年曾以"蛙声十里出山泉"为题作画，是作家老舍为他出的题目，取自清人查慎行的诗句。这是一个难题，画笔如何描绘蛙声，而且是"蛙声十里"。白石老人不愧为大师，用很简洁巧妙的构思，完成了这个命题。他画了一条流动的山泉，水中只有几条活泼的小蝌蚪顺流而下，留给读者幽远阔大的想象空间。

已经很久没有听见蛙声了。此刻时值初夏，不知在江南的乡村之夜，是否还回荡着那响彻天地的蛙声？

能饮一杯无

二十年前韩国诗人许世旭访问中国，我陪他去杭州和绍兴。许世旭是韩国著名的汉学家，不仅精通汉语，还能用汉语写诗歌和散文。那次，是许世旭第一访问中国，一路上，他无法抑止自己的激动。他说，无数次梦游唐诗宋词的故乡，现在身临其境，恍如梦游。那几天，他随身带着一瓶酒，走到哪里都会喝上一口。在西湖畔，他喝了一口酒，说："我想起白居易的一首诗"。我问他哪一首，他马上就低吟出口：

绿蚁新醅酒，红泥小火炉，晚来天欲雪，能饮一杯无。

这是白居易的五绝《问刘十九》，也是我喜欢的唐诗。我曾经奇怪，这么简单的一首诗，没有什么情节，也没有惊人之句，为什么却让人回味不尽。诗中描绘的是喝酒的情景，也是对友情的讴歌和回忆。此诗又题为《同李十一醉忆元九》，是诗人在喝酒时回忆起一位叫刘十九的朋友。红泥小火炉上炖着热气腾腾的美酒，屋外虽然是就要下雪的寒夜，但和知心朋友在温暖的炉火前对酌，那是令人心动的景象。最后一句"能饮一杯无"，尤其让人感动，这不是强制的或者无节制的劝酒，而是带着关切的心情，轻声询问：你是不是还能再喝一杯？全诗随着这句询问戛然而止，留给读者悠长的回味和联想。

《唐诗三百首》对这首诗有评价："信手拈来，都成妙谛。诗家三昧，如是如是"；《唐诗评注读本》中评论："用土语不见俗，乃是点铁成金手段"；说得有理。

此诗中的"绿蚁"，现代人已不知何物。最初这两个字的意思，是酒上的绿色泡沫，又称"碧蚁"，后来则被作为酒的一种代称。晋代谢朓《在郡卧病呈沈尚书》中有"嘉鲂聊可荐，绿蚁方独持"之句，吴文英《催雪》中有"歌丽泛碧蚁，放绣箔半钩"之句，都是指酒。"红泥小火炉"，也是令人神往的意象，简朴中透露出亲近和暖意。许世旭回国时，我送他一把宜兴紫砂壶，他捧在手中端详了一会儿，喃喃说道："这就是白居易诗中的'红泥小火炉'吧。"白居易诗中的火炉，当然不会是宜兴的紫砂壶，不过许世旭的感觉没有错，紫砂壶的古朴和简洁，使他联想到白居易的诗中的情境和意象。

去年冬天，我受邀去韩国谈中国文学，许世旭来机场接我。当天晚上，在首尔热闹的明洞步行街，他找了一家风格纯正的韩国餐馆请我吃饭。餐馆里灯火幽暗，一个小火炉上，煮着一锅热气腾腾的面条，两个人举杯对酌，一杯接一杯，很自然地回想起二十年前西湖畔的往事。许世旭笑着问我："能饮一杯无？"我们相视一笑，岁月的隔阂消逝得不见踪影。杯影晃动之间，分明有一个飘然的身影陪伴左右，那是白居易。

浔阳楼即景

苍　耳

浔阳楼即景

　　一登上这座楼，你就知道我会向你描绘江上的浑然气象，以及两岸的景致如何如何，而此刻我要做的，却正好与之相反。我不能因为伫立在一座古意盎然的名楼，就可以渲染一番你从任何一处江楼上都能瞧见的风景：江流滔滔，巨舸，防洪墙，塔吊，树，垂云及两三点飞鸟。再者，我发现一个纯粹意义上的旁观者，他难以在"情景交融"的意境里找到立锥之地。

　　我不禁想到一个问题：一座不知牛年马月的江边小酒楼，是如何演变成这三层三檐、青甍黛瓦、回廊曲绕的宏伟建筑的？这就像一支潺潺流传在民间的谣曲，是怎样变成了一长调富丽堂皇的宫廷乐歌。而那残剩下来的一堆瓦砾，又是怎样在民间重新长出，并改名换姓地存在着？

　　我想循着曲曲幽幽的时光暗道，在那万户灰甍之中找寻那黯淡、低矮的唐代小酒楼，那映射在窗纸上的一抹青灯的暗晕。毫无疑问，我会在那儿撞见几个酒鬼，怀才不遇者，老秀才，琵琶女，绿林汉子，遭贬的官人，甚至逃跑的边卒或越狱的囚犯。他们的脸部都一律模糊不清，在昏暗的灯下说着昏话、胡话。

　　现在，我看见的就是这样一些人。他们聚在一起划拳行令，插科打诨，对酒而浪歌，或嚎叫，或窃语，竟将那胸中块垒连同一肚子酒菜，吐得满地都是。杯盘狼藉之中，谁也分不清哪是笑哪是哭，哪是天哪是地。"王侯将相，宁有种乎？"一切铁定、绝对的东西开始松动，并有了可笑的相对性。贵与贱，生与死，贫与富，皇冕与荆冠，地狱与仙界，在那些白多黑少的醉眼里竟成了纸扎的，布做的，如同妖媚的老板娘成了可以调情的对象。色情语、顺口溜、黑话此时成了下酒菜，盛它的是盘龙戏珠的青花瓷大碟子：正宗的权力话语与之掺和后，便遭到亵渎和戏弄。

宋江那厮正是这个时候进了"浔阳酒楼"。他一个人独自喝闷酒，长吁短叹，一头乱蓬蓬的头发，眼神凄惶，看上去比施耐庵笔下的那家伙更狼狈，要孤苦。他只是一个被官府追缉的案犯而已。他写的那首所谓的"反诗"，只不过宣泄了怀才不遇、其志难酬的个人牢骚而已。但它毕竟传达了那个专制时代仅剩的一点个人声音，尽管这受阉的、病弱的"个人"尚须酒神壮胆。不管宋江此人真实与否，后来结果如何，他倒是在这"浔阳酒楼"里"雄"过一回。这样有血气的瞬间，对于个体而言实在是太稀罕了。因为任何游离的个体，在专制的机器下都难逃反复被阉割的命运。其实，宋江们被"招安"，不过是其内在思想的"雄性"不断被阉割掉的表面化和进一步延伸而已。所有内心渴望"招安"的家伙，你们不要再侈谈什么"自由"了！你们有什么资格嘲笑太监呢？

在我看来，小小的民间酒楼，是中国古代最世俗、隐蔽而又最具个性和思想活力的边缘场所之一。这使我想到本雅明描述的西方世界的咖啡馆、布鲁诺观测天象的屋顶和巴黎的艺术沙龙，以及中国晋代的竹林、宋代的茶馆和清末的藏书楼。而我想在这座宏伟楼阁里找寻的，就是这么一个影子，这么一点痕迹，哪怕是一块石头、一撮纸灰也好。但我已不可能找到了。

在二楼东厢内，我看见那首著名的"反诗"又一字不差地被再次书写了一次。而每次书写都意味着一次改写，一次整合，以便不断接近那种宫廷式的精致和优美，并与这堂皇森然的建筑相称。我是一个优哉游哉的游客，混迹于一群游客和官员们中间，流连忘返，纵目江天而发思古之幽情，欣欣然作激扬豪放状。看来，"浔阳楼"已不复具有民间的、私人的性质，而已成为一种高高在上的庞大话语体系的一部分；或者就是它的微妙象征。

显然，我无法看见白居易那年的枫叶和荻花，寒波浸着冷月；那"门前冷落鞍马稀"的，岂止是一个"犹抱琵琶半遮面"的漂泊女子？逝水滚滚东流，一切红尘之物最终都不过如此。倘若一身青衫的白乐天，不是那"天涯沦落人"，他是否还能感泣于那琵琶的幽咽？其实，一曲琵琶便是另一种酒，另一种言说。在远离京都的地方，一个遭贬的江州司马，竟听出"小弦切切如私语"也就不奇怪了。

然而，不管这秋风是否依然萧瑟，刮过去的，也许就亮成一千年前那客船上的一抹青灯；刮不过去的，是不是已凝成这小卖部里的汽水、口香糖或者冰淇淋？

我已不可能找到那灰瓦顶上的一小片亮瓦了，但你可以想象，傍晚时分被江风惊醒的酒旗仿佛是昼伏夜出的枭，一个劲地抖着翅膀。而那爬满苍苔、黯湿的板壁，环绕着丛丛黄芦和青竹，此刻是否被几只虫子和蝴蝶的调笑声压得有点儿弯了？

谁知道这些轩昂气派的廊柱打从哪里来，还有这些高悬在雕梁画栋上的大红灯笼？让我感到兴趣的是，真实的"浔阳酒楼"，与《水浒》里的那座究竟距离有多远？而眼前的这一座，又分明是依小说里的模样仿造的，并由另一位"宋公"题上"反诗"，恍若历史上真的存在过一样。恰巧，三楼上有位八十多岁的说书艺人穆老，正在绘声绘色地说着武大郎与潘金莲那一段。他后来对我说，原先的"浔阳楼"在老火车站附近，是个很寻常的市井小酒店，至于那个"琵琶亭"碑，谁知道被弄到哪儿去了呢！其实，这些考证对我已不重要了。似乎没有必要在真实和重构之间划一道明晰的界线，一切远逝的，最终都将变得迷离惝恍，明明灭灭……

一九九九年九月，一场断断续续的秋雨，在古代的浔阳城和流经此地的江面下着。水势依然浩大，苍茫依然汹涌。我的肚子饿得咕咕直叫。沿着街我一边走，一边找着可以填饱肚皮的地方。我感到，一个从高处向着低处倾斜的锐角正尾随着一个人的影子，延伸到民间的积尘、蛛网和烟染之中。哦，小小的民歌、剪纸和酒楼，它们经历了多少年就仍将延续多少年。

英王府内外

我相信存在着一种叫做历史幽灵的东西。

当然，这样的幽灵并非随处都能碰到，至少在正统的史学家们所勾描的历史图表中不大可能存在。那儿的确太坚硬太冷漠了，缺乏幽灵饥渴时所必须有的存在的血肉、无人收割的野麦地以及超时空的丰沛雨水。尽管我有时能感到它的存在，但仍然无法告诉你它是什么。

八月的一天，当我穿行于任家坡拥挤的菜市，找到45—59号这座低暗而破败的砖木老宅时，我只能踅过摆在门口商贩的摊子，将旧自行车停靠在"英王府"的门廊下。一个光腚的脏兮兮的孩子，从门内看见了我。而我看到了另一种光线，或者说是一种与光线相反的东西，它栖落于满壁的尘灰和烟色之上，但我无法看清它所照着的幽秘里潜藏着什么。在这座建筑的残存部分与那毁掉的部分遥相对称之间，我感到了一种无法言说的震撼，还有一些恍惚和无所适从。

屋内无疑充斥着一百四十年来无法避免的混杂而犹疑的气味。到处都堆放着日常杂物和工具，几个妇女在各自的门口拣菜或洗衣，但均被统一在滞重灰黯的色调里，只有侧面一点稍稍有些发亮。她们不过在证实这座老式建筑最切近的一个角色。我忽然想到英王娘，这个会使单刀的勇敢女子名叫蒋桂良。天京事变后，她一直住这座英王府内，直到一八六○年安庆保卫战打得最激烈时，她携幼子陈天保被英王强行送出安庆城，那时的陈玉成已做好了拼死一战的准备。那么，此刻我还能不能称它为"英王府"？如果我说我当下是站在曾国藩的"总督府"，也不能说我完全讲错。

这座王府的前身，是清康熙年间建的任塾宅第。陈玉成将它略加改造，占地约14275平方米，主体建筑由三组房屋构成，东西各蝉联偏殿，外围有住宅、更楼和花园等。十九世纪中叶的南方起义者们，试图在地上建造天国式的乌托邦，但落实在地上的基脚和结构，却很难保证它不是一个封建王宫或府第的再次翻版。悲壮的安庆保卫战之后，它没费一点事就成了曾国藩的两江总督府，只不过将那满壁的彩画涂掉而已。赵烈文在日记中写道："督帅行署，伪英王府也。在城西门，府屋颇多，不华美，亦不甚大，满壁皆彩画。"后来，它又被李鸿章那厮所占据，继而成了李鸿章从子李丹崖的太史第。

可以想象得到，第一批冲进英王府的湘勇们必定被那满屋的彩画惊呆了，以致后来粉刷它们时显得并不彻底，使曾国藩入住时还得下令将残存的彩画清除干净，不留一点痕迹。衰弱且患有头晕症的曾大人，必定怕见这些充满理想狂热的彩画，那里描绘的是一个奇异的离经叛道的世界。但这些光怪陆离的彩画并不单纯，它不过是一个奇特的混合物。这些来自南方蛮荒地区的起义者，充满了神话般的想象力和原始图腾的色彩，并将它们与西方的天主教、黄土地意识以及封建正统观念混和在一起。即便如此，这些彩画也比清宫里僵化的九龙图要有活力。比如壁画"飞凤奔马"上那匹白色马上竟空无骑手，查遍所有太平天国绘马的壁画都是如此。原因在于太平军反对任何形式的个人威权。清廷诬称这些起义者为"长毛"，倒也没说错。他们解开辫子长发纷披，以此表达与"辫子王朝"势不两立的决心。

颇有意味的是，一百二十年后，专家们为了考证它是否就是当年的英王府，曾小心剥掉覆盖其上的六层白垩土，果真露出了"飞凤舞狮"、"暗八仙"、"飞凤奔马"、"瓜瓞绵绵"等彩画。最下面一层必定就是曾国藩下令抹上去的那层白垩土了。一百二十年的沧桑变迁，在壁上积淀了六层厚的白垩土呀。那么，困守并最终战死的南方起义者，他们富于激情的悲剧性的游魂是否会随着这些重见天日的壁画而惊醒，并经受一九八一年安庆冬天的江风的猛烈吹拂？你不妨听听：在临近黎明时，又潮又黑的树枝冻上一层冰，大风吹得冰枝叮当乱响，就像铁镫的撞击声，仿佛一队肉眼看不见的天国骑兵，在扬子江北岸黑沉沉的树林里急驰，碰得马刀和铁镫嘎嘎乱响。

由此，我注意到两个被忽略的尖锐的动词：涂抹与剔剥。它们隐含着遥相对峙的两种动作，交织于不同的历史现场并最终纠结在有关历史的书写中。涂抹意味着将拒斥的对象遮没掉，或者涂改它们，而历史的幽灵就在下面游离而出，徘徊良久。剔剥则意味着使被涂之物渐次呈现出来，还它以某种程度的真相。介于二者之间，你也许能看见幽灵一闪即逝。六层厚的白垩土呀，一百二十年历史的大花脸上，是不是也敷了这么厚的脂粉呀？

看起来，我已步入一百四十年后的老宅之内，但我必定仍站在那座英王府的外面，无法进入其中。没有英王的英王府是空的，黑洞洞的。一八五九年底，英王已无法返回府内了。历经五次救援血战的英王，直到一八六一年九月仍被阻于集贤关外。遥望安庆城破时熊熊大火将江天烧得通红，英王血管里的血已经不像血，而像烧烫的水银了。我看见英王哭得像一块石头。他永远不能返回那里了。历史仅仅需要他再等待半年，同时也需要豆腐渣喂养的可耻叛徒来帮助他将最后的热血喷溅在那些彩画上！英王原本是可以待在天京处理朝政的，但他放弃了这一罩着黑幕的权位，主动请缨回到了安庆前线。这与他拒绝跟随有恩于他的石达开出走一样，可以见出英王陈玉成所具有的政治智慧。

发生在一八五八年前后中国两大敌对营垒之间的较量，主要是在年轻、骠悍、激情的陈玉成，与衰老、顽强、诡诈的曾国藩之间进行的。可以想见，披着长发骑在战马上的英王是怎样的英武而飘逸！尽管隔得很远，你仍能闻见那马汗和晒得滚热的马鞍皮子的混和气味。这与谨小慎微扎着长辫子、不会骑马、衰老而精明的曾国藩形成了鲜明对比。十九世纪中叶的中国就呈现在这种尖锐对比之中，并迫使王宫或王府之外的广大原野、稻禾、船只以及鸟群加入到这种对峙之中。然而，解辫子的人却不敌扎辫子的人。问题也许在于"长发"都是一样的，只是"扎"与"解"的动作不同罢了。比如曾国藩在就寝前，岂能不把辫子解开来，以减轻噩梦中那条青花毒蛇对他"脑袋"的缠绞？再说曾大人还有擅长看相的本领，史传上说"国藩为人威重，目三角有棱。每对客人注视多时不语，见者悚然。退则记其优劣，无或爽者"，可他为什么就看不出大清王朝的"败相"？

历史期待着剪辫子的人，一直渴求他的出现。尽管陈玉成做不到这一点，但英王依然是我心目中最后一位中国古典时代的农民英雄。他让我想起公元前的项羽和二十世纪的切·格瓦拉。然而在古典时代，农民英雄大都"长不大"，或者说他们衰老得太快了。比如洪秀全，这个大做天王且拥有大量宫女的南方起义者，如果说他定都天京前还是一个英雄，那么他衰老得实在太快了，比刘邦、朱元璋和李自成还要快，变得像所有末代皇帝那样满脸皱纹。因此，他只能死在他的死敌咸丰皇帝的前面。"天京之变"的相互残杀，不过是将一个恶性循环的历史周期大大缩短了而已。而曾国藩是善于抓住并利用这些弱点的人。这导致了不该失败的骁勇的英王，陷入了曾是他手下败将的曾国藩精心设计的陷阱，蒙受了无法洗刷的耻辱。

但我以为，远离天京宫闱之争的英王是明智的：他可能害怕自己也衰老得太快。而死在25岁的英王是幸运的。他赶在自己没有衰老之前，赶在另一个恶性循环周期开始之前就悲壮地死掉是幸运的。

英王永远也无法返回那里了：是"那里"而不是"这里"，不是我此刻徘徊的地方——门外正传来麻酥酥的流行曲和回收旧电器的吆喝声，并闪过一个金黄头发的蜂腰肥臀的女人；门内那个脏兮兮的孩子撇下我，而将一双好奇的眼睛盯着地面，自顾自地玩耍着。然而英王只有远离了天京或英王府，他也许才能看清：王府壁上的彩画与外面广大的原野、无数饿殍和绵延不绝的逃荒者之间，存在着无形的裂沟与对峙；才能看清站在任家坡便能越过城墙眺见的古老大河已衰老得很久了。只是英王已来不及了。这个来自广西藤县的农民的儿子，甚至来不及注视一下他曾幻想过的天空，来不及抚摸它所热爱的庄稼和水车，或者摸一下那个脏兮兮的孩子的光头……

历史止不住英王的血喷向彩画下面那苦难的大地，但英王的血也是贫瘠的，无法滋润那个更加贫瘠的年代。

我忽然感到在王府的内与外之间存在着一场暴雨的迹象。它也许已下了好多世纪，但却很少打湿过那金黄色的琉璃瓦，以及它下面的旗鼓石和上马石。"被久久围困的安庆城，人肉卖到了多少钱一斤呀"？清兵攻入安庆城后，像对待扬州、嘉定一样，任意抢劫，疯狂屠杀，全城大部分房屋都被烧毁。妇女们纷纷上吊、投水、跳井……"人民"从来都是苦难的承受者，以及一方胜利时广场上的狂欢者，而不可能是俯看狂欢的人。湘勇和太平军均来自农民，都是"人民"的一部分。一场内耗性的漫长战争，只不过是一部分"农民"与另一部分"农民"在彼此杀戮。用血和头颅不断循环、演绎的中国王朝更替史，一直就缺乏从内部进行不流血的和平变革的内在机制。除了奋然起义然后相互血战，除了精心密谋然后格杀九族，一些人头颅落地了，一些人戴上了花翎。总督府不过取代了英王府，或者相反。

历史的幽灵总会在某个地点徘徊，但它只能影子似的存在，并作为秘密叫喊的一部分，以及持续不断的回声的一部分。

我在这座是英王府也是总督府的老屋待了一会儿。如今，它成了文物而受到保护，因此与周围新起的建筑相比，便愈加显得低矮而破败了。如此看来，我的接近报废的"坐骑"停靠在它的门外是适当的。但我到这儿，已无法见到英王了。英王呀英王。我只迟到了一步。英王骑着白马丢下英王府而去，他让它彻底荒芜、倾圮，让它开裂的墙体和瓦楞长出青苔和杂草。它回到了在它之外的昏暗的民间，无可选择地成了平民的居所，并让繁衍多少代后出现的她们和她们的孩子，在这个阳光强烈的夏日被我昏暗地注视，尽管她们几乎不回看我一眼。我再次想到了英王娘，她隐姓埋名地活到了二十世纪，近乎一个神话。天京陷落时，她女扮男装才得以逃出，并携子辗转回到故乡湖北麻城，护佑着英王的子嗣艰难活过十九世纪苦难而悲郁的黄昏。那么，她是否秘密回到安庆寻访过英王府和迷离的旧梦？这一点不得而知。如今，仅残存3636平米的"英王府"是破落的，孤零零的。但我发现这座老屋的深处并不平静。它被两个分裂的自我咬啮着，撕扯着："英王府"和"总督府"仍在进行着看不见的厮杀和较量，却同时又被老宅的结构统摄在一起，以至于难以被我们察觉。

自从一八六一年刷上第一层白垩土后，这座没有英王的英王府就被各种各样的当权者所占据，并加以重新命名，以致后人难以找到它。但唯一的英王府仍在那儿，并始终是空空荡荡的，至今也没有人能占据它虚蹈的空阔。历史的不可理解之处正在于它也是可理解的。这也就是历史更多地让我们记住它的原因，记住它其中的一个响亮名字：英——王——府！

刀　锋

每次经过天桥时，我几乎没发现桥上有行人。为什么叫白鳍豚天桥？后来有人告诉我，因为投资方是白鳍豚水泥厂。但我始终无法将这个钢铁巨物与白鳍豚那灰白柔韧的躯体联系在一起。有一次，我登上天桥，我终于可以触摸那斑驳的栏杆了。一种冰凉、凝滞、麻手的感觉，倒与想象中的白鳍豚的肌肤有相似之处。那微红略暗的肉质和骨头，从锈蚀的漆皮下艰涩地、缓慢地裸露出来。它的暗伤似乎被我触痛了，于是，那银白的躯体便在巨大的钢铁中扭动与挣扎。那一刻，一种难以觉察的颤抖从大地深处闪电般流遍桥身，以及我的手，脊椎，肾，鼻尖。

记得没有天桥时，这儿一度是事故频发路段。比如隔壁戏校一个女教师上街买菜，就是在这儿被车撞死的。听说她是回族，下葬时不用棺材，周身裹着白布，然后被置入洞穴。这个细节一直给我留下很深的印象。有一次我骑着车，在这儿被夹在两股车流中间进退维谷，无法动弹，类似一只白鳍豚陷入滚钩之中。事实上，这么多年来，肯定有许多生灵生存在一个与人类完全隔绝的世界，可是谁能知晓它们的死活和绝望？

但我必须经常从天桥下经过。一道巨大而沉暗的灰鳍闪现在上方或者前方。我就活在它的上和下、此和彼之间。我已混沌地活了大半辈子了。有人笑我很书生气，在浑水里也摸不到鱼。他说得对。我非但摸不到鱼，而且也摸不到虾子。当然，站在桥上是安全的，滚滚车流在下面平静地淌过。可我为什么还是隐隐感到不安？那种阴鸷之气究竟源于何处？事实上，我不可能闻到滚钩的气味。桥上的我成了一个虚无的观望者：当目光穿过落叶纷飞之下繁华的、喧闹的冬日表象，我看到了一种正在扩散的湿漉漉的迷暗，仿佛庞德在地铁口所看见的那样。

有一年，我到陈独秀的墓地去。在接近集贤关的路途中，滚滚烟尘制造了一起又一起事件，那日头成了类似红心鸭蛋那样的玩意儿。这时，我注意到在高矗的烟囱口，那铅灰色且略带硫红的白鳍豚出现了。它滚翻着，甩击着，仿佛从滚钩和电拖网中逃逸而出。我承认这幻象与语词的魔力有关，但我还是被它张开的另一个巨大躯体所震撼。在它下面是某水泥厂的厂区，庞大、凌乱、混蒙，像一个患矽肺的、头戴面罩的农民工。在这里，你也许能窥见城市神话在当代被创造出来的小作坊。谁来阻止这种勇往直前的奇怪悖论？它的副产品是将一个时代的死亡幻象不断制造出来，然后鞭打着我可怜的想象力。当然，"唯物主义"在最近两个时代都取得了胜利：它先让天下人驱除物质，继而让天下物质驱除人。在陈墓旁的植被丛茂的枝叶上，我清楚地看见它的细小骨殖和尖锐嘶叫积了厚厚的一层，像时间的尘埃以及不为人知的历史隐秘。

回到家中，老婆正在厨房剖鱼。她手中的菜刀白晃晃的。倒剐，切进，转动，鱼鳞和血污翻了一盆。鱼鳔一瞬间冒出来了，惨白、坚硬、不堪一击，充满虚无主义的气体，它最后时刻的尖锐敌意由此显现出来。老婆知道我喜欢吃鱼。我的理由很简单：猪肉里有太多的激素，我不想再发育了。然而最近我在报纸上看到，鱼也吃饲料，鸭吃的饲料甚至有苏丹红……鱼在她手中突然一甩尾，盆中的浑水立刻怒响，血鳞四溅，连鱼籽也迸出来了。它最后的挣扎让老婆吃惊。这种抵抗仿佛是从死亡深处折回的光。她迟疑了片刻，用袖口揩了一下脸。现在它彻底放弃了抵抗，静静地躺在砧板上等待刀锋。老婆说，手指划了个口子，你来剁吧。我接过刀把，表情却像一个懦夫。

记得这把刀是我在超市买的：在众多悬挂着的锃亮刀具之间，售货小姐向我介绍说，"白鳍豚"是品牌产品。

　　此刻，我不知道是什么力量将如此黯弱的事物打造成如此亮利的嗜血之物？它收拢着厨房内暗淡的光线，震撼着砧板，但痛饮的却是它自己的血。在刀刃停止之处，来自它内部的绝望将我刺得不知所措。

　　在虚暗的砧板上，两种血最终流在了一起。

我们周围的秘密

杨献平

如此隐喻：从花朵开始

莲花谷在冀南与山西交界的地方，属华北或者北方地区。战国年代，附近邯郸出过赵武灵王、韩厥、程婴、公孙杵臼、蔺相如、廉颇、赵奢、李牧等有名的雄主与能臣、名将和贤者。为了抗拒匈奴，赵国在这里修建了蜿蜒百里的长城。唐朝的李世民和窦建德在这里进行过战争，还有明朝的朱元璋和陈友谅……日本名将之花阿部规秀在这里被杨成武将军击毙——村子南面，有一片面积在一千公顷以上的松树林——听说是60年代时，由飞机播下，人工扶正的，现在已是郁郁苍苍，与先前就在的、漫山遍野无处不长的洋槐、秋子、核桃、板栗、杏、桃、梨、苹果、柿子、杉、椿、松、柿子和山楂树一起，将村庄围了个水泄不通。

花朵们是树们的强项，也是它们招人喜欢或者孤芳自赏，或者专门向人炫耀的一种资本和方式。其中，核桃树花不怎么好看，虽然也黄，但黄得不够彻底；虽然小，可小得叫人不注意。只是数量多，面积广，哪里要结核桃了，它们便出现在了哪里。夹在发散着臭味，且时常生有大批的册楽（一种绒毛带毒的昆虫）的叶子间，让人不敢接近，也不会喜欢。

倒是板栗树的花朵，虽然也小，但金黄金黄，让人首先想到小米，再想到黄金，远远地，就嗅到一股浓郁的蜜香。花落之后，它们还会吐出一条粉黄的长须，挂在果实之上，像新生婴儿的脐带。梨花是神仙在人间的灵性植物，据说，每年的五月初五清晨，远远近近的梨树无一例外地被削去了枝尖——老人们说，梨树枝尖是仙女用来修房做床的唯一原料，也可能是她们要从梨树的枝尖中提取水滴，用来润肤或者酿酒。

而梨花的白叫人眼晕，大致是太白——或许是村人习惯将白与孝衣孝服抑或死亡联系起来，因而任凭梨花开得再美，再多诗人和文章家赞叹，也还是从心里不喜欢——由此，梨树和梨花是传说中神仙们的日用品，也是人间某种审美观和习俗的隐喻。桃花惹人喜欢是正常的。桃花是真正的人间尤物，红而不粉，妖而不艳。既有白色粉底，又有红色脸颊。它们是美女们最好的象征，是男人们心目当中的微缩美人和男人们对女人的唯美体现。

在莲花谷，杏花大都开在山野，和桃花一样，只不过落寞了一些。我小的时候，房屋背后的野地，杏花们最先推开春天的门楣。在还料峭的风中，颤抖着也舞蹈着，孤独着也喧闹着开放——山里的野黄蜂最喜欢杏花，一天到晚在花上趴着，一动不动。还有不少的大头蜂，一次次从花上滚下来，又嗡嗡地爬上去。还有一些不知名的小黑蜂，不知怎么着，就死在了杏花上面。不过，风稍微一吹，就落在了地上——每年春天，在杏花之下，总是可以见到成百上千的小黑蜂尸体。

小麦开花也跟玉米开花一样，叫人想起劳动，想起这一年的肚子和下一年的光景。在我心里，小麦花、玉米花和土豆花、黄豆花一样，是劳作和汗水的代名词。任凭它们长得再朴素、再媚俗、再美丽，我只是会想到这些，其他如诗意、如大地、如永恒、如稼穑、如"粮乃国本"、"无粮不安"、"无粮不稳"、"民以食为天"、"兴农强国"等等都没有关系。

倒是天地边缘的野菊花叫我喜欢。它们一般不扎堆成群，而是你离我远一点，我再离你近点的相互张望或者独自芳香。它们的味道是苦涩的，只有蝴蝶喜欢，时常翩翩落下，鼓着翅膀，跳一会儿古典舞或芭蕾，然后慢慢飞起。另外，最好的花朵是酸枣花，金黄色的，一簇一簇，在枝头，在尖刺之间，似乎是荆棘中的某些神灵的口粮或者使者，看起来亲近，却若要爱，必然要做好流血的准备。

在5月盛开的洋槐花也是，刺虽然不够尖利，但扎人也很疼。特别是新生的枝条上，黑里泛红的刺足有两个厘米，而且体格庞大，特别脆。若是扎得深了，就自行折断，还得用针挑。我小时候，就吃过它的亏，以致左手腕肿疼流脓，看了好多医生都没看好。还是我自己，发现一点黑，叫大姨妈用针挑，才把那根三厘米的洋槐树刺捉了出来。

洋槐花是蜜蜂的好情人，心中有爱的第三者。附近养蜂的人家，把蜜蜂放在洋槐林中，就连续一个多月，能打很多的蜜，其蜜质也好，常常能卖出好价钱。若是论数量和规模，在莲花谷，洋槐花的面积是最大的，它们分布在每一个山岭和山坡，即使沟壑之中，也都是它们的子孙或者远亲。一棵树上，盛开的花朵足够一辆架子车拉，若是把莲花谷的洋槐花全部摘下来，装一百个车厢应当没问题。

紫荆花是紫色的，漫山遍野，面积大，也芳香，但人很难嗅到。紫荆花的香味大致是给野地的，包括其中的一些动物和神灵。每年春天，它们开放的速度与春天的进程成正比。老杇但仍旧翠绿的枝茎之下，新枝滋生，以一日千里的速度，与身边的老人们起头并肩，摇着一身的新鲜叶子，在风中领舞。在它们的根部，时常是野鸡、野兔和灰雀的家，偶尔窜进来的蛇，将它们的卵和孩子一口吞下。

在我眼里，苹果花是淑女的象征，甚至有些红颜薄命的味道。它们尾随梨花和桃花之后，它们开，具体什么时候开的，谁也没见过。尤其在雨中，春天的雨，滋润人心也使得苹果花楚楚动人，惹人爱怜。我小时候，每次看到苹果花，晚上就做梦——梦中的苹果花，不是一个可爱的小女孩，就是美如天仙的女子；不是冲着我笑，就是和我手拉手。到后来，她们就到了我怀里，赤身裸体或者穿着光滑的丝绸内衣。

还有一些，如山楂花、野葡萄花、山丹花、黄芩花、桔梗花和柴胡花，它们住在深山密林中，一般不与人见面，也不愿意人看到。山楂花开了，在秋子树、岩石之间，在麻雀和弹弓（俗称，一种飞鸟）的翅膀下，在斑驳的阳光之下——它们开了，开着开着，就被闷热的风打散了，然后结出青色的果实。山丹花、黄芩花、桔梗花、柴胡花则被夹在茅草或者灌木之中，独自开放，也独自凋零。它们的美，只有偶然遇到，才会发现。通常，与它们遭遇的时候，我想到的是，如果我是另外一朵花，我会距离它们近些，再近些，直到和它们合二为一，连刀子和雷电都难以分开。

民间立场：动物们的传奇

莲花谷四面环山，高耸以及低矮的山，它们分开，但却藕断丝连；它们高大，但在人的脚下。站在上面，四边的世界很小。散落其间的大小村庄像是成片的岩石，而人——我们则都像蚂蚁，像甲虫，像从来没见过的这一些和那一些。因了那一片森林，莲花谷幽深神秘起来，也绿色和臃肿起来。森林不仅养育了树木，还有灌木、野草、藤萝；还有落叶、不期然的尸体、年复一年的风、总是不会直接落地的雨和雪。

当然还有在里面穿梭的我们——先祖和后世子孙。也当然还有它们：能够活动的事物，划破皮肤会流出殷红鲜血的动物。但我们不知道它们到底是就地而生还是远处迁来——至于怎么迁来，为什么迁来——莲花谷一带缺乏很好的观察者和野生动物专家——没人记录它们，尽管村人时常在遇到或者听到的时候，对它们的行为表示诧异，甚至会直接与它们正面遭遇。在我还小时，每到傍晚，不管是冬天还是夏天，狼叫之声此起彼伏。第二天早起，总会传来谁家的猪猡或者羊只被狼吃得只剩下一条尾巴或者两只硬角。

羊、牛和猪是上帝派往人间的使者，是救世的佛陀，用自己的肉体阻遏人类猎杀和嗜血本性当中的恶，用现世的死亡，一次次唤回人间一再丧失的良善、忍耐、牺牲、奉献和博爱精神。另一些可爱的动物，如松鼠，不一定生活在松林里。秋天，它们会在村庄附近的深山出现，在核桃、柿子和板栗树上蹦跳，像是平地冒出的神灵。附近田地里遗留的玉米、豆子和花生等农作物成为了它们猎取的对象。人总是与它们作斗争，用破衣烂衫再加一顶草帽，做成人的形状，用来威吓这些喜好剥夺人的劳动成果的小精灵们。

有不少人家，养的鸡总是失踪，把一身鸡毛留在鸡窝里。有一次，不知谁发现了一只黄鼠狼。众人追赶，黄鼠狼无处可逃，一边放着臭屁，一边三下两下爬到了一棵老高的椿树上。众人够不着，就喊叫，有人还点起了火把，作势烧树。黄鼠狼开始很惊恐，可只是火把在动，树不动。一下子明白：人点这火是做样子的，根本舍不得把能当梁用的椿树烧掉。

黄鼠狼索性骑在树杈上，看着下面大呼小叫的人，一脸无所谓、镇静和顽皮。人喊得累了，方法也想尽用尽了，见还是奈何不得黄鼠狼。黄鼠狼可能想到了，不间断地放臭屁，树下的人纷纷掩了口鼻。黄鼠狼愈发得意。人气得哇哇乱叫，但毫无办法，只能弃之不顾。人前脚刚走，黄鼠狼后脚窜下椿树，钻进茅草，不一会儿，回到了自己在山里的家。

那时候，关于狼的传说最多——大致是母亲为了吓唬小孩，不要他们在黎明和傍晚在林子外面乱转。我母亲说，某个村子的一个小孩傍晚回家，在村外遇到一匹狼。狼一伸舌头，就把他的半张脸舔没了。还说：某人深夜去深林里偷别人家的苹果和杏子，路遇群狼，一声都没喊出来，就被狼撕碎了。更神奇的是，有一个人被狼救过，还奶大了。长得也像狼，回到村子，多年没人愿意嫁给他。某一个月圆之夜，一群狼突然进入村子，围着那人的家大声号叫。声音凄厉而悲怆，尖锐而决绝。

狼叫了半宿，那人的门"吱呀"一声开了。有胆大的人趴在窗棂上看。只见众多的狼，在一只头狼的带领下，呈线状把那个人的房屋团团围住。那人出来之后，也发出了一声狼嚎。尔后，跟着群狼，一起奔出了村子。此后，许多年过去了，那人没在村子出现过。

再就是狐狸，它们显然都成精了，一个人看到，大中午的，一个穿蓝布上衣的中年妇女，胳膊挎了一只篮子，篮子也用蓝色的绸布盖着。一个人，袅袅婷婷地从根本无路的深山出来，到供销社买了香油、甜果和饼干，还有食盐和画布，又袅袅婷婷地消失在深山之中。

还有人看到了，这个容貌美丽，且带有浓郁狐臭的中年妇女，不止一次从那里出来，在供销社和后来的商铺购买东西之后，转身消失在群草蜂拥的深山之中。至于她的家——有人指给我看：一片茂密的草丛，不同颜色和不同品种的草织成一个庞大的阴凉，即使在草枯之时，即使进去两三个人，也会看不到任何踪迹。山下有一座早已倒塌的房子——很多年前的一户人家在身后时光中唯一的存在——听祖父说，在我不知道的年代，一个人在那座房屋当中上吊自杀之后，它便被人遗弃了。

在莲花谷，更骇人的可能还不是成群结队的狼，而是獠牙参差的野猪。它们的嘴巴是最好的犁铧，牙齿是最尖利的钢刀，皮肤是原始的防弹衣。现在，它们嚣张到了白昼入侵村庄的程度，不少人捕猎，但骇于它们持久的爆发力和不妥协的复仇品性，总是心惊胆战，不敢存有侥幸。有一年，一些人捕到两

只，拉到城市里，卖了一万多块钱。

还有蛇——莲花谷的人们将这种软体动物称作长虫。在古希腊，在中国古代，它们是情欲的象征，甚至有着同性隐喻的矛盾和尴尬。而在莲花谷，没人想到这些。我们只是觉得：长虫是神性和灵性的，是神仙们的宠物，或者某种邪恶的象征，恶灵的附着物，灵魂在某些时候的现身的导体。在莲花谷，没人故意伤害长虫，除非初生牛犊不怕虎的孩童和不明世事的二愣子，他们才会采取铁锨斩断、乱石砸死的方式，将遇到的长虫置于死地。

有人说：村子的老水井里，就住了一条美丽而妖艳的蛇精（大概是受《白蛇传》启发）。有些时候，那蛇精趴在附近的一棵杨树上，上身是人，下身还是长虫，冲自己中意的男人们媚笑，以猩红的舌头和勾魂的眼睛，让他们魂不守舍，想入非非。正好的是，村子里的一个未婚男子，当然长得很漂亮，大中午去水井挑水，回到家里，还没放下扁担，说了声："俺去给蛇精当女婿了。"就倒地而死。

还有一次，一个半大小子在河里打死一条长虫，正在高兴之间，许多的长虫不知从哪里来，眨眼工夫，就爬满了整个河沟，而且蜂拥不止，层层加厚，一条条扭动着，翻滚着，将那小子围在中间。他母亲听说了，哇的一声大哭，跑回家里，拿着柏香、馒头、蜡烛和冥纸之类的，跪在河谷边祈祷，声泪俱下地致歉，请求蛇精原谅。

而最浪漫和可爱的就是麝了，它们躲在深山，以名贵药材的身份，也依照自己的本性。可它们总是抵挡不住弦声的诱惑——低沉或激越的二胡，是它们一生最美的享受，也是致命的利器。祖父说，人要想捕捉麝时，根本不用漫山遍野地跑，只要在夜晚拉响二胡，麝们就不由自主在弦声之中迷醉，不断向着弦声的发源地靠近——到最后，麝一动不动，任由人将它们俘获。麝的这一行为，实际上是动物向人的靠近，当然，也是动物对文明和进化、美和美的形体及其真髓的认同，在绝妙之音和天籁之中，葬送身体，用来超度灵魂。

观察手记：土豆的秘密

土豆花儿开放，是一簇簇的白。只有花蕊当中，才见微末之红。在莲花谷毗邻的山西境内，有一句民歌这样唱道："山药蛋（土豆）开花一咕嘟白，小鸡子透过扳机来。"（山西民歌《七十二开花》）而在莲花谷，土豆的种植面积比较小，前些年有人种了，卖给专门收土豆的人，贴补家用。现在，随着田地面积越来越少和土豆品种的"近亲繁殖"，在莲花谷，土豆的长势愈发不好，收成不丰，村人就便越种越少。

土豆通晓全世界的秘密，从地上到地下，它们是最务实的通行者、参与者和悟道者，乃至终成正果的修行家和大智若愚者——每年5月，土豆秧子高高竖起，瞬间开出花朵，引来许多蝴蝶和蜜蜂。但往往在这时，莲花谷一带常常大旱。土豆和玉米一样，对水的需求量很大。为保证它们的正常生长，如期结出拳头大小、且又绵甜好吃的土豆。村人们在没水可浇的情况下，只能手提水桶，到就近的水井或者水洼中，把水提到地里，再倾倒在土豆根部。

大中午是不能放水浇土豆的，因温度高，冷水乍进，会使土豆变得干硬难吃；也不能使正在生长的土豆露出地面，否则太阳晒得多了，就会发青，吃起来很辣，且还有毒素——夕阳西坠，余光在莲花谷附近的田地和山坡上荡漾。蔫了的玉米、豆子和谷子们正在舒展身子和脸蛋。土豆们紧缩的身子也正在徐徐打开。我放学回家，就提了水桶和水瓢，到土豆地边，舀了浑浊的水，再拎到地里。

连日的暴晒，土豆地里裂开了无数的缝隙：一是土豆成长的结果，二是干旱所致。我看到了，就觉得心疼，急不可耐地把水倾倒进去。哗哗的水，在土豆根茎之下，冲起一片黑色的泥浆。紧接着，传来咝咝的响声。泛着水泡的地面不一会儿就洇湿起来，裂缝顷刻无踪。

那么多嗷嗷待哺的土豆，让我有一种紧迫的压力。心想，它们就像是一群受委屈的孩子，都在等着我安抚。我上下跑动，一提再提，一直提到太阳在西边的山后被黑夜俘虏了，才可能把整片土豆地浇完。在薄暮之中，土豆花白得叫人想起棉花和雪团……以及女性胸口露出的那些洁白——葱绿的叶子变得幽暗，逐渐与黑夜融为一体。而泥土渗水的声音、虫鸣的声音却越来越响亮。有一些飞高飞低的萤火虫，从荒草丛生的河滩、近处的山坡，甚至村人堆放土粪的地方，毫无声息扑面而来。掠过土豆花和蛤蟆的鼓噪，在我眼前飞舞，有的触到了我的鼻梁和眼睛，有的在我怀里碰壁，跌落尘埃。

到农历五月中旬，土豆就可以吃了。菜蔬稀少的莲花谷，很多人就开始刨土豆炒菜吃了。我们家的土豆总是从最不起眼、旱情最严重的地方刨起。这活计我干不好，但父母忙时，必须硬着头皮上阵。我扛着镢头，走到地边，先找了土壤最薄、秧子低矮委顿的地角，扔下荆篮。先往手里吐一口唾液，双手搓搓，然后抓了镢头，瞅准其中一株三十公分开外的地方，使劲刨下去。只听得"扑哧"一声，明亮的镢头插进了泥土，再使劲一拉，土地裂开，被众多细小根系联系在一起的土豆们便都暴露开来。

洁白的土豆，像是孪生众兄弟、亲密小姐妹，抑或是住在地下的神话小矮人，还有传说中隐匿的仙丹妙药。我蹲下来，轻轻拉出藤蔓，根部的土豆还是不舍得养育自己的藤蔓，也随着破土而出——我一个个捡起来，放在手里，搓掉它们身上粘连的泥土——光光的土豆，洁白的土豆，浑圆或者扁平，微小或者硕大，都让我觉得了一种收获的喜悦。

它们满身斑点，褐黑色的，像是无数的眼睛——照亮地下的生活。这种生活实际上是一种旅程，从无到有，从小到大的过程。那些褐黑色的斑点，大致就是土豆们在泥土之下用以张望和呼吸的眼睛与嘴巴——白色皮肤之内，还是白色，白色的汁液像是沉淀的奶液。在我的手里，有一种爽滑但不粘腻的快感。

有时候，我会不小心将它们斩为两半，这总是会让我受到母亲和父亲的斥责。在他们眼里，这样的行为不仅损坏了土豆的完整性，更重要的是，这是对土豆和自己劳动果实最大的不尊重。其实，我也觉得惋惜，完整的土豆，就像完整的一个人，谁见谁喜欢——我没有办法，等刨完之后，就提了荆篮和镢头，蹲在河边一个个地清洗。土豆在我手里褪下衣装，它们的眼睛和嘴巴被我刮下来，洁白而鲜嫩的身体越发赤裸。忍不住用牙咬咬，有股清脆的味道，在口腔炸开。

我喜欢这样的味道，但很少生吃土豆。有些年暑假，到山里去打柴或者捉蝎子，饿了，就偷着刨谁家的土豆和红薯、掰别人的嫩玉米，找一个阴凉的地方，点起火堆，把土豆、红薯和玉米放在里面烧烤。大约半个小时，玉米就熟透了，黑黑的玉米，冒出芬芳的香气。虽然吃得两嘴发黑，但仍旧津津有味乐此不疲。烧熟的土豆比红薯和玉米更好吃，剥开一层硬皮，土豆内核就像是黏结起来的糖球，沙沙地绵。

　　这样的野炊，我以为是最美的生活。有时候想：只要有烧土豆吃，让我到山里当个野人都喜欢。还想：这辈子不管走到哪里，只要给我土豆吃，我就饿不死，以为是最幸福的生活。那些年，母亲不在家，或者在家，我都会自己动手，炒一大锅的土豆片或者土豆条，加上几瓣蒜或大葱，再加适当食盐，我和弟弟就能比平时多吃好多饭。

　　我还喜欢煮食土豆，莲花谷的人也都有在稀饭中放土豆瓣、豆角、花生米和红薯的习惯——唱《七十二开花》的山西农村也更喜欢土豆。我老舅所在的左权县某个村庄，人们种了土豆，除自己吃外，多余的用来卖钱，或者换莲花谷的白面——煮熟的土豆，皮开肉绽，吃在嘴里，那种快感，不喜欢的人根本感觉不到。我还喜欢用土豆烧牛肉和排骨、吃甘肃古浪人做的土豆饼和土豆泥饺子。

　　从莲花谷到莲花谷之外，我的世界似乎只有土豆那么大。而土豆，却满世界生长，它们是人类的食物，也是全球性的植物，在不同国度的土壤中，在不同的镢头、火焰和烹调用品中，始终保持了土豆的模样和味道——而相对薯条和土豆条，我更喜欢煮土豆、蒸土豆、土豆泥和炖土豆——土豆是我在世俗之中，最热爱的食物，虽然素，但有着肉质的口感、土生植物的贴切和令人放心的实在感。土豆构成了我对食物生生不竭的渴望和满足，也似乎只有这些土豆——只要有土豆，我都以为它们是世上最好吃的菜肴。

　　但很多地方的人不善于做土豆菜，要不油炸得过狠，要不半生不熟。我以为这是糟蹋土豆——这些年来，我总是渴望能在5月前后再次回到莲花谷，浇土豆和吃土豆是其中最为诱人的因素。还有些时候，想在巴丹吉林种植一些土豆，可就是盐碱土地，土豆不宜成活。另外，虫子也太多，还没等土豆向地下的泥土、昆虫和幽灵们告别，就被虫子们吃得千疮百孔、魂飞魄散了。

　　前些年，我为土豆写过几句诗，用以表达自己对于这种泥土中生长和成熟的人间美食喜爱与感恩之情——

　　　　从泥土的宫殿找到你／大地幽深的子宫／亲爱的土豆。我们是前世的兄弟／今生的夫妻／在尘世，我一次次想到你／在日光下抚摸，在内心铭记／在同样有黑暗的人间／用牙齿和舌头／一次次亲吻、嚼动、吞咽／用柔软的胃部提取／这一具血肉之躯／一颗灵魂，与你生死不离／与你轮回消长——我们紧紧拥抱／就像这众生，从地下到地上／这暴露和隐匿的秘密／我们一一汲取，在坚硬的时间之中／以进入身体的方式／被他们，和它们，一次次吞噬，一次次谈起。

四　季

肖欣楠

在春天醒来

　　没有一场大雪，能够覆盖整个冬季。我在多雪而寒冷的日子里，对春怀着恋爱般的盼望与坚守。头顶上的天依旧一本正经的严肃，惨淡、冰冷。树们沉默着，满腹心事，瑟缩在寒冷中，小心翼翼地掩饰着绿色的激情。那些植物还是静物，安静而不动声色。偶尔会有阳光爬到我工作的房间，淡薄、胆怯，一如陌生怕羞的孩子，小心翼翼地探访。每当这个时候，我会放下手中的工作，转过头，和它对视。我笑，从内心到脸上，它也笑，跳到我的眼睛上，调皮地闪动光亮。在彼此接近的一刹那，我闻到了春的信息。

　　仿佛就在一夜之间，春天站在了我的门楣前。清晨，我听到了鸟的欢唱，它们叫醒了慵懒的春天，用好看的翅膀犁开了面无表情的帷幕。那些小精灵是天空的标点，在流溢着淡蓝的天空中，自由而任性的句读。它们时而俯冲下来，时而径直飞上辽远的天空，不再眷恋巢穴。高大的杨树上，一个、两个、三个鸟巢，进行着孤独而寂寞的守候。树木终于脱下干枯的外衣，把颜色扯在身上，有刚长出的嫩叶，那种翠绿中还带着明黄的颜色，鲜嫩得让人心疼；还有的叶子刚从芽儿里面探出一点头来，怯生生地望着这个世界；有的则还是小芽苞，毛茸茸煞是可爱。天地间的生灵们紧锣密鼓地准备着一场盛事。山开始朗润，正大仙容地面对着日渐繁茂起来的绿色。

　　桃树、梨树、杏树，在山坡、土岗上，装作满不在乎的样子，和春风闲扯。它们想从春风的口中，探得更多关于春的消息。春风这个小子，有些憨头憨脑，把所有的秘密毫无保留地告诉了树们，并急匆匆地去告诉其他的植物。在它走后，碎石、尘土、柴草身不由己地升腾起来，相互撕扯，纠缠、拍打，在空中打旋，奔向远处或又回到原地。不知在哪个墙角，遇到谁，被批评了，然后背着手，带着麦子的气息，在下午空荡荡的小街来回踱步。墙边的蔷薇看到这一切，偷偷地笑。它伸展着青绿的枝条，拍着巴掌。春风有些按捺不住脾气，气喘吁吁地一阵拳打脚踢。蔷薇忙连声讨饶，低声说着抱歉。春风咧开嘴打着呼哨，胜利地跑了。

　　春天使我患上失语症。沉默，神思恍惚。喜欢在阳光的午后，走在校园安静的小路上。一只鸟在我的左侧。我默念着海子的那首诗：从明天起，做一个幸福的人／喂马，劈柴，周游世界／从明天起，关心粮食和蔬菜／我有一所房子，面朝大海，春暖花开。这是我渴望已久的生活状态：简单、随意、自足。能够在责任之外，给自己一点空间，能够给我流浪了很久的心，安一个温暖的巢穴，不再隐忍、躲避、不安。但除了我，和那只跟随我的鸟，谁能听到？这个世界如此的寂静。在我的身体之内，我听到了一声轻微的叹息。我想去更远的山坡上散步，青草一定铺满了山坡，绿色膨胀着挤出山的围困，汹涌着直奔而来。或者，在大自然这本书中，那株草，那只把春天喊疼了的小鸟，比人更懂得宇宙的大美。维特根斯坦说：凡是我们不能说的，我们必须保持沉默。春天——这个词背后，我常常能感觉到一种震撼的力量，这种力量让我忧伤而感动。我看到密藏在地层中的万物，看到遗忘和爱，看到花朵和果实，看到那个孩子从墓地回来的路上，成为了一个忧郁的诗人。我必须跨过／黑暗的门槛／直到春天追赶上我／把时间折叠起来。我把刚刚想到的这句话，写在走过的小路上。春风低着头从西面赶来，拂过它，然后有沙粒逐渐掩盖。最细微的事物能够把内心带走，但绝对带不走我垂直站立的肉体。

　　我越来越迷恋春日的阳光，喜欢它的气息、味道。一个人在阳光中行走，浑身上下触角敏锐、纤细。春天叫醒了我沉睡多年的内心，甚至压抑多年的爱情。它温柔、梦幻、光亮。春天是一种召唤，我醒来，阳光盛开在内心的殿堂。心没有栅栏，阔大、辽远、感性、无限延伸。阳光篡改了我的忧伤，它用另一种金属的质地向我靠近。我终于能够穿着亮丽的衣服，在阳光中安静、坦然地微笑。呼吸舒畅，通体轻盈。那些蓬勃、恣意，还算年青的狂妄，在春天的原野上，如野生植物般一片葱茏。它们完整、独立、自由，以春天的姿势和速度行走。

于春天中醒来，理想状态中的大美，在午后悄悄抵达。一只鸟飞来又飞去。站在春天的路口，喜悦和爱在我的身体内穿梭，我微笑，不语。

夜色里漫游的鱼

夜，那个神秘的女子，用唐时宽大的衣袖遮住了天边最后一丝的光亮。白日里的喧嚣，热浪被它收入了暗香的袖口。一切刺耳的声音均降低到最小分贝。日里的生活是浮在空中的嘈杂，而夜晚则是落到实处的安稳。最爱这晦明的时刻，它让我可以平视生活。于我而言，有着人生近距离贴心的感觉。

立于长街的一端，望去。想起郭沫若的那首诗《天上的街市》，且不管这诗此时借用是否切当。只是我心里凭生了一种热爱——这两个字已是难得。街灯、行人、大大小小的超市、花店、家私坊，静立于长街的两侧。不由得想起朋友写的一中篇小说《人民需要狂欢》。在物质夯实的基础之上，人们寻求着通向精神的自由之路，而物质却是不可或缺的支撑，任何时候皆不可抛却。

我辗转于各个服装专卖店之间，拜丽德、以纯、依米奴、江南布衣、黑色马。落地的玻璃橱窗，永远微笑的人体服装模特，满脸真诚的服务生，客气的问候，热情的介绍，时有上帝的感觉。迎面那些漂亮的衣饰安静地悬在衣架之上。抹胸、斜肩、露背，你能想象中的各种颜色，无不昭示着时尚与前卫的味道。我斜仰着头，以挑剔的目光审视，一如被人逼迫了去相亲，心里写满了无奈，只得以凌厉的姿态逼视对方的破绽，找出一个借口，以此为盾，好全身而退。年青的脸上一按如同浅滩出水印的小丫头们，专业素质蛮强地介绍着适合我的款式。却不知，我只是这夜色里的一条鱼，没有目的，漫游而已。心里不觉存了愧意，想买下那白色的及膝长裙，转而忍了又忍。荷包刚刚鼓起，不能再瘪了下去——我又不是富婆。转身对她咧嘴温柔地笑笑，一个并不漂亮却灿烂的笑容，算是歉意。

从专卖店出来，一股热浪迎面扑来迅速将我包围。混合着凉风的空气中掺杂着市井生活的各种味道。烧烤、热玉米、海鲜、熟了的瓜果香气，酒楼中挤了出来的饭菜的香气也混杂其中。略显暧昧的橘黄色路灯下，那些来来往往的行人，觉得可亲可敬。男人光着背，穿肥大的半截短裤，趿拉着拖鞋。脚抬不起来，与地面做亲密接触，发出"吧哒吧哒"的接吻声。女人褪去了白日里的盛装，衣着简单随意且舒服。有张扬的女子穿了吊带的短裙出来，没有束腰，俨然是夜里的睡袍。头发还湿漉漉的，如刚出浴的样子，皮肤光洁而凉爽。有一家三口出来闲逛的，小孩走在大人中间，一枚果实悬在那，看了幸福而踏实。街道的两边是各种小摊位，白天你很难见到他们，偶或在偏僻的短街小巷看到他们忙碌或悠闲的背影。夜幕四合，他们从四面八方而来，以极快的速度占据自己的要地，支起摊位，摆上货物，开始销售自己的物品。生意好的心态就好，对待顾客的百般挑剔也就宽容些；生意不好的，正上火，遇到横挑鼻子竖挑眼的顾客，便压不住了火气，嗓门在不知不觉间放宽了，旁边的媳妇忙打圆场，好歹要留住一个，别人的钱放在自己的荷包里是真的，其他的大可不计，褒贬是买主，买卖两层心。针头线脑，衣鞋裤袜，书籍光盘，这些生活的必需，就这样呈在人生的最上面。夜里，我是如此地喜欢这些琐碎。他们和他们让我彻头彻尾地感觉活着的真实。

音乐厅或音像专卖店播放着歌曲。刀郎的《2002年的第一场雪》和朴树的《生如夏花》此起彼伏。停了脚步，在冷饮厅旁，要了杯柠檬汁，细听。《生如夏花》，是我在电脑上存放的为数不多的几首歌曲之一。每次打开电脑，我总是先开了RealOnePlayer播放，反复地听。深了的夜里，万物都睡了。朴树忧郁伤感的声音充满整个房间，穿透心房，且让我沉溺，疼痛不已。也不知在黑暗中究竟沉睡了多久／也不知要有多难才能睁开双眼／我从远方赶来／恰巧你们也在／痴迷流连人间我为她而狂野／这是一个多美丽又遗憾的世界／我们就这样抱着笑着还流着泪／我是这耀眼的瞬间／是划过天边的刹那火焰／我在这里啊／就在这里啊／惊鸿一般短暂／如夏花一样绚烂……这是一个不能停留太久的世界。我是怕疼的人。却一次又一次听起它，每一次都有一把小刀轻轻地从我心头滑过，隐痛且有血渗出。生如夏花——怕是难以做到了吧？终将这是一个不能停留太久的世界。而此时，在这人海之中，朴树孤独的声音和他彻骨寒冷的歌词都被瓦解了。忽然间，我可以平心静气地去听，不再泪流满面。

夜色越来越浓，我转身回家。在另一侧，巨大的广告牌上有那个老男人，号称"少妇杀手"的濮存昕含着庸俗的笑。这些光彩照人的笑容背后也会有难言与心酸吧？为了生存，生活，他们把自己——典当给那些商家，不知疲倦地立于街头、店面的顶端，或在纸媒上的某一处曝光了自己。好在，还有夜色，在阒寂无人的夜里，是不是他也可以在月光下把自己的心事晾晒？

淡墨清秋

响亮而暴躁的夏季，在阳光"哔哔剥剥"地爆裂中挨了过去，终于，空气不再湿沓、黏稠。天空敞开了胸怀，一切生物在金属般明朗的光亮中，干脆而有风骨。花木的香，在安然恬淡的秋中飘散开来，尤其是清晨和暮晚时分。那种怡然，让我无端地想起《诗经》，想起蕨、荪、苤苢、莴苣，还有飞白的芦苇。干净的诗歌，像秋天透明的水滴。一个衣着青衫的吟者，在水湄或者某个渡口，缓缓而行。我蛮不讲理地把《诗经》设置在秋——这个广大的背景之中，概是因了两者，在我心里极其干净。

多年前，清秋的某个夜里，喜欢泡了淡淡的菊花茶，拧开昏黄的台灯，手里握一卷书。柔和的灯光，静静地洒满一室。秋意顺着薄薄的纸张氤氲开来，满纸风流。那时还是小女儿态，读《枕草子》，读《源氏物语》，于绮丽的人、诸多的花花草草间，浸染素淡的心性。一页薄纸就能阻挡纷繁而至的喧嚣，一段温润的字就能触及内心隐秘的一部分。在房间的潮湿角落里，听小虫子开着天然演唱会，我是忠实的粉丝。那些清清朗朗的日子，恰若素纸霜毫，茶瓯香篆小帘栊。转眼之间，而立之年扑面而来，我忙着应付手中的生活，把那些优雅挂在门楣上，当做偶尔小憩时回想、遥望的风景。

一片叶子缓慢地飘落下来，抵达我的头顶，然后再坠落在脚下的小路上。这么辽远的大地，一枚叶子，一个人是多么微小。再一片叶子落下，依旧覆盖不了整个大地，它的悲壮让我陡生悲凉。飘着各色旗帜的街道、穿着夸张表情竭力冷漠的少男少女、小巷中穿旱冰鞋尖叫着驶过的少年，皆会在时间的齿轮中，拉扯成静物。倘若时间能够折叠，过去可能成为现在，现在变成过去，就像是一颗长满无限可能的树，或者是那把夏天谁随手丢下的扇子。从0°到90°度再到180°，折叠、铺展，随心所欲。谁家的音箱大声地吼着《秋天不回来》，透着些许沧桑和疼痛的歌词，像那些青黄的叶子般，在马路上来来回回地游荡。闭上眼睛，会想象出一个男孩子拿着话筒，慵懒、放松地唱，没有我希望看到的那种干净的眼神。很多时候，我习惯了仰望天空，或许是因了颈椎有问题。我时常借助这个动作舒展我的颈部，让它得以血脉流动。总是在仰视天空时，我得到内心的需求——繁华像剥落外皮的花生，少了遮蔽，所有的坦诚开始显现，天空一览无余。人的内心也是澄澈，会不会是一种奢侈？于是，内在潜藏的少许忧伤，像积聚的颗粒一样，在秋风途经自己时，慢慢消解。

秋天在时光的背面，隐藏起自己的心事和一些不为人知的细节。譬如孕育的疼痛。譬如，空寂的院落。譬如，干瘪在墙角的豆角。我曾经不止一次地把自己比作秋天里的一株植物。在辽远的大地上尽量攀爬，把脚趾伸向并不肥沃的土地，内心有着别人永远不了解的安静与宁静。我的周围是成熟的庄稼，人们开始欢呼，那些快乐的声音中充满了惊喜和十月微凉的沧桑，似乎一年的疲惫在此停顿。那些轰然倒下的庄稼，有着怎样的悲壮和无憾。在柴火和牛粪的旁边，覆满了玉米棒子，像是结实待嫁的新娘，没有世俗的心机。一只蚂蚁在艰难地跋涉、穿越，在它看来犹如高山峻岭的玉米茬。沟旁的野菊热烈地举着自己的头颅，以向上的姿势靠近蓝天。这个淡墨清秋，在阳光秘而不宣的背景中，开始拉开了它逼迫人心的帷幕。我听到莱纳的《大地之歌》在四处唱响。它把整个季节的果实，放在农民的镰刀下，让憨厚的男人和羞涩的女人相信，还有希望在更深的土壤里沉睡，明年的早春，它们将呼啦啦摇动成美丽的旗帜。

秋的魔法棒，把大地镀上金黄的色彩。故事在辽阔的空间展开。那个穿长衫的人采撷着秋阳、远山和种子的饱满，在一寸寸低下去的蒿草中，泪流满面。大地干净如水，人在秋天里行走，接近神灵，也接近自己的内心。一颗无所求的心灵，喜欢在草叶、露珠、山峦中得到宁静的憩息。水墨清秋，收留所有提着灯笼行走在大地上的孩子。

雪一直下

雪一直下。风从高远的天空中，扯下大朵大朵的花儿。开在尘埃上的花朵绵密、无声、精致，让人怜爱。雪一直下。从西往东，从北向南。落在树上、河里、公园、草坪。落在鼓楼大街、民生大街、碣阳大街、顺城大街。落在洗头房、超市、服装店、影楼、菜市场。落在自行车、电动车、三轮车，奥迪、宝马、红旗、北京吉普。雪落在下午4点的钟声里。

雪一直下。傍晚在白色的花朵面前迅速退场。整个村庄、城镇、世界都屏住了呼吸。偶或一声犬吠，划破空间的静谧，继而又羞愧般噤声。时间的村落，躲在雪温柔的怀抱里，像一个乖巧入睡的孩子。

雪一直下。轻柔、悲悯、散漫、随意又保持着优雅的姿势。雪是有釉彩的青瓷，冷寂的图案囚禁了孩子惊奇的眼睛。童年时打雪仗、堆雪人，在雪地中奔跑、呼气，冻红的鼻尖和耳朵，欢笑声震落枝桠上休憩的积雪。雪一直下。从童年下到少年。昏暗的路灯，暧昧的黄，一前一后两个影子，在雪地上踱步。心如雪，如明净的花萼。不管年龄多稚嫩，前方的路还有多遥远，忧郁和雪一样轻盈，漫天漫地覆盖了整个世界——它是无法抵达的爱的颜色。雪一直下。成年的雪华丽而寂寞。是身不由己、无法转身、不动声色、隐忍决绝。是穿着火红的羽绒服在安静的白中缓慢地行走。向内是孤独，向外是白色。比远方的白还要白。雪是等待中那杯饮不醉的回忆酒，雪是寄不出去的那封信，是藏在睡梦里的一声叹息，撞响了满天的钟声。

雪一直下。雪是冬天最小的女儿，小小的新娘。她温柔、娴静，像是清晨的百合花，有着鲜亮、芬芳的花瓣；是最明亮的花朵，落在大地身上最初的吻，轻微、羞涩。雪是邈远人世最柔的丝绸，柔软、阴凉。雪是辽远清脆的鸽哨，是新春伊始迎门的天使，是新娘子眼睫毛上的彩星，是写在大地上最短的一首诗歌，只等一个悦耳的声音将它吟诵。雪是藏在宇宙深处的大美，是祖母墨绿翡翠手镯的清凉，从一种静守望到另一种静。雪是樟木箱子中"葱绿配桃红"的古老嫁衣，是等待爱人归来窗前摇曳的那盏烛灯，是噙在嘴边不敢轻易说出的那个字——爱。雪纤小无言，是天庭忘情放纵的徽记，写满知晓天命的文字。雪赋予大地、森林、河流、山峦更深沉的爱。爱比雪更冷，更远。在语言的措词中，雪没有抒情成分。它走得比谁都义无反顾。

雪一直下。雪是一枚落入人间的草籽。头顶上是车的碾压，是布鞋、皮鞋、大人小孩的行走，是土块、石块、钢筋、木材的堆积。人们的叫骂、牢骚、怨愤，雪听得清清楚楚。它在这个世界最安静也最喧闹的中心，秘密地生长着自己。它等待鹅黄色的阳光中，那片最先挣脱束缚看世界的嫩绿。雪是记忆的片断。一阵风。一本旧书。一次旅行的站台。同桌的你的名字。曾经的爱恋。茶庄里的碧螺春。它们都到哪里去了？现实的空间添满了色彩，大街上的脚步沉重。那些值得记取的回忆，在偏僻的角落安静下来，寂然无声。雪是灵犀相同的微笑。在黄昏的巷口，你和他相遇。空气中有淡淡的栀子的花香。两旁是青砖红顶的回廊。谁也不说话。只有一双深情的眼睛，像生了锈的钉子，牢牢地钉在彼此的身上。

雪一直下。雪是宋词里的婉约。是汉赋。是元曲。是诗经。是日本的俳句。是暮雨。是秋霜。是失传了的瓷器。雪是越剧。是黄梅戏。是山歌。是轻舒长袖的青衣。雪是陶潜的菊花、王维的落花。是爱尔兰的风花。是大提琴的木纹。是布满绝望眼睛的白桦树。是饱满、浑圆的神秘果。雪是靛青、中国蓝、梨白、桃花红、铭黄。是李清照、张爱玲、蔡琴、王菲。雪是顾城的诗句：我们都已长大／把小衣服留给妈妈……雪是童话中的小美人鱼，是迷途的羔羊，是裸露微白的草根，是天空中的那抹微蓝。雪是田垄上的矢车菊，是象牙白的手链，是树叶上的雨滴，是音乐会中一只倾听寂静的耳朵。雪是一本安宁的枕边书，一本谁也不知道内容的沉默之书。

雪一直下。我听到"噗噗"降落的声音。雪落有声，似一首绝美的天籁，轻轻弹奏着宁静的心琴。那些花儿从遥远的异域匆匆赶来，赴一场美丽的约会。在这个冬季的傍晚，开始了凄美的旋舞。一朵。二朵。三朵。四朵。五朵。六朵。七朵。一朵一个音符，一朵一场盛世空前的爱恋。天地万物都是观众，君临着唯美的演出，栖落在大地上的花朵，收拢了透明的翅膀，从此不再飞翔。

雪一直下。从梦里下到梦外，从过去下到现在。

雪一直下，一经开始便无结束。

过去的雨

刘　华

岁月改变了许多的人，许多的物事。没想到，江南的雨也会被它改变了形象，改变了性格，甚至连命运也改变了呵。

在最近的几年间，下雨好像成了稀罕事，伏旱、秋旱连春旱，旱象环生。有一阵子，我常常下乡，驱车奔走在连绵起伏的丘陵间，对干旱的感受尤其强烈，车窗外不时掠过片片焦土，间或，尚可看见远处的黑烟和近处的火光，被火焚毁的山林叠印在我的记忆里，甚是触目惊心。

最让我震撼的是在某个干旱的春天去湖口，经鄱阳湖大桥时，竟见烟波浩渺的鄱阳湖居然成了一马平川，唯有一条窄窄的河沟尚珍藏着湖的记忆、湖的梦想，所有的船只都瑟缩在这条河沟里，所有的鱼鳍都躲藏在劫难的阴影里。其中，有我在上世纪80年代初期结识的"江猪"吗？我还记得它们一群群在水面上拱动的那副样子。

可惜，我没有带相机拍下那百年不遇的经典场景。我一直为此懊恼不已。

罕见的干涸，也把一个美丽的诗意的千古之谜彻底戳穿了，它的谜底袒露无遗。

湖口，顾名思义，是鄱阳湖水的入江口。县城边有座著名的石钟山，临水耸立。石钟山缘何以"钟"命名，历来有不同说法，苏东坡还曾亲临湖上探究，终于发现如钟鼓不绝的噌吰之声，"则山下皆石穴罅，不知其浅深，微波入焉，涵澹澎湃而为此也。"他在著名的《石钟山记》中，不仅通过自己的纪历论证了石钟山地名的缘起，还进一步引申发挥，得出了凡事要亲自见闻、不可主观臆断的结论。不过，明清时期有人又提出异议，认为石钟山"全山皆空，如钟覆地，故得钟名。"究竟若何，在这个春天里大可以西装革履信步走进往昔的龙宫去从容勘察的。我因当时来去匆匆，竟疏忽了这千载难逢的机会。想必湖口人该看清了石钟山的本来面目。

到了第二年春天，连许多游客也走进了溶洞。他们中有人描述道：站在石钟山底下的溶洞前，正如《石钟山记》所描绘的那样"大石侧立千尺，如猛兽奇鬼，森然欲搏人"。十几个溶洞互相通连，各种险石林立，钻进洞穴二十多米以后漆黑一片，充满鱼腥味，而且洞径愈行愈小。经千百年来的湖水冲刷，溶洞里大多淤满了泥沙，在一块绝壁上还留存着江西巡抚蔡士英镌刻的"玉壁铃宫"四个大字。据说，每年枯水季节，这些溶洞大多会显露出来，但像如今这样连年完全裸露的情况，历史上很少见到。

久旱之后必有久雨。后来的雨颠倒了季节，把个本该秋高气爽的秋天淋得落汤鸡似的。那年秋天，连续六年裸露湖体的鄱阳湖，忽然变得丰腴起来。我在国庆节前曾泛舟湖上，由鄱阳县城至湖中的长山岛，沿途时有片片树林摇曳在水中，却几乎看不到湖洲了，水警的巡逻艇好像总也走不出茫茫水天。此时，鄱阳湖的水文记录竟达到了19.3米的高程。

江南的雨怎么啦，如此任性，如此乖戾？

我并非仅仅为反常的气候而感慨。我的感伤更多地来自对下雨的况味。在我的经验中，雨在不同的季节里有着不同的心情，或者说，每场雨都有着自己的性格和思想，有缠绵的，有奔放的，也有暴烈的，有深沉的，有爽朗的，也有忧郁多愁的。在我的记忆中，很多时候，雨是可以入诗入画的。而不似现在的雨，分不清季节，也失去了各自的形态。

此时，我沉浸在对它们的风姿情韵的想象之中。

我已经有好多年未曾领略牛毛细雨的缠绵了。

牛毛细雨可以发生在春天，也可以发生在秋天。在我的小学作文里，春雨绵绵，秋雨也绵绵，说的就是毛毛雨。雾一般的毛毛雨一旦下起来，能延续好几天，把我的小城包裹得像一只巨大的蚕茧。我曾傻傻地站在火车头边，仔细端详过被探照灯照亮的细密的雨丝，我发现毛毛雨并非像雾那么飘忽不定，那些锃亮如蚕丝般的雨丝其实有着非常清晰的形迹，在强烈的灯光里，它们就像细菌游动在显微镜下。所以，童年的我一直以为毛毛雨是有生命的，如一种昆虫或微生物。大人们就常常说，淋了毛毛雨头上会生虱子。尽管如此，下毛毛雨的时候，我们上学还是不肯带伞，一路上还张着嘴伸长舌头去捕捉那甜甜的雨丝，青蛙也有那样的舌头。走到学校，一个个都成了白头发、白眉毛的小老头了，我们穿的都是改小了的铁路制服，黑呢子衣服上染了一层白霜。蹦一蹦，拍一拍，雾珠凝成水珠便被抖落了。

毛毛雨在不知不觉间润湿了我的童年。后来，读中学时号召师生们"斗私批修"，进驻学校的工宣队总喜欢以"毛毛细雨湿衣裳"的比喻来阐述防微杜渐的道理，这个比喻让我倍感亲切和生动，顿时有一种鞭辟入里、大彻大悟的感觉。

在早春，更多的日子是被淅淅沥沥的小雨淋湿的。持久的小雨有一种坚韧的力量，一点一点地把冬天融化了，而土地则被膨化得酥松、油润。雨后的晴日，便有一团团蒸腾的水汽贴着地面奔跑，仿佛在追赶着擦身而去的阳光。六年插队的经历使我得以亲近土地，那时候我几乎每天都在以土地的心情窥望着天气。我刻骨铭心地记得，早春的雨水其实是富有歌唱性的。它沙沙地落在屋顶上，然后滴答滴答地在檐下织成一道雨帘，节奏时而舒缓时而紧张，但总的感觉是简洁明快的。在凌晨，躺在黑暗中，我能听到檐下成串的雨珠溅起来的和鸣，甚至能听到远处刚刚做好的秧田里雨的呢喃。我说的歌唱性不只是雨声的节奏，还有藏在云层中的歌声。那是一种看不见的鸟，在高空中啼啭的鸟。云端是它栖息的枝头，云罅是它往来的谷壑。它叽叽喳喳的鸣唱，穿透了云层和雨阵，既遥远又贴近，缥缈而真切，总在若隐若现之间。我不知道它是哪座林子里的鸟。我相信它是春雨催生的。只要雨一停，漫空尽是它的歌唱。我相信，它一直歌唱着，只是雨声淹没了它的歌声罢。

淅淅沥沥的小雨很有耐性，往往能够断断续续地下个十天半月。其间，也许会陡然开天，雨停了，云薄了，天空露出几分清新的晴色，高天上的鸟儿啼鸣得格外欢畅，但这短暂的开天很可能只是一个情绪性的片断。有农谚云："当昼一现，两头不见。"说的就是中午的开天预兆着更多的风雨。

被春雨淋湿的季节，最容易染上相思病，严重的就是花癫了。我有几位下乡插队的同学就是在淅淅沥沥的春雨中匆匆地娶了房东的女儿，或者，草草地嫁给了队长的儿子。

在被鸟鸣滋润的春雨中，许多枝条上的芽苞悄悄地鼓突着肚子，它们和江河湖泊、山冈田野一道受孕了。我想，春雨应该是许多生命的父亲。

"清明要晴不得晴，谷雨要雨不得雨。"农人们这样抱怨栽种时节的天气。凭着插队六年的经验，我惊讶于这一自然规律的精确无误。是的，过去的雨虽然有些矜持，但却是真诚守信的，它的行踪是有规律可循的。

我想，清明时节的雨不顾农人对烂秧的担忧，可能也是十分无奈吧，谁让这个节令承载了那么多的纸钱、那么浓稠的缅怀？雨水融化了香火里的哀思、纸钱里的告慰、新土里的祈祷，一点点渗入冥界，渗入先人的遗嘱中。

如今的清明节倒是很难得下雨了。于是，此时成了山林火灾的多发期。我不知道是不是因为天气晴朗的缘故，扫墓的风俗虽愈演愈烈，墓园与坟山总是车流浩荡人头攒动，但情绪氛围却是可疑，非但谈不上庄严肃穆，有时竟让人觉得充满了娱乐性和游戏感。比如，我年年都能在故乡小城的郊外遇见扫墓归来的、喜气洋洋地手捧杜鹃花的队伍，那几乎是一支花枝招展的队伍。

过去的清明雨会把满山的杜鹃花撕碎，用来祭奠我们逝去的亲人。那些肥硕而鲜嫩的花朵，绽放在坟茔边、山崖畔，仿佛就是为清明准备的祭品，如香烛之一种，听任感伤的雨叩击着自己，撕扯着自己，最后零落成泥，只剩下几茎花蕊。

春雨也会以欢乐的心情抚弄花朵，当天气暖和的时候。从小城去我插队所在的农场，要过连通鄱阳湖的信江。江上的浮桥每遇涨水，就得拆除。桃花汛下来的时候，浮桥在一年间首次解开锚链一分为二靠着两岸歇息去了。这时河边的村庄就有了挣钱的营生，大大小小的渔船都投入了摆渡。那个村庄也有我的已婚同学，他的房东女儿的嫁妆当然是一只渡船。他学会了撑船，铠甲似的蓑衣斗笠把他打扮得像个威风凛凛的将军，向我收钱照样铁面无私。

渡船穿行在闪电和滚滚春雷中，穿行在滔滔奔流的花瓣之间。现在想来，那几乎是一次次浪漫之旅。一个打进船舱的浪涌，也许就是为了朝人们撒一把桃花和浪花。而密集的雨点总是很耐心很细致地把粘在船上、脸上的花瓣洗了去。雨好像要把成群的花瓣撵到什么地方去。雨水和花朵之间似乎有着不可告人的秘密。雨水和花朵像一对初恋的情人。

它们早就在果园里眉来眼去了，接着便是非常频繁的约会。它们的约会不仅发生在夜晚，也常常躲着阳光，发生在一片云影的遮蔽下，实在按捺不住了，它们便无所顾忌了，勇敢地在阳光的注视下热吻。小时候，我把这种天气叫做"太阳拉尿"，却不知阳光在雨水和花朵之间从来就是一个暧昧的角色，所以，这时候阳光经常会久久潜藏在厚厚的云层后面，暗自羞恼。有一年，因为花期久雨，把农场的蜂群憋闷坏了，几乎就要兴师动众转场北方，然而，做出决定的当天，雨立刻停了，天放晴了，蜂群炸了营似的冲出蜂箱，格外亢奋扑向每一条花枝。蜜蜂会把花朵珍藏在内心中的雨珠当做花蜜采了去吗？

我用这个例子证明过去的雨是通情达理的，它并不会忘情地沉溺在花朵的姿色里，它缠绵于枝头好像正是为了荡漾春心。事实上，我的果园从未因花期久雨影响收成，雨大概也是传播花粉的一种媒介，像风和带翅膀的昆虫一样。

每年当枝头已经坐果，禾苗已经抽穗，雨总会像生养了许多孩子的父亲一样，变得脾气暴烈。这时雨后的梨园桃林里，遍地落果，那些青涩的果实其实是被暴雨击落的。当我得知这是一种自然的疏果手段后，我恍然，雨水原来还是一位了不起的园艺师。

端午节前后是江南的主汛期。在进入主汛期前，雨会通过我们身边的众多事物发出预告，比如，冒汗的墙，潮湿的织物，发霉的食品、书籍、照片及其他收藏物。我所有的黑白照片几乎都毁于那个季节。读初中时，正值"文革"，课程也被革命了，数理化分别被改为"工业基础知识"和"农业基础知识"，教"农基"课的化学老师操着浓重的方言背的一些农谚，我至今记得，如"云行东，雨无踪；云行南，雨成潭"，"一日南风三日雨，三日南风涨大水"，等等。这些农谚看似矛盾，其实分别指的是不同季节的雨。端午前后的云正是南行的云，很低，很沉，云层很厚，但灰色深浅、明暗、厚薄的丰富变化和云朵之间因为凝滞或游离所形成的对比关系，使满空的乌云有了错落有致的层次，像一幅情绪饱满的油画。那时的云真是一位擅长运用灰色的油画大师。现在的天气许多时候都是灰蒙蒙的，晴天如此，雨天也如此，大师老去了吗？

雨是随北风一道抵达的，这时屋里的墙面、地面和潮湿的收藏物奇迹般地变得干爽了，而窗外是暴雨如注。我在作文里称之为倾盆大雨或瓢泼大雨。这样强劲的大雨能一口气下个几天几夜，让被拆除的浮桥好长一段时日不能连接起来。信江的江面宽阔了许多，浑黄的波涛席卷着大大小小的泡沫似的浮枢，汹涌而去。暴雨如鞭，尽管涛声如雷，我坐在渡船上也能听得见暴雨抽打江水的凌厉之声。

狂风骤雨中的渡船，时时可能遇到惊险。端午时节的雨，由此让我对它心存敬畏。也许它的暴烈，就是为了赢得我们的尊重吧？

真的到了端午节那一天，一直嚣张的雨反而平和了。我对每年端午节的天气记得很清楚，出太阳的时候居多，而且是一阵零星小雨一阵燥热的阳光。那天信江上要举行赛龙舟，划船的农民往往来时还穿着蓑衣，开赛时全脱了。那时的阵雨和阳光仿佛是在两岸人群中追逐嬉闹的男孩和女孩。

最让我的小城担惊受怕的，是六七月间的暴雨。这场雨年年都会把我所认识的火车头和列车员阻隔在武夷山中，甚至暴雨的内部。鹰厦铁路好像是一条最经不得雨淋的铁道线，不是泥石流，就是路基塌方，灾祸的消息弥漫了我的记忆。火车站最外面的那一条股道，平常停靠着救援列车，有客车车厢，也有载着吊机和枕木、石砟的车皮，静静地，像一条冬眠的蛇。每年到了那时节，它就出洞了，无影踪了。我经常通过它的在场与否来感受远方的雨。

汪洋恣肆的雨季，在我的父辈中成就了许多英雄和先进典型。比如有位司机在来不及制动的危急关头，喝令副司机和司炉跳车，自己则陪同他的机车一道钻进了泥石流中，他的生命成为一首歌，曾经传唱一时。我认识的几位站段长，却和暴雨有缘，暴雨制造的险情给他们提供了立功的机会，从此走上领导岗位。现在他们都老了，回味人生，他们会感激暴雨的知遇之恩吗？

我尤其喜欢夏天的雨。过去夏天广播里的天气预报几乎每天都有雨的消息，说"午后到傍晚有雷阵雨，雷雨来时伴有六级以上大风"。雷阵雨果然在低飞的蜻蜓的邀请下如约而至。雷阵雨虽然短暂，但足以逼退蒸腾的暑气，给人们带来一阵凉爽。读小学时，我每年暑假都是在南京外婆家度过的，南京虽是"四大火炉"之一，可那时并没有感觉特别热，原因就在于几乎每天下午都会有雷阵雨。雨把火炉泡在水里。外婆家附近被法国梧桐遮蔽得严严实实的马路，一遇雷阵雨就变成了一条条小河，我每天趟在水里，听任过往的车辆把自己浇得浑身精湿。

插队的经历，让我对夏天的雨有了更为深刻的体验。尽管伴随雷雨而来的大风曾屡次掀去了我们的屋顶，尽管漫空的闪电霹雳曾驱赶得在田野里劳作的我们无处藏身，我还是对它的翩翩而至心存感激。在酷暑难耐又紧张劳累的夏天，它是唯一能不时把关怀送到田间地头的朋友和师长了。

当然，雷阵雨是个殷勤的小伙子，经常眼看着就要过来了，忽然一拐弯，跑到别的地方给人帮忙去了。农场旁边有个村庄，那里有知青八姐妹，她们相濡以沫创办了"姐妹灶"，一时传为佳话。县里和公社的干部、四乡八村的男知青都喜欢去那里做客。午后到傍晚的雷雨也喜欢。我经常眼巴巴地看着雨在八姐妹的村庄里，井台边，田埂上，谈笑风生，虽距我咫尺之间，就是不肯过来。我甚至能听到八姐妹穿透雷声风声雨声的清脆笑声。

我并不嫉妒。我说雨可以入画，指的就是夏天的雷阵雨。它健康开朗而充满活力，正像我们现在所说的阳光少年。我在田间地头仔细观察过雨的生成过程。在闷热的正午，它就和瑟缩在远天的那些诡秘的云密谋着，把许多的云彩团结成一朵凝重的积雨云。然后，拖着长长的雨脚，披着后面的阳光，追撵着前方阳光驰过来。倾斜的雨脚，是一种行走的姿势。我经常爬上山冈，眺望雨的行走。拖着风在旷野上行走，把风拖累了。在阳光里行走，把阳光淋湿了，融化了。

那么浩大的雨阵，在苍茫无垠的天地之间，只是一团云和一束雨而已；而在它的衬托下，它前面泛黄的稻田更加明亮，它背后的阳光穿透雨阵，雨之林因此疏朗而温馨。当阳光照耀着雨阵，当飘荡的雨脚闪烁着阳光，这是不是某种寓言？

我期待那带着阳光的斜雨，绕过迷迷蒙蒙的城市、村庄，涉水跋山赶到我的身边。如贵客临门，给我一个收工的理由，让我理直气壮地高喊：要下雨啦！然后扔掉耘禾耙或别的什么农具，往农场跑，钻进四围堆满松柴，里面熏得黢黑的小楼。在昏暗的寝室里，点亮一盏油灯，心安理得地看书，或把借来的《李白诗选》赶紧抄完。和着阳光的雨敲响了楼顶上的缸瓦，敲疼了我的窗户和前额。打开窗来，飘洒在书桌上的，一半是阳光，一半是斜雨，我知道还有风溶解在阳光和斜雨里。

即便最后雨偏斜了离我而去，也不要紧，我已真切地感受到翩翩而来的雨意，感受到雨阵背面的风，前后左右的阳光，和内部的电闪雷鸣。直到今天，我仍常常在怀念中想象着雨倾斜的角度和受光的程度；想象着弥漫于画面的暖

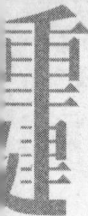

色，穿透了雨阵的诗情；想象着对抗中的统一，矛盾着的和谐，以及由此构成的自然的内在情绪。

我怀念过去的雨。

是的，很久以来我一直纳闷：如今的雨怎么会像如今的建筑变得那么潦草且雷同，怎么会像如今的语言文字变得那么直接又枯燥，怎么会像如今的大自然变得那么冷漠和无常？

野处园访洪迈不遇

徐怀谦

到江西鄱阳采风，在饱览了中国第一大淡水湖鄱阳湖的秀美风光之外，没承想竟与南宋两位文化大家洪迈和姜夔不期而遇。也是在这里，才知道鄱阳县已有2200多年的建县史，是秦朝推行郡县制时设置的首批县之一，而鄱阳湖的名字则出现在700多年以后。如此看来，历史悠久的鄱阳县要没有几个文化大家压阵，倒是一件不可思议的事情了。

要访洪迈，有点难，墓倒是有，在一个岛子上，交通不便；他的私人别墅——野处园就在县城边上，当地友人陪我一同前往。

洪迈营建野处园的准确年代已经不可考了，大致在宋孝宗隆兴年间。绍兴32年（1162年），洪迈受当朝天子宋高宗派遣，出使金国。有道是"弱国无外交"，洪迈虽然竭力维护了一个偏安朝廷的尊严，回京后却遭到御史的弹劾，罢官回到了家乡鄱阳。第二年，隆兴元年（1163年），孝宗登基，洪迈开始其最著名的《容斋随笔》的写作，也是在这个时期，他于鄱阳城西滨洲的芝山脚下营建野处园。

"野处"二字的寓意是显而易见的，旨在表白自己对于功名利禄的淡泊。从《容斋随笔》中的两则笔记可以见出洪迈的品格追求。其一是《油污衣诗》，叙述自己十岁时在一家酒店的墙壁上看到一首题名《油污衣》的诗，诗句是："一点清油污白衣，斑斑驳驳使人疑。纵饶洗遍千江水，争似当初不污时。"洪迈说自己很喜欢这首诗，六十多年过去了，依然历历不忘。我想主要的原因在于诗中表达的洁身自好的思想，契合了洪迈的精神追求。其二是《求为可知》，是针对孔子讲"不患无位，患所以立；不患莫己知，求为可知也"这句话的引申，洪迈的观点是："君子不以无位为患，而以无所立为患；不以莫己知为患，而以求为可知为患"，在他看来，一个人如果汲汲于功名，老是担心不被人知道，那么他就有可能什么事都做得出来。不难看出，在功名观上，洪迈要比孔子更纯粹些。

儒家向来讲"穷则独善其身，达则兼济天下"，在朝为官时就要为民请命，造福桑梓；一旦无官一身轻，则不妨优游林下，陶然忘机。其实绝大多数儒家意在仕而不在隐，洪迈也不例外，他后来东山再起，从吉州、赣州、泉州、建宁、婺州五个地方的知州一直干到68岁以端明殿学士致仕。如果没有官瘾，他是不会在仕途上混这么久的。

我对洪迈的敬重在于他的为官和做学问同样认真，同样出色，而不像有些官员，做官是个庸官，做学问则纯粹是附庸风雅，沽名钓誉。

比如，他在赣州任上，由于重视农政，仓廪充实，当别的州县出现饥馑灾荒的时候，他尽自己所能，将谷粟调往重灾的相邻州县，给予接济。任婺州知州的时候，他发现当地水利设施很差，下令整治、疏通了境内的837处塘堰和湖泊，保证了农业生产的丰收。

可惜，数百年之后，他的政声只留在史籍中，而他的文名却空前鼎盛起来。鼎盛的原因非常奇特，是因为领袖的推重。在洪迈的故乡鄱阳，当地人无不喜形于色地告诉你毛泽东主席几近弥留之际——临终前的十三天，还在向身边的工作人员提出要看《容斋随笔》。这部书确实了得，它是作者集40年之功，撰述的一部上自朝廷典章制度、治乱得失、经史诸子百家之言，下至山水风物、诗词文翰、文人逸事，内容广泛、考据精审的读书笔记，共5集，74卷，1215条。第一集出版后，即得到当朝天子宋孝宗的充分肯定，认为该书"煞有好议论"。到了后代，它的名气越来越大。明代河南巡抚、监察御史李瀚评论："此书可以劝人为善，可以戒人为恶；可使人欣喜，可使人惊愕；可以增广见闻，可以澄清谬误；可以消除怀疑，明确事理；对于世俗教化颇有裨益！"并被《四库全书总目提要》推为南宋笔记小说之首。

如此说来，称洪迈的学问独步当时是并不为过的，他确有些自负的资本。明人姜南在《风月堂杂识》一书中，就记录了有关洪迈自负的一则故事。说的是洪迈晚年做翰林学士，有一天在翰苑值班，为皇帝草拟诏书，从早晨到下午竟然写了二十多篇，非常忙碌。完事后他在庭院里散步，看见一位老人坐在树下晒太阳，就跟他聊了起来。原来老人家几代人都在翰苑当差，年轻的时候还伺候过元祐时期的前辈。老爷子首先奉承洪迈说："今天文书这么多，学士一定辛苦。"洪迈很得意地说："今天写了二十多道文件，都交差了。"老爷子忙恭维说："学士才思敏捷，真不多见呢。"洪迈不由自负地问道："当年苏东坡苏学士，都说他笔头快，也就这么快吧？"老爷子点点头，说："苏学士敏捷，也就这么快了，"老人叹了口气，接着说："不过，他草拟诏书的时候是不用翻书的，都在脑子里装着呢，不至于像您这样费劲噢。"闻听此言，"洪为赧然，自恨失言。尝对客自言如此。且云：'人不可自矜，是时使有地缝，亦当入矣。'"你看，洪迈的学问够大的了吧，可是与苏东坡一比，他羞得都要钻地缝。他确有自负的一面，但当他认识到自己的不足之后，却幡然省悟，"人不可自矜"，这一点清醒的自我认知，对他日后的笔记撰写显然是不无裨益的。

我之欣赏《容斋随笔》，倒不在于它是帝王将相的枕边书，而是因为书中有很多不同凡俗的创见，显示出洪迈独立思考的姿态。比方《民不畏死》中，洪迈说："自古以来，时运扰，至于空天下而为盗贼，及夷考其故，乱之始生，民未尝有不靖之心也。"他在分析秦汉隋唐之末的历次农民起义之后，评论道："使君相御之得其道，岂复有蹈天之患哉！"身处封建社会，一个官员可以从"盗贼"的立场出发来看问题，这是要有一些胆量的，而这样的观点，对毛泽东提出"造反有理"，要求重估农民起义在历史中的作用，不能说没有帮助吧？

车子停在芝山脚下，友人带我信步登上芝山。要寻几百年前野处园的踪迹显然是不可能的了，友人根据史料记载，为我指点着野处园的大致方位，讲述宋孝宗乾道元年（1165年），时任饶州知州的王十朋来到野处园看到的一番美景，王知州的诗是这样写的："鄱水芝山四望赊，雨余风物倍光华。名园种果仍脩果，妙手栽花似判花。行见晋公开绿野，聊从子美酌流霞。坐间宾主皆人杰，我质如蓬赖依麻。"一处私家园林能赢得知州如此的夸奖，说明它的品位是不俗的。26年后，绍熙二年（1191年），洪迈退休回鄱阳，在野处园一住就是13年，直至去世。可以想见，这期间，有财力有余闲的洪迈对园林肯定做了不少修缮，野处园的风光自然会旖旎不少。

　　如今，野处园不见了，洪迈的政绩不见了，而他的《容斋随笔》却熠熠生辉，活在一代又一代知识分子的血脉中，这样的存在是许多帝王将相孜孜以求却永远无法企及的境界，而一个普通的文人洪迈做到了。想到这里，对野处园访洪迈不遇可以不必遗憾了，因为我访到了更为切实的内容——一个文人，一定要找到自己的安身立命之所，要为后人留下一点实实在在的精神财富，否则就枉为文人了。

感悟富厚堂

　　荷叶田田，荷花正艳。我身处的位置是湖南娄底双峰县荷叶镇天坪村，听这地名，若没有荷花，倒有些不美了。这片荷塘的主人是谁？您猜对了，他就是中国近代史上赫赫有名的人物曾国藩。

　　从半月塘的拱桥上放眼望去，那迎风猎猎的湘军帅旗下掩映着的，就是曾国藩故居——富厚堂了。据说"富厚"一词出自《汉书·功臣表》："列侯大者三四万户，小国自倍，富厚如之"，与曾国藩父辈所建白玉堂、黄金堂的名称相比，内涵稍微丰富了些，但也绝对是让皇上听了放心的宅号。他如果起名"思明堂"、"乾清宫"之类，恐怕会有很大麻烦的。青砖、粉墙、黛瓦，于群山环抱之中，占地4万平方米，建筑面积1万平方米，端的好一座乡间侯府。到得府前，大门上方悬巨匾"毅勇侯第"，那是曾国藩同治四年（1865年）七月率部攻陷天京，打败太平军而获得的奖赏，皇上除给他封了个一等毅勇侯，还加封他太子太保衔。这在清朝，是一个汉族官员所能获得的极高的荣誉了。

　　富厚堂是四合院布局。进得大门，是一片相当开阔的庭院，有多开阔？数一下房前走廊的廊柱，共12根，你就可以想象得出它的气派了。由曾国藩手书的"富厚堂"三个大字端庄富贵，悬挂中央，两旁是他的儿子、外交家曾纪泽的篆书联"清芬世家，盛德日新"。进入正厅，才发现建筑的内墙一律是土砖，门板上只有简单的雕刻，方梁圆柱则是素面朝天，毫无雕梁画栋的感觉。中厅悬匾"八本堂"，由曾纪泽手书，上面抄录了曾国藩当年制定的八条准则："读古书以训诂为本，作诗文以声调为本，事亲以得欢心为本，养生以少恼怒为本，立身以不妄语为本，居家以不晏起为本，作官以不要钱为本，行军以不扰民为本。"涵盖为人处世的方方面面，堪称仁人君子修身齐家治国平天下的基本纲要。

要说富厚堂的独特之处，我以为有二：一是它的三个藏书楼，分别是曾国藩的求阙斋、曾纪泽的归朴斋、曾纪鸿夫妇的艺芳馆，曾收藏各类中外图书30万卷。用今天的话说，曾国藩绝对是一个学者型官员，他的学问是相当扎实的，当年曾不无自诩地说："若如此做去，不做外官，将来道德文章必粗有成就。"第二个特色是它的匾联文化。作为儒生的曾国藩，他的先祖和他本人制定的很多家箴都被写成匾联悬挂在富厚堂中，如曾国藩手书其父曾麟书的箴言"有子孙，有田园，家风半读半耕，但以箕裘承祖泽；无官守，无言责，世事不闻不问，且将艰巨付儿曹"，曾国藩亲撰的"万卷藏书宜子弟，一尊满意说桑麻"，"看读写作一日无闲，勤俭敬信终身可行"，"每日清晨一炷香，谢天谢地谢三光。所求处处田禾熟，但愿人人寿命长。国有贤臣安社稷，家无逆子恼爹娘。四方平静干戈息，我若贫时也不妨。"还有巨匾"笃亲锡祜"，都是谈耕读文化，谈如何持家的。也有讲为人处世的："战战兢兢即生时不忘地狱，坦坦荡荡虽逆境亦畅天怀"，"取为人善，与人为善；忧以终身，乐以终身"，完全符合曾国藩一贯主张的慎独、谦抑、忍让的人生哲学。

从藏书楼下来，绕过后山的林荫路，发现在富厚堂主体建筑之外，还有一座独立的二层小楼，它就是思云馆。咸丰七年（1857年）二月，曾国藩的父亲去世，他从江西军中奔丧回家。此时，他已父母双亡。为了纪念双亲，取古人"望云思亲"之意，在鳌鱼山下亲筑思云馆，在此居住了一年零四个月。从这个角度来说，是先有思云馆，后有富厚堂。富厚堂始建于同治四年（1865年），是由曾纪泽商同曾国潢、曾国荃两个叔叔设计建造的。当时曾国荃刚刚打败太平军，从南京掳掠大量金银财宝回湘，在老家建起由曾府家庙、奖善堂、敦德堂三部分组成的庞大的建筑群"大夫第"，据说有九进十八厅，共148间房屋，是当时湘乡境内最豪华的官僚别墅。之后协助曾纪泽营建富厚堂，一直到光绪元年（1875）富厚堂在曾纪泽手中最后完工，前后近二十年时间。富厚堂建成后，曾国藩的夫人和儿子均在此居住，而曾国藩本人仕宦于外，从未回籍住过一天，于是，思云馆就成为曾国藩在富厚堂内唯一居住过的地方了。正是在这里，曾国藩完成了他人生思想的又一次转变。曾国藩的思想一生有三变，做京官时他的学问初为翰林辞赋，后为六书之学，以程朱理学为依归；咸丰二年因母丧回乡丁忧到咸丰三年出办团练事务，主张申韩（申不害、韩非子）之术，以《挺经》中宣扬的倔犟刚强之精神，打造出一支当时最富生气和战斗力的湘军。咸丰七年在思云馆居住的这段时期，曾国藩反思几年来抗击太平军遭遇的种种挫折和失败，这位在战场上曾数次欲溺水自杀的湘军统帅领悟到不能太自信、太强悍、太霸蛮，更不能一人尽享天下功劳美名，从残酷的现实中接受了老庄关于人生必须顺应自然的道理，懂得了以柔克刚的深远含义。咸丰八年复出时，他运用黄老之术，无人不拜，无信不回，与左宗棠捐弃前嫌，重修旧好，知雄守雌，在政治、军事方面均步入顺境，年余后即署理两江总督，日后终于成为"中兴第一名臣"。由此看来，思云馆是曾国藩圆满自己思想的地方，是他由儒而法而道，最终成为中国传统文化集大成者的重要转折点。赏读思云馆的对联"不怨不尤但反身争个一壁净；勿忘勿助看平地长得万人高"，果然有很多老庄的味道了。

　　从建筑学上的意义来说，富厚堂不足以令人流连忘返，可是作为一种文化精神的富厚堂，却让我沉吟良久。

　　毛泽东说："愚于近人，独服曾文正"，赞的是曾国藩制服太平天国的武功，参观完富厚堂，我所感慨的则是他的文治、他的家教、他的智慧。无论从立德、立功、立言的哪一个方面说，曾国藩都是一个成功的人。富厚堂屹立一百多年而不败，固然有"文革"期间被用作乡政府才得以妥善保护的因素，其简朴无华的建筑风格也是它长寿的重要原因。当年，曾国藩听说族人为修缮富厚堂花费七千串钱（约合5000两白银），极为生气，信中大大痛斥了一番："不知何以耗费如此，深为骇叹！余生平以起屋、买田为仕宦之恶习，誓不为之。不料奢靡若此，何颜见人！平日所说之话，全不践言，可羞孰甚！"其实，即使用今天的眼光来看，富厚堂也算不得豪华，顶多称得上气派而已；在他的劝说下，曾国荃的"大夫第"也有所收敛，终于没有修成金銮殿。一百多年过去了，富厚堂基本完好，而大夫第却残破支离，除敦德堂主体部分保存较好外，奖善堂和曾府家庙均面目全非，很多精雕细刻的门窗被当地百姓拆走。这不正是道家"守拙"、"不争"处世哲学的胜利吗？

　　曾国藩的成功还在于他对子孙后代的教育，这是比富厚堂要富厚万倍的精神财富，是任何有形的固定资产都无法比拟的文化遗产。在富厚堂，萦绕在我脑中的一直是那副老掉牙的对联："忠厚传家久，诗书继世长。"常言说："富不过三代"，可是曾家却"君子之泽，五世未斩"，这和曾国藩的言传身教是分不开的。富厚堂内没有什么藏宝密室，却有三个藏书楼，加上后来曾宝荪将思云馆也辟为藏书楼，就是四个，这样的书香门第没有制造一个纨绔子弟，而是培养出二百多位成名成家的人物，他们很少做官，却在教育、科学、艺术方面卓有建树，像女诗人曾广珊，教育家曾约农、曾宝荪，翻译家曾宝　，高教部副部长、化学家曾昭抡，考古学家、博物馆学家曾昭　等，就是其中的佼佼者。这和曾国藩"吾不望代代富贵，但愿代代有秀才。秀才者，读书之种子也，世家之招牌，礼仪之旗帜也"，"凡人多望子孙为大官，余不愿为大官，但愿为读书明理之君子。勤俭自持，习苦习劳，可以处乐，可以处约，此君子也"等家训是有密切联系的。另一方面，曾国藩重视读，却不鄙视耕，这又是他高于普通儒生的地方。他在祖父星冈公的基础上总结提炼的"八字家法"——考宝早扫，书蔬鱼猪（即敬奉祖先、亲仁善邻、早起、打扫、读书、种菜、养鱼、喂猪）就突出了勤俭、力行的重要性。他在信中多次叮嘱几个弟弟："子侄除读书外，教之扫屋、抹桌凳、收粪、锄草是极好之事，切不可以为有损架子而不为也。"看展板上所列曾国藩后人中出类拔萃的一串长名单，徜徉富厚堂内朴实无华的每一个角落，回味曾国藩那一番番苦口婆心的教谕，谁能不折服于中国传统文化的魅力？再对比如今很多家长只知道留给儿女金钱、别墅、豪车，其间的差距何啻霄壤之别！

富厚堂果然富厚，但指的不是物质，而是精神、思想、文化。从这个角度来说，读懂富厚堂，就读懂了曾国藩；读懂曾国藩，就读懂了大半部中国文化。娄底之行，让我见识了娄底端的不是"楼底"，而是一个聚宝盆，它聚的是钱财，更是人才，而曾国藩无疑是其中最为闪亮的一个。

诗经别意

钱红莉

《摽有梅》：人与人之间的互感

> 摽有梅，其实七兮。求我庶士，迨其吉兮。
>
> 摽有梅，其实三兮。求我庶士，迨其今兮。
>
> 摽有梅，顷筐塈之。求我庶士，迨其谓之。

四年前，我写诗经别意，由于学养不深，一味囿于书本的局限，闹出一些南辕北辙的差错。四年后重读曾经写下的那一万多字，不免汗颜，尤其《击鼓》篇，简直错得离谱，不提也罢。

这过去的四年，《诗经》一直是我的枕边书，常翻常新，寒秋严冬的一个个长夜，我一遍遍地读她们，尚有感念在——与以往不同的是，我不再迷信于层出不穷的解读版本，而终于有了自己的看法，即便稚嫩，即便不合主流，可我依然坚持一份固执——这是一种天赐的力量，来源于岁月的洗练，好比一个小姑娘，当她长大，终于可以坦荡面对周遭发生的一切，这个时候，她是相当的有主见了。

或许，多年以后，两鬓斑白，再搬《诗经》出来，又是别样怀抱。我相信应该是这样的境遇，人的情怀是慢慢地一步一步走向深厚广远的。所以，《诗经》于我，是值得用一生的时间去翻去读的。

有一个朋友是做图书的，这几年，隔三差五地，总是规劝我将"诗经别意"写完。我总是不以为意。陆续有陌生朋友询问应该买什么版本的《诗经》，我一般都推荐他们直接去读原文，不要买那种注释词条多的版本。有些书是需要用心体会的，过多的注释词条反而是一种阻滞，像一种死板的教育，不能起到点拨的作用，反而僵化了思想。在这方面，我是吃过亏的——

回忆四年前写作这个题材的时候，是有着热情的，慢慢地，看多了注释词条，却又跟自己的心思对不上，又没能力去怀疑索引，然后那口气便断了，索性意兴阑珊起来，就放下了，从此不提。

一放四年，而今，我的心里又有了意趣，即便如此，跟四年前比起来，这份意趣依然要淡得多。定居合肥的这四年，何尝不是一份磨炼呢？慢慢地，我的心里布满格局，但不常动笔，以致用了整整一年的时间才写完一部《读画记》。

也不是很急的。我总是把写作看作一场男女间的缘分，是"秋天当窗，叹生前缘轻缘重，寂寥处寸心相知"的恬淡从容，我不喜欢"春雨凭栏，念日后花开花落，红尘里谁人与共"的自怜自苦。后者的格局要小得多，前者是一种广阔到相忘的相知。

常常有朋友提起《诗经》，也是一种广阔到相忘的相知。其中，有一个朋友说，中国人没有孤独感，从来写不好孤独的诗。我是非常不同意的，以《诗经》为例——这里收有多少孤独之诗，比如《摽有梅》，是多么孤独的啊。一个姑娘从树上的梅子落到剩下七成，写到梅子落到只剩下了三成，而那个人还是没有来，最后等到树上的梅子悉数落尽……那个人依然没有来。梅子成熟于风和日丽的阳春三四月，那时节，春风正暖，花草繁妍，可是那姑娘又是多么孤独，她想着恋着的那个人，此刻也许别有怀抱，而她依然一往情深——人心之苦，莫过于音讯不通，她永远不知道他的心思。或许，几月不见，那人心里早已有了别人，彻底把自己忘却了，而她依然独守一份往昔的承诺孜孜以求。在感情上，但凡剃头挑子一头热，是最痛苦的事情，她一切不知，却依旧不悔于既定的情感轨道。

《摽有梅》真是一首孤独又残酷的诗。青春期中，你我谁不曾品尝过"被蒙在鼓里"的恪守，比起死别生离来，这份被遗弃的孤独谈不上肝肠寸断，但也够人喝一壶的了。

《摽有梅》乍看去，写的好像是人与草木蔬果的互感，实则，往深里看，那分明是，在人与人间的互感中得不到回应，才退而求其次的一个转身吧。

中国的文化传统里，向来是有着三种互感的：人与人，人与山水自然，人与草木鸟兽。人与人之间的互感，体现在男女之情上最为普遍。

这些年，翻来覆去读《诗经》，还是觉得《摽有梅》写得最孤独——因为那个姑娘她掌控不了局面，所有的主动权都被攥在了对方手里，她在写诗的过程中，无意中有了恳求的语气，这是多么伤自尊的一件事情啊，也是她自己不愿意面对的事情吧，这不得已的恳求里，是不经意间奉上了做人的尊严的——回首青春期，我们哪一个没有进入过迷局？那都是过去的事情了，如今，我们可以做到风一般一袖带过。即便夜深人静之时，回首这些，也不过是清风徐来吧——成长之路，辛苦而来，谁不曾付出过痛的代价？

许多人把这首《摽有梅》解释为恨嫁之作，更有甚者推断这个姑娘已有身孕，所以才那样急迫……这姑娘真有那么不堪么？我可不这么看。它就是一首孤独的诗，说白点，被人弃了却还在一厢情愿的诗。其实，话说回来，这姑娘心里明镜似的，又有什么她不知道的——男女之间，若做到心意相通，还用得着如此恳请的语气么？她不过是在挣扎，在抒怀，在释放——在人与人的互感中得不到满足，转而寻求人与草木的互感。

《诗经》向来遵循这样的一脉情怀——短短几句，却又如此广深蕴厚——我曾经说过，在写情上，《诗经》为首冠，《古诗十九首》次之，而唐宋诗词就更比不上了。《诗经》是谁也比不过的了，所以，值得一读再读。

这首《摽有梅》虽然孤独，但也哀而不怨，这位姑娘也是有格局的，其实她把一口气藏在了后头，虽有恳求，但也不见得多不堪——张爱玲说，哪一样感情不是千疮百孔的。现在再看张的这句话，颇感深切，可见人与人间的互感该有多么艰难——人与人间的互感也是一个大的范畴，并非独指男女之情，人与国家之间，朋友与朋友之间，都是需要互感的——有了互感，才有相互懂得珍惜的意思，历史上的许多文人在历经"人与人间的互感"倾轧之后，不都是转向了与山水自然与草木鸟兽的互感么？

《女曰鸡鸣》：爱在一粥一饭间

女曰鸡鸣，士曰昧旦。

子兴视夜，明星有烂。

将翱将翔，弋凫与雁。

弋言加之，与子宜之。

宜言宜酒，与子偕老。

琴瑟在御，莫不静好。

知子之来之，杂佩以赠之。

知子之顺之，杂佩以问之。

知子之好之，杂佩以报之。

每回读这首诗，便会哑然失笑。想着几千年前的一对小夫妻把日子过得如此有情趣，这有别于一般的打情骂俏，是有着深厚的生活底蕴的。再往深处想，竟蔓延着无边的感动。

原本花烛夫妻，慢慢在一粥一饭里建立起的平凡感情，虽不再有一日不见如隔三秋的浓烈，却润物细无声地被一种亲情所替代。男女之间，一旦从兴高采烈的爱情步入小河淌水般的亲情氛围，彼此的感情则显得更加牢靠了。

有过乡村生活经历的人，对这首诗更有感触在。一般，公鸡打鸣三遍以后，天才慢慢亮起来。这首诗中的女子催促道：快起床吧，鸡都叫了。这里的鸡叫，应该是第三遍了。男人则睡意蒙眬地答：天才蒙蒙亮，还早着呢。女人不依了，又催：你快出门望望天去，启明星该有多么明亮，鸟儿们就快飞出窝了，还不快去射些水鸭和大雁回来。

在乡下，每当凌晨，启明星是最炫目的时候。当我们看见最亮的启明星的时候，天就真的亮了，意味着再也不能赖床了。所以女人继续唠叨着，要她的男人出去射点野味回来。话讲到这里吧，自己也不忍了，把男人从暖和的被窝里生生拽出来，毕竟是有点残忍的事情，想必男人也是不耐烦的，于是便开始哄将起来，说温柔的话：等你把野味打回家，我就下厨给你做好吃的美味。

有肉有酒的好日子，我愿意一辈子跟着你。说完这些，尚不罢休，紧接着，又抒了一把情，叫"琴瑟在御，莫不静好"。这八个字可不能翻成白话，一经翻出，诗意尽失，也相当于胡兰成在婚帖上所写的的"现世安稳，岁月静好"的意思吧。

面对这样的一番温柔耳语，做丈夫的，哪一个不曾被软化呢？心里简直比灌了蜜还甜呐，浑身骨头怕是都会酥掉了。世间的枕边风，向来有这样的杀伤力。所谓舌头底下压死人——即便被压死了，这个男人也是情愿心甘的。

于是，作为丈夫的，在感情表达上也不示弱，借汤下面地顺带也夸起自己的女人来：我知道你这人勤快，喏，这块玉佩就送给你吧。我知道你这人温柔，这块玉就当代表我的心好了。我知道你对我是真好，这块玉就当作是我对你的回报吧。接连不断三个排比句，在感情上，一层递进一层。要知道，首饰可是天下的女人的最爱啊，何况还是一块佩玉呢？这个男人真是各色得很，连婚都结了，却依然想着买首饰给女人，可见用情之深。

两个人，就这么你一言我一语的，心意表白之后，想必天早都大亮了。他不知什么时候买来的一块玉佩，就一直藏着，也一直苦于找不到恰当的机会送给心爱的女人。夫妻间送礼物，不比热恋期，是要有一个托词的，要不，唐突地把礼物递出去，双方都会相当尴尬的。这下好了，当她比较抒情地说出"琴瑟在御，莫不静好"之后，他到底被感动得不行，于是，一块好玉就这么自然地送出去了。

被催促起早，原本是很懊恼的事情。可是，这个女子深谙妻子之道，一番枕边风吹拂，不仅没把夫君激怒，反而说得他心潮起伏，竟出人意料地送了自己一件礼物，这种你情我愿的小插曲来得多么高调呀，还是多多益善的好。

当然，这得基于双方的一份爱，彼此都把对方搁在了心中。生活是粗糙的，它特别能磨折人，包括两人间的感情。而他们俩的感情是日久弥坚的，所以明亮扬眉。

并非所有的夫妻都能一路走上如此和美之境的。古人有"情深不寿，强极则辱"的说法，讲的是很深的情往往会短命。而有些爱情像极了爆竹，霹雳一阵暴响过后，便只剩下满地碎屑，最后有了不得不用扫帚清理的不堪。

世间的大多情感，始终逃不掉这样的结局，仿佛一种宿命，生活里，有多少桩情深不寿的婚姻被我们撞破？而诗中这一对夫妻，实属不易。

所以我读《女曰鸡鸣》，是常读常新，感念萦绕。大抵是把夫妻过到情人与朋友的分上了，如此的少见——世上少见的东西，让人珍视。前不久，看《听杨绛谈往事》，频生感慨无数。钱、杨夫妇一生和睦，彼此懂得相互珍惜。钱钟书出国访问，天天给杨写信，也不寄回，等到回国再当面交给她——写的都是些旅途见闻，所思所感，当然，更少不了思念之情。那时，他们已年近花甲，却依然情深意厚。甚至，钱钟书戴手表不会系搭扣，每天早晨，都是杨绛亲自帮他戴上。待到耄耋之年，杨绛染病，怕自己不久于人世，才想起教钱钟书怎样系手表搭扣。《女曰鸡鸣》里的温馨浪漫，总叫我不自觉地想起钱、杨夫妇来——你看，男女感情这一脉，延续了这么多年，依然本色未变。

大抵是人近中年，历经种种，痛的、热的、荒的、寒的，把所有的新鲜激烈都卸下，于是特别看重这一份人世的温馨。

诗中写："宜言宜酒，与子偕老"。一觉醒来，就这么平常地对身边人说出来，倒让千年后的局外人有了泪意。《诗经》里有许多这样的诺言——"执子之手，与子偕老"——不过是，我愿意牵着你的手，跟你过一辈子。这样的承诺，令人泪热。那么，彼此的下半生就都有了指望了，不再孤独荒寒。其实，男女间活到年老的时候，无非求个精神上的伴而已。人是孤独的动物，我们的一生仿佛都在寻求一个灵魂意义上的伴。而爱，正是上帝派来搭救孤独的——它并非长情大爱，而恰恰体现在平凡的一粥一饭里。这样的爱，最是给人安心慰藉，所以长长久久。

《七月》：四时节序之美

七月流火，九月授衣。一之日觱发，二之日栗烈。无衣无褐，何以卒岁！三之日于耜，四之日举趾，同我妇子，馌彼南亩。田畯至喜。

七月流火，九月授衣。春日载阳，有鸣仓庚。女执懿筐，遵彼微行，爰求柔桑。春日迟迟，采蘩祁祁。女心伤悲，殆及公子同归！

七月流火，八月萑苇。蚕月条桑，取彼斧斨，以伐远扬，猗彼女桑。七月鸣，八月载绩。载玄载黄，我朱孔阳，为公子裳。

四月秀葽，五月鸣蜩。八月其获，十月陨蘀。一之日于貉，取彼狐狸，为公子裘。二之日其同，载缵武功，言私其豵，献豜于公。

五月斯螽动股，六月莎鸡振羽。七月在野，八月在宇，九月在户，十月蟋蟀入我床下。穹窒熏鼠，塞向墐户，嗟我妇子，曰为改岁，入此室处。

六月食郁及薁，七月亨葵及菽。八月剥枣，十月获稻。为此春酒，以介眉寿。七月食瓜，八月断壶。九月叔苴，采荼薪樗，食我农夫。

九月筑场圃，十月纳禾稼。黍、稷、重、穋、禾、麻、菽、麦。嗟我农夫！我稼既同，上入执宫功。昼尔于茅，宵尔索綯。亟其乘屋，其始播百谷。

二之日凿冰冲冲，三之日纳于凌阴。四之日其蚤，献羔祭韭。九月肃霜，十月涤场。朋酒斯飨，曰杀羔羊，跻彼公堂，称彼兕觥，"万寿无疆"！

四时节序都隐藏在《七月》中，每每读之，稻花扬浪的田园三月，丰收后的菽麦葵豆，田野金黄一片，家乡的农历新年，一一来到眼前……来源于身体内部的田园气质重新复苏，是汪洋恣肆的，任何外物不能阻挡的，那是属于个人的小宇宙，有着天然的乡野气息。文字是有气息的，人同样也是有气息的。文字的气息与人的气息一旦吻合了，那么，彼此间可就找到了相似的灵魂。

相似的灵魂相逢在《七月》里，相互辨认，相互试探，抑或把手伸出去，彼此试出了对方的温度。撇开《七月》所代表的另一层意思不谈，我是愿意一直把《七月》当作一首乡村史诗来读的，且从中体味到，小民的快乐安详，在人世里慢慢流淌着；《七月》也是一幅耐人寻味乡土画卷，只肯对懂得它的人徐然展开，我分明看见大风刮过原野带来了霜冻，野菊铭黄，万物披上霜雪的衣裳，大地洁白一片……就是这些无声的节序送来了一个个平凡的日子，正是这一个个平凡日子构成了人的一生吧，也短，也长，直至我们两鬓斑白。

《七月》作为一首充满着田园气息的诗篇，也是《诗经》中最长的一首，引顾随先生的话言："时多，事多"。顾随先生是把《诗经》读得通透的人，仅仅以短短四字便把《七月》精确地概括了。在我的理解里，所谓"时多"，大抵是指一年二十四个节序都被写到了吧。二十四个节序，在这里并非明写，不过用的是暗写的手法。因为什么样的节气里，生长什么样的植物瓜果，人们会干些什么样的农事。我们从农事里就能一眼识出四时节序来；而所谓"事多"呢，正是与"时多"紧密配合的，一年四季里，人们没有歇息之际，从岁寒到春耕，从采桑养蚕到制作布帛衣料到猎取野兽，从储藏果蔬到割麦酿酒燕饮一番，最后还要盖屋呢。到了秋天，那些小动物比如蟋蟀明明还在田野里叫着呢，但，过不了多久，它们就跑到屋檐下，再过几天，就入了家门钻到床底下藏起来了。差不多这个时候，就是冬天了，我们要用烟熏走老鼠，用泥糊紧北窗，这样，新年的脚步也近了，好吧，携妻带儿搬进新屋，迎接新年的来临。你看，一年四季倏忽而过，这首《七月》写尽了四时之美。

许多次，默默读它，在精神上，我找到了故乡，然后让回忆领着，慢慢来到曾经的乡下，那个我已然生活了16年之久的地方。即便如今听我堂姐说，现在的乡下已经很少听见蛙鸣了……尽管田野诗意的丧失，但丝毫不能影响我对于乡野的追念，因为那里的四季依然在，有四季在，节序就会一直延续下来——当我在城里，翻开日历，每年看见"惊蛰"两个字的时候，就会想起，种子入土的时机到了，于是在阳台花钵里秧几颗南瓜子，算是在城里为四时节气应个景儿，即便寡淡，但情绪也算浓烈的吧。久居城市这么些年，我依然没有忘却农作物与四时节气的对应关系。

不知道是幸呢还是不幸？对于高度发达的城市化的新兴文明，我始终是隔膜着的，我并不能真心地欣赏它哪怕点滴的长处——乡村作为我的原乡，它可以让我敏捷地嗅到四季轮换的气味，还有风的转向泥土的芬芳，以及野草繁花的浓淡颓萎……这些自然的东西，于我，总是可亲，它始终牵扯着我的神经，仿佛流经我体内的血，是能够闻得见青苔的味道的，湿答答的氤氲一片，是可以拧得出水来的。这样的水，也是深河大湖之水，并非充盈着强烈刺鼻氯气味的自来水。

一竿子荡远了，继续说回来——先头我说《七月》写尽了四时节序之美，这些美还都是隐写暗托的，明确让人看出美来的，还是诗中的那些短句子，简静凝练，分明是幽洁之美，好比一个人惜字如金，是轻易地不肯絮叨繁琐的，比如：

"六月食郁及薁，七月亨葵及菽。八月剥枣，十月获稻。"从六月写到十月，整整150多天里，只用去简短的20个字。可就在这20个字里，人们要享用多少美味啊！也是这样的5个月里，却分别走完了十个节气呢——六月吃李和山葡萄，七月享用葵菜和豆子，八月打枣了，十月收稻子。还有九月呢，隐去了，九月挖红薯种油菜呢，农谚有"九菜十麦"的说法，也就是说，农历的九月该种油菜了，到了十月，小麦又该下地入土了。十月里割稻，割的也是晚稻了。

《七月》里有许多美丽的句子，再比如："春日载阳，有鸣仓庚。女执懿筐，遵彼微行，爰求柔桑。春日迟迟，采蘩祁祁。女心伤悲：殆及公子同归"，稍微启动一点想象力，便能领略一种怎样的和煦之美——春天的阳光开始暖和起来，黄莺叫个不停。少女们挽着竹筐走在小路上，她们要去采桑喂蚕。春天的日子是漫长的，白蒿繁盛，任意采摘。可是，女孩在心里忽然有了惆怅——都好好的，为何心生惆怅呢？春天原本就是让人莫名忧伤的，自古以来如此，所谓伤春悲秋。女孩的惆怅，不仅仅因为身在春天吧，她们真正为的是"殆及公子同归"。哦，原来女孩思春了，不过是一种极正常的人性流露。我愿意把"殆及公子同归"，解释为，尚没有等到心上人把自己娶回家。一个"归"字，《诗经》里频繁出现，如"之子与归"的"归"，是可以当"归宿"来解的，那，什么才是女孩的归宿？遇见一个自己爱的人，就算找着了好归宿了，所以，在很多场合，我们把"归"都解为出嫁之意。我觉得，用在这里更是妥当的。女孩在山坡上采摘野菜的时候，突然停下手中动作，抬首望望高天暖阳，以及暖阳下灿烂如星辰的野草繁花，这时，不知怎么了，易感的女孩忽然思起春来，而那个意中人尚未出现，当是有一些惆怅的。然而，就是这一句，我翻过许多种释经版本，他们殊途同归的解释，简直令人啼笑皆非，生拉硬拽地把女孩惆怅的原因归之与，怕被过往的公子看见强行带走，不过又是一例无法摆脱阶级立场的误读罢了，让人含笑之余不免心酸。《诗经》形成于一个古风犹存的时代，哪里来的那么多强盗公子哥光天化日之下强掳民女？如此这般的牵强附会，简直匪夷所思。

我觉着，对于《诗经》，是要带着一颗诗心去读的——所谓以诗读诗，以心换心，以情换情，这样才显得出可暖可亲来，而《诗经》原本就是可怀的——情怀的怀，怀抱的怀。

《击鼓》：爱的无望，生的悲哀

击鼓其镗，踊跃用兵。土国城漕，我独南行。

从孙子仲，平陈与宋。不我以归，忧心有忡。

爰居爰处？爰丧其马？于以求之？于林之下。

死生契阔，与子成说。执子之手，与子偕老。

于嗟阔兮！不我活兮！于嗟洵兮！不我信兮！

年轻的时候，读张爱玲，她说，"死生契阔，与子成说。执子之手，与子偕老"，是一句让人读来悲哀的诗。那时，尚未接触《诗经》，不晓得这几句话的来龙去脉，凭第一感，只笼统地觉得这是一句美丽的誓言，怎么会是读起来感到悲哀的诗呢？当时，我对张爱玲的这句慨叹感到很隔，也不作停留深入，便一衣带水地一把扫过——向来如此，她的世界，平庸的我们何尝真正进入过？当时，反而觉得这是几句非常温暖的诗，"执子之手，与子偕老"，这句话，是多么让人有安全感啊。如今，在感情上，男男女女的我们仿佛一齐患上了饥渴症，缺的就是这种一字千金的承诺。

然而，多年以后，当我第一次接触《诗经》，找的就是这几句诗的出处，当时，手边的版本源于齐鲁书社。无从学养可言的我，一味局限于这个版本的解释，可谓把版本当《圣经》来读了。读过之后，产生了相当失望的情绪，失望于这几句诗并非一对恋人间的誓言。齐鲁书社的版本，千真万确将这几句诗解释为战士之间的盟誓，说它是一首男人们在战场上相互激励的诗。当年，根本没有怀疑能力的我，对古籍文言一知半解，以致走上了"尽信书而不如无书"的歧途。稀里糊涂地过去了几年，我那份对于《诗经》的热情依然没有消逝，也就一直读下去，在各种不同的版本里穿梭识别，终于有一天，悟出自己上了一个大当——关于这篇《击鼓》的解释简直错得离谱。

我到底明白过来，彻底摒弃掉"执子之手，与子偕老"这么美丽的誓言是战场上的男人之间的喋血盟誓的看法。曾经的这个"当"，上得相当地灰头土脸，仿佛无从说起了，以致让我留下了极深的内伤——在后来的很长一段时间里，我拒绝再看任何形式的版本注释，甚至，到了逃避的程度，好比逃避中国的教科书一样，总委屈地认为自己是被耽搁的一代，许多与生俱来的想象力都被扼杀殆尽。这种逆反心理太过根深蒂固，眼下，无人可以把我说服。这是题外话了，暂且不提。

如今，反复读这首诗，似乎懂得了，我愿意这么把它翻出来：击鼓声响在耳畔，将士们正在奋勇演练着刀枪。防御工事已经修好，我还要随军远征南方。我跟随一位名叫孙子仲的将军奔波前线，为的了平定陈宋两国。不能擅自回家，我忧心忡忡郁郁不乐。我将身在何方，身处何地？我的良马将要丢失在哪里？我到哪里才能把它找到？我来到到山林泉水之地。生死离合，曾经我与你说过的。将牵着你的手，与你一起老去。可是如今零落天涯，我怕是不能活着回去了。可叹如今天各一方，我对你的誓言就要成为一句空话了。

写这诗的人，他不过是浩浩队伍中一名不起眼的小兵，不得已随着将领的征服欲望，踏上茫茫征途。这一去，可能就是永别了，他还有什么放不下的呢？还是家中的那个人。他曾经可是答应过她的，照顾她一辈子。如今，自己被卷入战争，十之八九要战死沙场，再也不能回去了。眼看曾经的誓言都付诸流水……这是多么悲哀的事情。到这里，我恍然懂得了张爱玲的感慨——时代的大背景下，个人的儿女情长根本就被忽略不计了，它怎么能得到成全？在时代的风云突变前，个人的情感又算得了什么？它一直处在被忽视的地位，以致这几句诗读起来，才那么悲哀——悲哀就悲哀在个人的感情得不到成全。个人在时代面前，实在渺小得如同一粒芥菜籽，到了战争年代，谁会考虑到成千上万家庭的和美，谁又会来成全个人的爱情？时代的大潮席卷一切，一切都让位于掠夺和残杀。爱情在宏大的战争面前，多么不值一提啊！这才是小我的悲哀寒凉。

生离死别，原本无法预料，可是，在这首诗中，在出征途中，这名战士早已预料到自己的命运，尽管目前尚有一口热气在，可是，大敌当前，自己作为一枚小小的棋子，送命是自然而然的事情，想起家中苦守的爱妻，怎不叫他肝肠寸断？生的莫大悲哀，是因为预料到死期不远。

誓言，原本明亮暖人，但这个曾经许下誓言的人，此时此刻分明感觉自己命将不保，再也不能兑现诺言了。如此暖人的誓言，在这里反而衬托得这首诗更加悲哀了，所谓"以乐景衬哀情，反而增其哀"。

关于这首《击鼓》的版本注释，真算得上千奇百怪，著名的闻一多先生就是一个著名的例子，从这首诗中，他竟考察出同性恋的苗头，他是同样将这首诗当成了沙场战士之间相互激励的诗去理解的。按照闻一多的逻辑，两名小战士间既然有了"执子之手，与子偕老"的誓言，那么，他们不是同性恋又是什么？然而，我现在简直把闻一多的推论当作一个笑话来看，而且是一个具有相当想象力的笑话。

这大抵就是《诗经》的魅力所在吧，不同的人对它有着不同的理解，不同的人对着它抒发着不同的情怀——《诗经》好比一只温润的玉杯，每个人都可以拿起它，斟满自己的酒，浇自己的块垒，如同叶嘉莹先生，当她读杜甫的"秋兴八首"，有了感念，情难自抑，写出来一本比砖头还厚的书。

这一部美丽的《诗经》，简直就像一条永不枯竭的大河，几千年流淌下来，养活了多少版本专家，滋养了多少奇异的想象力？

最后一头驴

王　族

　　驴告别这个世界的方式是独特的，几乎不让任何人知道它最后会怎样倒地而亡。驴忍辱负重一辈子，到最后仍不与人走得太近，而是悄悄地选择一个角落死掉。驴的这种死法，是不是对人的一种蔑视呢？我在阿尔泰的白哈巴村听到的村子里的最后一头驴的经历，似乎是对这个问题的一个明确的回答。

　　驴是偶尔进入这个地处高原的村子的，繁衍了几代，并未发挥出什么作用。后来，便越来越少，只剩下这一头了。人与驴之间实际上只存在需要与被需要的关系，驴发挥不出作用，自然就被冷落了。而驴呢，由于在村里被人冷落，居然连繁殖能力也一再退化，到了现存的这最后一头，生得又瘦又小，全然没了驴的样子。它的主人巴也丹在去年让它拉车，它拉到半途被累得趴下后，就再也没有用过它。巴也丹说，我的驴是一头废驴。从此它的名声就坏了，人们视它的存在为乌有，它无知无觉，慢慢地闲了下来，真的成了一头废驴。在村子里，一个人无所事事成为闲人，会招来人们的议论和指责，因为他的行为是人们苦心维护的生存规则所不容许的。而一头驴，因为不会影响到人们的情绪，所以，没有谁会去指责它。慢慢地，眼见它再无生殖能力，一日日老去，变成了村里最后一头驴。

　　有一天，人们突然想起了它。两个小伙子下石子棋，输了的一方为躲避败局的尴尬，说他能使这头驴按照他的指令走动，他让它趴下，它就会趴下；他让它跑，它就会跑。众人一听来了兴趣，呼啦啦一起涌到了驴跟前。他们把驴牵到那个小伙子家门口，小伙子说，驴，你进去，我给你吃的，驴纹丝不动，他又重复了一遍，驴仍不动。小伙子着急了，捡了一根树枝抽它，驴仍纹丝不动，任他抽打。有人出主意，把驴的眼睛蒙上，可牵入房内。小伙子脱下上衣，蒙住驴头，牵它，但它却似乎早已明白了他的用意，仍站着不动。有人又出主意，听说过驴推磨吗？拉着驴转，它转着转着就迷失了方向，然后就可以把它牵进屋去。小伙子便用衣服蒙了它的头牵着它转，转了好多圈，人都觉得有点晕了，但一停，它仍倔犟地背对着房门不肯进屋。大家都蔫了，就这么一头废驴，但谁也拿它没办法。最后，大家得出一致的结论，驴要是犟起来，就是天打雷轰也拿它没办法。要不，人们怎么说驴认真起来是犟驴呢！嬉闹一番，众人都觉无趣。正要散去，忽见它把头一低径直进入房门。众人又兴起，复又赶过来看它会作何，它走进屋内屁股一动便屙下一泡驴粪。众人大惑，刚才费尽周折它都不肯进屋，甚至用尽了蒙头、驴推磨的办法，想想，这些也就是人类多少年来对待驴的办法，都拿它没辙，但它却自己走进了屋子屙下一泡粪，这真是一个极大的讽刺。它在屋中站了一会儿，头一扭走了出来。众人像是恐惧它似的纷纷给它让出一条道。它在村子里慢悠悠地走着，像一个年迈的老人。

这件事过去后，人们很快就又忘记了它。一头不会发挥出实际作用的驴，是很容易被人忽略的。至于它想了些什么，它所目睹的这个村庄是什么样子，它不会说话，不和村里人交流，因而谁也无从知晓。

过了几年，它已彻底老了。人老先老眼，牲畜们老了则先老腿。它的走动已变得极为不便，很少见它在村子里走动。偶尔出来了，也是摇摇晃晃，很短的一点路要走很长时间。它的主人已彻底不重视它了，想起它的时候给它一点草，想不起的时候它就得饿好多天，这样便加快了它年老的速度。有时候，它在村子里与牛和马相遇了，便停下来与它们对视良久。牛和马都走了，它仍在原地停留一会儿，似是在想什么。动物们有它们交流的方式和语言，不知道它刚才和那些健壮的牛和马说了什么话。那些牛和马有很好的胃口，还要去吃草，只有它走不动，在村子里神情恍惚，不知所措。再后来它彻底走不动了，只能站在村子中间朝四处张望。它望着自己曾经走过的许多地方，眸中似有想再去走走的冲动，但又有些许无奈，于是凝望便成了它每日最重要的事情。村子里每天都有热闹的事情，却不能吸引它的目光。它总是朝着一个地方看，似乎那个地方保留着它以前的什么东西，成了现在它凝望的资本。

一天，人们突然发现它不见了。几天前，村子里就没有了它的身影，只是因为人们太忙，未曾留意它。人们去找它，在村东面通向铁列克乡的一个山脊上，发现了它的尸体。它已死去多时，但仍保持着欲向前爬行的姿势。也许它在咽气的最后一瞬，仍想挣扎着向前爬去。

好几年过去了，村里人始终不明白，它在生命的最后时刻为何要离开村庄，它想去哪里呢？

回到出生的地方倒下

后来我又见到了一群野骆驼。之所以在这里挑轻捡重地让笔落到野骆驼，而不是家骆驼身上，是因为野骆驼更为真实，它们仍保持着自己作为一个物种的原始本性。

是在古尔班通古特沙漠中，远远地见有什么在移动，同时伴有灰尘扬起，近了，才发现是几峰骆驼。它们奔跑到一个小海子跟前，将巨大的身躯弯下喝水。天正蓝，小海子的水面便映出一个个骆驼，几个搞摄影的朋友不拍饮水的骆驼，而是绕到对面专拍它们在水中的倒影，拍得了几幅好照片。喝水对骆驼来说，也许是几天，或十几天才要做的一件事，遇上水了便大喝一通，遇不上就只好忍着。一个牧民说，这群野骆驼已经把这个小海子牢记在了心间，每隔几天，总是要来喝水，因为是野骆驼，它们不必顾虑人，来去皆很自由。与家驼相比，它们在向人类迈出那至关重要几乎要改变命运的一步时犹豫退却了，所以它们仍是野骆驼，但它们现在的生命是自由的，也是快乐的。牧民住在小海子对面的小山上，每当这群野骆驼下来，便来看它们，逗它们，它们觉得这个人很有意思，鼻孔里发出一些亲切的呼呼声。牧民便变得高兴，觉得在这荒天野地和一群野骆驼反而成了朋友。后来，野骆驼们下来喝水时，总是要走到他的羊圈旁，如果他在，与他对视一会儿便离去；如果他不在，它们就望一会儿他的羊圈，好像羊圈就是他一样。一群野骆驼就这样与一个人建立了亲密的关系。骆驼与人之间原本或许有着一些相通的语言，天天见面，这些语言在默契中被双方都感觉到了，于是，只要每天看见对方，他们便觉得亲切。

到牧民的家中喝奶茶，闲聊着，不料野骆驼的面容却被一件事勾画得清晰了起来。也是又一个骆驼来喝水的日子到了，却不见一只骆驼出现。牧民诧异，它们上哪里去了呢？他走到一个山包上，见骆驼在一片宽阔的地带转来转去，似是在寻找什么。他一数骆驼，发现它们中少了一头，他从骆驼们急促的样子上断定，它们在寻找走失的一位伙伴。过了一会儿，有一头骆驼急促地叫了一声，众骆驼便一起向它围拢过去。少顷，它们像是做出了一个什么决定似的，又一起向山后急急走去。牧民好奇，骑上马赶上它们，想细细看个仔细。很快，他便发现野骆驼们跟着地上的一串蹄印在向前走着，走了一会儿，地上的蹄印变得歪歪斜斜，似乎行走者难以支撑自己的身躯。有一只骆驼叫了一声，驼群便显得有些慌乱起来，牧民猜测，正在被众驼寻找的这只骆驼可能受伤了。翻过一座山，果然见一只骆驼卧在一片草丛中。众驼奔跑过去，围着它呼呼叫，但它却纹丝不动。牧民上前仔细一看，它已经死了。

"它倒下的地方是它出生的地方。它知道自己快要死了时，就坚持着走到了那里。骆驼在哪里出生，死的时候就必须要回到哪里。"牧民的这几句话把故事推向了高潮。这样的话，应该写到教科书里去，让学生们停下"黄沙吹尽始见金，不破楼兰终不还"的朗读，而是读一读这几句话，想必会使他们的心灵更美好。

后来的闲聊轻松自然。牧民说，骆驼们知道那只骆驼要死了，就去找它。其实在路上它们知道它已经死了。我问他何以见得，他说，有一只骆驼流泪了，那是一只母骆驼，是死去的那只骆驼的母亲。

细　狗

白哈巴村中的狗个儿高，但身体却细小，被称之为细狗。我在黄昏的村中散步，忽然听得身后"汪"的一声叫，疑心有狗要咬我，刚一转身，有一条狗已蹿下路基。是一条村中的细狗。不一会儿，它的头便从路基下冒了出来，嘴里叼着一只兔子。细狗嗅觉灵敏，速度快，有很强的猎捕能力。远处的野兔只要一露面，细狗就如同闪电般蹿出，双爪一扑一抓，便用嘴叼了回来。

有关细狗的历史非常久远，在古西域生活的游牧民族多养细狗，尤以漠北高原的蒙古族对细狗情有独钟。我猜想，图瓦人在几百年前迁入阿尔泰时，是不是将细狗也一并带了过来呢？

细狗从小便与别的狗不同，一岁时，主人就用布蒙住它的头，把食物扔到不同的角落让它嗅味去寻，由于它的头上被蒙了布，所以它便只能凭心理感觉去寻找，这样，它们慢慢地就有了很强的嗅觉能力。村里人对细狗寄予的希望很大，从小精心教它们跟踪、追捕和撕咬的技能。上山打猎的日子，他们在打到狼、哈熊和山羊后，立刻让细狗去舔它们的血，以便让细狗熟悉这些动物的气味，在以后碰到了迅速出击。

多尔林的细狗在村子里最为出名。别人一般都是牵狗外出猎捕，他则只需把狗放出去，下午它必叼回猎物。一般的细狗叼回的都是兔子、山鸡等小猎物，而他的细狗专门捕猎较大的动物，像狐狸、刺猬等。有一年，它还咬死了一只黄羊。它咬死大动物无力拖回，便将它们的耳朵咬下一只叼回家里，多尔林一看便知它猎到了什么，随它出门将猎物扛回。一次，一只黄鼠狼被多尔林的细狗盯上了。黄鼠狼见逃跑不成，便爬上一棵树躲了起来。细狗追到树下，往下一蹲便不动了。黄鼠狼以为它拿自己没办法了，便在树上挨时间。两个小时过去了，细狗仍蹲在树下一动不动。突然，那棵树"咔嚓"一声倒了下去。原来，细狗一直用牙在咬树。树倒了，黄鼠狼从树上跌下，细狗扑过去一口咬住了它的脖子。多尔林深为自己的细狗而自豪，他说，我的狗简直就是一个精明的猎人嘛！硬猎软猎，样样都行。他说的硬猎，就是直接猎取，而软猎，则是应用智能猎取。他对狗爱惜至极，有人曾见他给它喂羊肉吃，这事传开，他还骄傲地告诉别人，他每宰一只羊必先要给细狗吃，他宰羊不是为人，而是为狗。

村里人羡慕他的狗，纷纷牵来母犬想与他的狗交配。多尔林严格把关，凡是他看不上的母犬绝不同意，就是看上的也得排队等候，十天配一个，不能让细狗劳累。一次他外出放羊，他妻子想挣几百块私房钱，便让细狗在一天内与九只母犬交配。多尔林回来后，气得扇了她一记耳光，说，你也不想想，这能行吗？就是换了我，你一天给我九个女人，我也受不住呀！

如今，多尔林和细狗都老了，一人一狗整天在村中形影不离。多尔林不再打发它出去猎捕，别的细狗从村中走过时，他的细狗总是出神地凝望。多尔林用手摸摸它的头，它便依偎在他身边不再动了。远处，年轻人领着他们的细狗在捕猎，人的欢呼声和狗的叫声响成一片。林子里总有动物不停地出生，村子里总有一代又一代人长大，细狗也一代又一代在繁衍。所以，这古老的传统之中包含的生命乐趣永远都不会消失。多尔林和他的细狗仍在栅栏前坐着。初秋的阿尔泰已一片枯色，但白桦树的叶子却变得金黄。村子里到处弥漫着白桦林反射出的金黄，人也变得肃穆和庄重了许多。

　　黄昏，多尔林和他的狗仍坐在那里。慢慢地，一人一狗便被那股金黄色裹住，变得像两座雕塑。

生命的加冕

　　从天山牧场往东行至三四公里，就进入到了一个很大的草场。尽管牧民将其称之为草场，但里面却有水，密密匝匝在悄悄流淌，也有一些圆石分布其中，太阳一照便闪闪发光。吐尔洪说这里其实是牦牛自下而上的好地方，每年夏天都有成群的牦牛到这里来，吃那些一簇一簇疯长的野草，吃饱后便踩水嬉闹，很是热闹。

　　我等待着牦牛群出现，我已经在藏北阿里和帕米尔见过牦牛，我十分喜欢它们在高原上行走的姿势，那种稳健和强大，犹如是在检阅高原。曾经有一只牦牛挡住我们的车，任凭司机怎么按喇叭就是不让路，它很平静，既不愤怒，也不蛮横，似乎在它的观念里从来没有给别人让道这一说法。等了几分钟，我发现它始终在抬头凝望雪山，便似乎明白了什么，就让司机绕道而行。走远之后回头一看，发现它扭过头在望着我们。我对那只牦牛记忆深刻，它与雪峰一起给我留下了让我在心头久久怀念的感觉……

　　我爬上一座小山，还没有喘过气，就为眼前的情景大吃一惊，对面的山坡上正黑压压地走过来一群牦牛。它们似乎是一个排列得很有秩序的方队，潮水一般冲向坡顶，又漫漶而下进入坡底。进入草场后，忽然，它们像是听到了一个无声的命令似的站在原地不动了。太阳已经升起，草地上正泛起一层亮光，它们盯着那层亮光不再前进一步。静止的牦牛群，和被太阳照亮的草在这一时刻又构成了一幅很美的画。我已有些沉醉。过了一会儿，太阳已慢慢升高，牦牛群散开，三五个一堆，各自吃起了草。慢慢地，它们便一个一个独自去寻草。从远处看，依稀分开的牦牛犹如无数个静止的小黑点，而成群的牦牛又好像一片低矮的灌木丛。

我走下山坡静静观察它们，而它们却毫不在意我的到来，只是低着头把嘴伸向那些嫩绿的野草，嘴巴一抿一抿地吃着。有几头牦牛的角很长，以至于嘴还未伸到草跟前，角却先触了地。因此，它们就不得不把头弯下，歪着脑袋把草吞进嘴里。看着它们，我感到了大地上生灵无可避免的沉重，叹服于它们的笨重和沉默，但它们却别无选择，这似乎就是它们的命运。

我在它们中间走动。我想起吐尔洪的话，他说这块草地其实就是牦牛的天地，它们每天早上到这里来吃草，一直到下午回去，这里的草被它们啃了一遍又一遍，但似乎总是啃不完。我注意到了这些野草，它们是不懈的雨水滋润大地之后，大地对天空回报的崭新容颜。雨水冲刷着万物，一切都在生长，这就是大地的力量。这生动的大地，本身就是一个真理，它让任何用心的劳作都不会落空，都留下自己的足迹。

这时，一头牦牛走到了我跟前，它的巨大犄角上挑着一只不知毙命于何时的狼的尸架，由于时间太久，狼的尸架被完全风干，固定在了它的头顶。这只牦牛已完全适应了狼尸的重负，所以在行走和吃草时显得很自如。我跟着它的走动，那副狼的尸架上下起伏，仿佛是一尊加冕于牦牛头上的王冠。后来，牦牛发觉我在观察它，便警觉地逃入牦牛群中去。当它把头低下，我便再也找不到哪一头是刚才享戴圣冠的牦牛。返回乌鲁木齐后，我从一位野生动物学家处得知，牦牛将一只狼用角刺死后，狼尸被挂在它的角上，尸肉一日日脱落，只剩下了一副骨架。牦牛在那一瞬间竭尽全力用角刺向那只狼，双角刺入了狼的骨头中，从此狼的尸架不再掉下。狼是高原上食肉类动物中的强者，但在那一瞬的灭顶之灾中，它绝望的瞳孔里会不会有一种古怪的驯顺呢？

第二天，我在那块草地上看到牦牛真正激扬的一面。那些高大健壮的牦牛正在吃着草，却忽然聚拢在了一起，冷冷地互相盯着对方，像是怀疑对方与自己并非一类似的。过了一会儿，不知是哪头牦牛嘶鸣了一声，整个牦牛群马上变得混乱了。混乱之中，可以看出有的牦牛在努力向外冲突，而处在外围的牦牛却像不明事态似的在往里面冲。草被它们踏倒，水也被蹄子溅起，带着泥巴沾在了它们的身上。我不知道这些牦牛要干什么，但从它们的架势上隐隐约约感到有一股杀气。我在内心祈求它们不要互相残杀，尽量地平静下来，像亲兄弟一样在天山上相处。人类对牦牛的残害已经越来越猖狂，有一段时间，牦牛尾巴做成的掸子很畅销，有人便在牦牛身上大发横财，他们拿一把刀子悄悄走到牦牛身后，一手将它们的尾巴提起，一刀下去就将尾巴砍了下来。被砍掉尾巴的牦牛痛得狂奔而去，有时一头撞在石头上便死了。

　　想到这些，我担心今天的这群牦牛会相互伤害，但很快，我担心的事情还是发生了，牦牛开始互相撞碰起来。它们先是用身体去撞对方，不一会儿便都兴起，用角去刺对方。那些乌黑的犄角像一把把利剑似的在对方身上划出口子，血很快就从里面流了出来。这时候，我注意到牦牛都开始叫了，它们像是变得很兴奋似的，在"呜呜呜"地叫着向对方凶猛攻击。当然，在进攻中它们也不时地被对方的角刺中。渐渐地，有一部分牦牛因体力不支或受伤过重，退到了一边。血从伤口中大滴大滴地流着，使它们不停地战栗，但它们都不离开，仍像是很兴奋似的看着那些正在战斗的牦牛。那些正在战斗的牦牛显然是这一大群牦牛中的佼佼者，它们不光身体敏捷，而且特别善战，也特别能忍耐。它们身上已经有很多伤口，血甚至已经染红了身子，但它们却丝毫没有要退下的意思。但战争毕竟是残酷的，它必须要求参战者全神贯注地投入，而结局无外乎只有两种，要么失败，要么战死。至于胜利者，则是这两者中的幸存者。很快，又有一批牦牛退了下来。又过了一会儿，第三批失败者也退了下来，留在格斗场上的几乎都是胜利者。而正因为它们都是胜利者，所以紧接着的战斗就更激烈也更残酷了。可能是因为距最后的胜利已经不远，所以，它们再次兴奋起来。一阵猛烈的攻击过后，又有几头牦牛退下了。有一头很健壮的牦牛似是不甘心，要坚守住自己阵地，立刻，有两头已明显取胜的牦牛便一起向它发起了攻击。当四只尖利的长角刺进它肚子时，在"噗噗"的响声中，它如一座轰然倾倒的大山，趴在了地上。

　　战斗终于结束了，剩下的几头牦牛就是胜利者。它们高扬着头，长嗥几声，向伫立在远处的几头牦牛走去。这时候，我才发觉远处的那几头牦牛一直伫立在那儿，它们像我一样在观察着刚才的一场战斗。我不知道它们为什么不加入战斗，从它们的体形上看，有可能是母牦牛，就在我这么想着的时候，它们中的一头牦牛叫了一声，我从它的叫声中听出它们的确是一群母牦牛。牦牛生活的地方随季节变化而变，冬季聚集到平原，夏秋到高原的雪线附近交配繁殖。那几个胜利者径直走到母牦牛跟前，用嘴去吻它们。母牦牛像是已经等待了许久似的，一对一地与它们依偎在一起，胜利者不时地发出喜悦的嗥叫，母牦牛用嘴舔着它们伤口的血，舔完之后，它们便头挨着头缠绵在了一起。过了一会儿，母牦牛便显得兴奋了，它们静静地站着，让公牦牛从后面爬到自己身上，完成一头公牦牛的生命喷射和飞翔。至此，我才知道了这群牦牛为什么奋战的原因，几头母牦牛在远处发出了信号，它们便为之奋争。这对于它们来说，是一份光荣，也是一次十分难得的交配机会。所以，它们都奋不顾身，几乎尽了自己最大的努力。这经过血的代价换来的幸福，已使它们忘记了身体的疼痛。这与光荣和鲜血同在的幸福，是属于牦牛自己独享的美妙时刻。

　　那些从战场上退下来的失败者，此时都悄悄地把头扭到了一边。

旧词条

塞　壬

那些在记忆深处发光的词总在暗示我，它们并没有离去，在漫长的岁月里，一直在我身上保留着痕迹和气味。一个物件，一个人，一个事件，它们不断闪烁温暖和善意的细节及意象。它们推进，推进，我们慢慢长大，成年，然后慢慢衰老，当我仰望，回溯，这一个个旧的词根，它们被一一洗亮，而那一端，一个时代的背影渐行渐远。

迪斯科

那个时候，穿着米色风衣，烫着爆炸头，提着三洋在人群中走过是很潮的，这样的人，他一定会跳迪斯科舞。我们住郊区，迪斯科很快就流进了我们住的村庄。真像是一场瘟疫啊，年轻人都着了魔，大白天的关着房门聚众跳舞，我们这些小的，使劲地扒门缝，拼命往里挤。

吃完晚饭，我的同学芬就拉我去看跳舞，那些大哥哥大姐姐们都在房间里摆好了架势，三洋里唱着张行的《迟到》，罗文的《夜色阑珊》，还有《巴比伦河》和《白兰鸽》，声音开得很大，这种舞蹈很魅惑，跳的人忘乎所以，一脸陶醉，全身像通了电一样，肩膀耸动，屁股劲扭，有时，两个人对着扭，疯狂，错位，试探，扭出酣畅淋漓的味道来。这舞步并不复杂，却能跳出一种浑然天成的风流来，很好看。

跳舞，身体的协调感、乐感可能是天生的吧，有些人的确跳得不好看，腰那里僵硬得像一条木棍。每天晚上，我和芬就躲进另一个房间演示，音乐共享。舞步，无非就是三步或者四步，多看几次就会了，既然是会了，就特别地想跳跳。但我羞于在人前去跳，只要听到有人来了，我马上收敛舞步，立在那里。在此之前，我和芬都没有舞蹈方面的底子，但是芬表现出超乎寻常的天赋，简单的三步，她扭起来就是那样好看，她的腰仿佛装了个弹簧，左胯骨略略前倾，右胯骨一摆就游了过来，完成了一个舞步，她还可以根据音乐的节奏变化出更多的步法来，然后教我，两个人，在小房间对练着，乐此不疲。

读初一了吧，芬会跳舞的事，让教我们的英语老师知道了，她偷偷地把芬叫到她宿舍，教她跳舞，女老师是从农村来的，她对跳舞有着很大的热情。那个时候，我和芬都没有公开跳过。到了岁末，班里搞元旦文艺晚会，英语老师突然宣布说，下面请刘芬同学为大家跳一曲迪斯科。一时间，掌声如潮，大家都把目光转向她，毕竟学生会跳迪斯科的是少数。芬的脸红了，她推着不肯跳，她往墙角退，还是不肯上，同学们哄地把她推到小舞台上，她赖不掉了，却把目光转向我，我吓得往后躲，她蹿到我跟前，把我拉出来说，你休想逃掉。来吧。

我第一次在众多的目光下准备跳舞，只觉得一身的芒刺，音乐声起，芬扭动起来，像条蛇一样，在我身边擦来擦去，她用肩膀蹭我，我立在那里一动不动，满脸发烧，只想钻进地洞里，觉得受到极大的羞辱。同学们都在鼓掌，欢呼。芬旋转着，我的头也旋转着。脑子一片空白。

音乐不知道是什么时候结束的，我感到四面都寂静下来，我已蹲在地上了，把头埋在膝盖上。英语老师过来拉我，她发现我哭了。我听见她说，大家掌声鼓励一下黄红同学，希望她将来有勇气上舞台跳一曲迪斯科。于是掌声又响了。

这么多年过去了，我依然没有学会在上台发言、讲话时应该有的镇定，我逃避这样的场合，逃避这样的脆弱带给我的种种狼狈。然而，我并非一个胆小的人，我为了自己的尊严曾做过多少大胆的事啊。我就那样羞于表现，那个不敢跳舞的小女孩，这么些年，我是多么喜欢她的这一品质啊。

万元户

市报的记者要来采访我大伯，说他是万元户了。我大伯很着急，不知道这采访应该说些什么。问我父亲，我父亲说，要采访，你就说你不是万元户，财是不能外露的，这你不知道吗。可我大伯说，我不怕人家知道我是万元户，这钱，是我辛苦挣来的，我怕什么。

我父亲读了些书，他跟我说，这万元户慢慢叫开的时候，实际上，很多人早就是了。他们都藏着。你大伯人老实，大队的干部就把他报上去了，现在搞个什么记者采访。我好奇地问父亲，那咱家是不是万元户呢？父亲笑着用食指弯个钩刮我的鼻子说，小鬼精，你说是就是。我就呵呵地笑了，忙说，我要一辆小自行车。

我们那里满山遍野都种了橘子，每家每户都有园子。秋天的时候，果实累累的挂满枝头，像一片花海。不知道从哪里开来的大翻斗货车停在园外的过道里，长长的一溜，这些车子把我们的橘子运到外地，钱就一沓一沓地进了父辈们的荷包。那个时候我们可真快乐啊，天天在橘园里蹿来蹿去，睡在橘子堆里，用橘子打仗。忽然间，就有人家成万元户了。

那个时候，并不是所有的人都把有钱看成荣誉。有钱，顶多只是暗爽，不敢示人的，尽管这钱都是自己的血汗钱。我大伯说，产多少橘子，能赚多少钱，是个明账，藏得住吗，你有没有钱，人家都是知道的。采访我就说，政策好，人勤快，头脑灵，赚到钱是个实的，这不是假话。我就这样说，完了。

过了两天，大队的文书送来一个稿子给我大伯，大伯把稿子拿到我家，我父亲一看，啊，全是歌颂党的溢美之词，写满了整整一张。大伯说，大队领导说了，采访来了，就让我按这上面的说，不准出错。我仍然记得那是一个傍晚时分，在我家的堂屋里，他俩坐在竹椅上，我父亲教我大伯念那张纸上面的话，我父亲说一句，我大伯跟着说一句。虔诚得很。

报纸出来了，我大伯的头部有一个大特写，他憨憨地笑着，满脸的沟壑，眼里盛着星光。图片有个标题：万元户×××笑了。采访，没有出错，像他那样认真的人，怎么会出错呢？他硬是把那张纸上面的话记牢了，要知道，我大伯是一句书没念的。他拿到报纸，看到那张照片，问我父亲，老三，我的牙齿这么龅吗？真难看！他忽然盯着我父亲的脸看，真该让你上的，你好看多了也年轻多了，老三啊，我其实早知道你是万元户了。

简·爱

看翻译小说是我们那个年代的女孩有内涵的标志吧，看《飘》《呼啸山庄》

《傲慢与偏见》《红与黑》《茶花女》这样一批爱情小说，我们就这样文艺地度过少女时代，很青涩很美好。普及最广的似乎是那本《简·爱》了，夏绿蒂·勃朗特让我们这些灰姑娘有底气找自己的爱情，有底气打败美貌的有钱小姐，简·爱说出了平等。

这样的一本书，是多么让我们喜欢啊，结构平顺，调子是明亮的，简·爱屡屡抛出让人出气的爽话，一步一步走到柳暗花明，并且还让坏人得到报应。简·爱是可以触摸的，她一身的烟火气和家常气。不美、矮小、贫穷、卑微，这太像我们自身的成长背景，然而简·爱，竟拥有了令人炫目的爱情，她的一生，被爱情照耀，这多么让人受鼓舞。这本书的现实意义在于，一个榜样，一个现身说法的例子。并且，它是可以企及的，它并不遥远。文艺少女们为之着迷的还在于，人格和性格的魅力可以战胜美貌、地位等与爱情息息相关的硬件。那个时候，我们是信的，我们还相信，美貌有地位的姑娘，她们全都骄矜、无理、贪钱，甚至邪恶。她们还必然会被抛弃。于是，我们这些丑小鸭可有了盼头，可有了信心。就是这样，我们慢慢长大，善良、通情达理甚至有点矫情地多愁善感，相信最后一定会打败美貌、有钱但不讨人喜欢的强敌，赢得自己的爱情。我们的白马王子，一律地，他们全都视心灵和人格是第一位的，对美貌未见看得多重。简·爱的强大在于，她敢跟有地位的男人平等对话，她掌握着主动权，她拒绝，她大声地说不。这个人物全身散发着强烈的性格，她的魅力在于释放出一种人的精神，这个人，是全世界都能读懂的人，自尊、勇气、决绝以及忠于内心。她做了她自己。绝不做罗彻斯特的情人，勇敢出走。她说她不是机器。

这样的爱情，有理直气壮的干净气质。这样一本书是干净的，它符合那个年代的社会意识形态，什么是耻，什么是荣，清清楚楚的。女子贪慕人家的钱财，这是可耻的。可耻，对一个人的影响是巨大的，这会让她见不得人，抬不起头来。我的侄女今年十九岁了，美丽、聪明，在读大学。她看了《简·爱》，漫不经心地跟我说，女主角太难理解了，罗彻斯特这么爱她，她就是做他的情人也不错啊，只要能在一起，是不是夫妻很重要吗？何况罗彻斯特的老婆都疯了……同样地，对于《苔丝》这本书，我的侄女气愤地把书扔了，她说，悲剧居然是因为一个处女膜的问题。

有人会说80后、90后的女孩子们怎么这样，不讲爱情了，眼睛里只有物质。我只是笑笑，她们是读杜拉斯和村上春树长大的，她们的爱情，正如她说的，要至死的激情。大痛或者大悲是快乐的另一种形式，前提是，自己能够去爱。在她们的时代，《简·爱》里的美貌小姐，如今并不无理也不骄矜，她们跟灰姑娘一样通情达理，还积极向上，丑小鸭式的灰姑娘未必有美好的人格和人性，世界在变，榜样也在变。价值观变得多元，不再非此即彼。没有谁去轻易地认为谁是可耻的。爱情，太隐秘了，是一个人的私生活范畴。人们越来越对他人的生活失去了好奇和了解的欲望。然而，在我的内心，我依然保持着简·爱式的爱情，那种斩钉截铁般的，唯一的，在任何混杂的意识和观念中，我都不会弄混的那种爱情。我恪守它，类似于人们说的信仰。

三　金

三金就是金项链、金耳环和金戒指。那个时候定亲送聘礼给女方就要这三金，拿不出来的人家，婚事是常常要告吹，且脸面上也是极过不去的。一时间，人们都拜金起来，物质起来。这似乎是个好大的进步似的，啊，人们终于有物质这个概念啦，终于不再认为爱钱是个羞耻的事情啦。女人们戴金、比金，男人赚钱给女人买金，大大方方的，不遮不掩。

那年春天，江南是杨柳依依。二舅去女方相亲，二舅是个玉树临风、面容白净的教书先生。女方住在河对岸，二舅一大早一身素衫搭船过江去，不到中午吃饭时分就回了。漂亮的女方要我二舅拿三金作聘礼。二舅拿不出三金，娶不到漂亮的女方。二舅长期出资为两个孤儿垫学费，他总是笑呵呵的，总跟孩子们玩在一起。漂亮的女方没有福分得到二舅这么个金子样的人儿。金子是好，它终究是好不过人的，可这世上就有太多糊涂的人看不到。

我有一枚红宝石戒指，包金的，蛋圆戒面，玫瑰红。那一年，我父亲在外面接到一个工程，赚了些钱，就给我买了这戒指当做我十二岁的礼物，红绒缎面锦盒装着。对于众人趋之若鹜的黄金，我的兴趣不大。可能太年轻了吧，我甚至忘掉了有这样一枚戒指。

两年后，哥哥带女朋友来家，那是个眉眼很顺的女孩子，长得妍媚，她紧紧贴在他身后，不言不语。偶尔抬头，满目含笑。我一看就满心欢喜，同时预感，嫂子，这女子是不二人选。妈妈看了，也很喜欢，偷偷跟我说，准备什么见面礼好呢，封个红包太俗气了。我想起了我的红宝石金戒指，回屋拿出来，交到母亲手上。这枚红宝石戒指派上这么好的用场，真是让人愉快。母亲说，这是你十二岁生日的礼物，拿出来不好吧，我说，我现在要这东西做什么，将来，会有个男人送给我的，你莫担心啊。母亲就笑了。哥哥的女朋友打开锦盒，一下子就眉开眼笑，她的眼睛微微地向上缝着，盛着一种甜。这戒指，有讨好世俗审美的魅力，漂亮，时尚，但依然有一定的分量，含了金嘛，护得住那个面子。一来二去的，这新嫂子果然是个通情达理的人，中专毕业，在市里一所学校当老师。我家在农村，当时我哥还没有正式工作呢，在大队部里当文书，写得一手漂亮的毛笔字，人好文章也好，逢到庆祝活动，我哥还可以唱一曲《在那桃花盛开的地方》博得满堂彩。谈到要结婚，新嫂子跟我妈说，三金就不要了，她有我哥这个人就什么都不要了。

三金在那个时代轰轰烈烈着，现在看到戴金的人少了，都换成了钻石和铂金，但是，拜金是越演越烈的，可是我依然相信，在有些人那里，它终究是赢不了爱情的。

琼瑶或者金庸

琼瑶在女生手里流传的时候，金庸就在男生那里疯传着。一律地，旧书，封面残破，页面卷角，一闻，散发出热热的人味来，是上一个读者刚刚脱手的。一到手，一本不厚的琼瑶小说是一定要看完才松口气的。吃饭，睡觉，上课都是挡不住，女生在那样的小说里慢慢变得文艺起来，秘密也多了，伤心的事也多了。看金庸的男生似乎是不开窍的，他们不懂女孩的心思，他们只管迷着葵花宝典、九阴真经，或者羡慕杨过的奇遇，景仰着萧峰的英雄气概。

琼瑶的小说，只要当时出的，我似乎是一本不落地看了，现在想来，我记不起其中的任何情节，倒是拍成电视剧后，对我的记忆有所修复。美人、才子、苦情，这是大的基调，电视剧里，女主角都是哭哭啼啼的，男主角经常义愤地咆哮，他们要相爱，到死都要爱。那个时候，女生看琼瑶，都喜欢书里女主角的名字，紫菱、依萍、羽裳，多美啊，可我们的名字基本上都是红英、桂枝、腊梅这样的，女生看完一本，眼泡都哭肿了，几个坐在一起谈着那本书，就哭成了一堆。我依稀记得，琼瑶有很好的古诗词的底子，特别是宋词，琼瑶有着不浅的研究，那时就感觉到了。看琼瑶，爱上爱情。琼瑶善于写接吻，也止于接吻。她的每一个接吻文字，我是要看上好几遍的。真醉人。后来香港有个作家叫岑凯伦的，我们也看，她进了一尺，书里开始出现了描写做爱，写得也美，女生都爱看这些文字吧。

我是跨了界的，金庸也读。金庸的书都厚，几部几部地，看了就上瘾，那是整个魂都被它牵着跑的。金庸的文字半文言，多短句，极有文采，他的书散发着浓郁的东方味道，这么些年了，琼瑶是过去式，而金庸的书依然摆在人们的书架上。除了好看，还是好看。我的近视就是那几年看这些歪书给看的，看了之后，就跟同学活用起来。"你真像是阴险毒辣的左冷禅！"对方马上还击："你是不折不扣的虚伪狡诈的岳不群！"当电视剧《射雕英雄传》热播后，我们就拿书本上看的，百般挑剔起剧中的演员：欧阳克怎么可以这样胖？黄药师是个文人，风雅之士，剧中没有很好地表现出来……很多年过去了，网络出现，一个叫张纪中的人翻拍了很多金庸的剧作，全国人民都在网上骂他。要问金庸剧中，男主角最喜欢谁，我会说是杨过哥哥。女孩子呢？我会说是郭襄姑娘。那个时候就想着，嫁人，就要嫁个杨过那样子的。

琼瑶和金庸，特别是金庸，是太多旧词中少有热到现在的人。我的父亲、我、我的孩子们都喜欢金庸，在金庸那里，岁月似乎没有隔断，全是新的。

大哥大

我生活的那个城市对新东西的接受很快，年轻人一茬接一茬地玩流行风。跳霹雳舞、在街上跟姑娘搂抱、听罗大佑的磁带、用摩丝把头擦得锃亮，好多人下海了，做老板的想法，似乎在几年之内在人们心中燃起火来。那可真是一个有声有色的年代啊，骚动，爱显摆，大哥大，就这样走进来了。

它似乎天生就是为男人准备的，够有气场，铁黑的，很重。我都没有完全靠近这东西，好像只用过一次。也许它只对男人构成诱惑，女人眼睛就盯着有大哥大的男人。我二哥做服装生意，他就买了一个，我看见他总是把大哥大扎

在大牛仔裤的裤兜里，然后再披上风衣，戴上半截的黑皮手套，骑着他的五羊摩托车，呜的一声就不见影了。

他只淡淡地说，去福建石狮进货，商贩清一色地拿大哥大，要不拿一个的话，人家就会觉得你小本经营，不会合作长久，这样就拿不到好的折扣。二哥这样说，没有显摆的意思，但人家听了，还是一脸的羡慕，有小青年经常笑着跟他说，老二，让我们看看嘛，开个眼。我二哥沉着脸，一言不发地把大哥大塞进他那个大裤兜，掉头就走了。

我二哥不是我们常常笑话的那种人：找一闹市，人声鼎沸的地方，拿出大哥大，大声地吆喝，喂，大声点，我听不见，喂——喂。一谈起大哥大，我们立马想到的一个经典画面就是这样。这是人性的可爱，娱乐着太多的、买不起大哥大的善良民众。

他把大哥大藏得紧，又不显摆，这让我三哥着急了。他早就想借二哥的大哥大玩两天。我三哥正在追一个漂亮的姐姐，处在攻坚阶段，他急需大哥大给他长点底气，完成他最后的冲刺。可巧我二哥病了，在医院打吊针，那做弟弟的就找机会把那玩意儿"借"去长脸，可他不知道怎么弄的，那大哥大就玩不转了，不灵了，这让我三哥扫尽了面子。但意外的是，三哥没有失去姑娘，相反，还得到了她的表白。他兴奋得有点忘乎所以。

我二哥没有发火，这大哥大一到他手上就灵了，他收起线笑着问老三，知道人家怎么看上你的吗，人家可不是看上你手中的大哥大，人家是看上了你有这份心。老三说，丢个脸，赢了美人，划算。

那时我家连座机都没有装，有一回，有急事要打一个电话去学校，去找二哥借大哥大，他帮我拨通了，那是我第一次用大哥大打的电话，感觉这世界人跟人好近啊。我二哥总说，再高级，它也只是个工具，让个工具牵着人的鼻子走，那就蠢了。

罗大佑

我们喜欢这个穿黑衣，抱着吉他，戴蛤蟆镜的男人很多年了。他并不是作为一个男偶像来存在的。罗大佑这个名字，更多的是，它见证了我们的青春、爱情和忧伤。它让我们认出自己，内省，并开始观照个体的一个名字。我要，我愿意，我可以，这样的一些话语，对我来说，肯定跟罗大佑有关。

最初，喜欢罗大佑只是一件很私人的事情，因为在传统的教育里，他的样子是一个流里流气的男人。某一天，我忽然发现这样私人地喜欢着却有着了一个庞大的群体。女生宿舍，文艺情结，偏偏有这样的一些女生，对当时的汪国真和席慕容不屑着。罗大佑，我们眼里真正的诗人，他的《追梦人》、《一样的月光》、《是否》、《野百合也有春天》……这些歌为我们所钟爱。罗大佑并没有像当时的崔健那样明目张胆地影响着我们要有个性，但是，他那种深入骨髓的颠覆力量却是那样大。自我，骨子里有了，但面上，我可以恭顺。

因为《一样的月光》和《是否》，我爱上了苏芮，苏芮准确地演绎出了罗大佑青春的激情和忧伤，她的声音激越、破碎，高音处，是酣畅淋漓，有裂帛的痛意。我记得二十年前，在一所破敝的中学里，三个从不同地方来到这里的女生，居然能一字不落地唱出这些歌。那孤单的音调从宿舍里传出来，我们的内心第一次有了相知的应和。

他的那首《追梦人》是电视剧《雪山飞狐》的片尾曲，这一直让我不解，电视剧《雪山飞狐》是如何配得上这样一首好歌的呢？那样苍凉，忧伤，并且华丽。是一首青春的挽歌，它写了光阴，流浪，还有不老的容颜。我后来才知道，这首歌是纪念三毛的，却感到一股艳异的味道，好像看到三毛披着长发、穿着她的波西米亚大摆裙款款向我们走来。罗大佑的歌，让我认识到自己的感受能力。我喜欢自己在想象的时候，突然出现一个画面。

本来是说说罗大佑，可是我却不小心提到了苏芮和三毛。无法复制的青春，她们的名字一样在记忆深处闪亮，二十年，看到她们的名字，我再次感受到光阴的味道。前几年罗大佑来大陆演出，他老了，一样的装束，黑衣、吉他、蛤蟆镜，我在电视上看着他的脸，高突的颧，嘴已经瘪了，一用力唱，青筋暴突的颈纹，而他的声音，潜沉，向下的力，他无法高亢了，甚至吐词不甚清晰。然后，那声音却有着因为激情所带来的颤抖，我更愿意说，他的灵魂因为青春的逝去而颤抖。二十年，再看看我们，一样地，沧桑写在我们脸上。

住院部笔记

李存刚

没　有

加床那个车祸致多发骨折的患者突发"肺动脉栓塞"。转入监护室后，值班的两位护士已过了下班时间，仍然继续参与抢救，直到患者病情平稳后才下班。没有谁安排，她们自觉自愿地加了班。

但在主持抢救的医生嘱拿吸痰管时，其中一位刚刚到科工作的同志随口就说："没有。"事实上是有的，但她大约是还没完全熟悉工作环境，没弄清那些器械的准确放置地点，没有找到；匆忙之中，还将吸痰管错拿成了输氧管，两者的差别其实是十分明显的。医生问起的时候，"没有"两个字便从她口中飞迸而出了。

因为患者家属在场，抢救完成后，主持抢救的同事专门就此和我交换了意见，建议"要给新同事说一下，不要随便说'没有'"。我没说什么。同事无疑是对的，我十分赞同。

想想，"没有"是两个再寻常不过的字眼了，也许就因为此，你随口就说出来了。你说出来的，也许是千真万确的事实，但你似乎完全忽略了它的反面。某样东西是你应该有的，但你没有，或者其实是有的，但你没发现，结果就成了你说的那样：没有。由此导致的结果就是，有人会问你为什么没有？这世界，并不是所有事情都可以说清楚为什么的，因此你就必须负担"没有"的责任：可能是钱，可能是牢狱，可能是一个生命的消失和由此带给你的漫漫无期的折磨。尽管，当初即便真的有，或者其实是没有，但你找到了，结果很有可能也是一样的。

这是我后来当着全科同事说的话。

我没有说出这个"你"到底是谁，我想我的这些话，应该是针对所有同事包括我自己说的。

一　瞥

他和她，是同一个病区里两个病人的家属。他看护他未来的老丈人，她看护她母亲。他来自向南的一个县，她来自向北的另一个县。在此之前，他们甚至没在梦里见过面。

因为他未来的老丈人和她母亲的病都不十分严重，很快就进入稳定康复治疗，所以他和她，他未来的老丈人和她母亲，他们在病房里便有了交谈和互相了解的兴致。

一天，她对他说，真无聊，他说是的。然后，他和她便相约去菜市买菜，一同去食堂做饭。空着的时候，人们便在医院后花园里或者僻静的后街上看到他们结伴而行的身影，看到的人背地里议论："他们好像在谈恋爱哦！"此话一出，就像四处飘散的风，很快便传遍了整个病区，自然，也传到了我、他未来的老丈人和她母亲的耳朵里。

他和她，不知是没有听到人们的议论，还是把它当做了耳边的风，依然一同去买菜，一同去做饭，人们依然在医院的后花园或者僻静的后街见到他们结伴而行的身影。看上去，果真就像热恋中的两个人。

那天我上夜班，他未来的老丈人忽然把我拉到一个角落，小声对我说："医生，拐了，看样子他要把我整死！"那神秘兮兮又心事重重的样子，险些让我笑出声来。"不是说还没过门的么？"我玩笑似的问。他睁着鼓得浑圆的双眼，看着我："医生，我给你说真的，他把我给他的钱拿去给那小妖精玩，天天让我吃馒头、水煮白菜！那小妖精好几天前就说没钱了，可我今天还看到她拿了三四百给她老娘！你说，她哪里来的钱哦？"我嗯嗯啊啊地应和着，不知道该怎样回答他。末了，他十分严肃而认真地对我说："医生，我只有一个闺女，我是想给你打个招呼，我无论如何也得回家去一趟，不回去不行了！"

　　他发现他未来的老丈人不在，是在他和她照例去后花园散步回来听病区里的人说起的。他赶紧跑去车站，他未来的老丈人已经坐上了回家的客车，任他怎么爹啊爹地唤，他未来的老丈人就是不搭理。他只得打了个的追回去。后来他说，如果未来的老丈人能够看到，或者干脆就答应的话，他甚至愿意给他跪下来，可他连看都不看一眼，那老头子……所以他就只好打的，赶在他前面回到家了。

　　晚上，他未来的老丈人便与他和他未来的妻一道回到了病区。事情得到了圆满解决，他和他未来的妻一家人的意见完全地一致："老头子太神经过敏了，多疑！"至少，在我的办公室里他是这么对我说的。他这么对我说的时候，他未来的妻正扶着他未来的老丈人从办公室外经过。他扬了一下眉头，示意我朝外面看，随后伸出手遮住嘴角，低声对我说："那就是我家老妞儿，漂亮吧？"我想他是要告诉我，他和她其实没什么，或者说因为他未来的妻比她漂亮，所以他和她之间不可能发生什么。

　　我嘿嘿一笑，算是回答了他。

　　第二天早上，我去病房给她母亲换药。他正赤膊盘腿坐在旁边的陪护床上，专心致志地玩"扑克算命"。我问她母亲："你们家女儿结婚了么？"她母亲微微一笑。"我们这样子，哪个看得上哦？"就在她母亲微微笑着准备对我说些什么的时候，她抢先回答了我，说着，她闪烁的目光便不由自主地瞥向了他。在一旁的陪护床上，他就那么盘腿坐着，玩着扑克，好像没有听见我们的交谈，也没注意到她那一瞥似的，神情专注而默然。

　　她满眼的光亮，在那一瞥过后，迅疾隐没。

　　她那一瞥，无意中道出了所有已经公开和尚未公开的秘密。

属于你的时光

　　算起来，这是他第八次，今年第二次因骨折住院了。上次是左腿，这次是右腿。他的入院证上写着：刘大有，五岁，碎骨病，右股骨病理性骨折。也许是久病成自然，说起孩子断腿的经过，他的母亲已经很平静：当时，她正在洗衣服，孩子一个人在床上玩耍。先是爬，后就坐到叠好的被子上，嘀嘀嘀地笑着。突然就从方方正正的被子上滚落了下来……她知道肯定是又断了，她把孩子抱起来，放到床上，接着洗完了衣服，拿起家里不多的那点积蓄就又来了……

她早就知道孩子患的是碎骨病。上次，孩子刚刚来院的时候，我告诉她这种病的来龙去脉，她说：你不用说了，我都晓得。已经断七次了。之前到成都、重庆、北京都看过了，说法都是一样的，没治。所以你放心……仿佛，我和她说话就是为了让自己也让我放心似的。她可能不知道，面对孩子，我和她的无奈是一样的，作为一名医生，我可能比她要强烈不知道多少倍。但我没有说起这个。原因至少有两点：一是我不能让她因为我的话真的不放心起我来，那样无论是对于孩子还是对我，都没有任何好处；再者就是，我说出来的，对她也许就根本不是什么问题，那也许根本就不是问题。

第二天，我刚走到病房门口，孩子的母亲就看见我，笑着和我打招呼。即便是躺着，我也能明显地感觉到，孩子似乎比上次来院时长高了不少，毕竟还是个五岁的孩子，正是长身体的时候。她母亲肯定了我的感觉。

孩子似乎有些不高兴，不知道什么原因。记得上次住院的时候，我每次去病房，他总是咯咯地笑着，唤我叔叔。今天我没有听见他的笑声，也没见他叫我。他躺在那里，小巧的嘴唇撅得老高，像是刚刚被谁惹恼了。我伸出手检查他的腿，他忽然冲我大声地喊了起来：滚开！——

我笑了。如果是一个大人，我一定不会笑得出来。想想，当一个有着正常思维的人对你说滚的时候，意味着什么？何况我是个医生，一个医生被他的病人驱逐，这对医生而言是可怕的，更是可悲。如果我的记忆力没有问题，这应该是我在病房里第一次听到有人对我说出这两个字。对象是个五岁的孩童。他说的时候，他母亲笑了起来。我也就跟着笑起来了。我清楚，在孩子说出那两个字的时候，他也许压根就不知道其中的意味，我更清楚，一个已经断过七次大腿的孩子的母亲此刻心里的感受，但她笑了，我没有理由不笑，更没有理由对孩子的话较真。

回到办公室，想起昨天写出的一句话：属于你的时间。心想，如果以此为题，写写这个孩子，写写我在这个夏日里的心绪，说不定会是一篇动人的文字吧。

理　由

　　他来自邛崃，自古有之的邻邛古镇，如今隶属于成都的一个郊区市。他是跟骨粉碎性骨折，粉碎到跟骨已经没有了原来的样子，如果没有健康那侧的 X 光片对照，我也许就只能在脑海里才能想象出它完好时的样子了：高度明显变低，结节角消失，足弓变直，好几块大小不等的骨块孤独地游离在那里……

　　"首选手术治疗。"我说。

　　"不做，整死都不做。"他说，很坚决、不容置疑的样子。

　　"我从邛崃那么远的地方来，就是不想做手术。"他又说。

　　"这是你对我们的信任！但是，正因为这点，正因为你从那么远的地方来，所以我们更要为你负责。"顿了一下，我回答。

　　他没说话，只看着我，双眼大开着。

　　"你的脚是你要面对的，也是我们要面对的，我们的目的是一致的。"我又说。

　　他点头。却依旧没有说话。

　　这时候，他的女儿女婿回病房来了。第二次谈话于是展开，话题是相同的，地点却被我改到了办公室——我不想再当着病人的面重复一次刚才的话，他可能已经有些不耐烦了。要不，他就不会那么不闻不问。

　　"我们考虑一下，主要是太远了。"他们的回答有些叫人意外，但毕竟是回答了。

　　"如果你们需要转回当地手术，我们不会强留。"我说。我想这应该是他们需要"考虑"的内容之一。

　　我们再考虑一下。他们笑着，最后说。

　　他是第二天早上提出出院的。理由是昨天就告诉过我的：这里离家太远了，手术治疗的话，很不方便。

　　我没说什么就在出院证上签了字。从他给出的理由来看，他所以出院，最起码是听取了我昨天反复告诉他们的意见，而不是坚持用保守疗法。这是十分令人欣慰的事。尽管我心里清楚，"这里离家太远"也许不过是托词，但这已经是其次，无足轻重了。

月之银

温燕霞

是那种淡淡的白，犹如深夜的月辉，迷蒙中蕴含着些许的神秘，莹静中凸现的精制花纹是它们表述情怀的特殊方式，如梭的光阴中，灰尘化成雅致的黑缕填充了每一道纹路，衍变出岁月的沧桑。

这是经过岁月洗礼之后银器的颜色。

这会儿我注目着桌上那两个分量够足、花纹繁复的银项圈，仿佛被电击中，蓦地忆起了前尘。60年前，我那正值青春年少的顺姬大姨、福姬二姨和尚在稚龄的母亲杜贵姬、嗷嗷待哺的小姨贞姬身为客家乡绅的女儿，外公外婆早早地为她们备下了这样的银项圈。只是那些作为嫁妆的银项圈比我现在看见的更为复杂，上面不止有精雕细镂的花饰，还有极为实用的刀剑、牙剔、耳挖、镊子，俗称"牙牌"。当它们默然无声地潜藏于箱底时，上面的每一条纹路都变成了大脑的沟回，存储着客家长辈对自然的敬畏和对晚辈的爱心。当岁月在这种期盼中慢慢走过，当少女在光阴中渐渐长成，当喧天的鼓乐终于在门前响起，已然老去的外婆流着眼泪取出几乎和女儿同龄、甚或与自己同龄的银项圈，以无限的细致戴在开了脸、梳好头、穿着嫁衣、即将上花轿的女儿颈间，厚重的银项圈顿时如同两弯眉月在宇宙中悄然对接，"哗"地闪出璀璨的光华来。从此客家女子秀美的颈间有了一圈月样柔和的银白与她们的雪肤交相辉映，又仿佛缀在蓝衣裳上的一片靓丽的云彩，烘托着她们美丽的容颜。当她们褪去嫁衣，行走在山间时，项圈上的银牙牌便似鸟儿在清香的空气中叮呤鸣叫，向黛绿的山、青碧的水诉说着她们隐秘的心事，刹那间山风轻吹、鸟儿幽鸣、泉水淙淙、花儿解语，田野蓦地热闹起来，客家女子在收获这份天籁的同时，也收获了人世的喜悦：她们在树林和禾苗的注视中由少女而少妇，又由少妇而为人母，于是在某个深夜，她们揩干劳作后的汗水，从弥散着樟脑气味的樟木箱里取出曾戴在她们颈间的银项圈和曾套在她们皓腕上的银手钳细细看着。项圈的美自不必说，就是那些手钳，也一样有着百变的姿态呢。有的形状像龙头，有的似竹节，有的刻着如意云纹，有的纹着百结纽丝，女人在昏暗的油灯下摩挲着这些手镯，双眸晶亮，深情的目光飘向白地蓝花的蚊帐。那儿，憨眠的丈夫正打着轻快的小呼噜，儿子撅起小嘴，红嘟嘟的脸颊上印着淡淡的席纹。女人轻轻地走过去，替丈夫和孩子掖好被角，无比怜爱地量了量孩子的手腕，嘴角浮出甜蜜的笑意。几天后，女人的箱子空了些，孩子的脖子则因闪闪的银项圈而见晶莹，肉嘟嘟的手腕也因那月牙儿似的银镯子突现丰腴，虎头帽上蹲着的银麒麟、银瑞兽虎虎生威，帽圈上栩栩如生的八仙似在各显神通。孩子显然体会到了母亲的浓浓爱意，小脸笑得跟花儿一般，奔跑欢笑时身上的银饰发出鸾凤和鸣的悦耳声响，既能惊走山间常有的野兽，又能让母亲随时关注他们的去向。由银饰而生的清音，在山风中绞成爱的红绳，一头拴在母亲心中，一头拴在孩子身上。俏丽的银饰也由此承载着长辈的福佑，比重骤增。不知那些孩子奔跑时可否感知其中的沉甸与厚望？

客家女人喜欢的银饰还有银链子、银耳环和银簪钗。银链子多用来系围裙，有形制精美的水滴形银链，也有古朴典雅的细长条缀链，当银链子绕在劳作的客家女人胸前、颈上及腰间时，她们的窈窕与秀美立时呼之欲出，实用的围裙也有了几分旖旎风光。女人烧火煮饭、切菜洗衣时，银链子在她们身上熠熠生辉，发间的银耳环也随着她们优美的动作晃动起来，肃穆的围屋顿时多了些许灵动、几分温馨和一丝浪漫。

至于我个人，最喜欢的是那些形制各异、长短不一的银簪。读初中时我去二姨家做客，在一个春阳和煦的午后，我坐在开满木槿花的院坪上，任茶油浸过的木梳在乌黑的发间游走，圆钝的齿尖摩挲着头皮，传导出指腹才有的温暖。表姐耐心地帮我梳了个旧时客家女人常见的船形髻，缠上半根指节那么长的红头绳，然后用三枚银簪叉住发髻，接着又让我穿上二姨宽大的阴丹士林蓝衫衣，那模样可爱中露着滑稽，我装模作样地在井边打起水来。可吊桶放至一半，我就被井水中自己的模样吸引住了：那是我吗？干爽的额头、圆润的脸，耳边露出两截莹亮的银簪，似两柄利剑，划破了平静的水面。我心一颤，手一松，吊桶落入井内，刹时水波乱漾，银簪在蓦然直射下来的日光和涟漪中幻化为万千碎屑，映得井壁内的青苔碧玉般莹亮。

我后来偷偷地把二姨的那根银簪带回了家，没人时常对镜把玩。那是客家地区最常见的刀形簪，如果不是年代稍久，其利刃应能斩妖。而事实上银簪也的确是客家妇女的防身用具。客民长期颠沛流离，妇女容易受到侵犯，为了既不引人注目又能够应急，聪慧的客家妇女将"发簪"这种纯属修容的饰物打造成一柄柄锋利的小刀。柔美与刚烈就这样熔铸成一体，彰显出客家妇女的侠骨柔肠。

这样的银色无疑有着别样的光谱和色泽，当它们花般绽放在身着蓝衣的客家女人身上时，散发出圣洁而炫目的光辉。1929年至1934年间，为了支援革命，赣南的客家妇女在送夫、送子、送兄、送弟当红军，积极投身革命与生产的同时，无私地捐献了她们祖祖辈辈传下来的银饰，仅瑞金一县的妇女就捐献了22万两银器！这些银器换来了弹药、粮食、布匹和药品，有力地支援了中国革命！

金丝黄

是那种干爽的黄、散发着秋天的丰熟气息，修长、圆润、饱满的身躯蕴满生机，当夏日、秋阳一遍遍地吻干大地滞留在体内的汁液时，稻草秆便成了小小的男子汉，粗糙、硬挺，同时兼具女儿的敏感活泼，只要稍许的碰触，便窸窸窣窣有声，夏收后，它们以拙朴、可爱的锥状立在田地或院坪上，似披着黄衣甲胄的天兵或蒙着时光之尘的出土兵俑，于无声处透出些许令人肃然的威严来。有的禾秆被勤快的农人剁碎送进了牛栏，干燥、无味的纤维经过牛们的咀嚼、反刍后化作血肉，就像泥土在培育着花朵，看似简单，实则神奇；也有的禾秆还在新鲜时就被人委弃在土坑，混和着臊臭的尿液、牛粪酽酽地沤着，在时间中渐渐化腐朽为神奇，等待来年春时洒入因产出过多而逐渐贫瘠的土地，以增地力，与儿女的孝顺、乌鸦的反哺有着异曲同工之妙；更多的时候它们被农人叠成巨大的草垛，这时多半以一棵树或一根木桩为圆心，一束束稻草秆均匀地码放着，横看浑圆，侧看成塔，远观则如黄金宝刹，自有其宝相庄严的威仪。这时的稻草堆是乡间少年的乐土，他们就着晚霞和月辉呼啸其间，演绎出成人世界的悲欢离合。偶尔的，心事重重的少女们也会在寂静的午后或夜间爬上稻草垛，遥望着神秘的天际细数星星，或者趁着夜露和徐风，细声细气地诉说着甜蜜或忧伤的心事。末了，我们总能听见妹子们清亮的轻笑和低回的歌声，因为她们已经把疑虑、担心、思念沾在了稻草秆上，宛如蛛网粘在了树枝上，在想象的空间里结出美丽的图案，并于虚空中晶莹地亮着。如果在稍冷的冬季，有心人若睃巡一番稻草堆的间隙，会经常看见果实般美丽的鸡蛋和鸟蛋；又或者在寒风呼啸的冬日，突然会从稻草垛里传出低而热切的情话和一些令人回味的响动，倘若稻草垛有知，这时它那金丝黄的外衣就会渗出几片羞涩的红晕：瞧，村里的男女把这散逸着清香的稻草垛当成安乐窝了呢！

当然，当然，假使我们每家都有个手巧的奶奶或爷爷，这样的稻草垛就相对地会少一些，因为他们会把刚刚打完谷子的新鲜稻秆抱回家，趁着夜晚明亮的月光、嗅着艾绒淡淡的香气，细心地将去稻草上的叶子和包衣，仔细地摊在院坪上晒干。然后在另一个夏夜或者秋夜，在儿孙们闲谈时用他们松皮般粗糙、苍虬的手掌，小心地搓揉着稻草秆，他们的动作非常轻柔，仿佛掌中握着的是孙儿娇嫩的手指。他们轻轻细细地捏着、揉着，态度比那敬业的盲人按摩师傅还要认真。在这样的摩挲中，稻草秆发出了细碎的、非常享受的哼哼声，如同一个撒娇的幼儿，在长辈的爱抚中变得通体干净、清爽。倘若稻草秆不够听话，老人们和妇女们也会偶尔用砧子敲打稻草秆，呼呼呼的声音仿佛少年强劲的心跳，传递出对生活的强烈渴求。经过捶打之后的稻草秆呈现出少女般的柔软，再饱饮几天艳阳之后，爷爷或奶奶用细绳将这些柔软、黄爽、干净的稻草秆编扎成片，塞进夏布或葛布的被套中，或是垫在席子下，寒风乍起时，奔波一天的客家人钻入这样的金丝黄被子里，睡得扎实、香甜。如果有梦，那梦也沾着几缕稻草和阳光的芬芳。当年井冈山斗争时期，红军战士们正是借此"金丝被"度过了寒冬。

金丝一般澄黄的稻草秆还有一个更为广泛的用途—打草鞋！

旧时客地贫瘠，客家人无论晴雨一律赤脚。常年的翻山越岭将他们磨炼成了敢上刀山敢下火海的铁脚板。饶是如此，在稻谷丰收的时候，客家女子还是免不了宠一宠家人的双脚，她们以麻绳为经，草索为纬，编成鞋脚，再用绳子将前头的鞋鼻和后面的鞋跟串起，一双草鞋就大功告成了。可惜草鞋不耐磨，一月穿几双，但这样也增多了人们和稻草秆的亲密接触。客家地区的老人和女人们在闲碎时间里辛勤地编织着，一双双精美的鞋中织进了女人们的情和意，濡染上了阿公们手上的烟辛味，沾上了阿婆手上的汗水味和细妹手上的皂角香。坚硬的稻草秆与肌肤相接之后如多情的女儿，喃喃地、细碎地私语着。它们想说什么呢？是想告诉我们客家先辈筚路蓝缕的艰辛和开拓进取的伟大？还是想说一说中央苏区时期草鞋为革命做出的贡献？我凝视着那片金丝般的稻草秆，眼前闪现出一幕幕壮烈的场景。我看见战士们穿着草鞋英勇地冲锋陷阵；我看见饱受磨难的草鞋坚韧地陪伴着战士爬雪山过草地；我还看见草鞋船一样浮在烈士的血泊里……金丝般的稻草秆变身为草鞋后成了革命的亲历者和战士们的亲密战友。它们和战士一起分享胜利的喜悦，也和战士们一道血洒沙场。这小小的草鞋里织进了苏区人民的深情厚谊和他们对中国革命的坚定信仰。据统计，仅1933年7月，为响应中共中央提出的"青年妇女制作10万双布草鞋、支援前方"的号召，宁化县妇女就完成了1753双布草鞋的任务，汀东县的妇女们也在极短的时间内飞针走线，为前线将士赶制了1570双布草鞋。整个中央苏区时期，百姓们到底为革命做了多少双草鞋，谁也无法说清。我们知道的是，那段时间里，红军战士们穿着草鞋越山沟飞天堑，擎着飘扬的红旗一路西移北上，将革命的火种撒播到全中国，最终为中国人民趟出了一条康庄大道。

　　事实上，离开或者留下来，是继续选择保守治疗，还是在这里或者其他任何一个满意的地方进行手术，无论什么样的决定，都是他的权利。而我唯一能做的，就是告诉他，怎样的选择于他而言是相对好的，这是我的义务。我这样做了，他选择了，就这么简单。

　　强扭的瓜不甜。我最初听到这句话是在乡村，我的乡亲用它来形容某次即将发生或者尚未发生就将结束的恋爱，现在我觉得，用它来形容我和我的患者们的关系，也是十分恰当的。

你成了我最强的敌人

张　鸿

做情人，是需要超常的勇气和具备多方面素质的，做一个好情人，最重要的是要无私、要能忍耐，这种忍耐也许旷日持久，也许转眼烟消云散。

出门行走、读书看碟是我最大的爱好，巧的是，近期我看的几个片子都是别人的情人的故事，杜拉斯的《情人》，看了多遍，还是喜欢，还有《罗丹的情人》、《毕加索和他的情人》。

读研时，是要修读中外艺术史的，我从字面却读出了其他的内容。湟湟中外艺术史，无数的大师和他们的杰作遮挡了一切，大师们是高大的，散发着光芒。从青年到中年，他们的成就怎么来的？其间有着多少爱情的重伤、祭献与毁灭？这些作为读者的我们不容易看到，也不善于思想。

爱情，这人类生活中的美妙之事有时却不尽耽美。女人，那一类承担了审美自由而非伦理限制的女人，是将世界变得复杂的族类，这就是艺术家的情人。在男权社会的人的眼中，她们兴风作浪，不安于驯顺贤淑的生活。于是，这一特殊族群的故事就成为了艺术史中的不可曝光的"灰调子"，是艺术史里黑暗的核心。无法摆脱的"他"与"她"的肉身启迪与精神启迪的双重性，应该成为艺术史的附册，因为，这是天才们精神传记的重要组成部分，是艺术的食粮。我曾与朋友说过，写尽男女之事就是写尽人类社会的历史，我至今以及今后都持此观点。

"我希望我从来也不曾认识你"，这一句含义丰富之语，是出自卡米耶·克洛岱尔，一个天才的雕塑家，但艺术史上给她的定位是——罗丹的情人。而具有讽刺意味的是，在她生前极力想摆脱的"情人"的称号，会跟她到死后所有的年代——即便是到一百多年后的今天。电影，以及传记的中文译本，都被取名为《罗丹的情人》。不藉罗丹的名义，人们就无法认识并发现她。于是乎，"情人"就成了一种身份的代名词。

卡米耶·克洛岱尔不是波伏娃，罗丹不是萨特；卡米耶也不是汉娜·阿伦特，罗丹当然不是海德格尔，那，肯定，疯狂是卡米耶的唯一结局。

卡米耶十八岁时，有着很张扬的走路姿势，有着被梦幻包围的脸和蓝色的眼睛。最重要的是她有着罗丹认为的真正的青春，那就是洋溢着清新的生命力，显着骄矜之概，这种活力只有几个月，变迁极速。就是这种无所顾忌的青春，让艺术家罗丹激活了渐已沉寂的艺术活力。

初见罗丹的卡米耶，在自己的工作室里。那时她是个脸色纯净的女子，穿旧的黑布裙子，枣红的头发乱乱地绑在脑后，手上脸上总是粘着石膏或是黏土。她光着脚，跑动，工作。她说，她不需要艺术学校，不需要课程，不需要死板的练习。她要活生生的，在生活里的创作。为此，她与母亲顶撞，关系几近破裂；她固执地在半夜去深沟里挖黏土；她想要得到罗丹的指导，想要罗丹在她第一个大理石作品上签字。我想她从来没有为自己的所做考虑，哪怕一秒钟的犹豫，在她也是不肯有的。她的目标太过明确，因此舍不得在路上的任何形式的张看或是停留。

这时的雕塑家罗丹，已经六十岁，名声远扬，但是内心的孤独无法掩饰；作为男人的罗丹，经历了许多年的困苦生活，已感疲惫。卡米耶眼神里蕴藏着的伟大的梦想，有着庄严和神秘的气氛。这彻底打动了罗丹。他发现卡米耶与自己有着共同的艺术感觉和相似的想象力，并且美得狂野，他从未在任何女人身上看到这种天生的叛逆。在女人没有社会地位的社会里，卡米耶的天才则几乎已经到了让人震慑的地步，罗丹说："于是你成了我最强的敌人。"

在卡米耶眼里，罗丹那螺旋状打着卷的胡须，坚强有力的头颅，宽阔厚实的胸膛，尤其是他那一双手，太魅惑，太神奇，也太如深渊，她深陷其中。罗丹已成为她的仰慕的、具象化了的艺术之神。

这种情状的相遇，不发生故事是不可能的，不是相爱就是毁灭。上帝创造了这么两个人在这种情形下的交合，就是要他们违规，而不是守约和趋于完美。艺术天才之间的事件，一旦发生，就不属于个人，而是属于艺术史。

与卡米耶的相识，开启了罗丹创作的巅峰时期。他对她说："你被表现在我的所有雕塑中。"卡米耶不仅给了他一个纯洁而忠贞的爱情世界，还让他感到生命自身的力量与真实。

看看他们各自的作品——"双人小像"，彼此惊人地相似。都是一个男子跪在一个女子面前。但认真来看，却分别是他们各自不同角度中的"自己与对方"。在卡米耶的《沙恭达罗》中，跪在女子面前的男子，双手紧紧拥抱着对方，唯恐失去，脸上充满爱怜。而在罗丹的《永恒的偶像》中，她像一尊女神，男子跪在她脚前，轻轻地吻她的胸膛，神情虔诚之极。一件是入世、有血有肉；一件是净化，而有纪念碑意味。将这两件雕塑放在一起，就是从1885年至1898年最真切的罗丹与卡米耶。也是两个人对彼此爱情的不同认识与理解。

最关爱和理解卡米耶的她的父亲责问她，你跟罗丹在一起之后，你的作品呢？

听到父亲的问询，卡米耶无言作答。父亲知道她当上罗丹助手的时候，是希望她由此可以超越自我事业高峰。可是卡米耶得到了爱情，失去了自己。

艺术史上有关卡米耶的资料非常少，透过她与当时那些艺术官员、评论家、艺术品经销商的通信，已经足以勾勒出卡米耶热情、投入又多疑、敏感的形象，至于她的天才，我们知道，艺术界其实早已承认了卡米耶的才华。但作为一个女人，她要征服世界，却还为时尚早。

关于卡米耶和罗丹的关系，罗丹那封著名的信大概是最有说服力的："从今日1886年10月12日起，我只有卡米耶·克洛岱尔小姐这一个学生。我将竭尽全力保护她，为此我将发动我的朋友，尤其是那些有影响的朋友。我的朋友也将是她的朋友。我永不再接受别的学生，以免万一有人与之抗衡，尽管在我看来，像她这样天生具有如此才华的艺术家是十分罕见的。我将在每个展览会上推荐卡米耶的作品，同时，我也不再教导其他女人雕塑，并不再以任何借口去……夫人的家。明年5月的作品展览结束以后，我们将一起去意大利旅游半年。从此以后，我们之间的关系将是不可分离的。（根据这种关系）卡米耶小姐即是我的妻子。倘若卡米耶小姐同意，我将很乐意赠送她一座小青铜像。从现在开始到明年5月，我绝不再和任何女人来往，包括邀请其他女性当模特儿，否则我们就一刀两断……"这是爱的誓言，足以将人熔化。

这封信出自罗丹最热烈地爱着卡米耶的那段时间，而后来的大量通信则表明，罗丹确实信守了这次承诺的前半部分，他为卡米耶带来了无数朋友，甚至偷偷买下她的作品。这些信告诉我们，没有罗丹，就没有雕塑家卡米耶·克洛岱尔。

也许对男人来说，爱情不是全部，天才的土壤一旦有了爱情的滋润势必开出更加美丽绚烂的花朵来。其实从一开始卡米耶就应该知道，她投入的就是一场要付出一生代价的残酷爱情游戏。罗丹有他的长久的生活伴侣罗丝和儿子，但是卡米耶以为自己可以改变罗丹的生活状况或者被罗丹改变。长达十余年的爱恋，东躲西藏、或隐或现地受着被旁人察觉的威胁，因此击垮她的不是罗丹的爱情，而是她对爱情的理解。

"罗丹，我们结婚吧。"卡米耶对罗丹说，罗丹的回答是：爱可以有不同的方式。给我时间摆脱她，罗丝她现在病着。罗丝陪伴他一直走来，尤其是罗丹年轻时很绝望的那一段，这个天才男人也像一般男人一样，不忍伤害这个已经没有什么魅力的女人。但是，这不影响他喜欢别的女人，他很想长时间与这两位女人为伴，卡米耶、罗丝。

他反复说着一个词"peace"，安静、安宁。这个词，是成功了的中年男人最需要的，除了最重要的工作，他无暇顾及其他。他要安宁、从容地工作，他每天都像旋风一样，走路、工作，哪里愿意生活中起风暴？内心的风暴有助于创造性时日，而外部的风暴只能伤害这乘风破浪的创造性时日。他处在不愿选择、都需要拥有的年龄，他不要彻底，不要单一，要的是暧昧和丰富，要的是所有有助于他创造、有助于他飞升的生活，他害怕女人的要求。

罗丹在爱也在追求艺术，准确地说，他更沉迷于艺术，沉迷由于爱而激发的灵感。而卡米耶沉迷的是爱，这是所有落入情网的女人的共性。卡米耶是天才，但她首先是一个女人，她与一般的女人一样，将男人当成了自己生活的全部，无论是自觉还是不自觉，一种惯性推动着她进入了深渊。

卡米耶太年轻，她不明白也无法接受这一切，她要的是干净和彻底，单纯和明朗。这一切她无法控制，她歇斯底里，她酗酒。而卡米耶的弟弟，诗人保罗·克洛岱尔曾说过：他俩的分手是我姐姐以其可怕的暴躁性格和凶恶的讥讽禀赋加速促成的。

同样的爱情和惊人的才华，给她带来的却只是毁灭。和罗丹紧紧联系在一起的几年，卡米耶透支了一生所有的幸福，她的美丽只是凝固在罗丹的雕塑中，而她自己，就在这场其实不属于自己的爱情之中燃烧成灰，却没有浴火重生的幸运。

有人将他们的分离归结为罗丹对爱情的冷漠，以及罗丹对前任情人、后来的妻子罗丝在生活上的极度依恋。也许原因不尽于此。在我看来，两个志趣相同的爱人之间的分离，更多的可能出于艺术理念的分离以及对待艺术作品及生活观念态度的不同，说白了，就是想要的东西不同。

卡米耶1898年离开罗丹，成立自己的工作室，开始了孤绝独立的创作时期，这个时期她创作的《成熟的年代》的作品中，一个人依依不舍，另一个人断然拒绝而又略带悲伤的神情，可以看出她当时的心情。离开了罗丹的她依然富有创作力，只是所有富有青春和生命力的美都已一去不复返，她的作品开始了一种对痛苦的宣泄和对死亡的表现，所有的疯狂、痛苦、忧郁、不得志，都被她糅进了大理石和黏土凝成的时空中，那些美丽的雕塑，默默陪伴她孤寂的艰难岁月。贫穷、窘迫、尴尬，还有积攒太多的怨恨——从极端的热爱到极端的仇视，这个纯粹的女人对罗丹的情感以极端的方式宣泄。她想逃离罗丹的控制而重拾艺术家的自信，但这个才华横溢的女艺术家像世界大多数女人一样无法逃离爱情的魔力，无法自救。她渴求超越罗丹以期寻回那失去多年的自我，但却抵抗不了以罗丹为主导的男权社会，更致命的是，十几年的爱情经验使她的内心极度惊恐，没有坚定的信念。

没有力量的内心，打不赢别人，却毁灭了自己。当她在弟弟保罗为她举办的展览会上以异常的装束和言语出现时，当她那么渴望参加双年展时，企求外界给予她支持却不能从自我内心获得肯定时——作为艺术家的卡米耶亦在慢慢走向崩溃。

她独自一人生活，贫困交加，几近于疯狂，她毁掉了自己几乎所有的雕塑作品。

1913年3月10日，成为卡米耶·克洛岱尔一生的分界点：她被送进了精神病院。1914年，在精神病院住了一年后，卡米耶被转往阿维尼翁（Avignon）附近的收容所，在那里，她一直呆到1943年10月19日去世，生命的最后三十年她都被绑在一件捆绑疯子的紧身衣中默默地度过。

这是雕塑家卡米耶·克洛岱尔——罗丹的情人的命运。而影片《罗丹的情人》饰演卡米耶的是法国演员伊莎贝拉·阿佳妮，她以炉火纯青的演技，再现了卡米耶，"犹如灵魂附体"。她以这一角色获得柏林电影节最佳女演员银熊奖，1990年奥斯卡最佳女主角提名，也再次成就了她的演艺生涯。

阿佳妮有着摄人心魄的美丽，也有着与他人殊异的性格。她好像天生和那些美丽脆弱敏感有天赋的女子有着冥冥中的联系，每次看她表演这样的角色，都忍不住震惊，不管是看她在阿尔及利亚满是灰尘的阳光下踯躅，还是看她在大雨中如幽灵一般仰视着罗丹的脚步，直到看见他被妻子接走。泥土和敲凿大理石带来的灰尘也不能掩盖她湖蓝色眼睛的灵光，就算是运河水涨，她醉倒在阁楼上，宛如灰姑娘，她也仍然美丽惊人。无法掩藏的天才和美，阿佳妮总是可以完美地把灵魂赋予这些角色，她们满身伤痕，为爱挣扎。在所谓正常人看来，她们疯狂偏执，好像男人的天才和爱情给他们带来成功，而女人的天才和爱情只会毫不留情地毁灭她们。只让我们这些不相关的人悚然心悸。

卡米耶的母亲和弟弟将她从封死的屋子里接出来，积怨多年的母亲不敢直面她。卡米耶的眼神业已呆痴，被岁月和爱情摧残的身体微微发胖，苍白的手和脸出现在一辆写着××精神病医院的车窗上。影片结尾她安静地近乎绝望地坐在椅子上，依然神经质，可是她，已经老了。

时间终于让一切水落石出，欲望成为了一种奢侈品，替代它的是无数巨细的折磨。此时，女人，肉体的凋敝，才华以及名声已经在众叛亲离之下殆失。那，一切，安静下来了。

"人类得不到任何一位女性天才。"同样是法国人的司汤达说了这么一句话。

女人有一种通病，总以为爱是有形的，固定的，可以由自己把握的，其实爱是变化的，像水、像风，随时在变化，或者在消逝。谁也不能以"曾经"来要求今天和明天。

如果你还爱自己，那就不要成为情人；如果你还不愿意将自己性格中那些恶的东西暴露，那就不要成为情人；如果你不想绝望，那就一定不能成为一个情人！

寂静书写者

项丽敏

寂静书写者

常有这样的愿望：在一个没有人的地方和自己说话。只有在这样的地方我才能感受到放松和自由，坦诚地说自己想说的话。

书写就是我说话的方式。我用这种方式和自己交谈，我是自己的倾诉者，也是自己倾诉的忠实记录者。只要能听到自己的声音，我就能获得宁静。有时候我不书写，沉默着，而这沉默也是一种交谈，更静寂的交谈，在独处中。

独处，这是一个能让我产生热爱的词。独处就是和自己在一起，这个自己也意味着是另一个人，一个精神上的莫逆。和这样的自己在一起，内心是敞开的，或者说，内心如同一个开满灵性之花的花园。

独处也是远离现世。一个走廊若是有"现实世界"和"非现实世界"两道门，我走进的肯定是"非现实世界"，在我看来"非现实世界"的空间是适合想象飞翔的，丝绒柔软的质地，蓝夜星空的深远。

是去年五月，我离开了原先的管理工作。离开也是放弃，放弃也是得到。属于自己的时间——这就是一种珍贵的得到，我需要在这种时间里做自己想做的事情。

我想做的事情就是在日出的早晨散步湖边，拍摄，然后回到房间书写，阅读，听音乐。也有很多时间里我什么都没做，任虚空侵占，暗自忧伤。然而我又是多么地享受这些，就像一种空气，我的呼吸需要掺入这种空气，我的身体也挥发着同样的气体。

整整一年时间，我过着独处的生活，将自己关闭在房间里，享受着奢华的静寂。

独处的时间长了，对外界的人事会产生抗拒，当那些人事侵入了我的静寂，就觉得被伤害，被剥夺。

当我听到了太多的声音时，就听不到自己的声音了，这会令我痛苦。当我身处在众人之中，就感受不到自己的存在，再好的风景也形同虚设。只有在寂静中，我能看见神的所在，听见天籁的歌吟。

又是一年的五月，野草莓又饱满地红熟在路边，春天这场大戏似乎还没到中场就草草收场了。这个五月，我的工作场所又一次搬移。搬移的那天，我看到一只丧失家园的蚂蚁，水的漫淹，一寸一寸掠夺了它的洞穴。

阅读使我内心安宁

我的童年没有伙伴。母亲不许我出门玩，不让我弄脏衣服，她没有时间给我洗衣服，她一个人教一所学校的十多个孩子，从早到晚，课外时间用来种菜、做饭和批改作业。母亲有一张木桌，桌上摆着一摞和教学有关的杂志，杂志里面有漫画，有小故事。孤单的我就把杂志当成了伙伴，翻来翻去地看它们，揣摩漫画表达的意思。母亲不会想到，她对我的禁闭，培养了我最初的阅读兴趣。

我父亲在派出所工作，时常会带一些单位上的报纸刊物回家，我记得的有《道德与法制》《人民公安》《警钟》。这些也成了我早期的读物，我喜欢里面的侦探小说和纪实故事。这些阅读对一个孩子来说其实是残忍的，让孩子过早地看到了人性阴暗罪恶的一面。我记得自己在看过一篇强奸碎尸案的纪实后，呕吐不止，跌入恐惧的深渊，人间怎么会有这样的事呢？这样丑恶，令人发指……我整日忧惧，噩梦连连，害怕长大，唯恐自己有一天也会被人撕去衣服，切割成碎片。那时我已经读小学了，我的父母不知道我的心理上承受着什么，他们都投身在自己的工作中，陷溺在自己精神的沼泽地。在他们看来，孩子只要不生病不惹祸，好好地学习着就是正常的。

我第一次读童话是在一位同学那里，同学的母亲是上海下放知青，也是教师。一次，我跟随母亲去了她家，当两位母亲一起聊天时，我进了同学的房间，我的眼睛很快被书柜上一本本书牵引——《一千零一夜》《叶圣陶童话集》《安徒生童话集》《格林童话集》《十万个为什么》《上下五千年》《西游记》《少儿文艺》《童话大王》……我羡慕得眼都红了，同学多幸福啊，她像个公主一样拥有着世界上最美好的读物，而我呢，和她比起来，就是灰姑娘的境遇了。那之后，我想方设法地巴结同学，做她的"小兵"，只要她肯把书借给我看，我愿意做她让我做的任何事情。

我真正地迷恋阅读是从这里开始，我接触到了一个水晶一样折射着光彩、充满着奇迹和想象的世界。我知道了阿里巴巴的咒语，知道只要拥有阿拉丁神灯就能实现心里的愿望，知道海底是一个比人间更神奇的地方，知道美丽的白雪公主和人鱼姑娘，也和卖火柴的小女孩一起渴望过食物的芳香与温暖。

同学借书给我是有期限的，我必须在期限内读完，因此，在应当睡觉的晚上，我仍然躲在被窝里，打着手电筒通宵读书。这事终于有一天被明察秋毫的母亲发现了，母亲掀开我的被子，一把将书夺过去，并用竹枝对我抽打以示训诫。挨打倒没关系，要命的是书被母亲塞入了灶洞，蹿起一束绝望而无辜的火焰，之后就化做了灰烬。

我抖缩在床上，不是因为身上的疼痛，而是害怕天亮。天亮以后怎么办呢？明天我拿什么归还同学呢？

那以后，同学再也不肯借书给我看了。而我对阅读的渴望却无法遏止。

我的作文很好，有一篇还获得了全国中小学生作文比赛的三等奖，因为这个原因，母亲答应了我的要求，给我订阅了《优秀作文选》。我用《优秀作文选》与一些同学交换连环画来读，也用父亲给我的零花钱在小人书摊上租书读。这些都是背着母亲的。一直到高中，我的阅读都像地下工作者的革命活动一样，充满惊险不安，也因此变得滋味无穷。

我给自己买的第一本书是小说集，书名我还记得——《十五岁的哈丽黛》，第二本书是琼瑶的《窗外》，此后买过《普希金诗集》《星星诗刊》，还买过一整年的《通俗歌曲》。这些都是高中的事，这时的我已离开了母亲身边，我读什么书她无法知道，也不能限制。

高中时我有过一段特殊的阅读经历。那是暑假期间，不知什么原由我和母亲又冲撞起来，激烈得像两团互不相容的火球。我抹着眼泪冲出了家门，跳上了车，去了学校。除了学校我没有别的地方可去。学校里留着一个守门的老人，再也没有其他人了，也没有任何声音。我的口袋里有一把寝室的钥匙，那是一间排列着十多张高低铺的集体寝室，里面充斥着复杂浑浊的气味。我拎着从街上买来的酥饼和蜡烛，悄悄开门，进了寝室。

我难以忘记这次经历，这是我第一次离家出走，把自己关在一个地方，和外界切断了联系。难以忘记这次经历还有另一个原因——在这个寝室，我无意中遇到了一本美好到令我伤怀的书——《唐宋词鉴赏辞典》。

这本书就摆在邻床的被条下面，露出半身，探出脸温和地和我打着招呼。我像一个饥渴而虚弱的人突然遇到神仙，我捧起了她，完全信任地跟随她，然后，在时光之币的另一面，我看到一个古老、优雅、流淌着甘泉的神秘花园。接下来的一周，我忘记了和母亲的争吵，忘记了盛夏的酷热与蚊虫叮咬，忘记了独自在寝室的惧怕与冷清。寝室外面有一个水池，我每天静悄悄地用池水洗浴、解渴，然后就在自己的床上半卧着，阅读。我的心里是安恬愉悦的，像是吃着甜软的饴糖。柳永、张先、欧阳修、苏轼、秦观、李清照、范仲淹……一个名字就是一片雅舍幽庭的主人，我虔诚地拜访着他们，沉醉忘返。这真是一次美丽又哀伤的艳遇。而这恰好又吻合了我当时的年龄和心境，十六七的女孩，还有什么比宋词里的多愁善感、多情多病更令她痴迷、欲罢不能的呢。

高中毕业后，我走出校门，进入年少时就很恐惧的成人社会。我眼中满是与年龄不符的忧郁，容易受惊，也容易受伤。每次遇到挫伤，虚弱无助时，我就把自己放进一本书里去，用阅读来疗养自己。阅读犹如一扇门，当我想从眼前不堪或难熬的情境中脱身时，我就翻开书，从阅读之门逃遁，去往另一个芳香又洁净的地方。阅读也是一件隐身衣，当我披上这件衣服，就看到了很多人的生活场景，看到他们生活的本质，笑容背后的哭泣，沉默背后的深情。

如今，阅读已是我四分之一的生活。我的房间里到处都是书，它们在我目光所至、伸手可及的地方，它们的放置也是随意的，就像一群亲密无间的朋友，簇拥着我，或站、或靠、或躺。当我离开房间去往别处，也总是随身带着一本书，即便路上不翻开书，也因书的陪伴而安心。几十年来与书的不离不弃，使得我内心的安宁，已依赖于书的相伴和翻阅了。

每一种香气都有自己的灵魂

两年前就知道《香水》这部电影，一个年轻人用少女身上的体香，调制出令人无法抗拒的能唤醒强烈爱欲的香水。为此，年轻人杀死了很多美丽少女。

我一直没有看这部电影，内心有种抵触，总觉得这部电影里有阴森恐怖的气氛，而一切带有恐怖气氛的东西都叫我懦弱的心难以承受。

昨天，原想看一部名叫《赤裸的心》的电影（这是一部女性心理电影，演员很漂亮），点开一个电影网站时却遇到《香水》，心念一动，就将鼠标滑过去……我首先是被开场的音响效果镇住了——大片里才会有的气势恢弘的音响效果，紧接着，就被那种超现实主义的表现手法吸引。我端正了坐姿，看了下去，完全投入。

这是一部多么奇异的电影，你会不知不觉在情节的引导下，颠覆你通常的道德思维模式，会觉得对于一个降生到这世上只为了认知香味、只为了制作出稀世香水的人，他所做的一切事情都是被上帝特许的。因为他所做的那些——以俗世的伦理来看称得上令人发指的罪恶，都是为了应和他独特内心的需要——创造出世上最好的香水。

"每一种香气都有自己的灵魂"。他生命的愿望是：寻求到一种办法，萃取出世界上最美妙的香气，保留住香气的灵魂。对于各种香气的识别和各款香水的配制，则是他天生具备的才能，是天赋。

天赋就是天命。一个拥有天赋的人，出生时就被神在身体中设置了一个秘密陷阱，这个人得为其所拥有的天赋经受长期的孤独、折磨，在内心的绝壁上攀爬、跋涉。

他经受了一落地就成了孤儿的命运，经受了在贫民窟成长的命运，经受了被卖身成奴的命运。他经受了一切非人的苦难，而最后，终于创造出了理想中的香水——香型就是他最初嗅到的、少女身体散发出的迷人芬芳。而配制这款香水的十几种香精，则提取自十几名美艳少女的发肤，是这些有灵魂的香气的完美组合。

他创造出了理想的香水。他的天命完成了。他降生人世的终极价值得到实现。他成功了。成功也意味着他的生命已走到了终点。支撑他无视一切苦难而沉浸于创造的精神之力一旦松懈，他的躯体也就跟着溃散了，空了。

　　在香水的唤醒下，在回忆中，他爱上了那些被他亲手杀死的少女们——他爱那些成全了他理想的亡者。他心里有了痛——被一件看不见的锐器刺穿的痛。他的脸上有了悲哀——天使般无辜的悲哀——受难者的悲哀。他的眼里有了泪——纯净的爱之泪——令仇恨者双膝跪地的泪。而之前，他像闻不到自己的体味一样，对人类的一切复杂情感毫无知觉、毫无体验。

　　他的这种变化，是他亲手创造出的香味给予的——那唤起了所有人强烈爱欲的香水，也像新鲜血液一样流进了他幽暗的身体，他的知觉。他同时也拥有了自己的灵魂，他创造的香水赋予了他一个灵魂——悲伤的痛苦的绝望的灵魂。

　　他拥有了可以统治整个世界的香水，但有一样东西他永远不能获得——像一个平凡人一样平淡的爱和被爱。他创造的完美香水只是令他更为孤独。他拥有整个世界的同时失去了整个世界。他获得的不凡灵魂只会加速他走向不凡的毁灭。"我相信历史的悲剧性成分。我相信一个人的悲剧是他花费了巨大的努力却仍未得到他所想要的。然后我相信更大的悲剧是他最终获得了他要的但却发现他并不想要它。"据说，这是基辛格的名言。

　　他回到了出生地，站在那个见证他成为孤儿的肮脏集市上，将手指一样长度的香水瓶举向自己的头顶，倾倒。他的身体瞬间被他创造的香水浸透。他成了一道令世人垂涎的美味。世人拥向他——潮水一样拥向他，疯狂地拥向他，然后，张开欲望的咽喉，以爱的名义，完整的，吞噬了他。

　　他的生命终结于他所创造的美好。世界在一个阶段的激动和疯狂之后，又归于他出生之前的样子——没有爱，只有冷酷、麻木。

　　很奇怪，看这部电影时，我对于那个杀死了十多名少女的年轻人并没有通常的憎恨，在我看来他是一位执念的、一意孤行的艺术家，是所有的诗人、画家、音乐家；而他所创造的香水，就是这世界上最美好的艺术品。

　　这是一部富有寓言意味的电影，香水所象征的就是艺术天才的作品，而死去的少女就是诞生这些艺术品的极致之美，或者是极致之痛。

　　年轻人创造出的完美香水并没有使世界变得美好起来，这就像那些伟大艺术家所创造的完美艺术品一样，最后只会成为这个欲望世界的又一道欲望之阱、罪恶之渊。

已相逢的已然相逢　未相逢的将成永诀

立 秋
——写给荷

是的，荷。今天立秋了

立秋又如何？只要你不离开夏天的池塘

我就不去秋天的果园了

任所有的果实腐烂在地，或者

下落不明

是的，荷。我深爱的

仍然在纸上——在前世——忧郁地看着别处

到达的路仍然只有一条——只有寂寞

我伸出双手仍然无法触摸；

我献上嘴唇仍然无法亲吻

世事如此隔绝。说出的仍然如此苍白；听到的

——仍然如此失真

是的，荷。过了今天就是秋了——

已相逢的已然相逢；未相逢的将成永诀

就这样吧，就这样在窗前坐着——

像一朵石刻的莲，孤傲地坐在六月的墓碑上

坐在你寂静的名字上——你洁净的阴影上

直至——天地荒芜——大雪深埋

《立秋》写完后，天色就暗下来了，有细雨，傍晚来临。

关上电脑，我静静地坐着，望着窗外，有一种全身的血都流尽了的虚空，感到身体的疲倦、疼痛，同时又觉得安静、安宁。

今年立秋时分正是傍晚，十七点零一分。在乡下有个说法，说立秋的时候不能动水，特别是不能动冷水，否则会得一种"秋斑"的皮肤病。小时候，在立秋这一天母亲会早早打招呼，不让我和哥哥下河洗澡。可能就是因为这个

原因，我对"立秋"的节气有了特别的在意，我会忽视"立春""立夏""立冬"，唯独不会忽视"立秋"。

与词语耳鬓厮磨的人都有这样的体验，一个词语被轻轻说出的时候，随之而来的就是一股情绪、一种氛围、一个场景或者记忆。当我在纸上写下"立秋"时，我觉得我已独自站在一条空旷的河边，河水是深的，安静得忧伤，天空很高，远山更加遥远。

是秋天了，是秋天了——我不停地对自己说。我对季节的变换是敏感的，就像对悲哀的事有特别的敏感，我总是能提前感知它们，我能闻到它们的气味。所以，我也总是在应该快乐的时候感到悲伤，而当悲伤真正到来的时候，我又平静了，心里波澜不惊。

在半个月前，我就已经闻到了秋的气味，我有些怀疑自己的嗅觉——不应该啊，还是三伏天呢，可我确实已感受到了秋，甚至我在洗发的时候，觉得飘在水里的落发也多了起来——这是只有在秋天才有的事。

我其实是喜欢秋天的，不止一次地用文字表达过对秋的钟爱，只是过早到来的秋还是让我感觉时间过于仓促了，无论我怎样紧跟着时间的脚印，一天一天地记录着它的影像，仍然——还是被它甩下了。

在立秋的这天，我心里一直在默念着里尔克的《秋日》："……谁此时没有房屋就不必建筑／谁此时孤独就永远孤独／就醒来，读书，写长长的信／在林间徘徊／当着落叶纷飞。"像秋天一样，孤独也是我所钟爱的，此外还有寂静、安静、寂寞。长久以来我钟爱着这些词，频频地使用着，用自己的体温擦拭着，渐渐地，它们就渗入了我的体内，成了我身体散发的气息。是的，孤独，在这个过早到来的秋日，我又一次听到了自己的命运之声——"已相逢的已然相逢；未相逢的将成永诀。"

湿透的城市

格　致

扶余城的洪水淹到3楼的时候，100里外驻吉191团的集合号响了起来。号声通过有线广播把军营和家属院都给覆盖了。我家的窗子是开着的，那突然的号声像一群疯跑的男孩，瞬间就跑遍了院子里的所有地方。我丈夫吴连长"扑楞"从床上坐起来，一动不动又听了6秒号声，就开始捆行李，他说，可能是哪发大水了。他把一个行军包和一个行李准备好，一共也没用上5分钟。我说你上哪去？他背起那些东西往外就走，说，我哪知道。

我一般是通过新闻联播寻找我丈夫吴连长的下落。这一次，晚上6点半，我又找到了他。新闻里说，那个倒霉的城市叫扶余。城外的那条河在夜间决口了，决口的河水像一支偷袭扶余城的军队，迅速、无声地占领了那个城市。电视迎面上水已经淹到了4楼。5楼6楼7楼的窗口都有求救的头伸出来。水面上的船只很少，吴连长他们只有大卡车。最后的迎面是一支挂着红灯笼的大船开进镜头，船上坐满了灾民。如果没有声音，看上去特别像一群人坐在船上游山玩水。我认出这船是镜湖的游船。我笑了，吴连长啊吴连长，这下子你有劲使不上了吧。

一周后吴连长回来了。我打算通过他知道一点灾区的情况，他说，我不知道。我们也进不了城，这些天一直在城外公路上待命。那你们不是白去了？不算白去。我们用卡车往附近村子运送灾民。

我从吴连长那里得到的关于扶余洪水的信息非常少，比新闻联播中的还要少。我想知道得更多一些。我总是担心，我居住的这座位于江边的城市有一天也会发大水。我想知道应该做些什么准备，准备什么。吴连长的片言只语和新闻联播上的几个迎面都不能解决我的问题。想不到的是，第二天，我就有了进一步了解扶余灾区的机会。

郭营长的家属我们是牌友，她的手气突然很不好了，她找到的原因是他们家来了4个灾民。一个电饭锅煮饭都不够吃了。

晚上，在院子里，我看见了那4个灾民中最小的那个。他有三四岁的样子，正在墙角跟几株毒蘑菇说话。我蹲在他的后边说，这些蘑菇都有毒，吃了会死。他回头看了我一眼，大眼睛小嘴，头发还打着卷。像女孩。男孩突然伸出手把那几个蘑菇的头都揪了下来。嘴里说，杀脖儿。杀脖儿。然后就开心地笑了。我说你是怎么从水里出来的？男孩说坐船。什么样的船？男孩说，有红旗。男孩上面说着话，下面已经开始尿尿了。他还知道移动左脚，但左脚上的鞋子还是湿了一点。

孩子的父亲来了。这时候，孩子不单是湿了鞋子，连手上也有很多泥土。他父亲是过来处理孩子手上的尿泥的。他把孩子从地上抱起来，我说到我家洗吧，我家在一楼。

在哗哗的流水下，男孩的手由黑变白，你们是怎么逃出来的？我又问父亲。他说，坐船。谁的船？私人的。他们真黑，要了我们500块钱。为什么不坐公家的船，那不会要钱。他说，人太多呀。着急呀。就没等。死人了吗？这个问题我曾问过吴连长，吴连长的回答令我很不满意，他说，不该问的别瞎问！男孩的父亲不认为我是瞎问，他的回答也很有价值，他说，听说平房区那边有。

又不知过了几天，我在院子里再也看不到小男孩了。他们一定是回家了，扶余的水应该是退下去了。我们李主任说水退了。她喊我和胡姐开会。她说区委王书记刚给他们开完会，让对口支援。什么叫对口呢？就是人事局支援人事局，工会支援工会，那我们妇联就是支援扶余妇联。李主任说，正好，她们也是三个人。最后我们的意见统一了，就是买她们急需的东西送去。她们需要什么呢？说是需要蔬菜和棉被。

第二天我们起早就上路了。那些菜都是刚在早市上买的，都很水灵。车一进城我就抓紧四处看。5楼窗下留下的水印很清晰。道路上的淤泥有很多人正在清理。有的路段就很干净，有的地段还全是垃圾和泥水。路边树与树之间、电线杆子与电线杆子之间都被拉上了绳子，上面晾晒着衣服、被子等等湿透的东西。车子路过一个幼儿园，院子里的铁栏杆上晾满了孩子们的花被子，一根铁丝上悬挂着那么多的绒毛玩具，小狗、小熊、小乌龟等等。它们在风里晃荡着。我觉得这街景可真有趣。整个一个城市的衣服和被子都同时湿透了，又同时拿出了挂在大街边晾晒，这很有趣。更有趣的场景是幼儿园的下站，我们路过了一家工商银行。你能想到工商行的职工在太阳底下干什么吗？你猜对了，他们在晒钱。他们的钱看来是都湿透了，他们的院子是晒不下的。他们就把院子外面的马路也给占领了。车还是能通过的，他们主要在人行道上晒。

我们到扶余市大院的时候，外面已经都清理完了，妇联的人在擦玻璃。一看到被子，她们的小张就哭了。原来她刚结婚不到十天，她家住3楼，所有的被子都被水泡完了。还有装修的房子。新买的家电全完了。她的蜜月被水泡上了。她的幸福生活被洪水粗暴地打断了。

以上这些就是我对扶余洪水的了解。具体但不全面。像是看见了一场车祸后满地的碎玻璃，和一点变黑的血迹。我想就这样吧。让我知道多少就多少吧。

十年后，我意外地获得了扶余洪水的其他情况。那个叙述十年前扶余洪水的人喝醉了。他是个喝醉后滔滔不绝说话的人。他说什么是没有准的。他那天说的就是扶余洪水。

他讲的那个故事应该归纳到爱情故事的范畴。

我一路跟着他，走了有十几分钟，后来进了一个居民小区（我们是从一个阑珊的酒局上下来的。我在卫生间的镜子下面洗手。他也在那洗手。他从镜子里看了我一眼说，多好的头发呀！我也看着镜子说，是呀是呀，谁不说俺头发好。他说这酒喝到这也没意思了，咱们换个地方说话。）我心想，他总不至于一下子就把我带到他的住所吧。他就那么自信？就不怕遭到我突然的拒绝吗？他不就赞美了几句我的头发吗？这远远不够。可是我发觉我一直在跟着他走。这个小区不像有什么酒吧、饭店之类的设施。走到一栋居民楼的楼下，他撇下我独自上了3级台阶，伸手敲那户人家的窗户。他不是敲门，而是窗户。而那小小的四方的窗户真就给他敲开了。他和开窗人说话我是听不见的。结果是他从窗户里接过了几瓶啤酒。这个窗子应该是一家食杂店的后窗。他拎着那些酒，我们接着走。走到那栋楼的第三个单元，他站住了，开始找钥匙。钥匙找到了，我还担心来着。门打开了，我们往里进。他并未请我先进。仍然是他在前面我在后面跟着。如果他停下来，站住门口，说请进！那么我就有可能不进去。我会问，这是什么地方？我们为什么要到这里来？现在，我没有机会说话，我像被拍花子给拍了一样跟着他上了楼。我走在楼梯上想的已经不是进来对还是不对，我担心走在前面的人会摔倒，他手里可是拎着6个易碎物品。我怕它们会哗啦啦地响起来。这时我说，还是我拎吧。他回头，那目光里是吃惊后面怎么还有个人。我担心他问，你是谁？如果这样，我是掉头就走还是给他一个大耳雷子然后再走？他说，不用，3楼，就到了。

进门是个约二十平的客厅。我坐沙发上。他把那6瓶啤酒全放茶几上了。他一瓶一瓶地摆，摆成了一个一字。他坐在地板上，坐在我的对面。他用牙齿咬开一瓶，放我面前，又咬开一瓶抓在手里。我低头往茶几下面看，我想找到一个杯子，但是没有。只有一个烟缸，里面满满的烟灰。他说，我喝酒从来不用杯子。我们家没有酒杯。我说可是我喝酒从来都用杯子。我们家有很多杯子。他起身摇摇晃晃地从厨房给我拿来了一个白瓷碗。你用这个，然后把碗倒满酒，又咕咚一声坐下。

我的目光从他的头顶越过去，落到对面的墙上。墙是白墙，上面只有一幅画。再细看不是画，是一幅放大的照片：一个女人的头像，至少有12寸。脸有些虚了。但那女人的头发吓了我一跳。那些头发的颜色、形状是那么像我的头发。我的目光一定是在那照片上停留的时间过长了，他也慢慢扭过头，说，我女朋友。然后傻笑。但是她已经不在了。还在傻笑。我立刻把目光收回了。我说我可什么都没说啊，如果这使你陷入痛苦的回忆，我不对此事负责。他傻笑说，我从来就不痛苦。我回忆她的时候，从来就不痛苦。

于是他开始了他的自称一点也不痛苦的回忆：

几乎是一夜之间，水就漫上了4楼。我在扶余的住所是5楼。我打开窗子往外看，水面上全是垃圾，非常脏。那些水很奇怪，不是流动的。扶余如同一个大杯子，被缓缓地注满。因此那些城市的垃圾没有被冲走。电是停了，但我用的是一个独立的煤气罐。里面还有半下子气，再用十几天是够的。我进厨房检查了一下我的粮食。还有半袋大米，一袋子面粉。都是单位发的。我很少在家里吃饭，因此春节单位发的大米、面粉、食油还都很多。那袋子面还没有拆封。要不是发大水了，我都不知道我有多少粮食。如果水不继续往上淹，我可以不用撤离。那个上午，我隔半小时测量一下窗外的水位。水在离我的窗子20厘米的地方不动了。那个位置略上方，有一个马蜂窝。它一直悬在水的上方一点点，没有被淹到。马蜂窝成了尺子。如果淹到了它，那我就考虑撤离。马蜂不撤我就可以不撤。

水面上的船是那么少，而且永远是坐满了人。有一些私人的船只借机发财。我的一个朋友后来说他给了船夫一千块才出来。我可以省一千块的，我不需要船。水很平稳，能游出去。不到万不得已我不游，那水实在是太脏了。

大水淹到扶余的第二天，当我用窗下马蜂窝测量出了水经过一宿再也没有往上涨，我的心安静了下来。我坐在窗前看外面的船只，它们小心翼翼绕过楼群、电线杆子、树梢往城外运人。这些应该是家住4楼以下的人。应该让他们先走。这时候，我才知道饿。我用煤气煮了大米粥，又找到了一点榨菜。我一边吃一边就想到了阿里，她有吃的吗？她在家里还是已经成功地逃出去了？我分析了一下，认为她不太可能逃走。她住6楼。离水还很远，问题是她也有一袋子大米和煤气吗？这可就没准了，我得给她送点吃的去。

我快速吃完了那些米粥，就拆开了那袋子面。应该给她送一些面饼，凉了也可以吃。我和完了面，决定做油饼。一是油饼好吃，二是我也只会做油饼。两年前我还做过一次的。没有找到葱，做不成葱油饼了，只能做没有葱的葱油饼。那些面总共做了10张饼，被我吃掉一张还剩下9张。

阿里家住城西，离我家有2公里。不远，坐车也就5分钟。现在的问题是，水有七八米深，最大的问题是水还很脏，不能让那些给阿里吃的饼碰到那些水。我怎么游呢？后来我想花钱坐船去。可是有限的那几条船总是坐满了人，而且都是往城外去。后来我自己做了一条船。我在储物间找到了一些木板、木条，想起来这是我装修房子时剩下的，没舍得扔。我把这些地板棱子用塑料绳捆成木筏子。这样的木筏子是托不住我的体重的，但是不需要，它只要能托住那些油饼的重量就行了。

我从南窗下水了，北窗有马蜂，我怕惹它们1。木筏子上是一个严严实实的塑料盒，里面躺着那些油饼。我的上半身在水面上，推着木筏子前进。我的腿和脚不停地碰到水里的东西。我看不到是什么，水是那样浑浊。我害怕碰到任何东西。一有什么碰到我，我就以为是碰到了蛇或什么的尸体。因为传言说平房区已经死了很多人。水面上如果飘来一堆棉织物，我就紧张地绕开。一路上，我是踩着树梢前进，有时也踏到电线，但是电线不可怕，电已经彻底停了。游到一半的时候，我还踩着两根并行的电线休息了一会。我知道我此时是停留在空中，踩在细细的电线上。我多像个高超的杂技演员啊！我轻轻地摇晃那两条电线，只摇了几个来回，左脚上的电线就离开了我的脚心。那一定是断了。水不停地漫上我的木筏子，但是没事，盒子是密封着的，水进不去。那些饼应该还是热乎乎的。

到阿里家窗外的时候，已经是傍晚了。天上的云都是胭脂红色。颜色从东至西逐渐加深。最西边的云鲜艳得让人吃惊。这叫火烧云。我抬头看，感到离云彩是那样近。那些云像红绸子，随时能落下来把我包住。我感到这种天象太可怕了。

我抬头看阿里家的窗子。夕阳的光彩扫在上面，使它们变成了一块块彩色玻璃。往屋子里看是看不见的。那些彩色的云不光在天上飘，也在阿里家的玻璃上飘。我感到这景象美得十分残酷。在这个灭顶之灾里，大量的彩云出现在我们的头顶是很让人费解的。这和我们的灾难一点也不协调。就要见到阿里了，我低头检查自己：光着膀子（我也没法穿衣服），左胳膊上正缠着一个白色塑料袋，里面还有垃圾，细看是五花肉。被水泡白了。我把它甩了下去，又用手推水，使垃圾袋离我远点。头和脸一路上我努力没让它们沾上脏水。我的头发长，齐肩。以前扎过辫子。现在它们披在我的湿漉漉的肩上。我低头看了一眼我的胸大肌。还行。我又进一步想看看腹肌，但是它们被水覆盖着，看不见了。我看不见阿里也应该看不见。水上面的部分我都检查过了，我是满意的。这时从我的脚下流过去一个很软的东西。在与我的脚接触的瞬间，我判定是一头猪。总之它是一只曾经活着的生命体。现在的水下应该什么都有，平时从来不曾飘动的东西，现在全都在水里游了起来。都可能有什么呢？首先是一些被淹死的生命体，包括人。然后是木家具、劈柴、带着绿叶的树枝。然后是全城所有的垃圾。还有衣服、布娃娃……最后应该有鱼。河里野生的鱼，鱼塘里养殖的鱼。这两种鱼如果不发洪水它们互相是见不上面的。它们聚成一大群，从王家的窗子游进去，在客厅里转一个圈，从北窗出去，接着它们就又进了刘家……

就在我警觉地查看天象的短暂时间里，天上的彩云在褪色。你眨一下眼，云都与眨眼前不同了。云像一些迅速腐烂的食物，一小会就不新鲜了，不鲜艳了。

阿里——阿里——阿里——我一连喊了三声。那面已经灰了的窗子打开了。阿里的上半身出现在那里。她一低头看见了我。她站那看着我，没有说话，她等着我说话。我指着木筏上白色塑料盒说，我给你送吃的。阿里看了木筏子一眼说，有啤酒吗？我可真愚蠢。我怎么忘了呢？这大水不仅干扰了我的生活，它还已经干扰了我的思维。我的阿里可以不吃饭，但是她不可以没有酒。我努力想，家里还有没有酒？几秒后我想起来了，啤酒肯定没有，白酒应该还有两瓶。那是春节时我外甥给我买的——汾酒。在厨房的某个角落，我有信心把它们找到。我仰脸对阿里说，没有啤酒，有白酒。汾酒，两瓶。阿里把两条胳膊撑在窗台上，说，白酒也行。酒在哪？我傻呵呵地说，在我家的厨房里。阿里说，你怎么不说在山西！说完就仰目看天。我也跟着看天。这时的天已经很不好看了。那些云彩上的红色像是被很急的流水给冲走了，只剩下靛青的天。天既然已经变成这样我想我还看它干什么，我还不如说话，我说阿里，你等着，我这就回去给你拿。你先把这些吃的拿上去。阿里把目光从天上往下降落，落到我的木筏子上，那里装的什么？我说葱油饼。只是没有葱。还热呢。阿里终于笑了，我猜她是笑葱油饼里面没有葱，我怎么够得到？我说你找一条绳子垂下来。阿里从窗口消失，5分钟后，一条绳子从窗口垂下来，等我抓住那垂下来的绳子才发现是阿里的长丝袜。我就马上想起了作家三毛的长丝袜。我想以丝袜为题开一个玩笑，但被我咽下去了。我有点害怕，在灾难里，什么都有可能发生。再有，阿里对我的葱油饼的冷漠态度，让我有些心灰意冷。我的心和天上的那些云彩是一样的，开始时是那么的鲜艳啊。总是这样的，我一见到阿里，她就能在三分钟内让我的血冷却下来。她多像一只鲜红的灭火器啊！

我把塑料盒系好，然后看着它缓缓上升。那些还热乎乎的饼离我越来越远，离阿里越来越近。当阿里把它们抓在手里时我说，阿里，我回去给你拿酒。最迟明天早上也到了。阿里从窗子里消失了。她什么也不说。她是不相信我。她现在心里认为我是个笨蛋。对阿里来说，酒和饼什么更重要，我是没有理由不清楚，更没有理由弄反了的。我一点都不生气，而是满心愧疚。我总是把事情弄糟，让阿里不高兴。

天黑下来。没有路灯。所有来时的路标都隐入黑夜，无力再为我指引方向。我靠感觉往回游。游了一会感觉不对。像是进入了一个陌生世界，或者进入一个模糊的梦里。我开始害怕。我相信人死了是能变成鬼的。昨天晚上也不知道死了多少人。那些尸体还没有人力来清理，抢救活人的工作还没有做完。死人已经被放弃。他们现在全都隐在水里或漂在水上。我的脚在下面碰到任何东西都会吓得我一抖，都像是死鬼的手在往下拽我。我的手紧紧地抓着木筏子，腿用力蹬水。遇到树杈、电线杆子我就用力蹬好让它们给我足够的反弹力。游了有半小时，还是不知自己到了哪里。整个城市没有一盏灯，伸手不见五指。从阿里的家到我的家是那么近来着。我又是多么熟悉。我走过多少次了。每次阿里喝醉，都是我送她回家。每次都差不多是后半夜。每次我在半醉的状态都没有迷过路。我闭着眼睛也能找到我的窝。

　　我踩在一条电线上，想我熟悉的那条路在哪。后来我终于想起来了。那条我走过上千遍的路此刻在7、8米深的水下。我的道路已经被这些肮脏的水夺走了。实际上，我现在的位置是平时鸟的道路。我突然来到麻雀、燕子的道路上，我怎么能不迷路呢？

　　我开始心慌。我已经知道自己没有办法了。我把一线希望寄托在手里的木筏子上。如果这个木筏子有记忆的话。但是木筏子我不推它它就不动，我一松手，它就顺着脏水漂。由此，它是个没记忆、没力气，也没什么主意的家伙。我在制作它的时候，那些散漫的木条还很不愿意被捆到一块去。它们都不想成为有用的东西，不想团结起来有所作为。

　　我一定是在水里转了很多个圈。因为我还没找到家。离开阿里时，我说最迟明天早上送酒来。看来得延误了。天亮我才能找到回家的道路，再折回来，就得中午了。看来我将趴在木筏子上，细致地、不漏掉一个细节地看红日冉冉升起。也许，这时我一回头就看见，我的家就在离我不到二十米的地方。我的窗子开着，蓝色窗帘在晨风中像水波一样，像一块四四方方的蔚蓝色海水，干净的海水。

　　可能是半夜了，在这大水中，我不但丧失了空间判断，时间感觉也模糊了。我不知是什么时候，反正我期待的冉冉红日还没有升起。一切都在黑暗中。没有太阳，没有灯光，连月牙也没有。星星太纤细了。它们身陷黑夜，被挤得只剩下那么细小的一点，随时要被淹没的样子。

在这样大和厚的黑暗里，远处有一束光在闪。那光在水面上，是那样强大。我一看就知道那是手电光，而不是鬼火。鬼火哪有这样的气势。一会我就被那圆形的光圈套住了。如果这光柱的那头是一个枪口的话，我是被瞄准了。我听到喊声，班长，这有一个，好像是活的。接着，不由分说，我就被两个穿救生衣的人拽上了他们的船。我已经冻得说不出话来。我没法跟他们说我要去哪，干什么。我只能眼睁睁地看着自己随着他们向城外驶去。离家越来越遥远。我只好由着他们，等早上，我再游回去。

等我往回游的时候，已经是第三天了。那天晚上，我不但被送到城外，还被装上一辆部队的大卡车，同很多灾民一起，被送到了一个村庄。我被安排到一户人家住了下来。那个晚上我发烧了。昏睡了一天一宿。那户人家的大嫂给我吃了药。第二天晚上我清醒了过来。我问人家是几号了。大哥告诉我是7号。我想完了。阿里会更加不信任我。我起来就往回走。走了两步我发现我没穿鞋子。我折回去跟大哥借了双鞋。他看我光着膀子只穿了个平角短裤就找出一套旧军衣给我。我想了一下没要这衣服。我回去就得下水，衣服就得扔。而这户农民是很穷的。他们的衣服也不是很多。这衣服也许是他出门的衣服。我当时身上没钱。不然那鞋也是应该给人家钱才好。我说天热，我穿不住衣裳，说完我就光着膀子走了。走了很久还没到。那天汽车开了有一小时，看来够我用脚走一宿的。路上几乎遇不到车。走到拂晓，我终于走到了城边。我在树林里略休息了一会儿。就开始往回游。我先往阿里家游。三天了，酒已经不重要，我担心阿里的安全。我抱住楼下的一棵大榆树，冲着阿里的窗子喊。我又喊了三声。阿里没有出现。又喊三声，阿里还是不见。我顺着墙上的排水管往上爬。我不害怕。我摔下来也死不了，下面那么多脏水接着我呢。我爬得很好很顺利。我从敞开的窗子爬了进去。找遍所有房间没有阿里。在客厅的地板上找到一字排开的十一个酒瓶子。茶几上放着我给她的那些葱油饼。我摸了一下，已经凉透了。我跌坐在那些酒瓶子旁边，一个一个把它们搬倒。是哪个缺德鬼给阿里送来这么多啤酒？我就那样坐了很长时间。我想她哪去了？被解放军叔叔救走了，正在某个村庄昏睡？她喝了这么多啤酒，神志不清，黑夜里看不见窗外的水，以为是水泥路，从窗子走出去了？我在阿里的房子里待着一点意义也没有。我在跨出窗台准备走时，又回头看了一眼阿里的房间。这时我就看见了阿里。阿里在墙上。阿里的背后是干净的海水。头发被风吹起来一部分。多好的头发啊！每当我这样对阿里说的时候，阿里都冷冷地说，我最好的部分不是头发。阿里现在不说话。现在的阿里有笑容。这样的阿里多好啊。我决定把12寸的阿里带走。

就是墙上的这张吗？我问郭城。

郭城正努力用门齿咬开第六瓶啤酒，是的。阿里在大水后就是以这种方式存在着。

她，一直没找到吗？

没找到，失踪了。就怨那些啤酒。

郭城一边说一边把他身边的空酒瓶子一个挨一个地摆好，还差5瓶，他说，然后就把头伏在茶几上不动了。我以为他哭了，至少是以这个姿势在为阿里难过。我没动。我想，不管他是有眼泪或没有眼泪的难过，我都不应该打扰。应该的。毕竟一个自己喜欢的人说没就没了。难过是应该的，哭也是有理由的。可是几分钟后，我发现他有点可疑。首先若是哭的话，不可能不发出一点声音。难过也不应该这么安静，一动不动。他的姿势越来越可疑，越来越像是睡着了。

经过我的进一步观察，他果然是睡着了。

坐在地板上，头伏在茶几上，若是以这种姿势哭的话，我觉得还行，但他是以这个姿势在睡觉，我就觉得很难受了。是他很难受。现在，他睡着了，他的难受他不知道，只有我知道。我得把他弄得舒服一点。这就像一个没关紧的水龙头，滴答滴答地滴水，而这个声音又让我听到了。我是一定要找到那个水龙头关紧了的。不然我就六神不宁。现在，他是那个需要处理的水龙头。我站起来，推开一个门，是卧室。把他从现在的位置弄到卧室，再弄上床，我是没那个力气的。他怎么也有140斤，更关键的，我怕把他弄醒。他醒了其实也不可怕。可怕的是他醒了之后会再给我讲一遍他和阿里的爱情故事，从头开始讲。我还不能说我已经听过了。他会像第一次讲那样兴奋。我是个聪明人。一般的事我都有办法。现在，我的聪明又及时地闪烁了一下。我的聪明帮助我没有陷入他的如旋转的车轮一样的故事叙述里。我听一遍就可以了。我记住了。讲第二遍，不需要他了。我讲。我来讲这第二遍。给不知道的人听。

　　我从卧室抱出了被子和枕头。我移动被子和枕头，不移动他。这就是我的聪明。真了不起。我把被子铺在地板上。然后慢慢把他扳倒。他刚好就躺在了我铺好的被子上。头倒是没有按我希望的那样落到那枕头上。差了有一个手掌的距离。这也不行。他的头没枕枕头上，也让我别扭。我移动枕头，不移动他的头。我把一只手从他的颈部伸入，抬起他的头，塞入枕头。一切都弄好了。他没醒。接下来就更容易了。给他盖上被子。盖被子的环节他也没醒。至此，一切都圆满了。然后我才想到我自己。我去哪？半夜了，外面可是比这里危险。最后我决定就在这个酒鬼的身边等到天亮。我在长沙发上躺下来。我不困。像一只夜晚的老鼠，我是那么精神。我想事，乱七八糟的事，都可以拿过来想一想。

深　藏

沙　爽

瘾

　　眼前的液体美丽极了，我甚至不敢相信它们真的属于我。从一万粒绛紫色的葡萄到杯子里闪闪烁烁的琥珀光。也不知道这奇迹中间发生了什么。不，根本没有更多的人工成分加入，因为它们恰巧是我酿的。在一只平淡无奇的白色塑料桶里，它们混淆、发酵、变异，它们长出了与葡萄完全不一样的身体。

　　我端着这只高脚杯回到书房。酒的香味一路飘散，让我整个人从里到外生出薄薄的醉意。酒真是一种好东西，我出生以前就知道这个。我祖父爱酒，然后我父亲爱酒，再然后，就像某些故事里发生的，我也爱上了酒。只不过我的爱与我祖父我父亲的爱是不一样的，我的爱犹犹豫豫、若即若离，像我对任何人的爱一样，随时准备着抽身离去。当然我对这个世界的爱也是如此。在这个一贫如洗的世界中间，我一直在试图为自己保留一点东西。我想终有一天，我可以毫不犹豫地弃它而去——对我来说，这个世界也只不过一副皮囊而已。

　　因为这个缘故，这些美妙的酒，我已经很久没有碰过它们。它们与另外的某些东西一样，总是试探着向我伸出挽留的手。现在我开始知道了，人世间的误解总是活得比理解更为长久，因为更多的误解发生在一个人与他自己之间。比如说，我曾经以为我是个热爱繁华的人，爱这美酒，爱这人间的颂词与欢宴。这样的日子持续了几年，直到我发现它们原来是些流体和气体，轻易地就从我指缝里漏了出去。我又变回一个满身暮色的人，一连几个小时对着窗外的云彩发呆，连一百米外的美容院也懒得去。但是有两件东西是我始终摆脱不了的。如果一连几天没能敲打下什么字，让自己可以回过头来看看，我就会整个地焦躁不安，记忆也因此变得很坏。我一个人在空荡荡的房间里走来走去，最后走进厨房拿起一只盘子，却忘记了到厨房里打算做什么。几分钟后，我终于把时间断掉的链条接上了，给自己洗了一小盘樱桃，一边吃，一边随手翻开一本书看下去。当我在房间里走动，到处都是这些看了一半但还不知道最终能否看完的书。我的时间是许许多多的空格子，它们连在一起，铁轨一样向远方伸出去。所以我是多么需要这些一伸手就能抓到的书，它们填充了我的空格子，使这条在阳光下寒光闪闪的旅途看起来不那么空旷荒芜。

我想起自从我祖父去世，我祖母一反常态，开始喜欢逛市场，即使找不出需要购买的东西，每天也要出去逛上一逛。她对我说，一个人闷在家里心里发慌。我想告诉她，其实我也是一样。我和我的祖母，我们分头居住在一个城市的两个地方；我曾经以为我获得了一个与我祖父母及我父母不一样的人生，但我没有想到，我生命中的寂寞和荒凉会与他们一模一样。

这些镂刻在我生命里的空格子实在太多了，我用这么多书籍仍然无法填满它们。我开始不停地对空气说话，我想这才是我爱上写作的真实原因。我生来就是个爱说话的人而我自己却不知道。我絮絮叨叨的火山在沉静的地表下面隐匿了若干年。终于到了这一天，我找到了一个人，他懂得我说出的每一个字，每一句话里的柳暗花明和山穷水尽，他并且认出了我命里注定带来却无法带走的每一样东西。我想象他有可能做出的种种应答，就这样整日整夜沉浸在这只无边无沿的对话框里。这个偌大的迷宫，一个人踏进来就再也难以出去。理所当然地，我爱上了他，这个仅有的，唯一的，我甚至从来不曾看清过他容颜的人，我爱上了我与生俱来的空想主义。

但是我试图摆脱他，我知道他和它们其实是同一个意思。它们是酒精、咖啡、香烟、可卡因，所有这些诱人上瘾的东西都是致命的。爱是这人世间一只致命的容器。对的，就是这个阴郁的字：瘾，它埋伏在这里和那里，在任意一个地方，这个让人防不胜防的怪物，它让人快慰、痴迷、苦恼、哭泣……摆脱它们，一个人需要对自己怀揣足够的凶狠——只为不必有朝一日被迫激起与自己决斗的勇气，我希望从一开始就做一个清洁无瑕的人。

我低下头，向杯沿啜了一口酒。屏幕上的电影已经接近尾声。正是这部电影让我想起了我的酒。我说不清这是一部什么样的电影，把所有情节放进一间房子里的对话中展开，这纯粹是一场冒险行动。《这个男人来自地球》，这个男人，他已经活了一万岁，但是时间显然还不够久。一个古老的土著人，曾经是释迦牟尼的朋友、梵高的邻居、被《圣经》扭曲了的耶稣。对于我们这些必将先他而死的人，他预言说："这世上绝大多数人死于慢性中毒。"就是因为这句话，让我相信：他真的是耶稣。

会走动的树

搬迁工作进行得很快。从冬末到春初，只不过两三个月的时间，一千六百户人家已经迁走了大半。我忽然想起一件事来，试探着去找婆婆商量。

我婆婆住的是一楼。窗子外面有她开辟的一个小花坛，种了些细花碎草，还有些黄瓜芸豆之类的蔬菜。应该说，我那生来就是城里人的婆婆并没有多少种菜经验，有一年她种的玉米连一只成型的棒子也未能吐出来。她当然见识过我母亲家院子里的那棵李子树，但她并不像我这样了解它的诸般好处。现在我要做的，就是把这些好处仔细描述给她听。我不需要动用夸张拟人之类的修辞手段，因为这世上有些事物当真天生完美，人类能在转述中努力还原它的本来面目就已经足够。有一瞬间，我婆婆显然有些心动；但是她马上想到了一个实际问题，语气便坚决起来。我婆婆忧虑的是：这院子里有许多淘气的小孩，等不到李子成熟，就会被他们祸害个一干二净。我说：瞧您说的，哪能呢。我的语调软塌塌的，一听就知道泄了底气。我并不了解那些被我婆婆指为淘气包的小孩子，但是我了解这棵李子树。它哪里懂得韬光养晦的人世哲学，哪里知道提前暴露的美貌更易于招致灾祸。这些将熟未熟的李子早早地出落成红粉佳人，那种华贵而闪亮的绛红色，温润地裹住它们饱满欲滴的身子，只在背面的浅沟处透露一抹青涩的翠绿。当这抹翠绿悄悄地转化为金黄，果肉的甜香气味便开始四下里漫溢。但只有真正品尝过这果子的人，才明白它骄傲的外表下面有一颗谦逊的心——它的果肉如此丰美，果核却小巧得惊人。别说那些热爱猎奇的孩子，就是喜欢假装矜持的大人们，也禁不住在它面前猛咽口水。我用什么才能挡住那些向它伸过来的属于未知数的手呢——再说那样似乎也有违它的本意。

这棵慷慨的李子树，我不得不放弃试图挽留它的小小努力。过了没多久，我母亲代它找到了合适的新主人。在它曾经站立过的地方，我只看到一小块微凹的空旷。它像一个离家远嫁的女儿，离开时并没有带走多少嫁妆。我忽然疑心它提前预知了这场大迁移的命运，因而早早地陷进了悲伤——早在去年夏天，它对开花结果这件事的热情远远逊于往年。对此我母亲的解释是：所有的果树都有大小年之分，如果有两三年结果过丰，那么必将在其后的一二年里产量锐减。这棵让人没法不心疼的李子树，它被人带走之前已经在我家的院子里开过了花，我不知道这一年它的枝叶间躲藏了多少枚小小的青果，这许多只青青的瞳孔，惊惧地目睹了铁器上闪着寒光的疼。

据说西方有一套植物学理论，说的是移植树木最适宜在冬天进行。在树们睡着了的时候，人为地更改它的住处而不引起太多的慌乱。等它在春天睁开眼睛，呀，世界有些变化，不过这也正常嘛。变的是别人而非它自己，于是它安安稳稳地一路活下去。

但是这样的故事听起来更像一则童话。成人世界的植树节固定在公历三月，北方的土壤从冰冻中苏醒，以利于人间进行的表演和挖掘。

那个带走了我的李子树的人，有一个我全然陌生的姓名。这个面目不清的人，带它到达一个我丧失了想象力的院子。这整个悬疑片一样的事件让我忧心：这棵一直娇惯着自己的李子树，它到底有没有充足的力量，来面对与它旁边的那棵枣树相似的命运？

与李子树不同，那棵枣树是外来户口。三年前我父亲的一位朋友家里搬迁，这棵树干有碗口粗细的大枣树便移栽进我家的院子里。彼时也是春天，它带来了它刚长到指甲盖大的叶子们。看得出它用了很大的力气，才撑住了那些叶子上的绿。从春到秋，它努力地让这些绿大了一圈又深了一点，就再也没有力量做其他事情了。它甚至忘记了还有开花这回事儿。我们全家站在屋檐下担忧地望着它，有几次，我听见我母亲自言自语："这树活了吗？是不是根留得太少了？"

这棵伤了筋动了骨的枣树，经过一个冬天的休息，在第二年神奇地开出了花，然后把这些花的一部分变成了果子。这棵贪心的树呀，它忘了它的身体有多差，它还想一口气喂大这么多孩子。有一些果子长到一半大，开始纷纷地坠到了地下；另一些坚持着挂在枝头，但是再也没有长大。这棵伤心的枣树，到第三年咬紧牙关，把一半的孩子坚持培养到成年。我摘了两枚枣子放到嘴里，嗯，味道可真不坏。我拍拍它的枝干，它的叶子对我好一阵儿细语喧哗。就在这第四年的春上，它去了另一个地方。

我不知在一棵树的血管里，究竟隐藏着多少面对九死一生的勇气。我不知道树们会不会像人一样，拿自己与命运或者人类赌气。这个挨过了一场浩劫的枣树，它会不会以永不认输的坚忍，继续挨过第二场甚至第三场拼杀？

在城市里，做一棵树是多么不容易。如果你不是一棵有身份的公家的树，你可能需要学会到处流浪，学会四海为家。

喜马拉雅圣灵

凌仕江

雪　狼

那一夜，是1993年12月冬天的一个晚上，我17岁。

刚刚从教导大队集训回来的副班长，领着我到连队背后的冰河旁站岗。这条河是冬季野牦牛出没最多的地方，过去连队多次因新兵误岗而遭受野牦牛袭击。所以我第一次站岗，排长很不放心，专门配了一个副班长给我壮胆。我们背着枪在雪地里走来走去，风嗖嗖嗖地穿越枯荣的干草告诉我们：在高原，其实人没有风寂寞，在雪夜里，两个人至少还可以靠说话取暖。我们望着星星落在旷野上，副班长说，山上原始森林里的野牦牛一般都趁人睡着了的时候才会下山来，或者是绕过哨兵的视线，进入连队，进入那些正在梦乡的新战友的梦幻里。我望着副班长的表情开始紧张起来。而副班长则一脸轻松地望着，想笑又非笑。就在副班长蹲下身点燃一根烟时，忽然，乱草丛中几只乌鸦直蹿魔幻的天空。我向着副班长舒展的脸上看去，背后有一只雪狼站在高高的树桩上，冷冷地盯着我们发呆。它看上去，像一只被首领抛弃的狼。副班长朝我使了一个眼色，然后悄悄蹲下身捡起几块石子做防备的武器。人狼对峙，四周安静如死水，仿佛空气都凝固了，吓得我屏住呼吸，心怦怦乱跳。狼身后的路越来越白，一直通向连队，值班室那盏小小的灯火如一粒小小的红豆。副班长当机立断，紧紧地拉住我的手，几步奔向放牧者废弃的工事里。我们后退几步，狼前进几步，我们闪躲，狼也闪躲，我们停下，狼也停止。我忽然启动脚步，朝着连队狂跑几步，可四肢发颤，感到头重脚轻，踉跄一下跌倒了。看来跑不掉就得和狼拼命了，我顺手捡起一根树枝在空中乱挥舞几下，可是空气将我的树枝吹断成了几节。副班长怒吼着，用身体紧紧护着我，朝着连队方向大声疾呼："口令——口令——口令。"回令我们的是山谷空旷的回音，冰天雪地里无一个人影。只感觉值班室的那一粒小红豆比先前大了许多。我跟在副班长身后停停跑跑，跑跑停停，我恨不得插上翅膀，逃出这可怕的境地。副班长用手上的石头，对准狼狠狠地进行反击，狼机警地一一躲过。恰好我们这时来到一处荒草茂密的山坡，副班长立刻掏出打火机。无奈因为此时空气太稀薄，怎么也打不燃，只有几粒星花闪动。狼看着我们，高擎着头，长啸一声，调过头走了。副班长说，这样我们有救了，狼还是有怕的火呀！风刺痛脸的时候，我们抬头看见了雪花。依稀可辨的是，从工事里，出现了一个模糊的人影，不大一会儿，我们才看清他手上举着手枪，胳膊上戴着"值班员"的袖标，那是我们的大胡子排长。原来他听到口令之后，早已潜伏在暗处保护我们。待他向我们问起事情的经过时，狼已经跑得无影无踪了。我如释重负地躺倒在雪地上……醒来才发现，眼睛里盛满了连队里所有人关切的眼睛。他们将我团团围住，温柔地看着我慢慢苏醒。事后，我才知道，那一夜，是大胡子排长将我从昏迷中的雪地像民工扛沙袋一样跑着步扛回连队的。再后来，我也学会了向副班长那样，带着新兵站岗，用一些简单又就地取材的办法，逗狼玩。其实，所有的副班长们在成为副班长之前，早已拥有了对待狼的多种政策与超高本领。只是在新兵面前，他们保持了花开花落、宠辱不惊的带兵本色。这是多么危险又安全的一条生存法则呀！多年以后，就在不少人怀念狼的今天，我发现狼根本就不可怕，在原始森林包围的高原连队，尤其是寂寞的寒冬腊月，动物更想成为人类的朋友。

雪 鸟

鸟在天上飞翔，它朴素得没有一对漂亮的翅膀。它看见藏羚羊在铁轨下面的洞口居住，不用在铁轨上面辛劳地飞翔，它很羡慕，于是，收拢沉重的翅膀，在洞口边停下来，朝洞里张望，那些藏羚羊看了它一眼，然后自顾自地闭上眼睛晒太阳。

鸟很自我，也很自卑，它知趣地跳到矿石堆上呼呼大睡，一觉醒来，看见

　　藏羚羊全跑光了，火车刚刚从它眼前驶过，它举头望一望天，心情沮丧到了极点，然后开始起飞。

　　非常盲目，却是拼了命地飞。

　　它是要去寻找那些奔跑的藏羚羊吗？

　　它或许压根不知道自己该往哪个方向飞。

　　而此时的藏羚羊，早已跑出了它的视线，跑到了牧人要花几天时间才能抵达的喜马拉雅山的背面。它的眼睛一定比草原空旷，它沿着有电线杆的青藏线飞着，草原上散落的羊群并不多，好远的距离，才能发现三两只，它们吃饱了草料，站在云朵里，一动不动的样子，像是初出村庄的孩童。

　　时间大概已过十点，太阳完全跳出了地平线，随着那个红色的圆不断上升，念青唐古董早已无法抵挡光芒，车上的人难以继续眺望前方，他们停止了谈笑风生，各自掏出墨镜，遮住灿灿金光。有的，闭上眼，静静地睡去，可心里还动乱地念着等在前面的风景。

　　车内，一片炽烈的宁静。坐在里面的人，什么也不说，感觉就像坐在一只飘移的风筝上，闭上眼睛就忘记了地平线。

　　突然，"嘭"的一声眼睛就碎了，似乎让人来不及感受这一瞬间世界可能发生了什么变故，脑子一阵昏眩，接下来是一团影子，孩童拳头大的影子，跌落在挡风玻璃上的鸟，死了。

　　一只鸟说死就死了。

　　任何声音也没留下。

　　两滴血清的结局，像金龙油溅落在发烫的铁锅上。

　　"停下，快停下来，求求你，快停下来呀……"车里有人比运转得飞快的轮胎还急。

　　司机一点不急，更没有停下的意思。相反，他比刚才的速度稍加快了一些。他目视前方，漫不经心地说，在青藏线，这样的鸟儿多着呢，我本佛教徒，怎有伤害鸟的罪孽之心，是鸟自己要找死，真拿它们没办法，跑青藏线这么多年，我已经不止一次遇到类似的事情了。

　　没人再说什么。

　　阳光下油亮的青藏线，像一条青蛇潜伏在当雄草原。它的安静，它被太阳烧煮得呛人的气味，快要令人窒息。来往的车比路边啃草的牦牛稀少，车子开过这样的地方，似乎比人更兴奋。远远看见，前面拐弯的地方交警正在忙碌，他们站在路边用绳丈量血滴的距离，一个没有了人头的身子躺在路上，慌乱的牛羊正在牧人的带领下穿过马路，零散的人站在那儿，表情被冷风吹得模模糊糊。车终于慢如蚕蛾，人们又开始说话了，只是，不再兴奋。更多的时候，大家用沉默替代了一切。

车到纳木错，我已无心看风景。心里一直想着那只鸟。它为何要自寻短见？太阳都出来了，它还有什么想不开的呢？它一头撞上来，是不是要让我们提前预知前面有危险？或许，它就是赶来通知我们它遇见了死亡……我无法把对一只死鸟的疑问与悲伤与同行的朋友分享，他们几乎没听见那一声"嘭"的碎响，可我的心裂了，情碎了。

归去的路上，车窗外，那只鸟还躺在路边，它的身子在阳光下已被缺氧的空气风干，上面洒了一层薄薄的雪。很想停下来，将它捧在手心，感知它离开人世的温度，可我知道，我本凡人，我离神圣太远，太远，鸟的生命本应该写在大自然，却被我写在了纸上，这是鸟的不幸，还是我的不幸？风把路边隆起的纸幡吹得猎猎作响，我祈求风给它生的希望，它已在雪中永远不死。

雪　豹

在喜马拉雅边缘的亚东河谷，我们这群之前没有深入过河谷的人，即刻表现出强烈的陌生和兴奋，沿着浓雾弥漫的河谷走了几个小时，依然没有走出河之影，这情形越来越容易让人产生假象：我们都希望尽快抵达河谷尽头，前面或许该出现一片草原，或是一片大海，抑或是彩色的湖泊，那样的话，我们会愈加陌生和兴奋。

事实上我们都是一群走不出喜马拉雅的人。

正是因为陌生，我们才在喜马拉雅徘徊。

谁说熟悉的地方没有陌生的风景？只是我们注定了选择逃离与突围。之所以在此刻表现出少有的陌生和兴奋，是因为我们一直被看不清的城市围困，被来自生活中的不可承受的轻重绑架，在没有走完一条河谷之前，我们的叹服和敬畏油然而生。在我看来，河谷的出现是疯狂的一种暗示，它在以这种方式强调陌生于发现者的重要性，强调河与谷在喜马拉雅怀抱的珍贵意义，如同我们在一片疆域呆久了，思想会在必要时与喜马拉雅发生战争，我们时刻想着如何才能走出喜马拉雅，走出纵横的地理等高线包围的自我迷茫。

我们的陌生和兴奋一直延续到太阳西沉，霞光如散状的网撒在河面上。而遥远的河谷还在视野里向前延伸，延伸似乎一点也不想让我们知道尽头的未来。

河边上到处都是垂钓者。他们的周围开满了鲜花。在我们提着免费的亚东鱼，迷失在米蓝色的卓玛花中时，有人突然叫喊着看到一只雪豹。很多人立即应声围过去，想看看那只雪豹长什么样。

有人说了一句：雪豹雪豹雪豹。感觉像是在唱摇滚，一下子断了气。

又有人说话了：干脆把它捉回去驯养起来。

就在我刚要跟着围过去看时，心海里突然塞满了久别的乡愁：抬头看不到天尽头，除了奔跑的雾，连一只鹰的影子也找不见，我这是身处在哪里？我在没有亲人的异乡徘徊了多少年？我数不清究竟有多少个日子没有回远在四川盆地的家了。

就是这点忧伤的小情绪，让我马上想到那只正被很多人围着正被很多双眼睛盯着的雪豹。我停了下来，听见所有的脚步声都在雪豹的心脏上奔跑，那些垂钓者几乎在同一时间丢弃了手中的渔竿。只有我愣在那里，我在想就在太阳即将沉落时，我站在一棵缠满了纸幡与哈达的神树下，伸出右手把太阳托在波光粼粼的掌心，让他们为我和太阳还有水影留影的情景。身后是一条比思想更长的河谷。我还想到了，太阳走过天空时，雾气也将消融，雪花就将绽放所有的温暖，而卓玛花就将在万古不语的老月亮下渐渐枯逝，暗香只属于季节更替的万物，而在他乡奔走的人们除了永远的乡愁，有时思考并不能解决天地间的多少疑难。

"放了它！"我突然狂吼了一声，"天色已经不早了，就让它回家吧！"

大伙听到我的吼声，不动声色地打探着对方。就在那一瞬间，他们忽然明白了什么，马上作鸟兽散了，此时雪豹已被捉住它的人儿放回到了河谷的独木桥上。这时候，我拥有了几分欣赏雪豹的心情，拨开撩人的卓玛花，远距离地看着它，只见它像个战争中被抓获的小战俘似的吓一跳，再轻轻回头，再一跳，再使劲一跳，然后就一点一点地变小，最后隐入河岸深处。

此时的河水，浑浊不堪，就像天空突然变了一张脸。但愿刚才所受的惊扰，没有让它六神无主，没有让它的内心结构发生崩溃的危险，没有让它迷失回家的方向。有时，在离家很远的地方走了很远，我就会停下来，望着家的方向，想想那只在喜马拉雅边缘游荡的雪豹，它有点像不分季节游荡在苍茫西藏的我，更像走不出喜马拉雅的我们！

天　珠

通往念青唐古董的路口，是乎在那里燃了一堆火，散状的烟尘像消雪时分的彩虹。旁边明显有煮过酥油茶的烙印。火里燃烧的是那种散发着草香味的牛粪饼。我猜想前面一定刚刚走过牧人，或驮队。于是蹲在火旁取暖，向苍茫天际张望，迎面有一辆装扮新奇的摩托车不紧不慢驶过来，是个吹着自在口哨的小伙子，手里捏着几串漂亮的天珠。他问我话的口气，真像老朋友一样——嘿，你在看什么？那是天葬台。有个女人刚被送上去。

是吗？我从没看过真正的天葬。那女人的罪孽深重吗？

什么罪孽？告诉你吧，馋猫一样的鹰飞走后，上面就又恢复往日的干净了，我们草原上的人正在为她祝福呢。她叫什么名字？

这我可就不知道了。你去帐篷里的人家问问吧。

不如，我们上天葬台看看如何？

不行呀，不行呀，绝对不行，与死者无血缘关系的人是绝对不能上天葬台去的。上回有人刚刚走到山口，差点命都没了，被人狠狠阻拦回来。哦，这么严重。

这个，你要吗？

假天珠，我见多了。

上等的，你说个价。

如果真是上等的，给你五百我愿意。

你真要？嘿嘿，上等的我是不卖的。

不卖？你一定是想引诱我上当受骗吧。

受骗？我们牧人的儿子做生意从不行骗。

你敢保证你手上有上等的天珠？

有，有，有，我向菩萨发誓。可是我这脖子上只有可怜的一串，这是上等的，一定是上等的，如果卖了菩萨不会宽恕我的。五百不卖？一千你也不卖吗？

他默然地摇摇头，微闭双眼，以示不卖。

莫非是为了留给你的情人？

哈哈，情人，可我没有呀！主要这串天珠是我厦厦（舅舅）留给我的，长辈的恩赐，当然不能随便卖了。路上的人都说常在外面跑的牧人有的是情人，尤其是像你这样壮得像野牦牛一样的年轻人，你有这么漂亮的摩托，怎么会没有情人？我才不信你的。没有就是没有，没有情人的日子真苦，有情人的日子更苦。这是我厦厦经常说的一句话。奇怪，你厦厦干吗说这样的话？

他是一个喇嘛。他爱过很多很多女人。

噢，意思是很多女人都爱他？

当然，最爱他的就是这个天葬台上的女人。

啊，你见过天葬台上的女人？

没见过，我很少回到这里。只有牧场转场时，在这里待一阵又走了。这些都是阿妈一边放牧，一边告诉我的。不过那已经是很早的事了。听说厦厦和她都是第一次相爱。那时他们都才十二三岁吧，他们爱得特别的深，特别的认真。至于，厦厦后来怎么当了喇嘛，我也不清楚了。唉，那个女人这辈子太苦了，她把自己的爱全都送给了后来的一个男人，可这个男人在她的帐篷里住了两个月，就跑了，好几个月过去，根本没有一点儿音讯。这女人天天收牧回来都要在帐篷前等待，一直等到天黑，但那个男人连个影子也不见。那男人到底是干什么的？

呸！听说那家伙是来我们草原收购牛羊皮的。女人等呀等，周围的牧民都可怜她，劝她死了心，不要再等了。可是你听听，女人还说什么，她逢人便讲那个男人曾对她说过，一定要回来，同她一起放牧，生好多好多的孩子。她居然还相信那个男人的话。她总是对人家说，那个男人要从拉萨给她买最好的松耳石项链，最好的披巾，最好的手表，最好的班典（围腰布），还有最好最好的天珠。呵，你们草原上的女人也喜欢这些？

我们草原上的女人嘛，比城市里的女人更喜欢漂亮嘛。她们尤其喜欢男人们送的天珠。哦，她一定是个漂亮的女人。

阿妈说她当年戴上厦厦送的这串天珠，就成了草原上最漂亮的女人。

呵，你这串天珠原来是那女人的？

自从厦厦出家当喇嘛的那天，她就把这天珠还给了厦厦！厦厦后来就将它又送给了我，他希望我能到比西藏更远的寺院修行。噢，那山上的女人是怎么死的？

病死的吧。

什么病？

相思病。听说她死前刚生了个娃娃。

呵，她居然还生了娃娃？

一个像小羊羔的胖娃娃。

啧啧啧，了不起。我竖起了大拇指。

哎，你是不是有点冷……你刚才不是说要我脖子上这串天珠吗？

我要天珠来干什么？逗你玩，我们汉族男人不流行这个。至少我不喜欢戴这些玩意，你还是留着以后给你的情人吧。小伙子一脸疑惑，表情又是天晴又是阴雨的望着我。不过他很快变得一脸灿烂了。哈哈，情人，过去有一个喜欢的……但已经不在草原了。我们草原上的女人都不爱我，因为她们知道我将追随厦厦而去。去哪里？

去寺院。

哦，哦！寺院，多好的地方。其实他并不知道我也喜欢寺院那样的地方，尤其是傍晚散落在寺院旁边的阳光，曾让我几度念想前世的前世，来生的来生，只是我无法向一个没有亲密接触的异乡人表白我的心。那一刻，我发现这世上没有一个可以理解我的人，包括我自己。我转过身，背对他，情绪复杂极了，唯有沉默，别无选择！大哥，你别伤心，我想你一定受过爱情的挫折对吗？你故乡的美女比我们草原上的黄金多，要不，你戴上这个，我保证你还没走出我们草原，漂亮的桑吉巴姆已经爱上你了。哈哈哈，嘿嘿嘿，呵呵呵，我的内心变成了一个魔鬼的宫殿。

他双手合十，将天珠远远地抛掷我。然后启动油门，回头朝我诡秘一笑，放开歌喉，一溜烟向天界深处冲去，密集的鹰在高空中俯冲。我追了几步，站在高高的山口，眼前只剩下小小的天葬台，他略带伤感的歌声和无所谓的口哨，留在寒冷吹不散的温暖中……

鹰笛那年，央金的阿爸带着她，赶了几百只羊游牧到雅鲁藏布江边，遇到了一个身上裹着兽皮、满脸蚊子、头发随风飘散的老人。在一个少女眼里，这个怪异的老人像一只万古不语的苍鹰。央金无比吃惊，停在乱石堆边，怔怔地望着老人，一步也不敢靠近他。老人叫江措。

他的面前就是浊浪滔天的雅鲁藏布江。他背靠一根高高的桅杆，迎面上有几只白鸥在飞。太阳挂在西边的山顶，河对岸的山坡上有一座桑烟终年不熄的白塔。那是藏族人用以祭天的场所。白塔上空的纸幡在夕阳下摇曳，鹰群的翅膀在阳光与桑烟的诱惑下，显得格外庄严而质感。

央金赶着羊群向白塔方向走去，忽闻一阵悠扬的笛声。那纠结的声音里有着深深的悲切、痛苦和思念，还有一丝宛若轻岚的惆怅和迷茫。央金不知道这是什么玩意发出的声音，它虽然轻柔缠绵，却有着极强的穿透力。她在藏北从来没有听到过如此声音。那声音在空气中旋转，她感觉有千万只手伸进她耳朵里，直到牢牢地抓住她的心。她在拼命地奔逃，可无论逃向何方，却怎么也逃不出那揪心的笛声，她倒在了花丛中。良久，一只大鹰从她头顶掠过。她在地上爬起，喘着声音回头望去，好容易才看见远处那个分不清面容的人，此时他的周围全被蚊子包围。夕阳的余晖已经把他的身影涂抹成了一座刚毅的雕塑，看上去像一只兀自而立的、受伤的鹰，带有几分恐怖。央金即刻对这个人产生了好奇。

那个天上飘满云朵的正午，央金知道了他的名字——江措。他手里发出怪异声音的玩意是鹰的翅骨做成的，叫鹰笛。

央金是家中十多口人中最小的人儿，这是她第一次随阿爸迁徙藏南的雅鲁藏布江边。在古代藏文中，雅鲁藏布江称央恰布藏布，意思是从最高顶峰上流下来的水。它发源于西藏日喀则地区和阿里地区接壤处的喜马拉雅山北坡，穿过峡谷、平原，汇集了无数大小支流，到了米林、波密境内，绕过南迦巴瓦峰，急转南下，藏巴昔卡泻出境，带着雪的豪情与山的壮美，一直流进牧人们

的心脏。在一条江的眼里，江措原本魁伟的身体像牛肉干一样每天都在不断地
缩水，他的十根指头一攥，活像一对风干了的雪鸡爪子。而他手里那根半尺多
长的笛子，早已被日月磨得油光发亮。他眼睛里早已没有羊的影子。央金诧
异，他手上一根平常的骨头居然能发出金属一样的声音。她被江措的笛声莫名
其妙地感动着，甚至几次流下热眼。

央金慢慢走到江措身边。那些蚊子忽然消失得无影无踪。江措伸出手摸摸
央金的头顶，说，波姆啦，你小小年纪的，哭个啥哩嘛！

央金说，我听见你的笛子在对我说些什么。

江措把目光投向河对岸，那里是一片空旷的大草滩，更远处的山上松林密
布，与蓝天形成一道鲜明的分界线。江措并没有收回自己的目光，而是接着对
央金说，是的，它的灵已经传递到你的身上了，你一定能听懂它。它在这江边
说了快四十年了，没有一个牧女能听懂它说了些什么，只有你，只有你停下了
脚步。它说的是一个没有办法说出来的爱情。爱情，波姆，你懂吗？

央金第一次从一个老人口中听见"爱情"两个字，立即侧过身，脸都羞红
了。江措拉了央金的衣襟，在夕阳的余晖中娓娓道出那深藏在心底的记忆。

那时候江措还很年轻，江边的草原就是他们部落的夏牧场，他每天来这儿
放羊。有一天他坐在这里吹笛子的时候，看见河对岸走来一个姑娘。他知道一
定是他的笛声吸引了她。哦，不，肯定是山神把她送来的。她汲了一桶水，并
不急着走开。他站起来，把笛子吹得越加动听响亮。从此以后，只要他的笛声
响起，她就从远处的帐篷里走出来，背着笨重的木桶来河边汲水。那个夏天河
水格外汹涌，河面十分宽广。隔着河，他看不清她的脸，但他心里知道，她一
定是这草原上最美的女人。他向对岸喊了一声，可声音没有传到对岸就被涛声
淹没了。只有这支鹰笛的声音能够穿过巨大的水声。羊在草滩上吃草的时候，
他们就隔着河相互对望着。有一天，他实在忍不住，就跳进河里，想游到对岸
去。可没游出十步，他就被大水冲走了。她在对岸一边尖声呼叫，一边顺河水
往下跑。冲了近一里，他挣扎着终于抱住一条树根上了岸。他再听她的声音，
已经哑了。他告诉她，到了冬天河水封冻的时候，一定过河去找她。她挥动着
漂亮的印度纱，把他的眼睛都晃花了。

江措苦熬了整整一个夏天。秋天到来的时候，对岸的部落就要转入冬牧场

了，那天当驮牛驮着帐篷起程的时候，他发现河对岸的帐篷也在前一个夜里悄悄地搬走了。

那个冬天，江措一直独守河边。所有的牧人都迁徙到了远方，只有他留了下来。他踩着河面上坚硬的冰块到河对岸的草滩上去，可他没有找到她。他等了整整一个冬天也没有再看见她手中挥动的印度纱。第二年开春，江措骑着白马早早来到这里，怕她看不见，更担心她听不见，便用玛尼石垒了一个高高的石堆。他每天坐在石头堆上吹鹰笛。春天过去了，夏天也过去了，秋天和冬天紧挨着都过去了，他再也没有看见她来河边汲水，再也没有看见对岸的羊群和她家吊着花门帘子的小帐篷。江措一直等呵等呵，一年又一年。后来，他等来的却是一个意外：那一年冬天，藏布江上游一户牧民家十五岁的姑娘达娃拉姆，为逃避与大头目儿子的婚事，在新婚前的雪夜里出逃了。第二天早晨，人们在藏布江冰面上一个塌陷的冰洞处找到了她足迹的终点……

央金面前的江措老泪纵横，泣不成声，他的头发像冬天山坡上被风吹乱的枯草，看上去杂乱无章。蚊子像鼓风机一样，满世界地侵袭他的脸！

就这样，江措在石头堆上吹了四十年鹰笛。那支被他视若神物的鹰笛为了守了四十年的秘密。陪伴他的只有默默无语的江水。四十年光阴全被岁月溶解在一支金属般清脆的笛声里。草原上最凄美的爱情，被这个枯瘦如柴的老牧人孤独地珍藏了一辈子。他相信，只要他吹响这支鹰笛，就一定能看到她挥动印度纱的样子。这样纯粹的感情，执著的坚守，让央金一直感动并铭记着。

数年后的夏天，已经是三个孩子母亲的央金，带着她的学生们，从首都中央民族大学来到了曾经遇见江措的地方。江水无语，玛尼石堆还在，唯不见江措。石堆被牧人垒得足有十米高，像一座小小的尖字塔，上面竖着一根高高的松木杆，杆顶上挂着那支锃亮的鹰笛。只要有风吹过，它就发出悠长而悲切的声音。

央金急切地寻找着，她最终没有找到江措。就在她完成工作任务，打算回北京的时候，贡嘎机场一个刚下飞机，走过通道的人吸引了她。他身上裹着兽皮，头发随风飘散。她紧跟在他身后，想看看他的脸，一直跟到了雅鲁藏布江对岸的村庄。但她得到的只是一段爱情最后的结局：有一年冬天，一个雪花飘飘的早晨，有一个老人骑着一只大鹰，坠入了一米阳光解冻的冰河中……

星　星

　　没有星星的夜晚，就像没有恋爱的孩子一样孤单。喜马拉雅山的皮肤被太阳和冷风削铁如泥，显得十分苍黄，又遥远，无论从哪个角度欣赏，都感觉生命处于旧了的悲怆状态，像一个老态龙钟的人喘着粗气不停咳嗽。粗糙的沙子，总是趁着晚霞的万道余晖，眯进人的眼底；那神兵和天边的星星，却以各自的心灵，坦然、愉快地神交着。虽然旁边一棵作为背景的树也没有，但只要到了一定时辰，神兵一站到那个位置上，他就会给一片单色的天宇填满：星星。这两个像土特产一样的小字，笔画如经文庞杂，藏在喜马拉雅厚厚的册页中。让这两个小字不断散发光芒的是哨兵背上的一杆枪。

　　傍晚，太阳神遗漏轻薄的光束像一条条倦怠的蛇消逝在屋脊，银色的鹰在光束的阴影里流连忘返。那么多黑漆漆的影子，像被风从垃圾堆里扯起来的碎片，没有太多的人会在意它的存在。太阳变奏的光圈如粉红的沙粒映在哨兵脸上，难道他一点没有察觉到温度？他的神情如同青稞地里的孩童专心致志，他要在这里把那么多星星当做白鸽子放飞。有时，他雕像般的身姿已经接近星星的透明。他眨了眨眼睛，光线正无可挽回地消逝。像梦在似醒非醒间挪移，让梦随云而去。只有那杆锃亮的枪独自醒着！当他的目光投放到鹰群掠过之后的痕迹，他的世界就只剩下了一面空空的镜子，太阳转过身之后的镜子一尘不染，冰肌玉骨，使他乌黑的眸子，闪着透彻的光芒。他自言自语，用力深呼吸，展开有力的臂膀去迎接星星们的到来。天宇永远是哪一座蓝色，像空空的城。接着，神兵把所有精神力量集中起来，大步流星退回到哨楼的那一盏红豆下。然后，低头迷失在星星漫山遍野的舞会里。一颗，两颗，三颗，像是从他脉管里一下子跳出了他的身体……这样，单色的天宇里又种活了一些生命的色彩。他抬头，像万花筒一般迷人。我不知道，凌仕江，你是否明白我告诉你的一切，但在喜马拉雅，那个神兵眼中看见的星星就是从泛黄的纸上逃走了亿万斯年的水晶珠链，就好比爷爷奶奶再也无法替我们找回童年的真实。童年的星星跟随爷爷奶奶们去了，再也没有回来，星光模糊的影子，仿佛一段残缺的岁月就此深入生活。原来，兵并不需要神，他来自农家子弟，只因他岗位所在的海拔住着太多太高的神，自然不赋予他神也难。在西藏，有一种人死后将被送上高高的山上进行天葬。天葬的海拔与神兵的岗位同等。我亲眼目睹过那样庄重的仪式，这种告别人间，鹰群热烈迎送，融入天地的方式，常常让我相信，死者的灵魂一定能够上升到星星出没的高度。当然，我更相信太多太多的灵魂化着了星星，照亮了星星下面的山川河流、自然万物，甚至延续了另一个神话的生命。自从离开喜马拉雅，回到多维空间的楼群，昏迷的世界就成了限制我们遥望纯净的距离，许多时候，我们难得抬头看一眼天空，就像人和自然突然断裂了感情。而在喜马拉雅，只要有神兵的地方，星星出没得比花朵繁盛。那时，天和地的感情常常浓得化不开现实与非现实！

那美丽的长庚

舒建勋

在宋应星的著作中，最著名的莫过于《天工开物》了。19世纪30年代法国有个叫儒莲的学者，将中国的蚕桑技术翻译后在整个欧洲引起了轰动。这部译著所引用的核心技术，就是被著名生物学家达尔文称之为权威性著作的《天工开物》，儒莲也由此奠定了他本人在西方汉学界的权威地位。

宋应星是明朝末年奉新牌楼村人。其曾祖宋景通过科举考试成为了明代中期的重要阁臣，死后被朝廷追赠为太子少保、吏部尚书、诰封资政大夫。宋景的父亲与祖父也一并被追封为尚书，于是在村头矗立起了一座巍峨的"三代尚书"牌坊，据说牌楼村由此而名，极尽哀荣。这里地势较为平坦，清澈透底的潦河水经此往东北方向汇至鄱阳湖再注入长江，是个典型的江南鱼米之乡。因为奉新盛产毛竹，当地许多农民都有一手从祖上传下来的造纸技术。早些年我到宋应星的故居考察时，还看到村庄周围有许多废弃的纸坊、酒坊和榨油坊，工艺流程和生产工具与《天工开物》所记载的几乎一样。

宋家到了宋应星这一辈已是家道中落。曾祖宋景的成功范例，对宋应星一直是一种巨大的鼓励。父亲让他发愤读书，希望他今后像曾祖那样得科联第，身居显宦。他自己也立下鸿鹄大志，修身齐家治国平天下，希望通过科举入仕实现其抱负，为国家效力，亦使家道中兴。科举是历代封建王朝通过考试选拔官吏的一种制度，到了明朝，这种制度日臻完备，考试等级更为严格，院试、乡试、会试与殿试，必须按部就班，不允许越级。而在这些一级一级的考试中，会试最关键，凡中举的人一般都会参加，以求得最高的科举功名。宋应星亦不例外，科举功名，走宋景的路，就是他这一代人希望实现的人生价值和最高的追求目标。那时的宋应星意气风发，踌躇满志，就像爬在一架伸向云端的阶梯，义无反顾地在科举路上坚韧前行，奋发向上。

　　我看到一个资料介绍说，宋应星第一次告别家人，踏上前往京师会试的万里征程时已经年近30了。他头年秋天上路进京赶考，今天我们搭航班只需要两个小时的航程在他那个年代却走了五个多月，待他到京已是次年二月的会试之期了，连春节都是在赶考途中度过的。宋应星进京走的是水路，从家乡奉新出发，路经南昌乘船入鄱阳湖至九江的湖口，转船沿长江顺流东行至金陵、扬州，沿运河北上京城，这在当时来说是一条花费少，省时间的路线，且沿途许多州府又是当时工农业生产最发达的地方。以后的几次赶考，他走的基本也是这条路线，为后来他的著述客观地提供了一次次实地考察的机会。但水路船行颠簸，尤其是鄱阳湖及长江水面上的风浪反复无常，旅途劳顿不说，还有不少危险。我们今天在宋应星《天工开物》的相关章节中读到的他对航运技术生动而精彩的描述，我想大概就是当年作者在历次乘船进京时，船上水手运用娴熟技术搏击风浪时的情景。自幼爱好游历的宋应星，沿长江顺流而下，结交朋友，欣赏风光，大开眼界。过去在舆图上看到的金陵古都南京，富甲天下的扬州，和那波光潋滟的瘦西湖，"二十四桥明月夜"，令他流连忘返，身临其境的欣喜之情溢于言表。沿大运河北上，古老的河面上千帆竞发，百舸争流，川流不息。到了齐鲁大地，展现给宋应星眼前的则又是一番另外的风景了，观泰山日出壮丽，看黄河巨浪滔天，体会燕赵雄风，感受津门沧桑……北方的粗犷与豪放，让正在走往京师考场的他热血沸腾。如今我们都还能想象得到当年他身背行囊，头顶葛巾站在赶考船头回望家乡，憧憬衣锦还乡的那一刻，指点江山，激扬文字，仿佛已是身披大红花，打马御街前了，胸中该是何等的豪情万丈！

　　但此时的学政腐败不堪，弊端丛生，科场作弊已经成为了普遍的社会现象。宋应星初次会试，就遇到主考官串通下属及考生舞弊，当然他无法及第。但更令人遗憾的是，像他这样饱读诗书，博学多才且又胸怀大志的人竟然是数次会试而不第，六次进京会试均告失败，这是让宋应星始料不及，扼腕长叹的。残酷的现实促使他最后没有再参加会试了，但做大事的志向并没有磨灭。他坚信只有经受得起挫折和磨炼的人才能做出一番事业来。今天我们当然很难想象他当时的心境了，落第之后的宋应星也许想起了古代圣贤发愤为作的事例，想起了天将降大任于斯人也，必先劳其筋骨，苦其心志的古训，想起了那屈原被流放后创作出《离骚》、左丘明失明后写出《国语》、孙膑膝盖骨被砍后编著出《兵法》……当然那时的宋应星也许除了十二万分的沮丧外，什么也没有想。但北上会试的长途跋涉，水陆兼程，使他见闻大增。虽然每次会试宋应星都是落第而返，行囊里的科学考察笔记却使他满载而归；他一次次失去博取功名的机会，却又一次次增加了对工农业生产技术知识的了解。明朝是中国古代科技文化发展的又一个巅峰，我国古代科技文化的许多浓墨重彩，就是由当时的一大批文化巨匠添上的，像中医药学家李时珍的《本草纲目》，戏剧大师汤显祖的《牡丹亭》，还有那记载中国各地名山大川、岩溶地貌的地学杰作《徐霞客游记》，研究中国古代农业生产和西方天文、历算的《农政全书》，汇聚中外科技成果的《物理小识》等，就是在这样的时代背景下，无功而返的宋应星将带有消极颓废色彩的"感愤伤激"情绪，生化出了一种积极向上、富有创造活力的生命激情，以他的才情与见识对明代以前中国传统工农业生产技术作一次系统的总结。

历史是以往社会的一切现象。在浩如烟海的历史长河中，我们可以看到波澜壮阔、跌宕起伏的军事斗争，可以看到斗智斗勇、王朝变幻的政治较量，可以看到纷繁复杂、包罗万象的社会经济，但却很少看到为工农业生产技术作总结的著述篇章。宋应星对工农业生产技术作系统总结的美好愿望，终于在他任县学教谕时通过《天工开物》实现了。教谕是明代九品以下未入流的文职教官，没有品阶，且俸禄很低。当时的官立学校在地方依据行政区划分别设有府学、州学和县学。县学教谕主持学校，因为掌握了学生的学习及考核，再加上他个人的人格魅力，宋应星出任这个职位在当地还是很受人尊敬的。他任县学教谕时大约50岁左右，年富力强，正是一个人从事著述活动的最佳年龄，事实上这个时候也是他一生中最忙碌、最辛苦的时期。

我们今天看到的《天工开物》，共三卷十八章，包括了17世纪30年代我国工农业生产领域中的30种主要技术。这是宋应星当年北上会试行万里路，会四方友的知识结晶。在书中他不但广泛地逐一阐述了这些工农业生产技术的具体知识，而且还将这些技术系统地纳入到了他所构筑的体系之中。涉猎之广，阐述之翔实，为明代所仅有，在中国科技史上开创了一个先例。如果说这本书所介绍的知识还有什么遗漏的话，那就是建筑、水利工程和印刷方面的技术了。但宋应星并没忘记讨论建筑技术中使用的砖瓦及金属工具刀、斧、锯、凿，农田水利灌溉技术中使用的各种水车，以及印刷业中纸张和墨的制造。怪不得人们说这是世界上第一部关于农业和手工业生产的综合性著作，外国学者将它称之为"中国17世纪的工艺百科全书"。据说宋应星同时还写出了《观象》与《乐律》两章，前者与天文学有关，后者是讨论音乐理论的作品。宋应星业余爱好音乐，喜欢吹拉弹唱。只是在出版的时候感觉到放这两章在里面与其余各章内容不协调，体例不一致，临时把这两章撤了下来。令人遗憾的是，被撤下来的这两章后来便散佚了。要不，今天我们看到的就是包括了《观象》《乐律》内容在内的二十章《天工开物》了。

三百多年前宋应星走访城乡街巷、农田作坊，考察各种生产技术，记录并描绘所见所闻，翻山涉水，日晒雨淋。据说为了观察生产竹纸的全过程，他在纸坊内至少要停留两三天。今天我们在读这本书的时候，完全可以体会得到当年作者在南北各地收集资料过程的艰辛。这里还要特别说到的是，宋应星在书中对工农业生产领域的许多技术作了真实而细致的写照，除文字叙述外，还有许多用素描写实的方式，真实反映当时人们生产操作和使用设备的插图。细心人作过统计，插图中仅是人物就有两百多个。这些人物有的出现在汹涌澎湃的波涛中，有的劳动在熊熊烈焰的熔炉旁，有的在井下，有的在水底，但更多的人是在田野或露天作坊里劳动，他们姿态不同，神情各异，生动传神，让我们真切地看到了三百多年前，人们在田间或作坊里从事不同行业劳动的形象及其操作实态，在人物最多的一幅画当中，共有十几个人在不同岗位上共同劳动。古往今来，我们的美术作品何止万千，但真正用图画从技术层面上反映这么多人劳动的画面，还只能在《天工开物》这本书中看到。

我一直以为，《天工开物》中那些记录当时技术操作的插图是很宝贵的。这是宋应星技术美学思想的具体体现，是技术与文艺的完美结合。文学的语言特点是夸张、形象和含蓄，而科技语言的特点是真实、概括和直白。人们在读它的文字时，可以在形象、具体的文字氛围里真切地感受历史的苍凉与凄美；读图画，则又可以在历史抽象的王国中体会出一种科技的严谨与深沉。在这里，宋应星把文学和科技两者的结合作了一次有益尝试，使之在中国科学史和文学史上相得益彰，独树一帜。今天我们读宋应星的《天工开物》，不但可以了解到古代工农业的生产技术，还可以使人获得一种艺术上的享受，这种精神上的感受与欣赏传统的山水、花鸟和人物画不无二处。由此我想到，作为美术作品，古代科技插图到目前为止还鲜有被收入美术著作的，反之，一些反映其他文化方面的画却被抬到了很高的地位，这是有失公允的。

技术是推动经济发展的根本，是经济发展的发动机。像我们引以为自豪的中国古代科学技术四大发明，还有圆周率、地动仪等，这些灿烂的文化传到西方后，对西方的文明发展起到了特殊的推动作用。印刷技术的传入，被欧洲人借鉴造出了活字印刷机，大大推动了文艺复兴和宗教改革，促进了欧洲的思想解放和社会进步；在我们的造纸技术传入欧洲前，西方人都是在兽皮上书写文字，经过阿拉伯人将造纸技术传入欧洲以后，价廉物美的纸张很快便取代了昂贵的羊皮和小牛皮，大大促进了欧洲文化的复兴与发展；还有那威猛无比的火药，传入欧洲后更是立竿见影，很快便推动了欧洲火药武器的迅猛发展，使封建城堡不堪一击，骑士阶层日益衰弱；指南针的传入，使得西方的那些冒险家、航海家如获至宝，如虎添翼，极大地促进了欧洲航海技术，迎来了人类历史上地理大发现的新时代……后来的儒莲也是如此，他将宋应星《天工开物》介绍中国蚕桑技术的篇章翻译到欧洲，对有效防治当时蔓延在整个欧洲的蚕桑病虫害，扭转重要工业原材料生丝减产的大趋势，起到了至关重要的作用。

其实宋应星还是一位多产的著作家。他在研究生产技术时，还注重将生产技术与政治学、经济学、哲学及艺术密切结合起来，使它们在他的头脑中相互交织与相互渗透，从而形成一系列具有特色的思想观点。在他的著作中，除了综合性的科技著作《天工开物》外，还有关于天文学、物理学和自然哲学的《谈天》《论气》《观象》，关于政治、经济和军事方面的政论《野议》和反映人生哲学的文艺作品《思怜诗》《美利笺》。他的史学专著有《春秋戎狄解》，在音韵和乐律方面著有《画音归正》《乐律》。他还写下了多卷本丛书《卮言十种》，以及介于政论与科技之间的杂文集《杂色文》《原耗》等。明末国势急剧衰退，社会处于政治、经济及军事的全面危机之中，面对国家危难，宋应星像其他仁人志士一样从切身经历中认识到，要挽救社会危机必须革新政治，在体制上作出调整，在政策上作出变通，在吏治上作出改革。在动荡不安的社会环境下，宋应星不顾教学工作的繁重，挑灯具草，夜以继日，写出了一系列希望朝廷变法图强的政论性文章，十分难能可贵。

《野议》是宋应星在心情十分激动的情况下写就的一部重要的政论集，集中讨论了政治、经济、军事、教育、法制和社会风俗等各方面的问题，是一部作者想要上奏给皇帝的变法奏议，旨在挽救明末的社会危机。他认识到，要改变民穷财尽的经济恶化状况，不能只靠向百姓无限度的搜刮，必须从根本上大力发展农工商业，扩大生产以增加财源。宋应星认为财富不是钱币，而是工农业百货，是由劳动者具体创造出来的。宋应星的这个财富观，比英国古典政治经济学奠基人亚当·斯密提出关于财富的类似概念早了一百多年，比我国古代管仲和同时代徐光启的观点更为周全，更为科学。这是宋应星对经济学原理的一项重大贡献。

明朝科场舞弊，使得皇榜上少了一个宋应星，却在历史舞台上多了一位科学家兼思想家。宋应星在官场上虽是一位未入流的县学教谕，却在中国科学史和思想史上占有非常重要的历史地位。宋应星科举受阻后转向实学并取得了巨大成功，有社会原因，历史原因，还有一个重要原因是自我心态得到了及时有效的调整。这就给了我们一个启示，在人生道路上，我们每个人都可以选择自己的理想，可以选择自己的发展方向，但处境、际遇乃至挫折却是难以预料，难以选择的。在日常生活中，我们常常会听到一些人发出生不逢时的慨叹，看到一些人常常抱怨自己没有发展机会的同时，又不善于审时度势，创造条件，把握机会。其实每个人的路都在每个人自己的脚下，更在心中。就像我们平时所说的那样，心随路转，心路常宽。

比起他的前辈来，宋应星可以说是生不逢时。他出生时，正值明王朝社会政治及经济全面衰败的晚期。多年来他想走宋景的路，结果走的正好与宋景相反。宋景以阁臣高位名垂族史，宋应星虽未进士及第，但他的一部《天工开物》却远远超过了殿试的一甲登科水平，数百年来在海内外为人们所称道。

如今，为宋景在老家所立的"三代尚书"牌坊早已荡然无存，但当地政府在县城却建起了一座气势恢弘的宋应星纪念馆。从宋应星的故里归来，除了对这位伟大科学家、思想家的景仰外，给我印象最深的还有那残存在故居石门框上"瑞吸长庚"四个遒劲有力的大字。长庚是太空中金星的别名，是太阳月亮之外最明亮的星。每当夜幕降临，它就像一颗晶莹剔透的钻石挂在天际。宋应星，字长庚。尽管人们告诉我此长庚非彼长庚，但我依然愿意相信"瑞吸长庚"指的就是宋应星。这是因为，三百多年来，《天工开物》连同作者本人就像挂在那高高天空上的长庚星，耀眼璀璨，美丽无比，名垂青史。

远行记

赵　瑜

之一：去火车站

去火车站，要坐三十七路车。那辆车挤得很。但挤也有挤的好处，可以见到各种各样的人。如果幸运，还可以被小偷光顾。我的确有过这样的经历，去火车站的路上遭遇了小偷，钱包没有了，证件和钱都没有了，接下来所有的生活秩序都被打乱。每每想起，都会下意识地用手捂住自己，露出卑怯。

这座岛上的城市火车站设置在一个码头上，距离市区遥远得让人绝望。这大概是全国最为独特的火车站。这里一天只三班火车进来，同样，也只有三班火车出去。我亲眼看到过那火车进来的模样，很残酷的，因为要过一个海峡，火车不得不被分成三截，装入一艘巨大的船上，然后抵达岛上。

我很喜欢从火车站里出来的感觉，像进入一段文字优美的广场里。这大约是全国最为安静的火车站了。每一班火车到来时都只有少量的出租车且有序地停在候客位置，也有停在出站口不远处的几辆公交车。四周的树比人多，风吹过来，有椰子奶糖的气息。即使是第一次来到这个地方，也不会遇到举着宾馆名字拉客的人，更没有色情暗示，有的不过是零星的接待游客的旅行社导游，又或是接站的亲人或情人。临近年末的时候，这里的温度适合拥抱，适合大声说甜言蜜语，风很大，那些温存和爱恋会被吹得很远。

要四元钱。我等着那个嘴角有些翘的女孩子找钱给我。

一直等。

她大概忘记了，不停地和司机说笑，她用我听不懂的方言，那是一种没有文字的方言，我相信，每一个字的发音都让我联想到把草拔出来，是的，我觉得，她的笑声有泥土的味道。她说得高兴，嘿嘿地笑，完全不顾我一个人站在旁边等着她找零钱。

公交车到了一个医院门口，仿佛并不是站牌，却停了，上来两个扛着蛇皮袋的人。有一个人的眼睛很深，像是有仇恨藏在里面，这是南方人的面部特征。那个售票员把深眼窝的男子手里的钱转手就递给了我，我这才明白，原来，她手里没有零钱了。

我猜测那蛇皮袋子里的物件。突然，一只红冠公鸡就从蛇皮袋事先设置的破洞里露出头来，另一侧，一只母鸡也探出头来。这情景很剧情，我想到了在乡下过年，那些扛着黑山羊皮或者活鸡活鸭的乡邻，坐在三轮车或者四轮车上，把手袖在衣服里，把脸上写满过年的喜庆，见人人就会问：闲了吧，过年多吃点肉。

有一个老者，戴着样式奇怪的帽子，我查了一下，不是八角帽，大概是六角吧。我离他很近，能闻到他头发上飘过来的油污味道。我觉得，他像是个修理自行车的人，然而他的衣着又过于光鲜，所以，我对他的职业有些模糊。不过，他大概不耐烦了我的猜测，在一个医院门口下了车，仿佛还没有到公交车站牌，又或者是临时的站牌，总之，他动作缓慢地下了车。他差一点踩到那只伸出头来的公鸡。

我坐了下来。把头靠在车窗上，看着外面的建筑。

这一带全是旧式的建筑，房屋很低矮，这些旧房子里储存了这个城市的部分记忆。刚来这个城市的时候，我参加过一次旧照片展览，知道这些房子的繁华往事。我觉得，这些旧房里，一定也有曲折感人的故事；被历史的尘埃覆盖住，被一声枪响逐赶，成了隐藏和过往。

我的旁边不知道什么时候贴过来的一个丰满女子，是贴。她仿佛有晕车的症状，眼睛紧闭着，像是等着另一个人藏好了去捉的游戏者。她的格子上衣布料好看，胸部有一枚徽章，我抬头看的时候正好反光，看不清那上面的头像。她的眼睛始终如一闭着，她的眉头也闭着。痛苦的表情表达了她此时内心里的影像，大概关乎争吵、恶劣的生活环境、被撕扯的尊严，甚至某一次感情上的疤痕。她终于忍不住了，突然蹲在了我的身边，干呕起来。

　　我有些不知所措，我下意识地挪动了我的腿，她的手刚好扶在我的腿上，她的头发散开来，像一个突然发疯的疯子一样。她终于没有吐出来，脸上的红像是刚刚经历了一场初恋。

　　我连忙站起身来给她让座，她眼睛似乎没有睁开，有气无力地说了一声谢谢。她的声音让我想起售票员，那个说着方言的本地女子。

　　那个售票员此时也闭着眼睛，表情严肃。

　　车子在市区里走了三十多分钟，此时已经走到了市郊，那个扛蛇皮袋的深眼窝男子在一个工地附近下车，他的头发有一缕从后面翘起来，造型独特。

　　拥挤的公交车被漫长的距离分解消化，过了假日海滩，车厢里慢慢松散开来，一个一个都找到了位置。我坐到了最后一排，我的后面是一个水桶，车子刹车的时候，那水桶便发出咚咚的声响。窗外有风，我穿了一件红毛线 T 恤，还有一件外套。我看着车子里安静的其他人，突然觉得有些困。

之二：火车票

　　我经常在某一本书里夹一张火车票，去深圳的，去北京的。翻书时无意中翻到，看看日期，便会在内心里打捞出被尘土覆盖的那次旅程，细节的，或者温暖的。也曾想把坐过的火车票按日期编号收藏起来，身体到了外地，心灵却停留在故土或者某个相恋的女子身上，如果看到那过往的一张张旧车票，我一定会被定格在旧时光的迎面击中，我一定会陷入某一张火车票作封面的旧故事书里面，在尘土覆盖的册页里，读出无数个行走青葱岁月里的自己。

　　火车和距离遥远有关系，我总是偏爱那些望不到尽头的铁轨，第一次看到它，就觉得这是通向未来的一些诗句，一行一行的，质地坚硬。有一次去深圳，我在火车的厕所上尿尿，看到窗外野地里奔跑的牛羊和收割稻谷的农人，还会害羞。用害羞并不准确，因为火车很快地就掠过了这些静止的人群，像手指掠过钢琴的高音部一样快速，我看到这些安静而勤劳的农人，忽然想到自己正在做的事情，觉得对眼前的一切是那么不敬。

　　多数时候，我会在火车停下来的时候下到月台上站一会儿，要接一下地气。看看那些奔跑着向火车靠近的旅行者，就会感觉时间在他们的身体上，时间不在我的手机里，不在停泊在月台表情呆滞的卖方便面的当地人脸上，时间在那些奔跑的人紧张而快速的话语里突然凝固，变得短促而狭小。只一会儿，我还没有看清楚这个城市火车站的大概轮廓，火车就鸣笛了。我终于被列车员堵在了外面，要求查验火车票。

我的火车票已经换成了卧铺牌，小小的，铁质的，太容易丢失，我把那个小小的铁片放在了随行的文件包里。下车时未带出来，这成了我难以解释的纠结。我告诉她，我在十六铺，中铺，我的茶杯是不锈钢的，我对面的中年女人烫了头发，她的那个两岁半的女孩子哭个不停。这些都不管用，她死死地把住门，不让我上去。那一刻，火车票成了她抵挡我的坚硬的盾牌，后面的乘客着急地推搡我，把我拉到了一边，他们持票上了车。只剩下我一个人。火车的汽笛声又一次响起来，好像随时就可能离开站台，我由刚才的骄傲野蛮趾高气扬到无力绝望彻底泄气，我站在那里，做出了最后冲上去的姿势，倔强地看着那个列车员，谁知她忽然和气起来，仿佛之前都只是在演戏，她很平静地说，你真的在十六铺中铺？我已经没有力气和她争吵，只有点头，很用力地。就在火车启动的那一刻，她一招手，让我上来了。

她跟在我后面，直到我走到十六铺，找到那个卧铺牌，才道歉。她说，上一次车有一个人偷偷溜上了卧铺车，偷了很多东西。她用各种比喻完成了她的解释：忽略一个没有票的人上车是不对的。尽管我仍然心里不平，但在逻辑上我已经躺在了车上，内心里忽略了时间咚咚的脚步声和紧迫感，渐渐地不以为然，并开始和对面的同路人说起经济和政治来。

和这次惊险而尴尬的忘记随身携带车票相比较，我现在正面临着购不到卧铺票的郁闷。连续两天，我转车坐三十七路公交车，和一群陌生人一起，怀抱着对遥远的模糊了的家乡的想念，去买票。第二次去的时候，下了小雨。一路上的风景都模糊着，像是到了一个陌生的城市。公交车停下来的时候，我有些争先恐后，第一个下了车，甚至在那片草地上跑了几步，我怕车上的人都和我一样，是第二次来买火车票的，可是，我转过身来的时候，才发现，竟然没有一个人跟过来。我被自己的举动逗笑了，我过于认真了。

依旧是没有票。我忽然找不到话说了，我知道，面对那个表情漠然的售票员，我说不出更能打动她或者激励她的话语来。因为所有平淡的、无力的、恶毒的、激烈的话都被不同的人说过了，我无论说什么，对于她们来说，都像电视里没有创意的广告词一样，让她厌倦。我站在那里愣愣的，酝酿了很久，才夹杂着埋怨说了一句：我打电话的时候你们说有十天后的票，我才来的。你们要赔我路费。那个售票员说：排队的人很多，只一会儿就卖完了。

我有些不信，脸上的表情恶狠狠的，但却想不出更为准确的词语来击倒她。平时，火车票并不难买的，这个火车站像电影院一样，若在平时，根本坐不满。这些售票员们寂寞地坐在售票口，像一个受到观众冷落的导演一样，希望有更多的票卖出去。

我没有虚构。

这个岛屿上，最为繁忙的交通工具是飞机和轮船，火车站是一个寂寞的所在。我从那个窗口出来就听到后面一个个头凶猛的年轻男子和那个售票吵了起来，那是一个储藏着大量恶毒词语的年轻人，他骂人的词汇像砖头一样，能把对方砸晕。里面的售票员突然闭上了嘴巴，不理他，也不伤心。

我受到了教育，忽然觉得，那个表情冷漠的售票员也不容易。

需要接受多少次被毒骂的训练才能变得这样无动于衷啊。我做不到。我对自己做不到的事情，而别人做到了，就不由自主地心生佩服。

有一个操着山东口音的中年妇女截住了我，说，您到哪里去啊？

还没有等我开口，她又说，我有两张到广州的卧铺你要不要。我和老公决定不回去了，儿子要来这里。我摇了摇头，她便走向了另外的人。

我看着她向一个又一个人重复刚才她向我说过的话，她的话像写日记时记录下来的天气一样，变化并不大。

我想起有一年夏天，我给一个亲戚的孩子订火车票。卧铺。

正是暑期运输高峰的时候，那票是从一个旅行社里加了费得来的，却没有派上用场。亲戚家的孩子临时决定勤工俭学，不回了。我拿着票在火车站的售票室里出售，看着一个又一个买不到票的人，我不敢叫住人家。我大概有些害羞，也许是矜持，想不出第一句话该说什么。火车站把人性的善良掩藏得严实，和公园里，餐厅里或者和朋友的聚会上不同，在火车站里，陌生人被杯子、死亡、小偷等等词语捆绑在一起，让人戒惕。

直到我从厕所里出来，那个中年妇女手中的火车票仍然没有推销出去。她显得焦急，那是失去目标又失去耐心寻找目标的焦急。我真想上前劝劝她，不要焦急，要慢慢等，一定会等到的。我有这样的经验。

卧铺是一个舒展的词语，听到这个词的时候，我基本上联想到躺下来，像一个完整的诗句一样，被放在了春天里。读书时不在意这个词语，觉得这个词语有些奢侈，每一次坐火车都是硬座，把青春挤成逼仄的一页，夹在那破旧而繁华的硬座车厢里，从故乡走向陌生的城市。后来，工作了，第一次出差就遇到卧铺，是和一个领导一起，上车以后补的卧铺，有列车员微笑着给我倒水，是冬天，那水在杯子里升腾出一股迷人的水汽，像童年时遇到的一小截迷惘一样。

我在那个中铺上看完了王朔的《看上去很美》，吃了两碗方便面和两包四川榨菜。还和睡在对面一位可人的女大学生说起了理工科女大学生的若干出路问题，我分别就个人浅显的工作经验对这个社会的当下和未来作了色彩斑斓的推测。我的言说辞藻华丽，时不是地透露出对于某种社会风气的不满和偏激的观点，我为我自己突然生出的这种连绵不断的言说能力而吃惊，进而暗暗得意。我感激那充满着激情奔跑的火车给了我与众不同的灵感，是的，我在平地上，从未发现自己有如此敏锐的遣词造句的能力。我获得了十分满足的赞美。我甚至借助于自己的话语看到自己在尘世的楼层上一层一层地登高，我看到了更远的风景、尘埃，甚至是悲伤和遥远的自己。

大概是从那一次，我喜欢上了中铺。有一次，我巧合地买到了以前乘坐的同一个车厢的下辅，我神经质地跑到我曾经睡过的中铺去看，发现是一个小伙子，就说动了他，我们换了位置。我的对面是一个中医学院的老师，我们聊天，我从那里听来许多关于身体的认知、手掌上的穴位、面部表情、身体内部的季节及河流的流动。甚至，我心血来潮地和他讨论男女性事在中医学上或者养生学上的渊薮，虽然矫情，依然可乐。后来，这种喜欢中铺的习惯已经延伸到我生活的各个角落里。譬如，在开会的时候，我喜欢坐在中间。睡觉的时候，睡在床的中间。甚至煮面条的时候，我也喜欢打破一枚鸡蛋，放在沸水的正中间。

从火车站回来，我的情绪被这样一种拒绝遮蔽，找不到出口。

火车票是一扇通向故乡的门，虽然只有方寸那么大小，却有着深不可测的容量，把手伸进去，会打捞出泥土芬芳的植物和亲情。在回程的车上，我遇到和我遭遇相同的人，表情严肃着，或枯萎着。

我在网上看关于火车的新闻，拥挤的，热闹的。忽然就想坐在候车室里，和许多人一起，心里默念着家乡或者亲人的名字，仪式一样地等着火车到来。新闻里还播放着雨雪天气对交通的影响，以及火车站里发生的数以千计的感人的分别的故事。

在外地工作了这么多年，多数情况下都是要回我乡下的老家过年的。那天在电视里看到一个介绍大马哈鱼的片断，觉得人类也是大马哈鱼的一种，总有一种回到出生地的冲动。每一年接近爆竹炸响的这几天，身体里会有一个指针指向了我的出生地——河南东部的一个小村庄。我需要回到那个院子里，呼吸一下那个村庄的空气，听一下那里的狗叫声，查一下老人在去年里又死了几个，然后和同龄的人说说庄稼、父母亲及身体。仿佛那里有我永远吸取不完的营养，又仿佛那里是我身体里的某个伤口，需要我不时地去舔舐，去吸纳，去酝酿，去种植，去索取，去反复回味。

是啊，身体里的铁质只属于那一片磁场。那里声音是有磁力，水的味道是有磁力的，儿时的伙伴们是有磁力的，家后的一口老井是磁力的，在家里的相册里放着的一些黑白照片是有磁力的……这些场景或者声音像一连串的爆竹一样，在旧历岁末的时候在我的心里炸响，把我血液流向了家乡。

我可以乘飞机的。那是一种更快速的时间机器。和火车不同，飞机是喝醉了的，在云里雾里行走。飞机把紧急的事情变得缓慢，它用速度减少了人们的好奇心，甚至标榜了人的身份。我却并不喜欢它。我不能在飞机上阅读，我尝试过，但只一会儿，我就会头痛欲裂。还有，在飞机上，我失去了行动的自由，被安全带捆绑在座位上，除了看窗外的云朵，我找不到任何乐趣。相对于火车卧铺票的舒适度，飞机显得过于资产阶级了。它飞快地生活，尖叫着生活，拥挤着生活，成本高昂地生活，却又小气地生活。从我工作的这中国最南端的岛屿回到故土，飞机只需要三个小时。而火车却需要整整二十八个小时。可以想象，这是多么慢节奏的生活，这些时间在火车上，除了酝酿对亲人的思念，还可以和中铺对面的女大学生或者中医院的医生交流不同的人生经验，然后哈哈大笑。还可以带一本品位不凡的书来为自己的内心作色彩丰富的宣传。这些年来，我在火车上看完的书和在卫生间里看完的书最多。其他的时间，仿佛除了胡思乱想，我几乎没有怎么看过书。想到这里，我需要思考一下，这一次，我要带一本什么书上车。

带一本哲学书吗？我的书架上有福柯的《性经验史》，但太厚了，有些沉。而且名字也不适合在大庭广众下显摆。那就带一本鲁迅的书信集，我读了几年的鲁迅书信集，却仍然没有读完。那些书信需要慢慢地阅读，细细地消化。但我的书架上这一套鲁迅书信集有些破旧，不适合旅行携带，说不定会散了架的。我决定带一本汪曾祺的《矮纸集》，是一个小说集，里面收录了汪老全部的经典小说。嗯，这样想着，真是好。

我的同事帮我买到了卧铺票。过程曲折，像一个舞蹈，我托了我的同事，我的同事托了他的老乡，他的老乡又托了他的领导。我第三次去火车站。大概是心情里加了糖，我很耐心地看公交车里的电视机里播放出的广告，很耐心地看，我的表情也一定是笑着的。这一次，我没有再争先恐后地下车，我慢悠悠的，我先去公共厕所放便，释放了一个半小时积存的思想残余。然后跑到售票窗口取票。结果等到的回话，依旧是冷漠的回答。大概是因为我没有说清楚吧，我想。

我试着咳嗽了一下，清了清嗓子，提高了声音，并拿了同事的老乡的领导来做敲门的暗号，说：是蒋主任来让我取票的。那个戴着镀金框眼镜的女售票员直直地盯着我，像是审视着我，眼睛都不闪烁地回答：哪个蒋主任，我们这里没有得到通知。

如果时间停在那个女售票员回答我的这一瞬间的话，我一定会憎恨这个世界的。因为，当时我有了一种被愚弄的感觉。不是被忽视，也不是被遗忘，这些不是我重要的穴位。而被人愚弄，我觉得有一种被击中的伤感。尽管那天，我最后取到了卧铺票，仍然深深地陷入那种尴尬的情绪里，久久不能挥去。

回来的公交车上，我掏出那张卧铺票仔细地看，时间是二〇〇八年二月一日，车次是T202。这是一枚能带我回到母亲身边的邮票，我将自己贴上这枚邮票，贴上想念，贴上委屈和转折多次的跑动，贴上一本书的文字，贴上二十八个小时的时间，贴上一路上的雨雪，贴上和陌生人渐渐熟悉的过程，贴上食物，贴上疲倦和偶尔的兴奋，寄出。

我希望，在邮路上，我没有被损害。我希望，在路上，我可以用这枚卧铺票换取温暖、营养和美好。

之三：候车室

火车站是一个容易忘记自己的地方。明明已经看了很多遍车票了，但，坐在候车室里，老会忘记自己的车次和车厢号。眼前的人也换来换去。几乎，在火车站里，我们不可能认识一个陌生人。去送人的时候，往往也只会看着要送的亲人或者朋友，目不斜视。那应该就是火车站里众多人群的标准表情吧，虽四处张望，但眼睛里的东西是模糊的，卖报纸的人的面孔是模糊的，邻居坐的孩子的面孔是模糊的，甚至在公共厕所里遇到一个外国人也是模糊的。这些面孔的模糊和候车室这个特殊的地点有关，几分钟以后，坐在这里的人将被载向不同的方向，未知、遥远，甚至难以猜测。如果是在宿舍里遇到这些面孔，那么，我们一定会记住他们的，那么是在卧铺车厢里遇到她们，记忆也会保留数个小时之久。但因为是火车站，记忆像是一块吸满了水的海绵，这些人的面孔很容易被挤在空气中，一点一点地模糊。

我有一次被火车扔下的经历。等到我横冲直撞地赶到月台时，那火车慢慢地驶离。我愣愣地在那个站台上发呆了很久，喘着粗气。一个车站的制服人员走过我身边，又退回来，拍拍我的肩膀说，堵车了吧，不要灰心，去改迁下一班车就行了。那是一个声音憨厚的中年男人，像我的父亲。当时我心里黯淡，头都没有抬起来。我看到的，只是他的背影。候车室里常有打扮得异常妖艳的女人，她们孤独地站在某个角落里听音乐，或者和一个比她们大许多的男人说笑。但是，如果上了火车，又遇到她们，你才会发现，刚才看到的那个女人并不是她。是的，即使是花枝招展的女人，在候车室里，也是面目模糊的。

我喜欢在候车室里来回地走一走。

坐第一排椅子上看到的是一群穿戴整齐的大学生，他们洗得干净的白衬衣表达着他们的生活质量，他们有充裕的时间打扮自己，甚至他们要谈一场为几十年以后反复咀嚼的恋爱。我看着他们在那里热情地谈论火车过大海时听到的声音，听他们哈哈哈哈地大笑，那么肆意又天真，突然就觉得自己也是一个学生。十年前的我，坐火车去另外一个城市看望通信已久的一个女生，在火车上丢了钱，却遇到另外一个女孩，收获了一份短暂的爱情。坐在第二排的时候，可以看到一个吃馒头的老太太，那很认真地坐在那里吃馒头，水在她花布包上面，是用大瓶的可乐瓶子接的凉开水，她的表情那么安静，看不出她的哀伤和喜悦，她仿佛就像一个佛。我一个人的时候，在火车站里会到买杂志报纸的摊位去看一下，那里的杂志通常比外面贵一些，一些合订本的封面上打出血淋淋的标题，杀人的杀人，偷情的偷情，买报纸杂志的通常是穿铁路制服的中年女人，她们一眼就看出我不会买那些色情的杂志，眼睛眯眯地望向不远处墙上的钟表，仿佛我并不存在。候洗手间里有一个孩子蹲在地上尿尿，尿完了，大声叫爸爸。一个手里拿着卷纸的眼镜男士站在那里发呆，没有听到孩子的叫声，于是，那个孩子便又一次大声叫，爸爸，爸爸。每一次进入火车站，我总会觉得，每十个人中，一定有一个人是小偷的。于是，我试图判断出，哪一个人小偷是他，我一个一个地仔细观察，我认为小偷也不一定非要穿得破烂，小偷甚至还会拿着手机打游戏吧。我这样想着，盯住一个头发有些乱的年轻民工看个不停，直到他发现我仍然没有放弃的打算，我看着他喝水、打嗝；看着他站起来，拿着手机东张西望；看着他盯着一个女人的胸部看；看着他从自己的包里掏出一个苹果，用手抹了两下，塞进嘴里；看着他大声叫一个人的名字，并拼命摇动手中的手机；看着坐把另一个座位上的大包搬下来，让来人坐下，大声说："他们两个的车票，我已经给他们了，只等着你来了。好的，我们找一下他们。"直到这个年轻人离去，我才知道，他是在这里等一同回家的同伴，我看他的时候非常专注，旅行包不知道什么时候被邻居坐的一个老人放在了地上。我当时心里一惊，如果这个时候，有一个小偷拿走了我的包，那么，我一定一无所知。

　　我去过全国不少城市的火车站，见到过不同方式的分离。拥抱在一起的，大声叫着名字的，亲吻的，羞涩地摆手的，默默离开的。我去送一个亲人，她挎着一个草编的包，那包里放着化妆品、梳子，我也曾经几张公交车票放进去过。她的包很惹人注目，草包，这是一个有些让人联想丰富的名字。我和她说了很多话，关于食物，衣服；关于一本书的名字，一份报纸的版面；关于一个网站上订的书；关于火车是不是晚点，上铺的空间增高了，中铺容易攀登。说完了话，就相互看着。她的身后坐着一个军人，扣子很严整。一会儿，那个军人站了起来，咳嗽几声，离开了。那个座位空置着，像一个小小的舞台，先是一个孩子坐在那里把腿翘翘地来回摇动，然后又坐了孩子的妈妈。有一个皮箱推了过来，一个打扮得像运动员一样的帅高小伙，他只坐了一秒钟，大概看到了临窗的位置空着，马上喘着皮箱飞了过去。又一个打电话的女孩子坐在了那个椅子上，她有一个大耳环，来回晃。她说的不是普通话，她的声音像是一个点炮竹，突然就爆炸一个。一个戴眼镜的中年男人坐在了椅子上，掏出一本杂志，默默地看。大概过了几分钟，那个椅子上又换成了一个戴眼镜的女人，也一样在那里默默地看一本杂志。就像是刚才那个男人是个妖怪，忽然就变了性别。我坐在那里一直观察着那个空白椅子上，觉得那是一个小型的剧场。坐那里的人像是被导演好了的一样，一男一女，一男一女，也许就这样无止境地演出下去。

　　火车没有晚点抵达，检票员通知的时候，候车室里的人全都站了起来，箱子轱辘摩擦地板的声音，风吹动窗子的声音，催促孩子穿好衣服的声音，急着挂电话时发脾气的声音，交合在一起，异常生动和热烈。我忽然觉得身处一个宏大的剧场里，排队、听旁边的人说话、微笑着把一张车票掏出来、给抱孩子的一家人让路，这所有的动作，都是掌声，积极又谦卑。我和其他送人的一样，把包放在上铺的货物架上了，然后下车，看着车一点点地启动。忽然就想起有一年夏天，我去一个陌生的城市工作，送我的女孩子哭了，我坐在火车上看着她一点一点地变小，模糊成遥远。我想，我们的一生都像坐火车一样吧，要需要耐心地等待，需要排队、拥挤和尴尬，才能往更远的地方去。

生活赋格

王威廉

1.梦境

　　我从不说自己是个穷人。当然，我承认自己在许多方面的匮乏倒是常有的事情，但是穷人这个词却是异常诡异的，有时它是嘲弄的贬义，尤其在私人生活中可以成为最有力的攻击话语；有时它又成了正义的化身，天然的没道理的锁定在了正确的立场上。所以，为了一点儿为人的固有不变的尊严，我不喜欢这个词以及这种说法。而且这个词（以及许多这类词）已经渗透到社会学与政治经济学的许多概念之内，然后这些概念武装了我们的社会，编织了我们的思想。面对有机的社会组织，我们无法回避，只有在梦中，逃脱才是可能的。

　　有一个梦境，我觉得自己变成了一个没有人类形体的精神化存在（就像看电影时我们忘记了自己在看），我发现满街的人用两条腿来挪动身体显得十分怪诞，似乎是一种卡通化的动物站立了起来，后腿支地，前腿还挎着包，灵敏的手抓握着手机、MP3这类东西，或许证明了人类是有着高等文明的生物。这种场面如果非要用迎面展现出来，那一定是非常恐怖的，但是在梦境中这场面既不恐怖，甚至也不荒诞，似乎本来就是如此。从梦境中挣扎着醒了过来，我回味良久才对自己说：这或许是上帝的视角吗？但是人类不是以上帝的形象创造出来的么？上帝眼中的人类应该是无比亲切的吧。那么，我只好说，我梦到了外星人的视角。

　　还有一个更为不堪的梦境，我梦见自己被一头狮子追赶，我在街市上狼狈逃命，其余的人居然对我视而不见，继续从事着他们那些毫不起眼的摊点小买卖。后来我脚下打滑，撞进了一个很大的竹筐里，我这才发现我是一只形体巨大的鸟类动物，全身长满了各种颜色的羽毛，还有着巨大的嘴喙（我的嘴变得麻木而笨拙），人们和狮子一起向我涌了过来。我在无比焦急的时刻突然振动双翼，出乎意料的是，一下子就飞了起来，我看到地面上的狮子与商贩仰起头来向我怒吼。我自己在空中待了一会儿，却并没有感到侥幸，恰恰相反，我觉得我这样悬在空中倒是件很不能忍受的事情，于是我便试图降落下去，接受他们的处置。无比幸运的是，我在这个时刻醒过来了，伸手一摸额头，竟然全是汗水，是一个真真切切的噩梦。我平缓了一下情绪，重新闭上眼睛，去回味梦境中的细节，那种双手变翼的感觉还十分清晰，恐惧的颤抖也是十分真切，只是我对自己当时为什么会在逃脱后又自投罗网不得其解。对这一点，我后来想了好久才突然醒悟过来，因为我在鸟皮的拘束下，只能发出一些没有意义的鸣叫，已经不懂得如何去和别人说话交流了。完全丧失了语言，那种感觉实在是糟糕透顶了……

　　我曾经写过一篇名为《市场街的鳄鱼肉》的短篇小说，其中的情节便是人与鳄鱼的身体偶然间发生了置换，后来有着鳄鱼脑的人在市场上专门靠屠宰为生，有一天他就宰杀了那位有着人脑的鳄鱼，在最后的时刻，他们彼此认出了对方，却不得不接受这种命运的安排。在八月的炎热与焦躁中，我当初文字中的体验进入到了我的梦境中，只不过我的大脑钻进了一只"渡渡鸟"的体内。比小说中的人物幸运的是我能凌空飞翔，但是却逃不脱同样的命运。某种文学的结构决定了我梦境的结构么？那么我的梦还能算是对现实的一种对抗与超越么？

　　最让我惊讶的关于梦的写作是英国作家格林的《我自己的世界：梦之日记》，这里面他记载了他三十年以来的各种梦境（我常常忘记自己的梦，看来无法写出这样的东西了），其中有两次梦到了能够与现实相对应的沉船事件，有一次就是著名的泰坦尼克号的沉没。这样的梦不是我喜欢的梦，这是带有强烈巫术色彩的梦，当然也能让未来的科学家好好研究一番。我喜欢的梦是那些毫无意义的片段，一些古怪的毫无逻辑的情节叙述。在梦中，我才是那么真切地感到了我所受的束缚，但我又有些害怕某天我真的在梦境中灵魂出窍，变成了漂浮的幽灵。这个时候我不得不承认：肉体是监狱也是归宿。

2.写作

在南方的夏季写作，有着强烈的抵抗意味。此刻的阳光如同帝国最强盛的耀眼时分，喧嚣的万物考验着一个作家的耐心与耐力。作家余华谈及他早年在夏季的写作，那是在封闭的房间内正襟危坐，铺开稿纸，挥汗如雨，怕汗水打湿稿纸，就用毛巾把右手和笔都缠绕起来。这样的情景现在想来还真有些激动人心的感觉，写作看起来变成了一种苦修，但却是逃避炎热的最好方式。要是在八月描述寒冬大雪的场景，会不会因为过于投入而浑身打起冷颤来？就像是福楼拜写完爱玛的服毒自尽，自己的身体也出现了极度恶心的中毒症状。的确，写作召唤着一个全新的世界，但并非是一个理想的世界。

谈论写作本身往往是危险的，因为写作不是一种现实的职业，而更多的是一种秘密的职业，一种精神上难以拭去的胎记。甚至，某些特殊的写作癖好就像是隐私一样令人羞于启齿。想起巴尔扎克那无与伦比的大肚子，每次写作他都要向那个皮肉构成的大袋子里倾泻无数杯的劣质咖啡，让写作成为一种略显古怪的有些神经质的强迫性运动。而大诗人里尔克在晚年却经常要依靠通灵术与"幽灵"交谈而写作，将写作这个行为中的神秘主义因素发挥到了极致。

我在这里愿意谈及的不是这样的写作，我要谈论的是一种对写作的刻骨"仇恨"。葡萄牙诗人佩索阿在《惶然录》中写到的有关写作的文字，是让我最感到揪心的文字：

"对于我来说，写作是对自己的轻贱，但是我无法停止写作。写作像一种我憎恶然而一直戒不掉的毒品，一种我看不起然而一直赖以为生的恶习。"

请原谅我这样的断章取义，似乎佩索阿成了中国语境中那种郁郁不得志的传统文人，但实际上佩索阿只是个小职员（甘心如此，正如卡夫卡），他从不怀"匡扶社稷、悬壶济世"之心，他只是觉得他写得不够好，却仍然在写，只是因为写作让他的存在变得没那么堕落，但这样反而成了对写作的一种玷污（一种伟大的写作难道仅仅是让自己显得没那么堕落么？）。如果你过分珍爱一件事物，那么你将无法容忍它身上任何一点儿的杂质；同样，如果你过分珍爱一件事物，你必将失落，必将幻灭，因为这世间本没有完美的事物。

佩索阿这样结束道："是的，写作是失去我自己，但是所有的人都会失落，因为生活中所有的事物都在失落。不过，不像河流进入河口是为了未知的诞生，我在失落自己的过程中没有感到喜悦，只是感到自己像被高高的海浪抛到了沙滩上的浅池，浅池里的水被沙吸干，再也不会回到大海。"

引文的第一句话，很显然是佩索阿对自己的一种清醒的安慰，也是众人普遍的生活感受：一种不可逆转的失落过程。但更打动我的是后面的话，尽管字里行间全部由隐喻构成，不好理解，但却充满了对写作的最为本质的也是最为绝望的认知：那就是坦然面对了作者的必然死亡，而作品虽然也只是一种虚空，却毕竟在世界上留下了微弱的印迹，就像是被细沙过滤后的海水一样。这种看法在诗人奥登悼念伟大的叶芝的时候，表达得更为清晰：

> 因为诗不能让任何事发生：它活着
> 在它自身构筑的峡谷中，官僚们
> 从未想去干涉，它漂荡在南方
> 从孤立的农场和繁忙的悲痛，
> 到我们信任和死守的粗野小镇，它活着，
> 是事件发生的一条道路，一个出口。

是的，无论如何，诗歌必将活着，写作也必将活着，或说写作在试图创造一种长存于世的"活着"。只有这样的想法才能激励我的写作，给我生活与生命的勇气。在接近比自己更为永恒的事物时，人才能在不断的失落中去保持住自身的平衡。就目前而言，我尚年轻，写作这样的致力于语言与世界的活动，让我的内心充盈着某种不为人知的幸福感。但是我却早已做好了准备：在数十年后，曾经困扰佩索阿的也必将困扰我。

卡内蒂（Elias Canetti，——我不得不再次引用，因为这里谈论的是写作，众多的大师都比我更有资格）说："在这里，而非别处，你被允许写作。"一句惊心动魄的简单话语。与其说限定了一个作家的存在，不如说限定了一个人的存在。什么是这里，而什么又是别处？又是谁在允许？我感到深渊正在我的身后竖起，而我所需要做的正是用写作去探测自己周围的虚空。当我的根须生长得足够长，我想，总有一天我能够碰触到可靠稳固而又适宜生长的岸。

3.孩子

　　整整一个下午的时间，我和这个陌生的小男孩待在这里。我们不说话，甚至很少去看对方，周围是下午四点钟的阳光和空无一人的寂静。这里是某个居民区的"秘密花园"，一些石桌石椅和锻炼器材安静地蹲在这里，像是已经在土地下面生根发芽。在不久的刚才我走进这里，像是个入侵者，打破了某种固有的和谐，为了让波动慢慢沉淀下来，我尽量让自己变得安静。

　　我坐在石椅上，看着小男孩在破旧的秋千上荡来荡去。他的身影一会儿进入了从树叶缝隙中透露出的光斑，一会儿又让光斑在地面上完全呈现出来，像是一个变幻莫测的魔术师，让人感到有一点点眩晕。他的双手紧紧抱住秋千右侧的绳索，而小小的头就埋在双臂的中间。我看不见他的小脸，他的脸一直面向着脚下此起彼伏的地面，像是成年人在发呆或是思考的样子。但我觉得他肯定不会在发呆，更不会在思考，他只是在观看，享受着看的幸福。他不会感到乏味。乏味，这是一个成年人世界的词语，它没有具体对应的事物，只是出自一种精神的错觉。毫无疑问，人类的词语世界要大于人类的生存世界，那些多余的词语泡沫并不是漂浮在渺渺高空，而是沉淀下来，构造了新的元素。它们自我指涉，自我繁衍，到最后我们不知身在镜中还是镜外。就如"乏味"，这个词比我们能够体会到的更加"乏味"。

　　小男孩有规则的钟摆运动，像是一种神秘巫术的催眠，它伴随着"吱呀吱呀"的单调声响，把我带到了时间之外的某处。我不是神秘主义者，但我深深知道我脑海中的观念像是我无法躲避的透镜，世界穿过它呈现在我眼中的时候发生了改变，而我无法复原最初的影像。由此我学会了怀疑自己，我有时更倾向于相信身体的感觉而非思考的结论。就像此刻，我的身体有着前所未有的放松，它不是处在一种享受之中，而是它失去了享受的欲望，因此它变得无比宁静，无比透明，仿佛风都可以穿身而过。我来到了无始无终的混沌当中，我想到了"天人合一"这个古典中国的理想生命方式，但我觉得"天"对于我而言却是那么陌生，更别谈与之"合一"了。我感到的只是历史与时间从一个人生命中的暂时隐没，它们暂时带走了那些强加给生命的压迫、焦虑、烦躁、杂乱与悲剧。生命仿佛一下子被抽空了，但是却感到轻盈和清爽，有飞翔的冲动，可更多的是意识中并非虚无的空白。

　　我迷恋这种感觉。我相信每个人对时间的体验都是独特的，这种"独特"对于他人而言自然是神秘的，也是将自身与他人分离的重要因素。我执拗地相信：这种"独特"关乎个人的存在，"独特感"越强的人，存在意识也越强。假如真有一种完美的"个人写作"，那我觉得就是有着强烈存在感的文字。只有写出自己内心的独特与丰盈，才能通过阅读与沟通丰富他人的生命体验，才能让个体与个体之间发生深刻的精神关联，从而把个体的人和整体的人类在更高的意义上紧密联结起来。——原谅我这样去议论和说明一种感觉，实际上即使没有这些意义，我也从本能上迷恋这种感觉。这种时间之外的感觉，让我想起诗人博尔赫斯笔下那些时间之外的玫瑰，散发着奇异和幽暗的芳香。

　　我不知道小男孩此刻对于时间的感受，但我猜测他是处在时间之外的，至少是处在时间的边缘上。他穿着红色的拖鞋，上面沾满了灰尘，我却并不觉得那是一种"脏"，或许世上就没有脏的事物，"脏"只在人的心里。可是成年人的世界却是由一堆判断和定义构建的，这些外在于我们的透明却真实的东西我们称之为什么？社会？那么时间又是什么？除了物理学上的定义，我觉得它几乎就是人的存在本身！除了社会建构出的时间概念，对于个体的人来说，几乎不可能对时间作出准确的说明，甚至是进一步的感知。因为个体的有限在永恒的无限面前所说出的任何话语，都可以被看作是一种对沉默的加深。即使我们不谈永恒，仅仅谈论身边的事物，比如四周的树木，它们存在的历史都远大过人类。我想起美国作家斯坦贝克的一篇小短文《巨人树》，他在面对这些从远古洪荒年代幸存下来的大树时被深深震撼，他在文章结尾这样写道："在踏进森林里去时，巨人树是否提醒了我们：人类在这个古老的世界上还是乳臭未干，十分稚嫩的，这才使我们不安了呢？毫无疑问，在我们死后，这个活着的世界还要庄严地活下去，在这样的必然性面前，谁还能作出什么有力的抵抗呢？"有人说美国作家缺乏历史意识，我不明白他们所说的历史意识究竟是怎么样的，但我所认同的历史意识就是斯坦贝克这样的：直接穿透了人类为自己建构的历史，而触及到了高于人类存在的整个宇宙。"宇宙"在人类的文化论述中并非总是一个大而不当的"虚妄之词"，它和我们的文化关系比我们设想的要密切得多。最起码，它提供了一个大于人类历史的尺度，当我们从人类历史的源头穿越而出的时候，或许才是从另外的角度真正深入地进入了历史。

一个下午都在聆听自己的自言自语，周围显得很不真实，像是虚拟的空间，像是我转身离去就再也无法寻觅的神秘之地。我多么珍惜此刻的一切，我多么庆幸小男孩让我体验到了此刻的丰富与无限。在时间的裂缝中我暂时超越了我自己，尽管我知道无论怎样的超越总会"小于一"，但毕竟大于其他任何个别的事物。这些奇怪的想法小男孩不会知道的，但我感谢他作为一个单纯而抽象的理想之人的象征，唤醒了我对生活、世界、他人和童年的无限热爱。

深　刻

陈元武

一、大树

　　也许，我注定走不出一棵大树的荫影，在南方，一棵大树很寻常地出现在你的视线中，它仿佛是南方之所以称为南方的重要原因。我的村庄里有几棵这样的大树，上百年的树龄，超过我祖辈甚至家族历史的大树，超出一个村庄历史的大树，在我的村庄里处处可见。村庄通往县城的一条河流边，具体说是旧城的东北出城口的护城河边，一座不知年代的石板桥的东侧，左右各一大树，南边是榕树，北边紧靠骑河阁楼的河堤石坝上竟也长着一棵大叶榕，十几丈高，几十丈方圆，村里的老人说，他小时候，树就这么高了，桥就这么横着。我相信他的话，我仰视着树冠而长大，直到我离开村庄，到另一个地方学习和工作。我相信，树已经在我的内心里牢牢扎根，并且随着我风雨漂泊，在内心里荫庇着我。那条石桥是南方典型的古桥形制，在我故乡，有太多类似的石桥，船形的石墩，大块的条石桥板横架其上，加上石条护栏。南方的山上，花岗岩（水晶石英质杂岩）和玄武岩（青石）处处可见，这就是桥的建筑材料，坚固而耐久。护城河曾经清澈并畅流无阻，现在，河流消失了，成了淤泥河，臭水沟，这让村庄变得陌生而寒酸，让我的内心隐隐地痛。我小时候熟悉的河流一条条地消失，道路一条条地变化，田野被肆意地切割成无数块，被道路和住宅侵蚀着，田野一点点消失，我的村庄一点点死亡。可是，大树还在，只是，它的位置让我感觉陌生了。

　　85年夏，我最后一次在村庄旁的这条河里游泳，河水已经冰凉，我即将告别村庄，去杭州上大学。我希望在我离开村庄之前，能够和河水作一个告别。河水已经变得浑浊，村庄里有人往河里倒生活垃圾，这只是开始，河面上漂着红色塑料袋，那时候，青碧色的河水里突然开出这种异样的漂浮物，它应该是一种兆头，生活即将发生重大变化，我的乡亲日渐浮躁不安，纷纷想通过努力让生活变得富裕起来。我家也是这样的，82年底，我家盖起砖混三层小楼，在村庄低矮的旧式房屋间显得另类而豪奢，深红色的砖墙和方形的水泥楼板，有了自来水的村庄发生了巨大的变化。家里有了城里人才有的淋浴房和卫生间，我曾经熟悉的乡下土厕，我曾经形容它像一个个敞开露天的碉堡，巨大的厕池之上，架着两块条石，上下直通，雨天撑着伞上茅厕，夏天，下有恶臭，上有艳阳，人沆瀣其间，是何滋味？而村庄被无数个这样的厕所包围着，构成南方村庄独特的风景，这让外乡人惊诧并畏惧。我母亲的姨父从台湾回来，竟被这样的厕所骇住了，不敢进厕，硬是忍着，不喝水，捱到了县城的宾馆才解手。母亲很不高兴，以为姨父瞧不起自己，后来竟不去车站送他一家。然而，村庄里的大树改变了我们的生活，村庄丑陋落后的一面竟也是在我出外上大学后才意识到的。在杭州四年，我的人生观发生重大的转折，这是后话。我在这样的村庄里长大，成为一个村庄里唯一应届考上重点大学的孩子。我向未知的前方挺进，可是，我却走不出那些树的荫影。那两棵大树上住着无数的鸟儿，数不清的鸟巢和鸟儿，让我们产生了冒险的念头，我和另一个孩子打赌上树捉鸟，结果却从树上滑下来，直接掉到十几米下的河中，当场摔晕。好在无生命之虞，毕竟是一次大事故，父亲急坏了，揪住那个孩子狠揍。我清醒后，发现躺在家里的堂屋，周围很多人焦急地看我，他们高兴地哭成一团，我竟逃过一劫。我毫无印象，我是怎么摔下来的？无人告诉我当时的情形。那棵树的树杆大粗硕了，我抱不拢，而且它光滑异常，无处可供踩蹬抓握，我的一次冒险以失败而告终。

　　我后来读到一首拉美作家的诗，他的南方是一团绿色的云雾，在南美洲的热带雨林中，绿色无处不在，那里的绿是一种主色调。南方多雨，靠近热带和海洋，多变的天气给了大地丰沛的雨水，于是南方的山葱翠滋润，河流纵横。

他说，他听到的是地球肺叶沉重的呼吸，大地被诗一样激情的热带雨冲刷着，森林如生命中最为强有力的爆发速度增长着，数十米上百米高的亚马逊热带雨林之上，苍鹰在雨水冲洗一净的天空翱翔，鹰唱着动人的歌，鸟群飞过无边的雨林，山峦般的森林之巅，地球在狂欢着。南方注定要多一些激情和诗意，我的灵魂一直在注入这样的信息，梦一样蓝色的天空，极为湿润和纯净的空气，冰川一样变化的巨大的云团飘移向东北方。在南方的阳光下，树木一年常绿，生长、生长、开花、结果。番石榴、木瓜、香蕉、荔枝、龙眼、菠萝……南方被多色的水果所包围着，花香四季，绿色常驻在南方的大地上。一棵树成就了我的一段经历，一棵树成就了我美好而温馨的童年时光。后来，我不断地碰到大树，仿佛碰到亲人一般，我会向它致敬和欢呼，向它倾诉，抚摸它嶙峋的树皮，触摸它沧桑的岁月之表。它像一个长者，挟裹着风和岁月的静默，它接纳了我的灵魂，接纳了我脆弱的内心。村庄那两棵树，光滑、葱郁蓬勃、绿意永恒，它是村庄的图腾，它会让我记住一个村庄，记住一段历史。让我时时在梦中触摸着它，抚遍它的全身，那就是我的故乡，我一辈子都不会忘记的地方。

我记住了N中校园里的那几株大树，记住它们浓郁的花香、记住它在风中婆娑的声响，长长的荚，细碎的树皮裂纹、细碎的枝叶鳞隙和斑驳的阳光，书声、操场上的运动身影，校园让我进入了另一个世界，那个世界在我面前打开大门。老师、教室、同学、作业，图书馆、旧式教堂的建筑、红色的砖墙、穹顶的音乐教室、管风琴、黑色的乐谱架、老师暗紫色的脸庞。几株银桦在校园的角落孤独地伫立着，它像绅士一样，或者是学校里独处的静默者。很长时间，我不知道银桦树的名字，它修长，不枝不蔓，笔直挺立，羽毛状叶子，春天开出桔红色的花，树体上会流出暗褐色的胶质液。它和另一种树——柳杉很相似。银桦树来自于美洲大陆，在这里，它一定会很孤独。同样孤独的还有学校后边的双杆架和沙池，单杆上经常有人练习，所以，是光滑的，并且有着铁质的光芒。我的生活被树所包围着，从小学到中学，从村庄到学校，榕树、柠檬桉、木麻黄、洋槐、芒果树、荔枝、龙眼树和梓树，青牛文梓，梓树是一种沾着仙气的树，还有一种树也和仙有关，就是桑树，尤加里树和银桦是异国之树，却也成了我记忆中的大树，它和我同根、同乡，它是我的乡亲。有时候，我回忆着那一棵棵树，浓荫覆地，翠盖如幔，浓浓的乡音便会响起，村庄的神庙前多半有个戏台，有个操场大小的空地，有老树，郁郁生烟，演戏的时候，人头攒动，声若汤沸。戏曲音乐、唱腔和灯光、布景、幻灯字幕，小摊上扬起的水汽、豆腐丸在乳白色的汤里滚动沉浮，铝锅架在煤球炉上烧得炽热，青烟袅袅。大榕树下，吊着汽灯、孩子们猴似地骑在树上，看得津津有味，老人们坐在高背竹椅上，随着剧情而惊呼、喟叹，落泪或者破涕为笑。树底下凉风习习，村庄外，田野里，流萤点点，夜空深邃，银汉横空。那树在远远处，投下凌乱的灯影、人影。我时常在梦中醒来，枕边湿了一片。窗外是风声，树声。故乡已经渐渐地沉入记忆深处。我会一直揣摸着那些树，曾经的树和现在的树一样，会一直跟随着我走遍天涯。每每我看见一棵大树，就会想起一个村庄，想起我的往事，这些零碎的印象汇集在了一起，就成了我生活和记忆的全部。我想，一个人会老去的，一个村庄会老去的，只有树不会老，它已经不只是属于一个人和一个村庄的了。

　　我远远地望见了一棵大树，我看到了我童年的村庄。

二、孤独的山羊比姆

　　我一直将比姆当成我的亲人，虽然它只是一只普通的奶山羊，它和其它山羊的唯一区别就是它的耳朵特别大而且是黑色的，这让它看上去很俏丽，我不知道这样措辞是否恰当，我想，比姆是当得起"美丽"二字的。比姆几乎成为我童年生活的另一部分，它占据了相当大的记忆空间。大约在我上高中之前，我的生活和比姆混为一体，比姆是我们家养成的山羊中时间最长的一只，因此，我不能不写到比姆。我那时候喜欢看苏联作家的小说比如特罗耶波尔斯基的《白比姆黑耳朵》，狗比姆和我的山羊极为相似，我们有着相似的经历和心灵感受。将山羊起名叫比姆，是我一个人的主意，家里人还不知道山羊还有个名字叫比姆。我想，孤独的山羊比姆和一个心灵孤独的我相伴在一起，在南方的田野间游荡，寻觅着肥嫩的青草。比姆是家里分配给我照料的唯一家畜。母亲和父亲都是生产队里的正劳力，他们需要按生产队的统一布署进行劳动，母亲兼着生产队两头耕牛的饲养任务，而她经常去的地方是后山，牛不能下田放牧，牛嘴馋，自制力差，经常啃了秧苗或者豆棵什么的。牛只能上山，山上的草长而硬，长着锋利的刃齿，牛不嫌草叶粗糙伤舌，牛舌天生就不怕粗饲料。山羊不行，山羊的嘴嫩，只啃嫩草尖尖，挑食的山羊喜欢水渠边池塘畔田塍上的竹节草、野蕹菜、芜菁或者水芹、茼蒿和寸寸金（一种水生蔓生植物）。山羊比姆跟着我奔跑在黄昏后的乡村道路上，天空中漫过浓密的晚云，像泼开的红紫墨水，将这些云染成斑斓的杂色。这是乡村的天空，向晚的乡村总是被一种唯美的情绪包围着，我敏锐地感受着大地和天空的唯美景色。比姆在向晚的风中奔跑，姿势优美，它的毛皮泛着晚霞的光辉，它的眸子炯炯闪亮，诚然，比姆也喜欢这一天中最难得的自由时刻，它除此之外，总被一条讨厌的绳子牢牢地拴住。比姆的奔跑速度不快，它的四蹄不太优雅地张弛，同时包括它的身体，它硕大的肚子和乳房阻碍了比姆像一只鹿一样优美地奔跑。比姆的项毛在风中飘动，咩咩地叫唤，这或者是它的歌声。它应该美丽地笑和歌唱，它需要和人一样的尊严。

比姆和我成为向晚的乡村里唯一向村外奔跑的物什，我和它一样，我刚从学校回来，如脱樊篱的鸟儿，比姆能够理解我的心情。它的蹄声不太清脆地打破向晚的寂静，道路上腾起轻微的尘埃。田野上笼罩着薄薄的晚雾，被从海边吹来的风一点点吹拢，越聚越多，露水就快下来了。初秋的黄昏日渐短暂，属于比姆的时间只有一个小时左右。比姆来到它熟悉的塘坝、水渠边或者田塍上，湮没在稻秧之间的田塍不太显眼，比姆的速度显得过于走马观花，蜻蜓点水般，它东啃西嚼，让大多数肥嫩的草逃过一劫，比姆或许就喜欢这样的吃法，和牛比，牛太实在了，吃起草来就像收割机，啃过的草皮直露到根。比姆是一个具有诗人气质的山羊，它需要浪漫的吃法，草是某种可供灵感的事物，在向晚的风中，在半明半晦中吃着肥美的青草，这是一种惬意的生活，虽然短暂，也足以唤起比姆内心的所有灵感，它的情绪高涨，它不无得意地蹦着花步。我和它相似，我不吃草，看着它吃草，我有了一种幸福的满足感。比姆吃累了，就停下脚步，四下打量了一番，它在寻找什么？它默不作声，我无法猜透它的心事，毕竟，我是我，比姆是比姆。苦难和贫穷让我更加懂得尊重的含义，我需要别人的尊重，比如那些城里的同学，我不能原谅他们对于我自尊心的伤害。我的确像个乡巴佬，我本来就是个乡巴佬，但他们不应该在我父亲母亲为我送雨伞来时，嘲笑他光着脚丫身披蓑衣头顶竹笠的农民模样。比姆披着我的衣服在水渠边跑的样子很可爱，它仿佛是我照在另一面镜子里的影子。我黑色的皮肤里有着脆弱而敏感的心，伤害会让它流血，别人无意间的一句话也会让它疼痛不已。我用学习成绩让所有同学无法抬头，他们的冷嘲热讽只是他们内心妒忌的表现，我也从某种角度鄙薄他们，他们有什么了不起？就是衣服比我光鲜些？皮肤比我白皙些？（初中后期，我的皮肤也接近了他们的白皙程度）。比姆是我唯一可以无遮拦地交心的朋友，（它还提供给我美味的乳汁，让我在某种程度上对它产生更深的感激。）乡下人喜欢认干娘，母亲说，你这命是羊救过来的，羊算是你的干娘哩！母亲缺少奶水，是比姆的妈妈救活了我的小命，比姆从理论上讲，也算是我的亲姐姐，我和它是一奶同胞。比姆的妈妈我没见过，母亲说，比姆和它的妈长得像！它应该是比姆这个样子。在我五岁那年，父亲用它换了一担稻谷，家里正闹饥荒，那年的夏天，连着涨三次洪水，早稻全泡没了，全家捱过最为艰难的一个夏天。比姆迅速替代了它母亲的角色，它成为比我还大的一只山羊，我喜欢比姆，好比姆！

比姆等来了它的秋天，比姆发情了，父亲送比姆去了配种站。冬天到来的时候，田野里渐渐空旷起来，麦苗刚刚长出寸许，油菜地像泼开的一片绿油漆，菜苗绿得馋人。比姆挺着大肚子跟我出去采青，它不再奔跑，比姆的目光变得十分慈祥，多了几分母性的温柔。它静静地吃草，这时候，它突然变得喜欢偷嘴，不时啃几棵油菜苗或者几丛麦子。地上的草渐渐干枯了，难怪比姆对草失去兴趣，靠水边更远的地方还有些嫩草，可是，比姆显然不敢往水深处涉险，它的肚子里怀着羔羊呢。秋后的院子里，堆着小山似的干花生秸和豆秸，秋后收红薯，又回来一车车的薯藤，晒几天后，枯得燥响，比姆此时还不想啃这些干料，它有着自己的打算。比姆的水门越来越红了，又肿又胀，乳房也胀得厉害。父亲知道比姆该产羔了。比姆难受地叫唤着，它趴在一堆稻草上，不吃不喝。黄昏的时候，比姆下了两只羔，它自己舐干净羊羔身上的胞衣和血水，比姆经历了一场生死之痛。它成为两个羔羊的妈妈，比姆有理由为此自豪。我割来了它喜欢吃的水荭，母亲煮了一大锅麦麸粥，比姆吃得浑身汗涔涔的。家里多了两只活蹦乱跳的羔，比姆的生活发生了巨大的变化，它不再是孤独的比姆了，它是母亲，两个孩子的母亲。可是，父亲剥夺了两只羔羊吮奶的权利，因为比姆的奶不仅要供我们全家，还有外售。两只羔一雄一雌，羔只有等我们挤过奶后，才能趴到比姆的腹下，争着吮那已经干瘪的乳房，两只羔显然吃不饱，咩咩地叫着，叫声让人心颤。比姆的眼睛里水汪汪的，它不知所措地俯首舐着自己孩子的屁腚和头脸，想让它们有些安慰。羔羊因为吃不到奶而彻夜叫唤着，搅得全家都不得安生。父亲想将公羔宰杀，给全家解解荤，我不同意，父亲还有一个打算就是将母羔换一些米面回来。父亲的决定是十分残忍的，但除此之外，似乎别无良策。父亲一向一言九鼎，在家里不许任何人有反对意见。我的不满化为对比姆的歉疚和不安，比姆很快就知道失去了自己的孩子，它凄惨地叫唤着，想唤回它的孩子们。我没有吃羔羊煮成的一锅肉和汤，父亲给我装了一碗，虽然它散发着诱人的肉香，我还是将它偷偷倒回了锅里。我躲在村庄外哭了，我失去了比姆的亲人。比姆好几天不吃不喝，它明显地瘦削下去，骨架突兀。比姆拒绝再和我一道外出觅食，它精神恍惚地走着，摇摇晃晃，弱不禁风。比姆的乳房再也挤不出一滴奶来，我为比姆的健康担忧。那一年冬天，下了三次大霜，在南方，冬天下霜的概率和北方下雪差不多，不常见的，那是在二十多年前，沿海地区现在基本看不到霜的影子了。地里的草全枯死了，白茫茫的一片，比姆终于没有能够捱过那一个冬天。它死了，早晨起来，羊圈里静悄悄的。母亲最早发现比姆死了，它躺在草垛上，身体僵直，眼睛没有闭上，已经失去了灵光，蒙着一层灰色的翳。父亲叹了一口气，当初应该给它留下母羔啊，父亲狠狠地朝自己的脑袋捶了一拳："明儿开春，我再去羊春那里牵一头回来。"羊春是邻村一个养羊专业户。从此，我失去了比姆，我失去了一个能够沟通心灵的亲人。我重新到了孤独的生活，在村庄和田野之间，我寻找着比姆的踪影，我希望，能够在某一天，突然看到它重新出现在水渠边田塍上，以它特有的风度奔跑着。

　　父亲终于没有兑现他的诺言，从此我只能在记忆里怀念比姆，我的山羊亲人。

背道而驰

蓝燕飞

　　总的说来，我是个喜欢安静的人。喜欢像一棵树或者一株草那样认真而卑微地活着，但时间一长，不免对身旁的那些鸟和远方的风景滋生一些艳羡。因此，在一年中的某些日子，我会到别的地方走走。

　　记不清这是第几次旅行了。我的旅途多半是沉默的。先是一个人躺在铺位上，听着火车咣当咣当一路向前，窗外的风景扑朔迷离，而前程却一寸一寸的被碾得粉碎。车厢是个没有去路与来路的场所，弥漫着方便面让人窒息的气息。昏暗的廊灯下，神情暧昧的男女窃窃私语，或含笑相视……

　　半梦半醒间，与等在某个站台的丈夫匆匆会合，奔向预定的目标。

　　那些途中的人和事，如水一般在记忆里蒸发，没有留下一丁点印迹。

　　而我真正想去的地方并没几个。我在远离城市的地方生活，对城市却没有多少向往。我喜欢的行程是这样的，先去走一走丝绸之路，然后穿越冰川大阪，在藏区的草原策马高歌，最后停留在丽江。这是一首完整的乐曲，苍凉、激越、舒缓。随着年龄的增长，前两个地方能够成行的可能性渐渐减少，如此说来，现在我想去而又能够去的地方只有丽江。

　　我说自己的旅行是沉默的，不仅是火车上的寡言少语，更是旅行结束后的不着一词。作为一个喜欢文字的人，这似乎是不可原谅的懒惰。其实每见别人所到之处均有收获，一方面虽也羡慕他人的能力与勤奋，一方面却觉得他们有些功利。山水是多么美好的事物，美好到只属于眼眸与心灵。所以我怕自己的文字非但不能给它增色，反像一架劣等的相机，破坏了它的美丽。

　　但有些记忆会固执地锁定某个瞬间，定格某个片断。它们有着梦幻般的色彩，在午夜的寂静中和人群的喧嚣里慢慢浮现。那是深秋的九寨，斑斓绚丽的九寨，与之相对应的是一个灰扑扑的、疲惫的旅人。

车自成都出发时，曙色尚未降临，街灯下影影绰绰的人群，焦灼、不耐。已经过了约定时间，大巴在人们的期许中姗姗来迟，它辗转于方位各异的宾馆、酒店，我们是最后一拨。车未停稳人群蜂拥而上。我本能地退后一步，要命的是丈夫也并没像别人那样奋力抢搏，结果是我们上车时已无任何选择。丈夫挤在最后一排，我落座在一个陌生人的旁边。如此安顿下来，心里难免生出几分委屈与憋闷，对丈夫所谓的绅士举止很瞧不上眼。所幸邻座叙起来却是个江西老乡，赣南人，在广西工作，目前在四川大学读博士。他们一行四人，也散落在车厢的不同部位，这让我稍稍心安。觉得以我和丈夫的能力，要得到一个相连的座位确实不容易。

车半旧不新，透着沧桑的意味。一路摇晃、一路颠簸、一路惊喜。靠窗的人们纷纷举起相机乃至手机。那些风景我无法描摹，九寨的山水是我见过的最美的山水，那种极致的美丽，我的笔力根本无法抵达，我只能把它留在心里、梦里、歌声里。我记下的是一些琐事，它像漫舞的尘埃，只在阳光里闪闪发光。

到沟口已经日近黄昏。一层薄薄的阳光覆盖在山冈，照拂着皑皑白雪与悠闲的牦牛。天蓝得十分纯净，放学的藏族孩子缓慢的行走在一条斜坡上，从那里一直向上，是否就是天堂？眼睛突然有些湿润，我掉转头，深深吸了口气，凉丝丝的空气扑进我的肺。

沟口的景点是个藏寺，有着悠远的历史和厚重的藏经阁。建筑色彩鲜艳，红、黄、绿、白交叉叠合，脸色赤红的喇嘛用生硬的普通话艰难地讲解着，一拨又一拨的人潮水般涌来，然后退去。我们是凡俗的人，没有信仰、对图书和建筑毫无兴致，那个真正的朝圣者夹在一群追逐快乐的人中间，衣衫褴褛、发如乱草，他沉默黝黑、目不斜视，双手合十，然后匍匐在无处不在的神态面前，和蜂拥而至的观光客完全不同。而我们颈项上的哈达，那么扎眼，雪白或者金黄，在向晚的寒风里猎猎飘扬。圣洁之物成为道具，大家都在镜头前摆着各种姿势。江西老乡提议合影，我把丈夫拽来，一个重庆的小伙子说他祖籍也是江西，四个人左一张右一张的瞎照一气。几天后，当大巴停在川大门口，那不知名姓的老乡向我挥挥手，然后消失，没有留下自己的地址，他相机里的那些照片只需按下删除键，一切将荡然无存。陌路之交，萍水相逢，人与人的相遇多半如此。

我们一车人有四对夫妻，其中一对状如姐弟，那个男人像个孩子，一路把头埋在他的爱人怀里，他晕车、脸色蜡黄，不断呕吐，整整一天没有进食，或许他们尚在蜜月中，但他们没有像另外的三对那样住"星"级宾馆，在旅行社填表时曾与丈夫争执过，觉得没必要住什么星级，到得九寨才知道，所谓的星级不过是普通的标间，仅有热水、空调。三对夫妻都是一副恩爱的模样，牵着手在夜色阑珊的街市散步。最年长的来自沈阳，他们在南方已经滞留了月余，旅行、休息，再旅行、再休息。夫妻相伴到一定时候，彼此的思想与性情就像齿轮和齿槽一般互相胶着，达到了天衣无缝的境界。我们都穿着秋装，而九寨的气温已经到了零下，旅馆的周围有尚未消融的残雪，小河细流涓涓，在不远处蜿蜒，迎面的寒风扎在脸上有微微的疼，新月的光辉皎洁而凛冽，照着异乡的夜晚、陌生的风景。牦牛肉、角梳、藏银首饰，弯刀闪着青冷的锋芒，它们沉寂而又纷扰的簇拥在一起，刚宰杀的牛、羊二十元一斤，现烤现吃，炭火熊熊，油烟滚滚，一些人掩鼻而过，一些人大快朵颐，几乎没有叫卖声，所有的交易都在沉默中进行，街道狭小局促，似乎到处都是尽头，又或者都是开始。一切似真似幻，亦真亦幻，所有的场景都像在梦里见过或者前世经历过。它们亲切而辽远。老夫妻为自己买了"羽绒服"，很便宜的那种，三十多元一件。他们觉得三十多元就能够给自己带来温暖是很好的事情。确实很好，至少在视觉上有暖意。丈夫给我买了一只银镯，四周流苏般垂着细小的饰物，行云，流水，花朵，图案非常写意。另外一对买了披肩，沉静的宝蓝，碧空一般裹着女子的脸。这对夫妻外形相距甚远，男的身量高大，超过了一米八，女的却似比我还矮一些，挂在男人的腋下，娇小而俏丽。这个川妹子，快言快语，性情如川菜般火辣辣，年纪也轻，只三十出头，男的来自香港，说着磕磕碰碰的普通话，慢条斯理，恪守秩序。东北夫妇略走走，就回房休息，我们四人继续瞎逛，男人和男人交流，女人和女人私语。川妹子谈起自己的生活，她说这个丈夫比她大十四岁，有个儿子，她也有个女儿，他在她最困难的时候娶了她。她把衣袖绾起来，前臂上的伤痕让人心惊，一条、两条、三条，像蜈蚣一样的爬在白皙的皮肤上。她说那时她刚离了婚，独自在广东打工，在一个夜晚，遭遇了劫匪，被砍了五刀，另外的两刀在身体的腹部。那时她人不像人，鬼不像鬼，她觉得活不下去了，后来遇上了他，她说，如果没有他，他不敢想象自己今天的样子。我一边感叹着她的幸运，一边却在好意的提醒她，趁着年轻生个孩子。在我的经验里，孩子是婚姻的强力胶，一些琐细的局部的破损一胶就可复原，没有孩子的男女如同沙砾，狂风一扫，就被吹散了。她这样告诉我，说她曾经非常爱自己的前夫，他们也有孩子，但后来又怎么样呢？我无言，我知道，解体的家庭几乎都有孩子，但又固执的认定，相对于感情，孩子总归更靠得住些。

我想我已经老了。所以不再相信爱情的功效。爱情是人间最美的花朵，但它易损易折，折了谢了，花落情亡，人也就老了。老了的人和心开始向生活妥协。

妥协是哲学的命题还是生活的艺术呢？

这个川妹子已经没了音讯，就像生活中的很多人一样，分手后石沉大海。但是她灿烂的笑容我无法忘记。我希望她过上平静而幸福的生活，虽然我至今不知道什么样的生活才是幸福的生活。她在合适的时候遇上了自己的爱情，那么我希望她在十多年之后像我一样，三十年之后像那对东北夫妇，在自己的中年和晚年，还能够和自己的男人一起去看一看那些自己喜欢着的山水。

她和他

一

七月中旬，我和丈夫转道北京去内蒙，因为硬卧紧张，只买上两张软卧。北京西站人头攒动，热烘烘地与流火的季节一同考验着人们的神经。软席候车室却是另一番天地，冷气开得很足，靠墙一溜宽大的沙发，零零散散地坐着一些旅客，中间的连座铁椅更是看不到几个人。那个老妪因此越发的引人注目，这么暑气泼横的天，她缩着脖子，耷喇着脑袋，孤零零地把自己放倒在椅子上。我想，所有的人都注意到了她，她实在与这样的环境不太协调。

我一直生活在僻静的山区，可是就连我也已经很多年没见过这样的装扮。

老人身上的蓝，蓝得古董，好像是士林纱。颜色已经半旧不新，式样却是更古老的。斜襟上衣，裤腿宽大。她坐在连座椅上，大声地说着什么。可以听出她是贵州口音，但她的话实在是没头没脑，像山上滚落的石头，猛不丁砸下来。

我隔着一点距离打量着她。她的年龄应该有七十多了，牙齿已经全部脱落，说话时袒露着空洞洞的口腔，她的头发完全白了，发髻乱糟糟的，如一堆秋风吹过的乱草，她的脚下是一个布袋，也是半旧的蓝色，软软地趴在那里，只有一根竹子做的拐杖还算精神，色泽橙黄、通体发亮，被她紧紧地攥在手里。

很快，有两个穿制服的警察走上前，老人神情激动，几乎是在喊，她抖嗦着从斜襟大褂里摸出一个折叠得整整齐齐的小包，打开一层层的塑料纸，露出一张有字的白纸，警察接过去，看过又还给她，他们试图问些话，但老人自顾大声喊叫，完全无法交流，警察只能离开。他们既不亲切，也不凶悍，完全一副公事公办的模样。

这时是上午九点多，我乘坐的火车是十点五十的。我有那么多无聊的时间需要打发。

我走到老人身边坐下来，我想问问这个老人要到哪里去？

但是老人听不懂我的话，而且她的听力也差到失聪的地步。她脸上的表情一直是激愤的，不说老人应该有的慈祥，连笑容都不见。时不时地喊一声：天收他！每喊一声，竹杖在地上顿几顿。

一个湖南口音的中年女人也在旁边坐了下来，她操着方言大声和老人说话，问老人家住哪里？家里都有什么人？

老人居然听懂了。她说没得儿子，老汉也早死了，她是个五保户。"县里的干部说，五保户每个月有二十块钱，我连一个钱都没见到过，钱都被乡干部和村干部黑下来了，我原来有五间房，是上好的房子，盖了好多明瓦，亮亮堂堂的。自从吃了五保住到'光荣院'，房子就充公了。现如今，我连块瓦片都没得。"

说到这里，她的眼里似乎要喷出火来。"我不服，村上的干部坏死了，上边的大干部都不晓得，我到北京就是来告状的，让天收他！"

她再次从怀里掏出那个塑料包，展开一看，是张证明。上面写着老人的姓名，年龄，何方人氏，缘何外出。下面是贵州某县民政局的大红印章。

请原谅我的健忘。因为我已经不记得老人的姓名，不记得她居住的村庄。

但我记住了她的年龄，八十四，也记住了那句话：因不愿接受救济长期上访。

一个八十四岁的老人，再怎么不济，最起码可以在冬天眯着眼睛坐在墙根下晒太阳，夏天躲在荫凉处享凉风。怎么会成为上访专业户？一个五保户，又怎么会拒绝救济？

这都是我无法想明白的事情。

老人还在那里大声地说话。她一再重复着，要到北京来找大干部，她相信大干部会为她做主。她告诉我们，她来北京不容易，车票钱都是和她一样的五保户凑的，谁想刚到贵阳火车站就遇上了歹人。一个小伙子，精精神神的，说帮她买车票，结果钱给了他，票没得。小伙子跑得没影。找也找不到，追也追不上，没法，她只得舍下一张老脸，伸手向人讨。她讨了三天，才讨来一张到北京的车票。

她坐上了火车，来到北京。但是来到了北京又怎么样呢？她连北京站都没出去。她何曾见过那么多的人，那么多的车，她在出站口走来走去，东瞧西看，不知道怎么样才能找到大干部。整个早上她都在车站走走停停，终于引起了一个工作人员的注意，好心的他为老人买了水和面包，带到软席候车室暂时安顿下来。

十点十分，有三个男人来到老人身边，他们操着方言和老人说话，老人又一次掏出了那个塑料小包，他们看完后对老人说：你就在这里等，不要乱跑，怕跑丢了，县上有人下午来接你。他们是贵州驻北京办事处的工作人员。其中一个和老人大声说话，另一个小声嘀咕：搞啥子吗，让一个八十多的老人跑到北京来？还有一个则掏出手机打电话，他对着电话说：是某某乡某某村的。又问对方几点的航班？几点到？

打完这个电话，看老人虽然大声说话，但并无什么出格的举动，他们似乎放下心来，又似乎完成了什么任务，匆匆走了。

她高分贝的嗓音，孤零零的在空中打了几个卷，淹没在更高亢的广播声中：十点五十分开往包头方向的T282次列车已经开始检票……

我拎起行李，走向梦中的草原。

她也将在下午或晚上的某一时刻踏上返乡的路程。她本来是想到北京见大干部的，但是她只在火车站逗留了一天，一个八十四岁的老人，并没见什么人来安置她，恐怕连热汤水也没进一口。她来到北京，似乎只是为了把那些话喊给一些不相干的人听。

我无论如何不能相信她是一个长期上访的专业户，虽然她的眼里没有眼泪。

二

T282的始发站是杭州，中途上车的我们找到自己的位置时，已经有两个男人坐在小车厢里，一个是鄂尔多斯的工程师，另一个长得奇怪，也有点闷，只歪在那里，静静地微笑。

烟是聚合剂，三个男人手里的烟飞了一轮，很快熟悉起来。长相怪怪的他也慢慢话多起来。

他腿很长，但是身高很低，他的身高几乎就是腿的长度，因为他的腰与腿成了一个直角。他自己说，以前是大兴安岭一个林场的伐木工人，一次劳动中，被木头砸了，当时骨头并没伤着，只是疼得厉害，吃了一些药，抹了一些药，又静养了几日，疼慢慢止住了，以为好利索了，也是仗着年轻，觉得啥都扛得住，十天不到，就上山了。山上的活都是重活，偷不得懒耍不了奸的，一上山，那腰就有些不得劲，使不上力气。到后来就渐渐直不起来了，人也一点一点的矮下去。一米七八的个子，只剩了一米四左右。

矮就矮点吧，但是它疼。一个大男人，疼得眼泪一把鼻涕一把，整宿整宿在床上滚。到医院，也查不出啥名堂，但活是干不了了，定了个三级残废。后来木头伐光，林场解散，他回到山东老家，靠着每月三百元的养老金度日。老婆嫌弃他，离了婚，留下一个女儿要养。

我有点纳闷，既然生活这样不容易，干嘛坐软卧？软卧与硬卧的区别只是少了两个铺位，空间大一些，其他并无二致，价钱却翻了一番。我们是因为买不上硬卧，才退而求其次的。

我看了他一眼，觉得他的脸实在太长，典型的刀把脸，皮肤是黄糙色的，缺少光泽。看他的面相，我以为他五十好几了，后来才知道他是一九六五年出生的。四十四岁的男人，头发已经灰扑扑的好像落满了尘埃。他倒是一副很平静的样子，他一直很平静，甚至算得上安详，言语轻缓，面带笑容，一点也不渲染那是多么可怕的事情。他说，这次听说来了专家，要对工伤重新鉴定，他希望能够定上二级，那样每个月可以多拿一点钱。但是这个消息他是前天晚上才知道的，他的亲戚急得要命，说老打不通他的电话，要他十五号前无论如何赶到林场，才能鉴定上。他有一只手机，因为想省点话费经常关着，这次耽误事了。他接到电话时已经是十三号了，于是赶紧收拾东西，第二天赶到火车站，票又不好买，只好买张软卧。也罢，这辈子没坐过，只当开回洋荤。

我方位感一向很差，但也隐隐觉得不对，去东北怎么跑到内蒙来了？他应该在北京下车才对。他指着对面说，是这位兄弟帮我想的办法。

那位鄂尔多斯汉子许是觉察到了我的好奇，解释道：是他的主意，怕北京买不上票，而内蒙有一趟开往吉林的车，如果在东集宁上车，估计人不会太多。

到达东集宁已是黄昏时分，北方的辽阔大地在苍茫暮色中如舒缓的乐曲徐徐展开。他提着行李，艰难地走下火车，我看到他在站台上向我们招手，脸上有一抹……的微笑。这几个小时，他都是这样的，那笑好像是长在脸上似的。

火车很快把他甩在后面，他渐渐成了一个黑点，然后黑点也消失了。

我们能够做的，就是希望他赶上那趟车，顺利到达目的地，然后再顺利一点，把伤残等级定为二级或者一级，就是天大的好事了。

谁知就是这个微小而现实的希望也很快破灭了。

车行不久，那内蒙汉子突然一拍大腿，说：糟糕，我把时间算错了，十五号他只能到北京，到达吉林的时间应该是十六号，还得一切顺利。

我们都很沮丧，一颗心悬在半天中，放不下来。但是又有什么法子？他花了贵价钱，只是坐了一回软卧。

旅途顺利，却是在错误的时间到达。生活总是喜欢和可怜人幽上一默。

夜发生

沈　念

　　"夜晚可以发生的事情很多。"

　　说这句话，或是讨论这个问题时，是去异地看望一位少年时代的朋友Z。

　　多年来，我们很少次见面，却互相洞悉对方的讯息，聊得最多的是理想规划实践的话题。一段时光过去，偶尔间他会主动来条短信：最近如何了，又将如何了。当然是好消息，好消息传来的另一层涵义就是，你怎样？你曾经的计划目标是否实现？这种少年时代最经常的互相鼓励的方式我们延续至今。

　　Z和我年龄相仿，却有些催老。原因是一直疲于生意场上的奔波。他的个人史就是一部奔波的小说。奔波中写着许多内容：应酬、焦虑、勾心斗角、虚与委蛇、欺骗的承诺、挖第一桶金、千金散尽。幸好他从奔波中杀出一条"血路"，有了一个令人羡慕的现实结果，占地近百亩的厂房、外贸订单、宝马车、紧邻江边的观景房……

　　那次探望的晚餐后，Z带我们去城里最好的K厅唱歌。到了这类消费不菲之地，仿佛进入他的地盘。那些衣着艳丽暴露的"公主"莺声燕尔、秋波荡漾，投怀送抱，散发着让人迷醉的气息。我们的眼前摆放着她们，也摆放着喝干净又会迅速冒泡满上的啤酒杯。

　　"夜晚可以发生的事情很多。"酒至半酣，和Z走出喧闹的包厢，在过道的休息室内抽烟透气。突然冒出这么一句话的Z，嘴角挂着一丝异样的神情。他叹了口气说，这几年，陪客户、陪"关系"，喝酒、唱歌、打牌，生意就是在杯子、桌子和裙子间谈成的。声色犬马，生意场上你只有一个朋友叫利益，真累。

　　我问，你感到孤独？是内心深处的落寞。

他说，身后公司那些业务、那一帮子人，都拿着鞭子在抽赶，我已经不是一个人的我了。他又叹息一声，现在最幸福的就是公司一摊子事不要我管，带着孩子去江边的沙滩上玩。

我说，比起那些衣着光鲜的"公主"，整夜陪着客人喝酒、扮笑，你还会有比她们更孤独的感觉吗？

Z沉默了片刻，然后说，我给你讲个故事吧。

我点点头。

他说，大概一年前，也是在这里陪客户，一个很年轻、长相清纯的"公主"陪我喝酒。女孩不能喝，却不禁劝，喝完就吐，吐了又喝。那天唱歌很high，女孩很可爱，那种感觉与以往的"公主"不一样，好几次，她贴着我的耳朵说话震得耳道里很重的回响敲打着耳膜，我竟然发现自己的手在抖。这样的场合我来少了吗？我都不知道为什么会这样？后来关系熟了，每次去唱歌，我都会点这个"公主"陪。一次，我问女孩，为什么年轻轻的出来做"公主"？女孩说，为什么来这里找乐子的男人都会问这样的问题？

过了段日子，我把女孩带出来。没有K厅的喧闹依靠，她有些紧张，连同害怕，是从骨子里透出来的。我抱着她，像抱着一团柔软的冰凉。等她缓缓回温，我的身体却冷下去。她给我讲她过去的经历，说到她母亲是个精神疾病患者，为了给母亲治病，她不得不走上这样一条挣钱的"捷径"。说起母亲，无疑是女孩心底最大的一块阴影。她母亲有幻听妄想症。夜幕降临，房屋散落的农村显得格外安宁，她母亲就开始进入一个喧闹的世界。在这个世界里，不时会有人与她说话，或者别人在她面前毫无顾忌地争吵、打斗。在她母亲的幻觉中，那是一个怎样的世界，那种日复一日的喧闹，在正常人眼中是多么地不可理喻。万般无奈之下，家人只好举债送母亲去治疗。住院的日子，她母亲幻听的时间一长，就会忍不住为所听到的内容着急、叫喊、大笑。同病室的人无法忍受一个神情痴呆的人一惊一乍地存在着。家人找医生想办法，医生给出的对策就是增加用药剂量。

我环顾，竟然以为穿梭在过道里的摩登女孩中，会突然奔出来一个，说，让我来讲述我自己的故事吧。女孩的讲述一定会有更多打动人的细节。可Z说，女孩离开好几个月了。他说，这里的人几乎多数都知道女孩母亲的故事，以致后来他都开始怀疑，是不是女孩故意编造的一个谎言。可现在他所知道的是，这个曾被认为的"谎言"，撕开包裹它的那层纱，里面的结果令人惊悚。女孩母亲在成倍药片的作用下，真的治好了幻听的病。可家人还没来得及高兴，十来天后，母亲夜里偷偷跳沉在家门口的池塘里。

我问，她已经不习惯一个安静的世界。

Z说，可怜的母亲太孤独了。

我问，女孩呢？

Z说，后来我忙着工业园新征地的开发，加上频繁出差，与女孩疏远了联络。直到前不久来这里，他无意中听另一个"公主"说起，这女孩也神经异常了，陪客人时经常性地酗酒，而且语无伦次，说是孤独杀死了她母亲，她要复仇，去杀死孤独。再后来，女孩在这里干不下去，搬进了精神病院。可没人知道这女孩的真实身份和准确居住地。

Z忧郁地说，我一直想找到那个女孩，可至今下落不明。

夜晚诞生孤独，女孩的下落不明是否加重了朋友Z夜晚的孤独？

那天深夜，我们走出K厅，和那些美丽的"公主"贴面告别。在缓缓下落的电梯里，窗外城市灯火通明。透过电梯玻璃映照出的光影里，这些美丽的"公主"，逶巡般整齐有序地走过，长睫毛、大眼睛、赤色卷发、闪烁着砂粒般晶光的皮肤，一杯杯酒水的灌溉毫不畏惧推辞，而一旦她们躺在机器床前时，那美丽头颅的切口里露出来的是一束束红黄蓝的金属管线。那一刻，躲藏在灯红酒绿背后的乏味、无聊、孤独，有如巨大海啸将心灵上的建筑席卷一空。

很多的话题，很多的人生故事，在夜晚被人掰开，就会披上另一件外衣，带来微光扑闪般的念想。那个女孩寻找的神秘的世界，她母亲能走进去、能看到、能听到，且独享着外人无法感知的精妙。有一天，当外来的力量炸毁了通往这个神秘世界的所有通道，被关在外面的母亲只能焦急地、声嘶力竭地、无可奈何地吼叫，没有任何回应。这样的孤独，孤独到不再想活在这个热闹的世界了。而重蹈覆辙的女孩，是病的遗传，或现实生活的压力，让她坍塌了属于自己的世界之门。

接连的一段日子，Z所叙述的女孩会在我眼前走过来走过去。她的面容姣美，却没有让人记住的特点，仿佛日本漫画中的美少女，眼睛、鼻梁、耳垂、下巴、手指、胸部，弧形流畅，肌肤似雪，像一件光滑看不到褶皱的瓷器。你控制不住地想去抚摸，可一触碰，她就碎成了一摊水迹，然后蒸发消失。

趁着沉默的夜色消散的人和事还有更多。几年前恋爱的一段时光，会经常去迎宾路上一家叫"西雅图"的酒吧。它像一个隐藏于地下的城堡，每个人都要走过大理石铺成的阶梯，一点点地沉下去，像一艘沦陷的海轮。跟随沉沦的过程，灯光与音乐渐渐呈现，现出一幅你渴望与幻想的图案。后来，它改头换脸成"西雅图休闲会所"，在大街面上用霓虹灯与彩灯修饰出一个脱不了俗气的庞然大物。但这时很多的老顾客已经不喜欢了。"地下"所营造的某种气场，是地面上的西雅图无法比拟的。

那些在"地下"流连的夜晚，我常坐到零点之后。那个我不记得名字的长发女歌手，经常气喘吁吁地跑来最后收场。她声音里有沙哑而坚硬的"果核"，又能在尖利的时节自然放开。我喜欢她声音中那些莫名的内容，因而喜欢上她整个人。很多次，她也是在零点后撤离。我胆怯得从没有想过上前搭讪，而只是看着她一个人背着吉它，拖着有些疲倦的脚步，钻进不远处的夜色之中。

还有一个朋友的女友，谈婚论嫁生活正欢，多次参加我们的聚会，却不幸丧身在高速车祸中。朋友因此离开这座城市远走他乡。我是在西雅图和她见过的最后一面。印象最深的是在公用盥洗间，我用冷水清醒喝多酒的额头，猛然间抬头看见镜子里补完妆的她，看上去非常素净，非常飘渺。

听到那不幸的消息后，我几次从"地下"钻出地面时，固执地认定看见了她，在眼前疾步走过，背影伸手可及。她偶然间回头，面容妆饰如同那次盥洗间的相遇。我很高兴地叫她名字，想赶上去抓住她，像是她从没离开过。但她总是消失在就快要触及的一刹那，在某个拐弯暗处，在三两人群中，在什么也没有的树影下，无缘地消失。也许在夜晚的零点，一天与另一天的临界点，也是虚幻与真实的临界点，许多的人都会以一种奇异的方式相遇瞬间。

斯图亚特王朝的诗人告诫人们"夜晚已经降临，我们赶紧回到家中"、"家是一个人的城堡"。可人们多少都有过夜游的经历。曾经夜归的途中，我遇到过那些被唤作"夜游神"的青年男女，戴着贬义的头套。那些上夜班的出租车司机，习惯性地守候在夜店附近，或跟在一些夜归者的身后，等待着招手或挥手。路旁IC卡公用电话机，总有女孩在煲电话粥，有时是欢笑和撒娇，有时是哭泣和吵闹，那些背影里有许多故事可以向人倾诉。只有夜晚在偷窃她们的秘密。

一个人的成长，总是要与夜晚同行。我记忆中清晰地刻着2000年第一缕曙光到来前的夜晚。这个时间点也许还会唤起你的某些回忆，那是个全国各大城市交通无比拥堵的夜晚。

夜幕笼罩繁华的省城。我奔跑着去电话里约好的地点见一个长者。我眼睛里晃动的车流人流像是从地下直接喷涌而出，无法阻挡。巨大的城市广场里凯歌高奏、焰火齐射、欢呼震耳欲聋。当时只有少数人，其中有我，像一尾溯水而行的鱼，向着相反的方向快步行走。我不断地碰到男人女人的手臂，小孩手中的气球，汽车行进缓慢，人声与汽笛声形成一个嘈杂的声场包围过来。我的耳朵里是嗡嗡一片，偶尔间一两声巨大的礼炮鸣响和惊呼声，让耳膜受刺激地震荡几下。我感觉到自己在这种环境下迷路了，对于原本不熟悉的城市，在这个欢庆的夜晚，我却是要做一件与大家意愿不同的事情。我发现电话中的不远距离，自己却总是遥不可及。附近楼宇的灯光折射进我的眼睛，一阵阵眩晕就海浪般袭击过来。那一刻，我不知道前方有多远，更多的是感觉到一条没有尽头的路和科幻片中复制的机器人潮，会突然间把我吞没。我迷失了方向，也迷失了时间。后来的日子里，我对这座闻名遐迩的城市持有戒心，并拒绝它的诱惑，因为它曾经将一个迷失的人陷入更深的迷失之中。

"夜晚可以发生的事情很多。"再来咀嚼这长着翅膀的句子，就会生发出一些"地表之下"的思考。闪烁的霓虹、流动的车灯、人影幢幢的娱乐场所、推杯换盏的夜宴、时髦女郎的欲露还遮……城市夜晚的辞海中删除了"安宁"，却在墨色的涂鸦中增添了喧嚣、孤独、罪恶。夜晚知道每个人的欲望和秘密——那一些过去的，夜归，深夜嚎叫，宵夜酗酒，胆颤心惊的幽会，以为无人知晓的道德背叛，暗巷中的哭泣、争吵、打斗，听到隔壁房间传来摇晃的声音而夜不能寐，K厅里变形的歌喉和令人窒息的脂粉，通夜牌战的萎靡身体和"厮杀"后的欲望勃起……改变了人的另一副面孔。

也许夜晚才是一个真实自我的展现。某一天，人们编辑多卷本"黑夜史"

来作诸多表达，归结到一点，夜晚其实是不断需要自我调整的时刻……

　　曾经多次向朋友们炫耀一次荒诞的外出，没有目的地，突如其来的冲动，跟随人流挤进车站，跟随一列疾驰的火车进入夜晚，那时很稚幼地追着理想，追着与一行诗的遭遇——"看一眼窗外，夜色的部队逼近/三生的力量也不足抵挡。"那种年轻时的无所适从和浮浮沉沉的幻灭，隐藏着一种对俗世生活的莫大悲悯。再度琢磨这两句诗，让我怔怔地怀想起那些买不起卧铺只能挤进声音嘈杂气味混乱的时光，以及越走越远的青春长夜中潜伏的孤独……

爬过沙漠去看青海

连俊超

　　舅舅很早就去了青海，那时还没有我，我看不到舅舅背着行囊离开故乡的情景。我说的这个舅舅是我三舅，我很幸运地有四个舅舅，在我认识的人中没有谁比我有更多的舅舅。

　　舅舅不是背包走天涯四海为家的行者，青海也不是他的精神圣地，他离开故土的原因只有一个：在这片大地上生存下去。他大概在村里待不下去了，那个小村庄再也留不住他。村庄伸出了无数的触须缠住那些在她怀中生活的人们，每一扇木门、每一缕炊烟、每一季成熟的麦子都是她的触角。许多人发觉自己在一片土地上生活太久的时候，他们都已被土地埋了一半，再也抽不出腿脚来远走他乡。他们只能像一棵老树一样把根继续往深处扎，和村子一起变老。

　　舅舅走得很坚决，把舅妈和我的两个表哥留在了家里。母亲说，后来舅妈去做结扎手术，是八岁的大表哥喘着她去的。我想象舅舅离开家门的姿态，他一定梗着脖子，头也不回。舅舅是个很倔的人，但他遇到了一个脾气更倔的我的外公。外公常常指着墙头对舅舅说，跪着去！舅舅就梗着脖子跪上去，跪到日落西山，跪到天昏地暗。假如外公不下圣旨，没人敢上前劝他下来。

　　战友的一封来信像一阵飓风，撼动了我舅舅这棵尚未把根扎牢的树。战友在格尔木，他让舅舅去做卡车司机。

　　于是舅舅去了。

　　舅舅负责为一个商店进货。舅舅的卡车在西宁和格尔木之间的公路上飞驰了三年之后，他回来接走了舅妈和两个表哥。舅舅也许在那时就暗下决心，不再回那个村庄。他和兄弟们的关系越发紧张，他成了被孤立的人，他们离开的时候没有人送别，也没有人提出为他看管房院，拾掇土地。

舅舅把房子留给一个叫李牧舟的人，舅舅的土地在那一年秋天没有长出一个玉米棒子。当别人把收获后的土地料理妥当的时候，舅舅地里的秋草长到一人高，兀立于平原之上。那片土地一年年荒芜下去，成为昆虫和鸟雀的乐园。舅舅的房子也在李牧舟的看管下变得和李牧舟一样衰老。到最后，由于街道拓宽，那所房子被拆掉了，那时李牧舟也已死去。舅舅没有回来清理他多年前留下的东西。

母亲说，舅舅的屋里挂着一个镜框，镜框里放的是一些老照片。母亲总说，她年轻的时候拍过一张照片，照片上的她长辫子一直垂到腰间。她说照片就放在舅舅家的那个镜框里。这张照片被母亲的回忆反复擦拭，变得越发清晰鲜亮，我甚至逐渐相信自己看到过这张照片，看到过母亲那长长的辫子，看到过少女时代的母亲羞涩的微笑。

没有。我对舅舅家老房子的最后印象是一片废墟。只剩下两堵墙立在废墟中，俯视着墙根那片残砖烂瓦，就像一只老狗神情黯淡地注视自己受伤的后腿。

父亲是在一年夏天去青海的。

那时，舅舅已经在格尔木立了脚跟，他有了属于自己的货摊。那时候，格尔木还很小，只有一条主街道，拥有一个货摊就是一个大老板。舅舅给父亲打来电话，舅舅说，你来吧，这儿比家里容易赚钱。

父亲很激动，他对格尔木满怀憧憬。那时父亲刚搞垮了一个厂子，一败涂地。事实上，父亲后来的大半生都笼罩在那场失败的阴影里。那几年，他总是离开家去另一些陌生之地，他觉得有必要在那些地方碰碰运气。他在我的记忆中时隐时现，漂浮不定。他去了很多地方，考察了许多行业，最终除了一次次宿醉，他再没有对任何一件事情投入足够的热情。

八月，父亲带着我十六岁的姐姐一起去了青海。那天傍晚异常闷热，母亲摇着芭蕉扇坐在院门口，自言自语说，你的亲人走了，我的亲人也走了。我是父亲的宠儿，失去了父亲的保护伞，我免不了要常被母亲修理。

到了青海之后，姐姐打回来电话，姐姐说舅舅为父亲置备了一个货摊，姐姐说青海什么东西都贵，一把小笤帚要十块，一支笔芯要两三块，就连一个小塑料袋也要五毛钱。我们都觉得父亲这回可以在青海大赚一笔，东山再起了。

可两星期之后他们就回来了。他们是夜里回来的，姐姐把我叫醒，从一个印着"为人民服务"字样的帆布旅行包里掏出一样样五花八门的零食。我迷迷糊糊地看着父亲和姐姐，我怀疑自己是在做梦——他们应该正在青海发财才对。

父亲的无功而返让母亲失望至极。父亲说，没办法呀，在青海待不下去了，他说舅妈对于他们的到来显得很反感，总是指桑骂槐地说风凉话。舅妈却说，父亲嫌青海冷，总是撂下摊子不管，躲到隔壁的铺子里围在炉子边吸烟。

没人再追究详情了。父亲回到他的阴影中，似乎对舅舅在青海的生意越做越大这件事毫不关心，倒是母亲对父亲过早返乡耿耿于怀，她时不时地念叨，要是在青海留到现在，我们家早盖起楼房了。

我想，父亲这棵壮年的树已经很难挪动了，他到青海的时候，根部粘连着太多家乡的湿土，这些土和格尔木的泥土格格不入，父亲再怎么使劲，也无法在那片地下找到可口的水源。待他把带去的那点湿土吸干之后，他摇了摇头，说，他娘的，回去算了！

我要到青海去。

我一遍又一遍地听郑钧的《温暖》，想象那片开满油菜花的土地。

汪汪一定看到过这样的美景，他从南方一路北上，在鸭绿江边撒了一泡尿之后就掉头朝西走了。西行的路上，他成功勾搭上了一个美丽善良的姑娘。去年夏天，他发给我许多照片，我看到他在山西的老街，他在宁夏的黄河边，他在敦煌的沙漠，然后我看到了那个美丽女孩站在沙丘上的背影。汪汪说，就在青海湖边，我让她从了我。高佑也必然看到过那片金黄的土地。他在大二的那年夏天不辞而别，只身一人往西走，他路过了格尔木，并且继续往南，去了拉萨，去了墨脱。

而在舅舅寄回来的照片中，我看到他跷着二郎腿坐在自家的棕色皮沙发里，我的两个表哥也分别在同一张沙发里摆出了同样的姿势。舅舅已经把小鸡仔儿一样货摊养成了商场，商场像只勤劳的母鸡天天都在下蛋。

每当舅舅打回电话，青海就在我眼前晃悠，它已经在我脑海中晃了十几年。

我毕业一年了，我辞掉了工作，我整日无所事事地闲逛。当我荡荡悠悠地过到深秋时，哥哥说，我们去新疆，回来走青海，你去不去？我提起包就爬上了哥哥的卡车。

那天中午我们到达了若羌。若羌是一座被沙漠垂涎的孤城，十一月，沙尘横飞。过了若羌，整个下午我们都行驶在沙尘笼罩的世界里。黑色的柏油公路伸向天际，戈壁一片迷蒙，患了白内障的太阳昏昏欲睡，远远近近毫无生气，整个世界灰白一片。哥哥握着方向盘，被这片死寂的戈壁传染得瞌睡起来。我点了一支烟，递给他。他接过烟说，明天就可以看到青海湖了，公路就在湖边，沿湖修造的。

在新疆逗留了太久，我已经厌倦了戈壁，厌倦了沙漠，厌倦了胡杨红柳，厌倦了沙枣、骆驼刺和胖姑娘草，我急不可待地要看见青海。我想象着那片鲜活的土地，蓝的湖水蓝的天空，白的云朵白的绵羊，不可能有油菜花了，已经是十一月了。

但哥哥神情泰然地抽着烟，他熟悉卡车的能量，如同赶车人熟悉自己的骡子。他不急于赶往任何一个地方，只要给他一个收货地址，他就这样开下去，瞌睡难忍的时候换另一个司机。他很少转头看路边的风景，在路上跑了十几年，他已经懒得再跟熟悉的风景打声招呼。这条三千公里的进疆路线，几乎成为了他的公交专线。他有固定的站点，停车吃饭、加水，和熟识的老板娘开玩笑。而把车打着之后，他就忘记了刚开过的玩笑，神情专注地盯着前路，轻松的一刻倏忽即逝。

我无论如何也没有想到，我们翻越崇山峻岭到达青海湖的时候，是晚上十点。那时湖面大概已经结冰，在高悬的明月之下，光洁亮白的湖面就像一面辽阔的镜子，照着我的失望我的无奈我的落寞我的迷茫。我听到哥哥和另一个司机说话，他们说起一个在荒无人烟的橡皮山住了两个月的人，他们对窗外的青海湖毫不关心。

我一言不发地把脸紧贴车窗，盯着那片镶在广袤黑夜之中的亮白的湖面，就是这片沉默的冰凉的湖水滋养着我朝思暮想的青海。除了紧盯着它，我还能做些什么呢？

有一刻，我突然发现自己来到青海并没有什么特别重要的事，我要看一眼青海湖也无非是要给自己一个上路的理由，好让自己看起来忙碌不停。

我回想我游荡的2010年，春末的南方、五月的麦田、库尔勒的梨园、喧嚣的铁皮车间……堆积的地名和人名连同堆积的岁月一起翻涌上来。我想起那些在火车上昏昏欲睡的日夜。我就像一个傻乎乎的陀螺一样被命运的皮鞭抽得团团转，像亡命之徒一样奔走天涯，躲避时间的追杀。在所有的城市我心生荒凉，在每一条路上我无缘无故地悲伤。

我十五岁那年，舅舅从青海回来过一次。他离开了很多年，他和我母亲有说不完的话讲不完的故事。第二天清晨，我和他一起骑自行车回老家，那时他的老房子还没有拆掉，他爬到几张三合板做的天花板上，拿出了几瓶满身灰尘的白酒——李牧舟没有发现这些酒。舅舅很失望地看到，那些从未打开的酒都只剩下半瓶，他打开一瓶尝了尝，说，没味道了。

一年又一年，这些从瓶中逃逸的酒香弥漫在舅舅的老房子里，弥漫在李牧舟身边。李牧舟被诱人的香气蛊惑，鼻翼翕动，四下搜寻，却从未找到它们的藏身之处。

那天下午，我和舅舅骑车沿着县城转到天黑。他说，他走的时候城里还没有这么多街道，这个地方已经大变样了。我后来觉得，舅舅是在物色房子，他大概觉得自己快要回来了。我的大表哥已经把店铺开到了西宁，小表哥的店则在兰州，我想，他们也许会沿着西安、郑州，一路往东走回来。

他们的根在东边，在这里。

每个人都是一棵树，离开的时候都不得不把自己带根刨起，带着最初的泥土。在另一个地方，挖一个坑儿，连泥土一块儿埋进去。舅舅已经把自己的根深埋在青海，但他年轻气盛的时候斩断的老根须还深埋地下，在召唤他，要找到这些隐藏在泥土深处的根须并不容易。父亲从来就没想在青海扎根，连一片合适的生长地还没寻到，他那高高在上的树梢就已经开始回望家乡。借着一场风，他头一扭，气哄哄地就回来了。

我一直觉得父亲到青海去了很久，起码有好几个月，在我的想象中，他们是在冬天的某个夜晚踏着厚厚的积雪走回来的。但家人都说算上花在路上的时间，他们也才离开不到两星期。

为什么他们的两星期在我记忆里竟有半年之久？

我想起舅舅藏在屋棚上的那几瓶酒。我想，我们的时间大概也不是均匀地摊开在我们的一生中。最初的岁月浓度很大，最初的岁月是粘稠的，你奔跑得再快，也不能比别人更早地长大。以后的时间夹杂了更多的风、更多的雨雪、更多的烦忧，被这些始料未及的事物稀释了，像被稀释的王水，再也不能溶解金子；像羽毛一根根脱落的鸽子，失去了飞翔的能力，露出鼓囊囊的肚皮，丑陋至极；像舅舅藏起来的酒，酒精挥发，只剩下江水一瓶。我们开始感叹，时间过得越来越快，越来越无味，我们就无师自通地学会了回味，学会了追忆——你不能指望从一瓶江水中品出一种水果的味道。

我们的最后就是一瓶打翻的水，流进地沟，涌入河流，和山涧的溪水汇合，和洗脚水洗碗水汇合，和曾经甘冽的山泉汇合，和冲刷过马桶水的尿水汇合，和雨水汇合，和屠宰场的血水汇合，和汗水泪水汇合，和所有人的口水汇合，和一切纯洁的肮脏的水汇合，在奔向大海的旅程中蒸发掉。

只剩下舅舅一人独守格尔木，舅妈和大表哥一起搬到了西宁。

哥哥说，舅舅已经和舅妈分居多年，只是他们没有把这件事告诉老家的人。

我们是在那天清晨到格尔木的，街上还没什么人，只有几个扫街的和一个边骑自行车飞奔边引吭高歌的人。我们没有停留，也没有给舅舅拨一个电话。我想他还没起床，我也不愿回答他"现在做什么工作"这个问题，我不能理直气壮地告诉他，我在云游四方。

哥哥必须找到一条准确的街道，在交警上班之前穿过市区——卡车太长了。

当太阳高傲地跳出地平线时，我们已经离开市区，来到高速路入口——格尔木东站。我下了车，拿出相机拍下那几个金黄大字。

交警对相机很敏感。他走过来问我，你干啥呢？

我说，拍照。

拍什么照？

格尔木。

拍照干啥？

被问到这个问题让我很生气。我很想告诉他，我是电视台记者，听说你们这里有乱收费现象。但我咽了口唾沫，窝囊地说，我旅游的，拍个照片不行啊？他鄙夷地乜斜了我一眼，他也只能露出鄙夷的神色了。

　　我兴味索然地回到车上，窗外是大片的草场。看到我仍在拍照，哥哥说，你总是照啊照的，给我说说跑这一趟有啥收获。

　　我一无所获。我隐隐地觉得，千回百转之后，我已经走在了父亲的道路上。父亲坐在火车上望着窗外远去的青海时，他在想些什么？他有没有感到希望的火苗只剩下一堆草木灰？

　　至少，父亲回去之后，还能把自己根部的泥土原封不动埋进故乡熟悉的土地，而假如我的根须上曾有泥土的话，这些泥土也早已风干，被我飘摇不定的奔波抖落干净。我已成为一棵无根的树。我不能扎进任何一片土地，我不停地把自己放下，又拔出来。当我的最后一片叶子枯萎的时候，我将会停留在哪片荒野上？那时，我会静静地等待一场酝酿多年的大雨的冲洗，等待一只虫子蹭痒带来的微小颤动，等待一只麻雀落在肩头的震荡，等待一场烈风唤醒我所有的枝叶，随风起飞。

卑贱而一意孤行的年月

阿　乙

1995年2月10日，农历正月十一，星期五。当Y走在通往县文化宫舞厅的路上，什么启示都没有，只有到将近十五年后，Y才会清楚，那里有一个布置好的阴谋。Y浑然不知地踏进去，就像踏进时间的下水道，经久不归。

Y穿着崭新的绿色警服，正在读公安专科学校。那可能是Y最阳光的一段时间，在头一年的高考里，班里只有三个上了分数线，而且看起来也只有Y的这所学校具有确定性，Y只需要磨完三年，便会在小城的上流社会永远混下去。Y走进舞厅，那里三三两两坐着正在复读的同学，这是一场来得太早的聚会。

Y坐在靠近门口的一张沙发，像自矜者一样礼貌地与人打招呼。Y不能去表达得意，也不能过分表达相反的东西，因此颇为零落地坐在那里，等待合适的时候离去。Y确曾站起来，这时阴谋启动了。酒保好不容易调试好音响，放进去一盘磁带，正在转动的转灯恰好又坏掉了，一束暗蓝色的光一动不动照射在Y的正前方，一张苍白的脸庞。

在《伤心咖啡馆之歌》里，麦卡勒斯写道：用柠檬汁在白纸上写字是看不出来的。可是如果把纸拿到火上去烤一烤，棕色的字就会显出来，意思也就一清二楚了。这束像月光的光就是这样，像火烘出她内心的忧伤。在此之前，Y见人脸，都是五官，鼻子是鼻子，额头是额头，除了说明它们自己什么也说明不了，但在这时，Y看见了眉目间汩汩流动的气息，那是驱之不散的哀怨气息。（很多年后，当Y陡然在夜光中看见《蒙娜丽莎》画像时，内心同样起了惊悚。那同样是一种不可理喻的邪恶展示。）

Y在初中和她同学了一年，高中同学了两年，他们应该有不少次擦肩而过，应该说过你好和再见，但是一切的交往就是这样。他们连彼此的家世都不清楚，像两条互不相干的河流。在这样的时刻，Y却像是走上平庸的山头，忽望见一望无际的冰川，Y被秘密震慑住，手足无措。

每个人都可能有一个诡异的时刻，这样的时刻也许只有一秒，但是好像一生的事都就此安排妥当。Y想，我爱她，拉起她的手，保护她，和她一起活，消失于这人世。这便是上帝设好的阴谋，在这个时刻过去八年，Y才能承认自己的行为纯属自作多情。上帝和Y开了巨大的玩笑。

在一部叫《海市蜃楼》的电影里，男青年看见天上的海市浮出女人的面庞，爱上她，后辗转千里，跋山涉水，寻找到对方，但是她有着蛇蝎心肠。这段毁灭故事的前半段符合上帝的理论，便是人之初，有两个头颅、四只手、四条腿，上帝嫌其累赘，因此一分为二，从此那被分开的叫男人的一半去苦苦寻找叫女人的另一半。这是爱情和婚配的来历。

每个人在初恋时几乎都是固执，蛮横，百折不挠，虽九牛不能拉回。Y不知道是他锻造了拒绝，还是拒绝锻造了他。愈挫愈勇。她起先是婉拒，后来是坚定的拒绝。如果程序倒过来可能好一点，她头一句就一锤定音地说"滚开"，可能后边的历史便不会演进下去。但是她第一次说得很礼貌，她礼貌地拒绝Y，让Y以为她只是有着某种不便。Y总是这样替她考虑，Y觉得她羞涩、不想让人看见、不想让人知道、还没考虑好，或者想考验Y。

Y在向一个哥们倾诉时，后者拍拍Y的肩膀，"你要是一追就追上了，人家岂不是鸡了？"Y再没听过比这更温暖的话了，Y讨到他的方子，那纸条只写下七个平常的字：胆大心细脸皮厚。

Y喜欢上这个女人的同时，Y的同学鸡屎也喜欢上她的密友。Y和鸡屎曾互相打气，一同行动，当时他的结局比Y还惨，被结结实实泼了一盆洗脸水。十来年后，当Y回到家乡，鸡屎都会请饭，作陪的是他夫人，当初的泼水姑娘。有考据说，县城人的性生活质量最好，大抵如此，鸡屎如此，Y那已经两次结婚的弟弟也如此。Y几乎不再问她——F的消息，总是他们星星点点说一点。有一年说是在外做销售，有一年说回到县城待了几天，最近的一年说她的丈夫是个军官，生了女孩。

像任何没有安全感的人一样，Y在那冰冷的时光结识下一帮失恋的人。其中有一个将行时瑟瑟发抖，Y陪着他饮了老酒，像两个混混色厉内荏地朝着中专进发。在女生宿舍里飘出一声"谁呀"时，他蚊蛾一般回答，"我。"就好像吹好的气球扑哧一下放气了。宿舍里传出不祥的声音，于是Y喊，"请开门。"里边却是再也无声响。Y用手推推不动，唆使他用肩膀顶，他只那么轻微一顶，那插销便脱了，挡在门后的架子跟着倒了，脸盆、茶缸叮叮当当在地上跳着，跳了好一阵子。虎背熊腰的他泪流满面。

多年后，当Y去赣南那个县城玩时，他已是派出所所长，正在等待提升公安局副局长。他安排Y到洗浴中心洗澡，到好宾馆住宿，他陪老婆去了。他的老婆就是那个用脸盆、茶缸来构筑防御工事的女生，脸有雀斑。Y有时想，如果自己和F修成正果，现在也待在县城家里，坐拥DVD、空调、真皮沙发以及孩子的玩具，晚上到朋友家打打麻将，Y打累了，她来锄草（在县城那里叫替打为锄草）。Y曾读到托马斯·曼的《托尼奥·克勒格尔》，作家克勒格尔在回乡时看见童年最好的玩伴与自己的初恋女人幸福地生活在一起，热泪盈眶。这是嫉妒的泪水，是对平庸生活的嫉妒。

Y并不热衷政治，有时看起来有着于连式的理想，发起狠来还天真地以为自己真能到纽约混一趟，但是这些大话并不靠谱。而且一开始也没想过会写作。Y的宇宙就那么大，就只想得到这个女人，和这个女人生活。从Y嘴里发的誓太多，兑现的太少，但是有一条在1995年到2003年这八年始终强悍，那便是只要她一声召唤，Y便可随她去任何地方，山岗，远寨，可以抛弃父母、财产和生命。

只要她轻勾一下手指。但是她压根不搭理Y。她唯一的恩赐是主动打了一次电话，问Y有没有车去省城。那是1996年，从县城去省城的中巴车泥垢满地，车顶上装载着一层层行李，车里塞满人，像塞满鱼。Y是商人的儿子，没有能力搞到像样的车，因此恳请同去警校的公安局子弟，他们恰好要开一辆稍大的车去，便顺上了。她的父母随行，父亲脸色浮肿，母亲微胖，穿着过时的踩脚裤，Y不能想象这样两个人物会造出这样一个天使。

她的父亲说：在国外，民办大学比公立大学的教育质量要好。她的母亲则有些欣喜地看着Y，这样的目光对Y真是一个鼓励啊，Y想他们总会对女儿说，这样的人你怎么不去考虑呢？Y和她则一句话也没说，在此前的一次造访当中，Y已被她彻底镇压。

那时Y在警校，已经和她通信，大约写了三封会回过来一封，三四行字，当时扒开一个个字缝看，觉得充满玄机，现在却觉得是自己不敢认输。这圣旨般的话现在读来颇为难受，Y很难承认她只是随便抄了几句歌词来对付自己。有一句是，外边的世界很精彩也很无奈，你不能因为无奈就不出门吧；有一句是，平平淡淡才是真；有一句是，你既然从未得到，又怎能说自己失去呢？有一句是，if you can do,show me your all.

Y妄学几年英语，对这简单的单词不敢断论，于是只要碰到一个英语四级以上的就去问，问到今日还是无解。Y可以将它翻译为希望，也可以翻译为绝望。在最冰冷的时刻，Y恼怒地说，它的意思是"有屁快放"。Y，有屁你快放。

Y从警校潜回县城，又在家潜藏几日，眼见着要将病假消磨光，于是打足勇气（对自己说，你跑了几百公里到底是为着什么），走向她家。那是在红绿灯旁边的一栋院子，院子里有绿色小楼，是她父亲单位的宿舍。后来Y每次在异地见到刷绿漆的房子时都会心潮澎湃，原因就是原初的女神每日在这样颜色的房子日出而歌，日落而息。Y走在街上，脸色红透，路人几乎都是熟人，好像都知道Y要去泡妞，嘿嘿呀，这小子泡F家的女了。Y绕了几个圈子，挑没人的时候进了院子。上楼梯时，腿脚发软，好像人生只剩这最后几级了。

她拉开门，坐回到椅子上，Y站立很久才敢授权自己坐到对面。电视上正在放潘虹主演的《股疯》，她斜着头看着。Y像罪犯等待审判。Y在囚牢里旷日持久地等待，现在时候到了，总会有一个公文式的语言从她嘴里飘出来，判决Y离开，或者留下，总得有一个爽快的结论。但是她只是将眼神从电视移过来，一言不发地看着Y。迄今为止，Y也没见过这样凌厉的眼神，它像利剑顶在Y的眉心，让人挣脱不开，逃无可逃。Y的身体出现轻微的响动，此后越来越不受控制，就好像要将自己筛出去。

Y好不容易控制住自己时，像大病初愈，绵软无力，说出了一句让自己也奇怪的话，"你就像个希特勒。"她对这样的愤恨纹丝不动。

在公安局的车将他们送到省城东边一所学校后一周，Y重整旗鼓去找她。Y想她也许会念叨这次的帮忙，多少给点好颜色。但是镇压却比上一次来得更厉害，她正在用手帕缠绕因为穿高跟鞋受伤的脚跟，看到Y，脸色变了，说，请你离开。

　　Y现在怨恨她没有老早这样宣判自己。但其实是Y应该更早地明白。如果不是时间为爱情的贱民制造出某种巧合，Y可能永远也不会明白。在若干年后的一夜，当Y坐在异地一堆新朋友当中高谈阔论时，咖啡厅里走进一个被折磨成鬼魂般的女人，她走到Y跟前，瑟瑟发抖，等待着处置和安排。Y说：对不起，我不喜欢你。

　　一小时后，Y走上街，忽而悲不自禁。Y明白了，我喜欢你，而你不喜欢我。就是这么简单。Y为世界有这么简单这么正常的道理而痛哭，Y一直没想到这是它恒在的荒谬。

　　Y记得有一个女人，在房里放了十几罐健力宝。她说是为Y准备的。Y喝它是因为那个商店只有它，她却据此以为Y喜欢。这件事卑鄙无耻的是，Y日了她，然后溜了。也许世界就像茨威格写的《一封陌生女人的来信》那样，这边仅只是一滴水，这滴水甚至蒸发了，在那边却仍然是一个庞大的世界。

　　请你离开。Y失魂落魄地走出来，鬼使神差地朝与来路相异的方向走。地面越来越荒凉，以至能看到一座村舍突然垮塌，尘烟像火山一样爆发。极度惊吓的人们无声地逃来逃去，而Y像失去灵魂的人端坐于地，泪眼婆娑。这样的毁灭日后还有一次，在Y自以为心如止水时，路过县城的红绿灯，却不再见到那绿色小楼了，于是走进院子看，看见了残垣断壁。一个穿着内裤的民工正一锤锤敲打墙壁，而另一个年纪大点的则躺在地上睡觉，午后的阳光真好，酱油色的胸脯一起一伏，能闻到鼾声里飘出的酒气。

　　毁灭在Y心里植下种子，有时发作起来简直是故意。在孤苦无依时（直到今天Y的父母也不知道Y曾喜欢一个女人长达八年，几乎把青春喜欢完了），Y自己来编排她。Y看村上春树的东西，就想象她是母猿，为着抓住一只逃窜的无腿虫，在县城废墟跳来跳去。月光洒下时，她坐在人工湖岸边啼鸣。就是这样的长着松针式毛发的她，用昏黄的巨瞳盯着Y，说，我不喜欢你，你再说也没用了，我就是不喜欢你。

　　有一年Y自异地回到县城，偶尔去储蓄所取钱，抬头时心下一颤，看到了那再熟悉不过的眉目。Y很难相信同样暴露出哀伤气息的眉目会长在另一人脸上，因此Y问：F是你什么人？是我妹妹。储蓄员说。一切全是遗传。所谓神性、气质、唯一的东西，都是遗传下来的。像水汪汪既产生于情人的眼，也产生于牛。Y被生理现实玩弄了。Y开始撕扯她，她成为想象的另一面，成为叫做小姐的女人，嘴唇涂抹艳俗口红的女人，髋部比肩膀还宽的女人，眼角布满鱼尾纹的女人，已经死亡的女人，Y在撕扯这个内心造起来的神。一切消停后，Y又说，纵使这样，只要你召唤，我还是要去。矫情如杜拉斯的句子，与你年轻时相比，我更爱你备受摧残的容貌。Y就这样整整折腾八年。

在八年当中，有四年Y在不停谈恋爱。有一夜Y打算靠回忆女人消磨时间，每个女人回忆半个小时，发现一晚并不够用。这可耻的游戏有的进行几天，有的进行几个月，有的是Y甩对方，有的是对方甩Y，在其中一位弃Y而去时，Y曾以为自己已被挖空，遂为此哀嚎啼鸣数日，却是很快又明白，自己念念不忘、耿耿于怀的其实只是床上游蛇般的身体。Y的可耻在于追人时，心中并无爱恋——Y只是想通过别的女人来证明自己还能恋爱。你不喜欢我，自有人喜欢，Y试图通过这个来修复溃败的自尊。现在想来，只是为了许可自己的放荡。

这些真实的女人无一例外不敌想象中的她。也许她的真身来到Y身边时，也会溃败，无数个太过疯魔的夜晚制造了完美无缺的作品，这个作品控制Y，垂钓Y，使Y以为自己是一只射出去的箭，永无坠期。当别人都拥有因果时，只有Y还可怕地活在半空中，嗖嗖有声。在Y设想过的一个小说里，Y模仿韩国电影《薄荷糖》，离开感到厌烦的妻子，坐上开往过去的火车，重访一个个他路过和路过他的女人，最终到达1995年2月10日那个傍晚，那个破旧舞厅的灯光下，Y向她倾诉命运与人生，以及不再回来的纯洁的、一尘不染的爱。在结尾，Y觉得要交代，让他感到厌烦的妻子和当初在暗蓝灯光下看到的人其实是一个人。

Y几乎什么都不信，不信才好呢，不信才会赐放荡以合法性。Y好像受获一双魔鬼的眼，轻易看到阴影、龌龊和裂缝，那些他自认为是世界本质的东西。当很多人看到暖阳下齐整如一的油菜花时，总是Y出来令人恶心地提醒，在菜秆下是苟合的老鼠和干硬的粪土，以及湿润的菌斑。Y并不是一个受欢迎的人。Y一度迷醉傅红雪那样的名字，自弃弃于市，虽为人唾面，置之不理，一心眼里苦念着翠浓。

Y在看电视《天龙八部》时，不觉得萧峰生是生，死是死，只将全身心投放于傻逼游坦之。在戏剧的高潮处，阿朱死，萧峰抱尸跳崖，暗恋他的阿紫跟着跳，最后跳下去的是游坦之。"阿紫，我来了！"他喊。这小丑的悲壮也大约只有Y会嘘叹。这个人被玩弄得没有脸了，被玩瞎了，像条狗一样过着，却正又是他在阐述着诸人心里的隐痛。爱情，可能永远存在爱的这一方，永无法为外人知。很多时候，在标签化的小说里，美女都被赋予善良的使命，而为了制造冲突，作者都会设计脑满肠肥、多金粗鄙的老男人出来暗恋她，这个角色既卑鄙又无耻，既可怜又可嫌，Y总是这去想，人家为了使美人满意，也许是冒死才打劫到八尺厚的银行柜台——就只为了依靠钱来撬开拒人千里者的城堡。

Y赋予暗恋者以伟大，是因为自己曾承受这样的耻辱。Y罗列过自己不受F欢迎的理由，有一条是缺钱，因此Y似乎立志要赚很多钱，乃至可以买到一个地下车库，改造成她的衣柜；有一条是欠缺音乐天赋，因此Y似乎也立志要成为大师，在巡演世界后回到县城，在演出的最后宣布这项成就的来历。但是这样想并没有用，她早已抛下Y，进入自己的人生程序，那个程序牢不可破。在Y那无数个要写的小说里，其中有一篇便是Y作为音乐家回到小城（就像作家克勒格尔回到以为有乡愁的地方），举行演奏会，她也弄了张票进去，在演奏到一半时，她见很多人从侧门布帘下溜出去，便也溜了。《还珠格格》快收尾了。

那个意念中的大师（Y）激动骄傲，谢幕时终于讲出内心的秘密，一个1995年2月10日，一个星期五傍晚的秘密。瞎了的他看不见，台下空空如也。

八年后，绵延的暗恋结束。是因为出了件糟糕的事。Y从县城辞职，游历中原，辗转来到上海，一日无衣穿，去百货大楼，偶尔找厕所，恰看见曾被自己抛弃的女子，在做导购。她因父母离异，在母亲家为继父不容，在父亲家为继母不容，15岁辍学，曾飘落于一家报社地区通讯站，当了一名假记者。她采访到县城公安局时，被Y识破，但Y没有纠缠，后来便无由地恋爱了很久。是女脾气暴躁，率真，义气。后来说断就断了，一般分手都逃不开麻烦，她却只反过来打了一次电话，只说"连你也不要我了"。

常理中的小说碰到这种情况，男主人公会憋着尿低头走掉，装作不认识。但是生活是Y贪恋于她的胸部，他们辗转流落，意外重逢，反而亲近不少。Y和她回到她家，她端水泡茶，擦拭安排，像是悍物投胎为绵羊。Y只觉人生变化极快，她终于长大了。后来悲怆一想，却是她不低眉顺眼，世上已不留活路。Y和她来往了几次，也不好开口问，后来饮了酒，知道她其实是台湾人的女友。她强调说他家里没有老婆，Y颔首。但是台湾人只给她租了这么一间房子。台湾人可耻啊，Y这样想，说，离开他吧。

她摇摇头。后来她打电话叫Y去唱歌，Y找到，上海少见这样寒碜的歌厅，沙发油腻，包间局促，她正在一堆大娘同事中欢快地唱歌，她看见Y时笑得大开。Y没有妹妹，Y想要是有妹妹，就会是这样的，对着他心无芥蒂、充满希望地笑。一个多月后，她打电话来，说你当初说的话还记得吗？Y说，我说了什么？她没说话，他也没说，两人尴尬地僵持在话筒两头，Y身边躺着一个游蛇般身躯的女子，内裤只有拳头那么大。

因为被游蛇般女子抛掷，Y应允了去广州的机会。在打点行李离沪时，Y才想起要给导购打电话，但是号码停了。Y眼一闭走掉了，他想，即使没有停机，自己也是叶公好龙。后来，Y想应该有一个人在黑夜中走，Y两次与之同行，两次借故走掉了。Y便羞惭起来，这件事情的发生宣示Y在那孩子气般的四年里种下了难以解脱的恶果。

未来的一个日子，当有一个女子脾气暴躁地离开Y的住地时，Y去寻找，找到二环路，车辆来来往往，过尽千帆，凄惶莫名。后来终于看到她平安时，Y和她的关系就史无前例地稳定下来。Y不想再去算计别人的脾气弱点或者别的什么，Y觉得事情就这样了。Y是一个年级大起来的人了，不适合再去造那风花雪月的幻景。

要实实在在看到什么人信任自己，并回报对方。

2009年末，M的演唱会举行，Y买了票去看。十天后就是M的40岁生日，她的声音宛若当年，但是好像40一过，她便不能再以接近童音的声音出来演唱了。这是一场青春的祭奠。因此演唱会虽规模不大，在编排设计、演职投入以及背景安排上极尽奢华。就好像不是在让你买票消费，而是邀请你来参加她的青春告别。隆重如一生一次的婚礼。

Y在偏远的看台看不清她，但当她走上舞台，走进自己的旋律时，Y还是泪花滚动。她是凝滞在Y八年岁月里的配乐，Y就是在这样的音乐里失眠，爬起床来写发不出去的情书，写感叹号，写我想念你，我很寒冷。Y就是在这样的音乐里像雕刻完美的雕像，不停雕刻她，甚至雕刻好了可能会面时的场景，那些月亮、玫瑰、海浪、雨，那些因为爱情的弱智而涌现出来的意象。

1995年2月10日之后，Y和F只见过五次，两次是偶遇，接到她来信五封。

M的演唱会进行到第五章节时，很多观众走掉了，猥琐得像是偷粮食的人，猫着腰钻进甬道。结束时，属于她的旋律只放了一会儿，就被一种我们在运动会里常能听到的进行曲替代了。那是馆方在催促大家赶紧离场。

Y之所以听这个高雄人的歌曲，是因为在将近十五年前的那个傍晚，舞厅的酒保修好了音响，将一盘她的磁带放了进去。Y在接下来的灯光照射到F的脸庞时，想到是这首歌勾起了她的悲伤。Y想是这样的。可能她自己倒不这样认为。

天使的马车飞驰过一棵杨树，天使啊马车啊年龄都不见了，只有杨树空空如也地立在那里。

回到种子

我的爷爷是一匹惊恐的老马。很多年后当我在坝上草原租到这样一匹瘦马时，觉得我的爷爷就是这样，它对远方失去激情，出行时慵懒而极不情愿，需要皮鞭抽打才会走上几步，它总是低下头嗅来时的气味，一等返程，又控制不住地欣喜起来，几乎将骑手甩下鞍来。

今天当我们家人团聚时，还会嗟叹历史上的某个节骨点。那是1950年代的某天，一位干部接到了一张纸，他盘桓良久，最终在嫉恨情绪的驱使下烧掉它。只因为我爷爷和他同村，且出了一个很小的过节。这件事像史书所载的悬案，最终对党不积极的我爷爷从乡长位置下来，变成一个略带魔幻色彩的郎中。据说在退下的谈话中，那位赏识我爷爷的老领导问："小艾，你怎么连个入党申请书都不会交？"我爷爷答道："交了的。"我爷爷说的时候像个羞愧的妇女，已经左右不了由公章承认的现实以及领导怒其不争的态度。

我们今日嗟叹是因为我们看见了另外一条河流，那位干部接到入党申请书后，战胜小我，批准之，如此我爷爷便能借着这凭证从已有的乡长位置晋升为区长，进而局长、县长、市长、省长，一切似皆有可能——那么我们现在就是高干子弟了，用不着起早摸黑，将每个亲人变成骡子，驮着只有1%利润的货物。我们有时候还会嗟叹我父亲当年的一次踟躅，生性果断的他带着全家老小从村里迁移到乡镇，又迁移到县城，在县城筑了两套大房，却是在勘察好九江市的一个门面后撤退了，这样我们就丧失了举家迁移地级市的机会。

今天我的流浪就根植于这纯朴的虚荣，有一天我在县城感到胸闷后，就离开组织部，到郑州当了一名打工仔，此后飘移上海、广州、北京，好似距离纽约也不远了。2006年时，一家杂志召唤我，我几乎立刻答应了，有一个原因是它是美国一家杂志的中文版，那家美国杂志就在纽约，集团的名字叫时代华纳。我就想我去看看也好啊。可惜现在我也搞不清楚，是我炒它了还是它炒我了，就像一次不幸的吵架。

当我意识到现在写作的我已经34岁时，那种漂泊的疲乏又不可遏制地泛出来，我已经学会取笑自己的理想，所要的已经越来越少——正是在这逐步丧失激情的过程中，我想起我的爷爷，我觉得他从来没有惋惜过，他是一匹惊恐的老马，他才不想得儿驾得儿驾地在官场上驱驰。我记得我曾问过他为什么不做下去，他说后来他们都挨批斗了。这么说他就是他心目中的刘伯温，准确预测了一场宏大历史中芝麻小吏的遭遇。而我也觉得那个入党申请书的故事只是一个骗局，他可能真的没有提交它，这在日后他种种的作为中都得到呈现。

我的爷爷进入老年很早，他在卫生系统做了一会，就让我的父亲顶职去医药公司，自己退回到下沉村，过着自己欢喜的生活。我就出生在这个赣北的小村庄，是所有孩子中最受爷爷疼爱的一个，我做什么对他来说都是值得荣耀的事情(就像《武状元苏乞儿》里吴孟达饰演的无原则父亲)。他试图将自己一生所迷信的东西灌输给我，这些东西包括呼延庆锤子的斤两，点痣用的药水，黄梅戏本，奇门遁甲以及麻衣相法。有一年暑假，他找到一个算命的孤本，因为急着要还，偷偷拆开一半，他抄写前一半，我抄写后一半，结果我十个字只抄四个字，蒙混过去，等到后来他读到此处，不禁长嘶一声。我知道他不会发怒，他甚至连当着我的面怨恨也不会，他只说你这个伢儿啊，你这个伢儿啊。

他很好地开发了我的记忆力，他让我记住一家九口人的生辰、属相和称呼。每当有亲戚和邻居路过，他就会拉住对方问我："说说，小莹是你什么? 生于哪个时辰? 属什么?" 我对答如流，他便巴巴地看着对方，等待那宏大的赞扬。爷爷是个很好的故事人，总是会有些乡人过来找他讨要故事，他有天讲着金兀术的事情，讲差池了，我在一旁补正，他当时瞠目结舌，接着我看到世上最欢欣的笑脸，这笑脸接近疯狂，又那么无声，像山间的花忽然开了。从此，他给人炫耀时便会以这个开头，"你说，我家孙儿都知道我讲故事讲错了。"

有一天我在上学，忽然看见窗外探出一颗熟悉的光头，因为消失得太快，我不敢确信是不是我的爷爷。在回家后的餐桌上，果然听到他实在忍不住了要说："我看来看去，整个小学就数柱儿最白最好看。"我的爷爷已经死去多年了，这件事仍然被当成我家餐桌上的笑话讲述，意思是爷爷很可笑。另一件被常讲的笑话是我第一次系皮带，不会拆，拉了一裤裆屎，一直不敢告诉别人，直到自己被臭得轰然大哭。

爷爷身上散发的邪劲，他对风水、周易、麻衣、点痣、戏本、中医的坚持，都让我那无神论者的父亲不屑，也因此，他的教育权逐渐被剥夺，我开始在乡村练习书法、珠算、智力游戏，直到父亲觉得还不放心，将我和弟弟接到横港乡，和他一起生活，接受他的监督。我在横港药店，接受了太多的殴打，我永远记得《唐诗三百首》的第一首诗，是为：

> 城阙辅三秦，风烟望五津。
> 与君离别意，同是宦游人。
> 海内存知己，天涯若比邻。
> 无为在歧路，儿女共沾巾。

但我也只记得这一首。我的父亲命令我每天背诵一首诗，计划是第一天背一首，第二天背两首，至三百天时背尽。我总是背不好这第一首，因此总是被当成不用功，被罚令跪在地上，直到背诵通顺为止。我现在不看中国古文，不喜欢唐诗，就像我的父亲不喜欢吃包菜一样，他在穷困的时候吃得太多了，以至于后来餐桌再出现这东西时便会勃然大怒。

我的爷爷失去了我，但是他还有巨大的乡村，在那里他上山采药，配制神秘的药物，给人看风水，给人算命，有时候还搞来一种药水，把河里的鱼虾药个精光，让自己足足吃上半年，有一年他养鸭，鸭子得瘟疫死光了，他就把它们制成板鸭，在楼阁上挂满两排。我的父亲回来时总是和他大吵，这个时候他展现出殊死搏斗的架势，说吃死了是我的事，不关你的事。

我的爷爷逐渐成为乡间的一个传说。时常会有些邻村或远地的人提着红鸡蛋或腌腊肉过来探望，我的爷爷总是问："孩子还好吗？"

"好啊，好得很，到处蹦。"

我的爷爷就很愉快地收下物什。很多乡村的孩子不知道为什么喜欢假死，跟真死一样，唤也唤不回，这个时候总是心急火燎地来请我的爷爷，我爷爷过去拿手一通乱掐，他们就活过来，好像从时间之外归来。

无事可干的时候，我的爷爷总是嘴里叼着烟，也不吸，蹲在路边等候他远地的妹夫和女婿。我的爷爷本来不抽烟，因为看病多了，人家便给他敬烟，他觉得这是个财物，不拿心疼，可是抽了他也知道身体疼，因此便点着放在嘴里叼着，一生也没吸一口，时时刻刻像新手一样不知道掸烟灰，因此每条裤子都留下洞，有的洞大得还能显现里边的内裤，让我的奶奶耻笑。我的爷爷就这样叼着烟，蹲在路边等候，他已经托人带信给他们了。

我的姑爹和姑父赶来时，我的爷爷活络起来，带着他们参观自己新设计的捕猎机关，或者自己新看到的刘伯温轶事，有时候还带着他们到山上去看神秘的植物。我的姑爹和姑父长得和我爷爷差不多，都有一个稍微前凸的嘴巴，一双骨碌碌转的眼睛和形似于秃的头发，像是三个老掉的孩子。现在想起来他们聚会时是多么欢喜，他们是三个欢喜的人。

到了第一道分别的时候，爷爷总是说："再多歇几天罢。"他们就再歇几天。过几天我爷爷又说，"再歇几天罢。"他们便又歇几天，直到不得不分离，爷爷像是萧条的作家，独自举着灯回到案前，好一通身体不舒坦。

总体来说，他和下沉村是和谐的，他睡在房屋里，房屋就失去了墙壁，那些尿桶、锄头、灶、柴禾、水缸以及二楼干燥的稻草就属于他，他走到门前，他就融化进万物，青翠的山、哗哗流动的河水、池塘里潜藏的泥鳅、来往的农夫、长痣的女人、相信命运的邻居和假死的孩子就像花儿一样簇拥着他。他像在母胎里的羊水活动，越活越年轻，脸色红润，健步如飞，直到我的父亲觉得他实在太老了，在举家迁移到县城时将他和奶奶捎了过去。

这个过程就像将鱼儿捞出来丢到地上，我的爷爷眼神出现惊惧，腾跳起来。在县城住的地方，陌生的火车每夜以其工业的姿态无情地路过，让缩在小房间里的爷爷无所适从，他不知道将那些算命书和戏本放在哪里，他看见了房间由冷硬的墙壁组成，但是这些墙壁在我父亲及现代文明的注视下薄如脆纸，他觉得他什么用也没有。他还认得政府系统和卫生系统的一些老熟人，但是在经年不同的造化之下，他们已经失去了相视一笑的默契，他们无论如何也谈不到一起来，因此最后凄惶地简化为一两句问候：

"你身体还好吗？"

"还好，你呢？"

这个老头，每天吃饭每天又无所事事的老头，逐渐演变为一个可笑而固执的小动物，他开始变得痴愚，麻木，在家长回来时表现得凄惶不安，好像口袋里的东西随时会被缴走。他就这样极其漫长地活了很多年，有一天他找到了把小锄头，去县城的远山转了一圈，带回了一捆毫无价值的野草；有一天则上了袁世凯的当，他回来对我们说他用极其少的钱买到了银元，吹起来还会响，但这不过是招致一家人的斥责；过了些时日，他不思悔改，又买了一些袁大头回来，他应该见过伪装成美元的秘鲁币，但是他没买，因为他不相信纸；他的妹夫和女婿有时会到县城来，但他们在来之前已经被自己对县城的敬畏吓坏了，他们不敢将沾着泥巴的鞋踏进我家，匆匆吃过饭，就甩开我爷爷留恋的手落荒而逃。

有一天，我病了，躺在沙发上，我的爷爷坐在凳子上守护着我，一动不动，像一尊陈木雕像。我就在这平安中睡去，直到又被惊醒，我听到厨房里乒乒乓乓，有着欣喜才会有的响动。我起来去看，发现爷爷，这个粗通一些汉字的人正按照我的化学课本配制一份神秘的药水。

这份由淀粉和米汤等做成的墨汁，最终在县城算命瞎子聚集的东街得到呈现。我的爷爷拿着毛笔蘸着它，写好了字，等待上钩的乡下人，他们相信了无字天书的说法，掏出钱让那昭示他们未来命运的字显现出来。我的爷爷赚了好一些钱，这让他多少在这个做生意的家庭里获得了一些尊严，他这样饶有成就的回来，被我的父亲极其不屑地斥责了，我爷爷眼里的火光应该熄灭了，他一辈子都在和我的父亲争执是中医有用还是西医有用，是有鬼神还是没有鬼神，是有天堂还是没有天堂，他失败了，我的父亲判决他说，你搞什么东西！

我觉得那时候我爷爷心里想着的便只有逃亡了。就像一只活在高墙下的鸡，他逐渐地老掉了，连翅膀也展不开，只能有一下没一下地啄食着米，心里却想着飞到天空去，在那里和清风白云为伴，永不归来。这是他的理想，也是他的悲凉，是他的热望，也是他的绝望。他最终像是不可逃脱地参加了张宏堡旗下的中功培训班，顺利滑向另一个世界。

今天我们都在用老年痴呆症这样的说法形容最后的爷爷，但是他得的其实是精神病。也许是在有一天，有一个问题他没想明白，卡在那儿了，走火入魔，就去了另一个世界，从此与我们失去联系。我记得那第一声宣布彼此隔离的嚎叫，那是一个人在极其惊惧的状态下才会喊出来的嚎叫，我们一家人像是魂魄被击中，惶恐地跑进房间，发现他眼睛直勾勾，手指着一个稳定的前方，气急败坏地说："长江大桥，南京长江大桥，我命令你倒塌，赶快倒塌。"

我们召唤他，安抚他，捉住他，却是消弭不下他对国民党反攻大陆的恐惧。这种可怕的恐惧像霉斑，迅速扩散起来，慢慢从遥远回到近处，从抽象变得具体，到最后演变成谁也不能靠近，每份递送过去的食物都被怀疑下了敌敌畏。他总是对我的妈妈说，"我还不晓得，你想毒死我。"

我的妈妈在后来总是转身对着我们笑，说："我要是毒死你了，早不就毒死了？"

我们家里开始习惯有着这样一个白天睡觉，晚上大嚎大叫的亲人。我的爷爷曾经被送去精神病院，很快又接回来，那个地方在外人看来，确实像是存在的地狱，空气里透露着太多不安的分子。我的爷爷就这样嘶吼，为着他的自由，终于将自己嘶吼衰竭了，这样他在一天忽然清醒过来，说要回趟下沉村。

我不记得那时我在哪里，总之我接到电话，说我的爷爷一回到下沉村他的屋子，忽然生出蛮力，将护送的女眷推开，快速闩上门，并在门后顶了两把锄头。现在想，这便是他的城堡，他要在这个城堡与那些要将他掠夺走的亲人作战，他对外边焦急的呼喊不闻不问，碰到那些乡下的老人过来规劝，他不好不回，便说："我还不晓得，我一开门，他们就将我捉去了。"

至后来，大约是外边催得急了，他又发起癫狂，在屋里用自己的声音盖住世界一切的声音。我就是在这时接到电话，我大概是最后一个赌注了。大家都知道我是他的掌上明珠，如果有一条命比他自己的重要的话，那便是我了。

我汗如雨下地赶到这个我出生的地方，那里意外的寂静，阳光照在门上，门因为被雨冲刷，淡蓝色的漆已经变成白灰色，露出道道槽痕。我就在这里听了听里边，陷入到空空荡荡的惶恐，我着急地喊："爷爷。"

里边空无一声。我又喊："爷爷，我是老柱。"

　　这时里边飘出愤怒的声音，这愤怒的声音如今听来还是如此踏实："你骗谁呢？"

　　"我真的是老柱。"

　　"你来干什么？"

　　"我来看你。"

　　"你来看我，好。"

　　"爷爷，你开门吧。"

　　"我不开，一开他们就把我捉去了。"

　　"没人。我一个人来的。"

　　"你真的一个人来的？"

　　"真的。"

　　"我不信。"

　　"我就是一个人来的，他们都走了。"

　　后来门畏畏缩缩地开了，爷爷果然只看到我一人，卸下警觉的眼神，亲热地要摸我，我一个人把他捉出来了，一直捉到车上，让汽车拉回县城。我觉得他应该痛骂几声我这个叛徒，但是他什么也没说，他就像绝望的猎物那样哼叫，哼了一路。

　　爷爷就这样时而疯癫时而清醒，又活了好些时日。生活就像是蚌，把突兀都吞噬了，抹平了，我们觉得爷爷从一开始就是疯癫的，就是嚎叫的，好像几十年几百年都如此，好像我们也适应了他几十年几百年。爷爷像橱柜上一个不用的糖果盒，一直存在着。在这样的过程中，我大姐的儿子小学快毕业了，我二姐快生育了，我哥哥在矿产局上了班，我也警校毕业分配到遥远的乡下当片警了。我的爷爷像糖果盒一样带着某种奇迹活下去，看起来距离死亡遥遥无期，直到有一天，他在清醒的状态下去菜市场转悠，极其悲惨地在桥边踩滑，掉到烂泥河里。那地方距离我家只有五十米，我妈妈不是爱热闹的人，我爸爸也不是，我弟弟也不是，我们一家都不是，我们只是觉得很多人围在桥头，一定是有什么事情。

　　直到我那在矿产局上班的哥哥下班了，他看到很多人围在桥头，看一个谁也不认识的满脸泥污、低声呻吟的老头蜷缩在泥里，出于某种道义，脱下皮鞋，又脱下袜子，挽起裤管，穿越蒿丛，小心走下泥潭，将他拉了起来。这时我的爷爷看了一眼，说："国儿。"我的哥哥才知道，操，这是我的爷爷。

我的爷爷摔断了自己的腿，这条腿打了石膏，好还是不好都已经阻挡不住死亡的来临。死亡就像收电费的，出现在家门口，通知了我们一家人，是时候了。我的爷爷肌肉萎缩，器官溃败，进食困难，起先能入些饭粒，接着只能入些米汤，最后只能依靠吊水针维系了。兼之爷爷嚎叫成性，最后几口真气也就损耗得差不多了。

纵使如此，这个坚强的老男人还是拖了很久，医生三进三出我们家，每次都像法官那样板上钉钉地说熬不过了，每次又竖起大拇指说，"我还没见过这么能扛的人。"我的爷爷到最后已经不能说话了，只能嗫嚅，嗫嚅出来的谁也不懂，有天早晨嗫嚅很久，每人凑过去听，才猜到是个蛋糕的意思，我们便想这一生小气的人是没有吃过蛋糕的，这时想起来吃了，因此热泪盈眶地去东街买，买了最松最软的，回来掰得细屑，好像要喂鸽子一样。我的爷爷看见来了，眼睛放出磷光，张开嘴等着——可是这玩意儿和此前的任何玩意儿一样，进入爷爷的喉咙后，就被悲哀地、一股脑地呕出来。

我爷爷疲惫地关上眼睛，连眼泪都没流。然后又开始嗫嚅，嗫嚅很久，都不懂，因此我们便放任他嗫嚅，他嗫嚅他理解，他自言他自语。好些天了，亲戚们过来探望，他们坐在一起，又悲伤又兴奋，绞尽脑汁想着这个谜语，这到底是什么呢？还有什么没交代的？大家掐着指头算，算不出个所以然。直到来了一个我的堂叔。他"三叔三叔"地唤了几声，示意大家静声，趴过去听，我爷爷张开鱼吻一样的嘴唇，将微弱的气息送到他的耳膜，好像在那里用指尖轻轻写了几个字。

我的堂叔抬起头，若有所思，若有所得，又凑下去听，这次他好像知道了，回头说："怕是想回去了。"于是他又大声说："三叔，你是不是想回去？"

我那疲乏至极的爷爷马上闭上眼，整张脸松弛下来，连呼吸也前所未有地平稳起来。我们到这时才醒悟过来，我们的爷爷这些年在县城孤独得不行，这一切都是孤独造成的，现在他要回家，回家了说不定还能多活上几日。我们最后一次请来医生验证我们的想法，医生视察了一会儿说，怕是赶也赶不回老家。医生的这句话让我们好一顿忙乱，又是联系中巴车，又是联系竹床，又是置办孝布，又是熬参水。我像傻子站在一旁，思考着医生说的四个字，生命指标。我看到这指标像早晨的路灯，一盏盏地熄灭，没有声音，没有动静地熄灭。

几天前，我在派出所接到家里电话，说爷爷不行了，我在派出所一直骑一辆笨拙的摩托，但是那次，我一把推开剽悍的同事，抢过他那马力十足又耀武扬威的坐骑，挂到最大档冲向县城。现在想起来，那时的我真是疯子，我挂着空档冲下漫长的山路时，很可能就会冲进悬崖底下，从交错而行的两辆中巴车间飚过去时，很可能也会被夹成肉饼，我老远按着喇叭，傲慢地冲过赶鸭的农民，我好像掌握着一道圣旨，心头在喊：我的爷爷快要死了，你他妈地快给我闪开。

但是一当我到他面前，就变得手足无措，他看着我的时候，既像认识我，又像不认识我，他什么态也没表——他就是在筹集最后一点力气，准备这次他很清楚的远征。如今看来，这是一趟奇迹之旅，因为手忙脚乱，他在竹床上颠来倒去，未能被人从狭窄的楼梯间抬下去，最终靠的是几条大汉站立于中巴车顶，将楼上吊下来的竹床接住，才将我爷爷弄到陆地。

那辆像壮丁一样被拉过来的中巴车在汽油上出了问题，一会儿猛然前冲，像是要跌跤，一会儿又死活卖不上力，需要人下来推。我的爷爷中间有一段时间微微睁开眼，绝望地看着车顶，不明所以，直到家人凑过去告诉他到了哪里，他才消停，不再嗫嚅——过了一会儿，他又睁开眼，表现出很饿的样子，我的妈妈给他喂最后一口参水，他拒绝了，那参水从嘴角溜下来，溜进脖颈。我妈妈说过了范镇，他便又闭上眼。有时候看起来他闭眼太久，大家面面相觑，以为他就此去了，去摸他鼻息，他又悄然睁开眼来。

就这样，中巴车下了柏油路，在土路颠簸，又极其冒险地攀爬上山坡，在下了山坡后，下沉村的气息飘过来，大家松下一口气，孰料司机不当心，没有顾及到一道隐秘的土沟，前胎猝不及防地蹦过去，整个车猛烈抖起来，爷爷的嘴巴一时甩得厉害，眼睛睁开，极其无神，好像最后一点力气无可挽回地被震飞了，众人手忙脚乱，倒是他那侄子又看出名堂，凑过去庄重地说："三叔莫急，就差一步到下沉了，十二股已经走了十一股，就差一股了。"

我的爷爷就这样坚持回到山清水秀的下沉村，回到他建造的屋子，他的房间，他的羊水。在这里，大家放下他，声势浩大地说"到了到了"，我的爷爷长时间地睁开眼，看着天花板，气息随即平稳起来，就好像获取了这里的力气——我们甚至相信他会在这里复苏，他在这里长出一层新皮，下床，提着小锄头到后山挖草药。我们觉得他就是这样大踏步地回到我们人世间，但是在一个叫南生的他的侄子走来后，情况变了。南生是我的堂伯，命运和他所有的兄弟不一样，他所有的兄弟都实现了从乡村到城镇的迁移，只有他在"文革"时从南昌工厂归来，永耕于乡野。南生伯伯走来看了眼我的爷爷，亲热地说："三叔，你回来了啊。"

我的爷爷好好看了一眼，忽然明白此地果是下沉村，大家并没骗他，赶紧死了。这是我第一次近距离看见肉身死亡，就好像一个人说话说累了，头一歪坠入了梦乡。也就是在这个时候，我遭遇到要命的尴尬，在一片啼哭中，我失去了哭泣的冲动，但是不哭的话怎么也说不过去，因此我将脑袋包在臂弯里，肩膀时也耸动，伪装得也很悲痛。我知道爷爷的在天之灵定然会说，你这个伢儿，你这个伢儿啊。

在我还想着做诗人的时候，曾经写过的两段关系到我的爷爷，一段是：

> 他叫民国八十四年
> 他叫建国四十九年
> 他叫改革开放二十年
>
> 他驮着
> 毫无必要的历史
> 一遍遍地
> 死去

一段是：

> 路越活越窄
> 房越活越矮
> 我的爷爷

　　字迹工整地
　　去了坟墓

　　我并没有很好地理解我的爷爷。现在，当我孤独得想念一只梨子的时候，我想念我的爷爷；当我孤独得想念一盆炭火的时候，我想念我的爷爷。我想念他和他的祖辈所繁衍出来的层层温暖，他们自绝于火车轮船，宁可摘草而食，围火而谈。而在那个凄寒的县城，我的爷爷只会做一件事，他站在二楼，伸着一把厚实的雨伞，像老母牛那样温柔地喊："带伞啊，带伞，你们带伞啊。"我们这些人，在江南漫长的雨季里头也不回地离开。

　　有一天，我在网上看到湘西赶尸的传说，莫名的温暖；

　　有一天，我在立交桥下看到烧纸的女人和孩子，莫名的寒冷；

　　有一天，我在梦里看见爷爷的落葬地开满桃花，我的弟弟和他的一对儿女嬉笑着穿行于密匝的阳光之中。在那个梦里，唢呐、鞭炮、阳光、菩萨、青山都很光明，都很好看。让我像想念恋爱一样想念着未来的死亡。

居无定所

柳宗宣

　　现在，我时常忆起夜里在京城地铁交叉的线路中转，不愿在城里的小房里住下，无论多晚，都要回到皇木场，这个京东的小村庄，回到自己的那个宅院。当我走进西门，看见守护村子的一排垂柳，两排粗壮杨树枝桠间的月亮，空气顿觉清新，北京城的市声退去。打开自己的院落，月光正照在庭院的竹子和石榴树上。那一刻人恍然回到过去，回到南方过去的家园。

　　现在想来，皇木场那个有着庭院的两层小楼，它满足或安慰了我那个阶段因长久在外漂泊而引发的深深乡愁。这个小社区有着众多树木，农民的宅基地变成了新农村的统一的两层楼，它还保留着乡村遗迹，那里有传统的集市，它比邻着被脚手架威逼的田野。

　　那些年在北京，我看中皇木场，想在北方漂居生活中虚拟出一个自己的故乡。一日，我在村子里闲逛，看见一株海棠树下的房子和庭院，北方老乡在树下的庭院里站着说话，我突然为这日常的一景所打动，像观看一幅画停驻在那里：扶疏的绿树长在庭院里，房子在它的掩映之下，人从屋子里走出来，来到这绿树下的空地，这个户外空间，它过滤掉了噪音、风沙和陌生人；人不只在人工建筑空间里感到自然的存在，同时在自然（树）的形态中感受家的温煦。"家"这个象形字里，屋宇下面有"豕"，一些家畜：猪、耕牛、鸡等，中国古老家庭洋溢着对自然对田园生活的浓厚情感。

　　"榆柳荫后檐，桃李罗堂前。暧暧远人村，依依墟里烟。狗吠深巷中，鸡鸣桑树颠。户庭无尘杂，虚室有余闲"。陶潜的诗，将国人对田园的理解与感情推向了极致。他的诗句能唤醒人深深的记忆。当我们远离家园，置身于都市的高楼里，你时常夜里朗读他的诗，田园在召唤你，回到它的田野树木与河水边，陶潜的诗安慰了现代人的思乡病，以他为代表的田园诗成了中国知识分子隐秘的不断回归的精神家园。

那个倡导"返回自然"的法国人卢梭，他在自然中才能获得自由。他理解的自然，即那原始状态，有着天然的合乎人的本性与宇宙规律性的含义，他隐居在朗西森林，在那里散步、写作，生活俭朴、心地平和，享有过纯真的幸福。

希腊人伊壁鸠鲁，在远离雅典城的一个园子，将其生活与学问合为一体，并带领弟子隐入其中，过宁静无扰、默默无闻、与世隔绝的日子，努力避开各种纷扰，探寻自然哲学之理，他将对待宗教、生死、德性、正义、友谊等话题的正确思想概括为容易记诵的纲要，责其弟子熟记在心，并成为指导生活的内在原则，在园子里过着他们哲学或沉思的生活。

在我拥有了皇木场那套宅院后，觉得自己的隐逸生活就要开始了。那高出头顶的院墙似乎隔断了院外所有的喧嚷。我想着要把最后的日子交给它，那有土的院子，楼道和藏书的阁楼，我老了，这是归宿之地，最后的寂静之所——但风从未停歇，风一吹院子里的树就变动，树欲静而风不止。我没在那里住上几年就仓促离开了。

在那些日子，在皇木场，努力打造的田园生活，而人内心驿动不安，总想着回到南方。当冬日到来，村子树枝被村民修剪得简练空疏，村子里的一棵杨树落下它最后一片叶子，树根下堆满了叶子，我想着南方自己的老家。我理解台湾老兵不能返回故乡，等候从老家山东归来的人带给他们老家田里的一小包小米和一匙故乡的泥土的心情。当我从隔膜空洞的京城归来，独自在楼上的书房观看我还乡时拍摄的故乡照片：那里的泥土路、广袤的田野、那里的风物和兄长的老宅，人一下安静了，这虚拟的还乡让我获得无比的安慰。在那间房子里，我不断地听德沃夏克的E小调九交响曲，那由一连串庄严的和弦引出的回家的旋律，这个捷克音乐家在美国用钢琴抒写出的乡愁被我全身心感受到了，我们的情感交融在一起，在那乐声中我们一起回到了各自的家园。

我觉得自己是故乡田野里的一株树，我离开了那里，生命就是不完整的。我在北方过着脱离了根系的生活，终将郁郁寡欢而死，四十岁前一直生活在那里，我的肉身是那里的水那里的粮食和菜蔬供养，胃口被那里的美食所塑造，还有那如何也改造不掉的方言。江汉平原那是我的家园，是我要回去的地方。当我回到那里——田埂上草尖上的露水，那株老楝树，在风中起伏的稻田，自己曾划船经过的河流，亲人们变老的脸，那不断增长的坟地。这是我的出生地，我出生时的脐带被乡民剪断就埋在老屋的门前，祖父奶奶都埋在那个高坡。童年的记忆我早年的一切都隐藏在那里。诗人多多说，他的大学就是农村就是田野，他在那里获得了诗歌的意象。而在我看来，田野是我的宗教，我信奉田野，它教育着我开导着我：让我在这个人世默默生长无言贡献，肉身松软了就像祖先一样回归地里。

一日，我从甘肃平凉到咸阳机场的路上，看见了散落在那里黄土地上的荒凉村庄。我不爱这里，我爱江汉平原那个叫流塘口的小村子，我老家的小村落，那绿色田野里隐伏着我的亲人。是啊，我想着友人雷平阳的诗，我试着改动一些字句：我只爱寄宿的湖北，因为其他省，我都不爱；我只爱潜江县的后湖乡，因为其他的乡我都不爱——我的爱狭隘、偏执、像针尖上的蜂蜜。

而我这份狭隘、偏执的爱变得没有了着落。

我的故乡消失到梦境里去了，像陶潜的"桃花源"，曾经亲眼目睹过的村庄当他离开就消隐再也找不到返回之路。当我回到湖北回到自己的老家后湖，那里的亲人大都去世了，村子里的全是些陌生面孔。通往村子的两旁的柳树被砍掉，河水散发造纸厂的污水臭气。让人能产生依稀记忆的是那里的田野，但田野也被农药化肥和天然气地下管道所破坏。

我发现我的老家我的出生地变成了异乡。

一日，我在老家与同学还有一帮人喝酒，我散发着酒气说：你们把我的故乡还给我，你们这些外乡人来到这里，把清亮河水弄脏，把冷冻厂的污水排放到中治渠，将化工厂废水偷偷注入流塘口；游鱼和水草消亡，你们打着所谓发展的幌子，还以欧洲历史为证；我不会和你们共饮这杯酒，你们还我湖泊，乌龟和鳝鱼；还我可以裸泳的河水，无水可饮的早逝的亲人，你们把我的故乡糟蹋，让我成为了有家不可归的流浪汉。

这是个残酷的现实。我们不可能像陶潜那样归园田居。卢梭的隐居之地已成为喧闹的旅游之地，游客如蚁吞食着那里的树木和安静。伊壁鸠鲁的哲学园子也成了一个古老异域神话。这个时代将我们的存在之根拔起，田园之梦想破碎了，你无乡可回无田园可居。

你发觉自己成为一个悲凄的流亡者。这不只意味着远离故乡和熟悉的地方，且意味着永远地流浪，永远地背井离乡，与糟糕的环境冲突着。无处还乡之后的对过去的深情，对现在和未来又满怀悲苦。生活里许多东西都在提醒你：你处在一种中间状态，不能完全与新的环境契合，也不能完全与既往的环境分离，你处在若即若离的困难中。你无休无止，东奔西走，无法安定下来，无法回到某个稳定的安适自在的状态，永远无法完全抵达，无法与新的居所或新的情境合而为一；或者说你只有过着未定的虚悬的生活，即便在你的城市的家中也没有如归的安适自在。你成了处于特权、权力、如归感、安适自在之外的边缘的人物。但你也有可能获得流亡的乐趣，你会拥有着不同的生活安排或观看事物的奇异角度，对世界保有惊奇感，你是一个旅行者，一个过客，或真正生活的体验者，葆有不合流俗的生活方式，你自创着自己的生活路线，生机勃勃地无休止地自我发现，自我放逐不被驯化，你大胆无畏，你不断自我超越，不故步自封，改变着前进。

对于一个不再有故乡的人来说，写作成了他的居住之地。

在武大看樱花

早年爱听日本民歌《樱花》："暮春三月天空里/万里无云多明净/快来啊快来啊/同去看樱花——"我们去武大看樱花，天空倒没有什么明净的。沙尘天气，天空中为蒙尘所笼罩。事后听说是北方的沙尘天气影响到了南方，听说香港与台北也未能幸免。友人夏宏说，当日不去看，樱花会在雨水中飘零，所以我们两家人即便在蒙尘天气也去了武大。是啊，不是同去看樱花是没有这个兴趣的。

到了那里，倒真的忘记这个坏天气。那里的樱花与风物似在对抗着这个天气。在游人中观望这里难得的风景，人文的自然的风景在视线的不同角度中处处呈现它的妙境。和夏宏禁不住忆起一些往事，他的兴致变得很高昂，在武大他读了硕然后又读博，在他有了女儿果果之后在这里待过许多年，兴致依旧不减。这是他的母校。而我作为一个诗歌写作者，想着这些年不经意间与武大建立了个人的记忆。

我的处女作的诗兴源自八十年代初从国立武汉大学牌坊沿着坡路行走到校园内部的情景，那年，路两边有溪水在流，珞珈山隐然在目。我和潜江一个小说作者寻访于可训教授。这淡忘了的最早的关于武大的最初的记忆给挖掘出来，然后就是层出不穷的关于诗与武大的往事。

与夏可君偶然相识，他在武大读硕然后读博，我常住在他的宿客里。我们一见面就谈诗，他说，柳哥啊，你见我一定要带诗作来。有一次他送我，在雨中，在现在著名的樱花大道上两个人往下坡走，樱花在雨中飘洒，路边的校园广播放着轻音乐。这个情景被以后写到诗里，在我的诗集里收录了《在枫园一舍留下的一张便条》，是赠给夏可君的。在枫园一舍，因了夏可君邂逅他的哥们张典，两个人宿舍的上下铺上黑夜聊天，武大寂静得只能听到我们的声音，在黑夜里我们能清晰地看见自己即将奔赴的语言的道路。

以后从北方回武汉，在武大与黄斌、夏宏见到刘道玉老校长。与小二在东湖游泳后手持湿内裤在那里闲逛。西可从甘肃到湖北，我让他下榻武大，他说：儿子能到这里读书真好！

我和夏宏带着女儿来这里专程看樱花，觉得在这里你不读书，自然和人文环境对你都是一种熏染。

这些年在全国各高校跑得多了，对世事内情有所了解。尤其是我们在这个同构的体制下，高校也难逃它的衙门特征，遗憾地缺失它的独立性。对高校的早年肃穆感情在变化。在北京生活了多年，常去北大，对它的好感也日益减退，倒喜欢上清华大学的乡村似的树木与草地；喜欢云南大学草地上跑动的松鼠；难忘在广西民族大学那次，在往讲座礼堂的路上闻到校园草木散发的香气。

在武大看樱花的同时，我拍摄着那里的梧桐树的银灰色树杆和那树丛间隐现的老建筑。那不远处的山和山下的东湖水，这座著名高校使武汉这座城市有了雅趣与格调，让你觉得在日常生活中还有一个不俗的去处，那里书写着时光的记忆，一个真实的可以确信的人间幻境。

回访北京

这几日在北京，回到过去的房子，夜里风声真大，我有一年多没有听到这风声了。在十八层的楼上，呼叫的北风似要把房子吹倒为止，不依不饶的。

想到初到北京租居地安门的筒子楼，我是体会了风的厉害。像各种兽类在叫唤，让你恐慌伤感，想念家乡。湖北是没有这么大的风的。在武汉有空阔的房子里待着也舒服，外出阳光懒洋洋的。在北京暖气的房子待久了也不是个事。空气干燥，要加湿气才能消解。在北京最怕的是风，那风中的寒冷，把你往冰里吹；再是没有雨水。空气里水分少。人要不断地往里补充水分。这些天在北京，我离开它近一年，发觉路上停着车像在排队，交通几乎瘫痪了。当我从西客站打出租往东，车停在南二环上，汽车亮了尾灯成了一个灯的河流。京通快速路上也堵起来了。星期天去看朋友在朝阳路上也堵着。往年星期天城里的交通很顺的。你只好改坐地铁去，站台上密密的人头，想着过去我不可忍受的是挤地铁上班，现在更加恶劣。在北京待着的诗友对我说，挤地铁是最没有尊严的事，里面各种气味让你几乎窒息。我初到北京专程坐地铁从石景山到东单，感到新鲜，人少，地铁站台上有流浪歌手在表演。你感觉到书上所写的都市文化。而现在到处都是人，你在北京才感觉生活在中国。要知道边远地区的好多国人没有上过北京呢。以前挤公交车，现在挤地铁，道路堵着，这个北京城让人觉得出行日益困难。这让我到底满意自己的选择，到武汉去。虽然乱一些视觉效果不好一些，安全感弱一点，但那里还算是宜居的，还算方便的。最重要的是你拥有难得的闲暇。北京机会多，人好挣钱一些，活着有着所谓的体面，但在我这个年纪，对外无所求，想着要过个人的生活了。

在三联书店，见到了H，他说他半年没有到书店来了。好像是要来见我似的，这个早年的诗友，十年前从黑龙江到北京就找我，那天我刚下火车重返北京。后来我们在香山某酒馆喝酒，以后他离开那家公司，常找我玩。在东直门我过去的单位，他曾到那里吃过盒饭。他说他曾到我租住过的望京，我和一个残疾人合住的房子他也去过。他可以说出我在北京所有住过的地方。

一晃他在人文社一张报纸里干了十年，我也离开了《青年文学》杂志。我长他十岁，我是像他现在这个年纪来北京的，那年上有母亲，下有女儿，单位也像鸡肋，弃之可惜，是不容易到北京闯荡的，一般人下不了这个决心。而他那年是个单身汉，在俄罗斯做了多年生意。

我们在一起忆往事，感觉分外亲切，我们都为对方保持了部分记忆，在我们一起喝酒的时候都冒出来了。记得我们在地坛公司邂逅过，在书市上淘书他拖着一个带轮子的箱子，专程去弄书。他屋子里存了很多书。是的，对于我们书房永远是不够的。一年，我们一班诗友去北大参加瑞典诗人特朗斯特吕姆诗歌首发式。他找老诗人签字。然后我们一起转车，好像是坐108从海淀到红庙，人十分兴奋，他回到他租住的杨闸，我回到通县的三元小区，他还记得我在一则文章里记录过这个夜晚。

是书是诗歌的共同爱好让我们能在一起回忆往事，好像就发生在昨天。我们几乎是同时到北京来的，在一起经过那么多的人与事。那年在北京生存成本低，我们庆幸能购置房产，现在如果到北京是不好混的了，我们从赤贫到拥有房子，我现在还能回返这里，因为有了房子你就有牵挂，你才想着回来。

从房子里醒来，还是那种熟悉的孤独感，像生活在孤岛上，这不是北京的孤独也不是武汉的孤独，是生存的孤独。有一年我和家人从东城穿过西城，我在心里说，北京我爱你，也恨你，你让我从一无所有到拥有了两套房子，但我也怪你，你让我不能走进那万家灯火，我们在街头流浪，无处可去。好在现在一切都过去了，我还能回来，一抬头就碰到能一起回忆的人。

我喜欢边缘。总是把住处往田野附近靠拢。喜欢荒凉一些的自然之地，那年到皇木厂我相中了它的浓厚的乡野情调。这几日回返生活多年的旧地，感觉这里也变得繁华，工业厂区增多，道路全抹上水泥。从张家湾小镇出来，从铁道上散步过来，看见一个钢铁物流之地。车在这里也堵上了。在过去的住过的房子里，新的主人正在装修，我离开后买下的人不到一年就转手，他就净转了四十万。这对我很有感触。也就是说我让房子还拿在手上一年，就可以多赚四十万，在单位里混要十多年才有这个数。人有些沮丧，去年我一离开这里，房价就陡长。现在人有些后悔离开北京，到武汉去了，人还是一个老观念，要靠一个单位，寻求某种安全感。其实，完全没有这个必要。但是你不经过这一步就没有这个理解和认知。人确实是社会动物，在北京总觉得在体制外受人看轻，你的意识就总想往体制内靠近，你反抗它说明你在意它最后又成了投降者。其实你离开了就不要再回去，你要成为一个坚定的游离者，况且这个时代让你获得相对多的自由空间。

在友人的卧室里，看到他的新著，他正在恢复创作，但与他早年的作品相比实在是相差太大，完全不是一个人所为，倒像两个人所为，现在的他倒像一个初学者。他从外省调到北京，在一家单位里过日子，外水也比较多，车和房都有了，生活过得比较优越，但他回不到过去……的状态，他总想着回到创作状态中去，很多事让他分不开身，用他的话说，在单位里讨生活耗尽了他几乎所有的精力。几乎想辞掉，但又舍不得。艺术它让你必须放下尘俗的一些东西，为了在艺术取得一点成就或满足感，你必须放下外在的一些东西，它要你全力以赴。我的一个朋友为了维护实践自己在诗歌写作方面的理想，他放弃了教授的评定等外在名声，甚至放下了自己的专业，把所有精力与时间用在诗艺的研习上。

与过去的同事打了电话。那年他负责我们杂志。记得他初来和编辑部的同仁见面的时候，我们就餐后一起上洗手间，我迟他一步出来，他还在外面等我。以后在我共事的过程中我感觉他实在有想法，没有等级官僚的恶习，是一个干实事的人。有一年，我在春节前想对他的小孩表示下，他无论如何不要我的礼物，他说你在北京也不容易。他对我的体贴他的真情让我感动，礼没有表示出来，但我得到深厚的理解。让我对他产生了尊敬。相比之下，我觉得他这人难能可贵。在北京我见到了太多的有着优越感的人，他们有强烈的纳贡意识，因为他们有北京户口。他们少了怜惜少了对同类的爱意，他们觉得自己是上等公民。

一天，我在地铁出口等着一个人，独自晒着太阳。想着北京生活这些年，它的一个闯入者，熟悉着它的街道、公共汽车路线，气候和环境，我完全还可以在这里混着日子，在某个单位里待着，一个体制里的编外人员，看他人的脸色，寄人篱下，不断用力地工作，怕下岗，为身份问候焦虑，不断地想挣钱缓解自己的压力，获得一点所谓的安全感。这样的日子过完了，我断然离开了这里。

安静的时光

王琰电话来是早晨五点。他让我六点到火车站接他。

他是一个在路上的人，凌晨五点还在旅途中。而我待在暖和的被褥里。

　　他以为我的住所隔火车站很远，他用的是北京的计程方式，那年我们到西客站去几乎要两个小时，所以去接人和出行，得把时间安排得充裕。

　　他到了我现在的家里，觉得确实离火车站很近。他曾到过我在北京所有住地。现在他来到了武汉的房子里，新房子还像以往，挂着他早年的著作，仿佛时光停驻在这里，安安静静的从来没有变迁。

　　在书房里，我让他站在他带来自己的画作前留了影。

　　然后，我们坐在书桌前，在一拳茶水前，我小声地读我写的关于我们往事的文章。

　　他从口袋里掏出老花眼镜戴上，边听边看——

　　"——我是在宋庄大兴庄院子里见到王琰的。他的院门砌得很高。门前两边有两盆普通的蒿艾。画家鹿林把我带到他的院子，他正和妻子小韦坐在枫树下，才两岁的女儿上尚在小韦怀里。背后还有一个秋千。"

　　"这个场景在我的记忆里十分鲜活。络腮胡子，颈上挂着项链，一看就是艺术家派头。他把一个农民的院子处理得漂亮极了，新加了欧式的建筑和玻璃房子。靠在房子边的石头桌子，黑枣树在院子，他的油画在屋子里，把那个普通的房子衬得十分有味道。一个热爱生活的人无论他居住在那里，他都要让自己生活在自己创造的美之中。"

　　"记得在那个院子用了我印象深刻的晚餐。不隔几天，他用婴儿车推着上尚到我租居的小院子。我们坐在小屋子里说话，他们观看我新买的床和音响，我指示他说：院子里的小道是我自己砌起来的。他说他是提着两个皮箱和新婚妻子来到北京的，然后直奔圆明园画家村，然后转移到宋庄，买下那个农民院子。"

　　"我说，我初来乍到。他说会好起来的。那时他寻找着生活的突围，一直在自由职业状态中理解生活。从湖北画院离职到北京来做自由职业者，进入了另一种生活方式，没有了固定的收入，这时候就要遭遇生存的很多难事。"

　　"那年我们和过去的单位处在若断若续的状态。后来我们彻底地与单位了断，不想回去了。在村子里，我们谈论最多的是如何生活。我们想着开一个乡村酒吧，我坐在他的摩托车上去燕郊小镇购物，在建材市场运输碎石，在木材厂购买树皮装饰墙面。"

　　"在他的手中，一个破房子变成了颇有味道的乡村酒吧。酒吧墙面上，他绘有自己的线描，挂着自己的作品，后来那个酒吧成了画家聚会点，所到的访客都在墙的一面题上自己的姓名。我在那里认识了很多……的。我时常到那里就餐。

"一天我从通县回到村子，在车上，时近黄昏，夕光斜照。我要倒车回到宋庄，回到租赁的院落。暮色四合。夕光中所有的花草都需要关怀和怜悯。它们就要度过自己的黑夜。亲人四散，你为何漂泊：过去的房子空在南方，那些藏书与你血肉分离。为了什么流浪在异地，生活越过越差，不想回到过去单位，到处都没有出路。为什么要流浪，大地如此荒寂，你要从何处寻找圣殿？"

"王琰，这时你打来电话，关心我推迟的晚餐。我的泪水快到流出来。多年过去了，我还记住了那个无名黄昏，那从内心涌起的忧伤。"

"在夜色降临的公路上，暗中回到村子，回到灯光中的乡村酒吧，你安静地在灯下等着我，桌上摆着筷子和杯盏。"

"几年后，当我搬进新房子，王琰一家人转了几道车来到小区，我下楼去迎接他们，看见上尚长高了，王琰的白胡子多了起来，我想到他们夫妻推着上尚到我那个租居院子里的情景，我抱着上尚，感觉生活的艰难和安慰。一切都过去了，我们在异乡，相从如同亲人。"

"总是记起某年初秋，我和他挎着背包经过北京站，转车到南三环市场买旧货，忽然冲动起一种流浪的快感。我们过得苦，但诗情十足，无所惧怕，就是不愿回到过去的单位。我们在异地开拓生活，我们大踏步走在北京的大街上，豪情万丈，身轻如飞——"

王琰在我的新居里无声走动。他听完我朗读我们漂泊生活的文字，表情有些异样，他侧身观望着灯光中挂在墙上的他早年的画作。是啊，过去的日子过去了，无影无踪，最后它们落实到一幅幅画和一行行文字中。

小　贩

薛忆沩

　　甚至在求解一元一次方程的时候，我都会想起他。他总是戴着那一顶瓜皮帽。在这个连冬天都几乎没有人戴帽子的城市里，他的帽子是一种令人迷惘的标志。中午放学的时候，会有许多学生拥到他的跟前。他紧张地用身体护住那两个化学纤维口袋。那里面分装着他赖以生存的两种商品：爆玉米花和糯米条。班上成绩最差的那几个同学将后一种商品称为"电棒"。

　　上语文课的时候，我没有分心。但是，我不愿意站起来朗读课文。我用不着顾忌自己普通话的发音（我总是分不清边音和前鼻音），因为我的大多数同学以及我们的老师在发音上的问题比我的要严重得多。我们的老师甚至有元音上的问题。她会将复合元音"ou"发成单元音"u"。这样，当她说"扣子在裤子上"的时候，听起来就像是说"裤子在裤子上"。局部（"扣子"）被整体（"裤子"）代替了。这种替代正好是修辞学里的提喻（以局部代替整体）的反例，我在做梦的时候都觉得这个反例非常有趣。

　　我们早已经习惯或者容忍了彼此的口音，为什么我还要为自己分不清前鼻音和边音而内疚呢？河"南"（"nán"）当然不是荷"兰"（"lán"）。河南是中国历史上盛产"乞丐"的省份，而荷兰是地球上盛开郁金香的国度，我心里非常明白它们地理位置的距离以及其他许多方面的差异，虽然我将它们都发成"hélán"，无法从语音上将它们分开。我真的没有顾忌自己的发音。我不愿意站起来朗读是因为我不喜欢这一篇课文。这一篇著名的课文曾经让两代年轻人心潮澎湃，可是，它不合我的胃口。我的反感情绪从预习阶段一直延续到学期的结束。但是，在课堂上，我真的一点也没有分心。我紧跟着朗读者的节奏，仔细体会她有点夸张的顿挫。她的声音的魅力冲散了我因课文本身引起的反感。她吐出来的每一个音（甚至那些最暴力的字音）都是对我的身体温馨的点击，都能够愉悦我的神经。

她是班上成绩最好的学生。她也是班上唯一不会讲广东话的学生。我坐在她的后面，相隔着两排座位。她吐出来的那些翩翩起舞的字音令我几次忍不住将视线从书本上移开，投向她挺拔的后背。我不敢在她的臀部和颈背上停留太久。对那两个部位的注视让我感到一种强烈又陌生的羞愧。我的视线最后停留在她的头部，或者准确点说，是停留在她的发夹上。那发夹的形状好像是两只叠在一起的蝴蝶。我嫉妒那两只蝴蝶。为什么我不是其中的一只？我开始想象在她的发丛中扇动翅翼的感觉。我突然感到了一阵难以形容的亢奋。我写下了一张纸条，想在下课的时候塞给她。我的纸条上写着："你是我最可爱的人。"

我以为她全神贯注的朗读会引起同学们的哄笑。我不愿意她蒙受羞辱。我甚至不愿意她感觉尴尬。课文对美国士兵的描述与我们在好莱坞大片里看到的相去甚远。在我们看到的大片里，美国人总是战场上的英雄。如果一个死去的士兵手里还紧握着一个"弹体上沾满脑浆"的手榴弹，那他一定是美国兵。而与他同归于尽，被他的手榴弹敲得"脑浆迸裂"的士兵则属于德国、越南或者伊拉克；如果一个死去的士兵嘴里还衔着"半块耳朵"，那"半块耳朵"在我们看到的大片里不太可能是一个美国人身体上的组成部分。我担心班上的同学们会哄笑起来。但是他们没有。他们非常安静。他们似乎都在认真地倾听。他们似乎都被朗读者的声音迷住了。在我的想象中，那两只叠在一起的蝴蝶正在她的发丛中尽情地分享生活的奥秘。

下课的时候，班上成绩最差的那几个同学为谁是意大利足球甲级联赛中"最可爱的人"而争吵起来。他们中间最执著的两个竟突然扭打在一起，就好像是在示范刚才分析过的课文里的搏斗场面。这突如其来的暴力令其他的几个同学极为兴奋。他们用广东话不停地大叫"咬掉他的耳朵"、"咬掉他的耳朵"。这句话里面的每一个音都跟普通话的发音相去甚远，听起来极为风趣。我不知道他们究竟是在为谁助威，是在鼓励谁咬掉谁的耳朵。而那两个扭打在一起的同学很快就被这激情的助威逗乐了。他们停下手，从地上爬起来。他们中的一个抬起双手，摸了摸自己的两只耳朵。接着，这一群成绩最差的同学追打着跑出校门，一起拥到了小贩的跟前。

　　小贩已经与他们交手过多次了。他紧张的身体显得更加紧张。他用两条腿紧紧盘住跟前的那两个化学纤维口袋。他的双手交叉在胸前，右手掌紧紧地护住胸部。他收到的钱都集中在上衣内侧贴胸的口袋里了，他必须紧紧地护住那个部位。

　　像从前一样，那几个同学默契地分成两组，分别站在小贩的两侧。两个刚才扭打在一起的对手现在是同一个小组里面的战友。他们负责分散小贩的注意力。他们说要买一点爆玉米花。他们顽皮地问小贩是不是设有"最低消费"。小贩一开始没有理睬他们。但是，当他们重复他们的问题时，小贩有点恼火了。他警告他们不要妨碍他做生意，他说他再不会上他们的当。小贩与这一组同学纠缠的时候，另一组同学成功地偷走了几只"电棒"。恼火的小贩意识到自己还是上了当。他被激励了。他兀地站起来，敏捷地攥住一个偷"电棒"的同学的衣领。原来纠缠着他的那一组同学乘他注意力转移，迅速行动，用提前准备好的塑料袋手忙脚乱地装了三袋爆玉米花，然后迅速跑远。小贩注意到了他们的行动，却没有松开他攥住的那个同学。他只是转过脸去，冲着远处大声嚷嚷："当年美国鬼子都没有逃过我的手心，我看你们往哪里跑。"那一组同学没有在意他的叫嚷。他们在拐弯处停下来，躲在那堵矮墙的后面，乐不可支地将一把把的爆玉米花塞进嘴里。

　　另外这一组的几个同学想把小贩的手掰开，却怎么也掰不开。被小贩攥住衣领的同学自己也在全力挣扎。他几次抬脚去踢小贩，都被小贩躲了过去。但是，他有一脚正好踢中了小贩装爆玉米花的化学纤维口袋。撒满一地的爆玉米花让小贩怒不可遏。他猛地一用力，几乎将被他攥住衣领的同学摔倒在地。正在这时候，那个从不远处的小树底下捡起了半块砖头的同学跑过来，用砖头在小贩的额头上敲了一下。鲜血顿时从伤口里涌了出来，并且迅速盖住了小贩的半边脸。他的手终于松开了。他同时用两只手捂住额头上的伤口。乘这个机会，这一组同学马上也都迅速跑远了。刚才被小贩攥住衣领的那个同学在跑开之前还踢倒了小贩的另外一只化学纤维口袋。

　　小贩半睁着没有被鲜血蒙住的那只眼睛望着那几个跑远的同学。他气愤到了极点，又气馁到了极点。看见他的腮帮子在激烈地抽搐，我的心也凄凉地颤动了一下。他背过身去，靠近身后的那一排围栏，手忙脚乱地解开裤子的前方开口，用力排出了几滴深黄色的尿。他握起左手，接住那几滴尿，将它拍打到额头的伤口上。然后，他又手忙脚乱地将裤子扣好，并在裤腿上擦干左手。他又朝那一组同学跑远的方向望去。"当年美国鬼子都没有逃过我的手心，我看你们往哪里跑。"他低声重复了一遍刚才大声嚷嚷的话。他的方言与我母亲的方言非常接近。这熟悉的方言让我非常难受。

我很想走过去帮他捡起他赖以生存的爆玉米花和糯米条。但是我不敢。我怕那些挑衅他的同学们第二天会笑话我。我真的不敢。我看着小贩自己将糯米条捡起来，吹去上面的灰尘，将它们放回到化学纤维口袋里。我看着他沮丧地望着撒满一地的爆玉米花，似乎也想将它们捧回到口袋里。但是，他最后还是放弃了。他将两个口袋系紧，然后用一根细绳将两个口袋系在一起。他提起两个瘪瘪的口袋，用细绳将它们架到肩上，就像他来的时候一样。他又摸了一下额头。血已经完全止住了，但是，伤口还有点痛。这隐痛似乎并没有撒在地上的爆玉米花更让小贩难受。他看了地面一眼后，表情沮丧地走开了。可是，没有走出几步，他又折了回来，在撒了一地的爆玉米花上狠狠地踩了几脚。然后，他快步朝黄贝岭方向走去。

那正好是我回家的路。我跟在他的身后。我很想知道他住在哪里，他的家在哪里。我不知道他是否知道刚才在语文课上我们学习过的那篇课文。他的脊椎骨弯曲得十分明显。但是，他走路的速度相当快，跟上他不是一件容易的事。我突然想知道，在我这样的年纪，他的生活是什么样子。他是不是也要做作业，他是不是也要参加各种各样的竞赛。我甚至想知道，他是不是结过婚，是不是有过孩子。我觉得自己突然幼稚了许多，因为我的问题越来越多。我甚至想知道他是不是也有爸爸妈妈。我甚至想知道，他爸爸妈妈将他抱在手上的时候，是不是想到过他今天的遭遇。他嚷嚷的"当年美国鬼子都没有逃过我的手心"究竟是什么意思？如果他真的参加过抗美援朝，他就应该知道那篇著名的课文。也许他就是一个"最可爱的人"呢！也许他也咬下过一个美国人的"半块耳朵"呢？！如果真是这样，那辉煌的过去对他意味着什么？如果不是刚才受辱的经历，他也许永远不会向人们或者说向他自己提起那辉煌的过去。我想知道他怎样与记忆相处。我想知道他怎样变成了一个小贩。

他一直没有减慢速度。他走得很快。我有点跟不上他了。我们之间的距离越来越大。但是，我看见他突然停了下来。接着，他大步往回走。我不知道发生了什么事。也许我不应该去想象他那辉煌的过去。也许是我的想象令他突然决定朝我这边走来。很快，我看见三个穿着浅灰色制服的年轻人追上了他。小贩与他们发生了激烈的争执。小贩极力想护住他的那两个瘪瘪的化学纤维口袋。但是，他又一次失败了。个子最矮的那个年轻人夺走了他的口袋。另外的两个年轻人将他推到路边的那一排围栏上。其中的一个用真正的电棒指着他的鼻子。

我从他们身旁慢慢地走过去。我发现小贩并没有在意他眼前的两个年轻人，而是踮着脚，在吃力地"跟踪"着另外那个年轻人的动作。事实上，他是在盯着被他夺走的那两个化学纤维口袋。"那是我用来活命的东西啊。"我听见他绝望地喊道。

"你这样的人就不应该活命。"我听见手持电棒的那个年轻人这样说。

那个夺走小贩口袋的年轻人走到了一个垃圾桶旁边。他用小刀划破口袋，将里面的东西狠狠地倒进垃圾桶里，然后往里面吐了三口痰。接着，他又将两个化学纤维口袋也狠狠地塞进了垃圾桶里。

小贩激动地跟踪着他的动作。但是当看到那个年轻人吐出那三口痰的时候，他终于将视线收了回来。他伤心地摇着头。他的身体顺着紧靠的围栏滑下去，滑到了地上。

那个年轻人跑过来，在围住小贩的两个"同事"的肩膀上拍了一下。三个年轻人说说笑笑地走开了。

小贩在地上坐了一阵。然后，他好像从一场噩梦中惊醒过来一样，茫然地打量了一下四周。然后，他慢慢地站了起来。他看了看自己的手，好像它们变成了多余的东西。他慢慢地走到垃圾桶跟前。他慢慢地扯出一个口袋，看了看上面被划破的口子，又将它慢慢地塞进了垃圾桶里。他朝那三个年轻人走远的方向望了一眼。他的目光让我感到恐惧，又让我感到空虚。

整个春季学期过得都很无聊。班上有三个同学先后出国去了。他们都去了英国。其中那个成绩最好的同学去了诺丁汉。有一天，一个同学收到了她寄回来的一张照片。她的头发已经披散开了，披在肩上。我想她也许不再用那个令我浮想联翩的发夹了。那两只叠在一起的蝴蝶变成了我的记忆，它们尽情地分享变成了我的记忆，生活的奥秘变成了我的记忆。整个春季学期都很无聊。甚至在解不等式的时候我都会想起那个小贩。我相信他已经死了。像那几个穿浅灰色制服的年轻人所说的那样，他也许根本就不应该活着。我想知道，他死的样子与我们死的样子是不是一样。我觉得自己越来越幼稚了。我甚至觉得，在死的时候，小贩额头上的那一道伤痕可能还在隐隐作痛。

秋季开学的时候，小贩又回来了。他仍然戴着那顶瓜皮帽。他好像感觉不到天气的炎热。每天中午放学的时候，总是有许多同学涌到他的跟前。他的重现没有给我带来任何惊喜。我第一天看见他的时候甚至还非常生气。我觉得他不应该用"重现"来否定我的"相信"。我相信他已经死了。我宁愿每天都"想起"他，而不是每天都"看见"他。我越来越不关心周围的世界了。我迷上了物理学中五彩缤纷的"假说"。我希望自己生活在一个光速不再是极限速度的世界里。我希望时间的倒流能够让我的想象变得更加自由，更加放荡。

滕王阁之殇

程　维

一

如果以青云谱为视角，在南昌从文化意义上能与之相对的只有滕王阁。从地标意义上说，滕王阁之于南昌，相当于埃菲尔铁塔之于巴黎。然而至今公认的南昌文化地标却不是它，而是青云谱。为什么？——谁都知道滕王阁是死去的建筑，现在的滕王阁是一堆钢筋水泥，是一个空壳，然而它的存在价值却在于它具有世人对已往文化发生或流逝的某种追忆。也就是说，它尚能帮助人们在想象中完成对往昔文化的重返与凭吊，从而令它不仅仅具有纪念碑的意义。罗兰·巴特在谈到埃菲尔铁塔的存在意义时说：这铁塔不是一个遗迹，不是一个纪念品，简而言之，不是一种文化。而倒更像是，过眼之间的一种快速消费——一种对人造自然的快速消费，而这一消费又将埃菲尔铁塔带入重塑后的空间之中。

当然没有必要将南昌家门口的滕王阁，与远在法国巴黎的埃菲尔铁塔相提并论，其实没有可比性，埃菲尔铁塔是欧洲工业革命的产物，存世一百二十三年。据资料记载——埃菲尔铁塔（法语：La Tour Eiffel）是一座于1889年建于法国巴黎战神广场上的镂空结构铁塔，高300米，天线高24米，总高324米。埃菲尔铁塔得名于设计它的桥梁工程师居斯塔夫·埃菲尔。铁塔设计新颖独特，是世界建筑史上的技术杰作，因而成为法国的一个重要景点和突出标志。

1889年，相对法兰西而言那是个什么年份？——法国大革命100周年，巴黎举办大型国际博览会庆祝，博览会最引人注目的展品便是埃菲尔铁塔，它成为当时席卷世界的工业革命的象征。埃菲尔铁塔的设计者是法国建筑师居斯塔夫·埃菲尔，早年他以旱桥专家而闻名，他一生中杰作累累，遍布世界，但使他名扬四海的还是这座以他名字命名的铁塔。用他自己的话说，埃菲尔铁塔"把我淹没了，好像我一生只是建造了她"。

滕王阁是中国农耕文明相对发达时期的产物。——让我在此同样引相关资料：该阁始建于唐永徽四年（653），为唐高祖李渊之子李元婴任洪州都督时所创建。李元婴出生于帝王之家，受到宫廷生活熏陶。"工书画，妙音律，喜蝴蝶，选芳渚游，乘青雀舸，极亭榭歌舞之盛。"（明陈文烛《重修滕王阁记》）据史书记载，永徽三年（652），李元婴迁苏州刺史，调任洪州都督时，从苏州带来一班歌舞乐伎，终日在都督府里盛宴歌舞。后来又临江建此楼阁为别居，实乃歌舞之地。因李元婴在贞观年间曾被封于山东滕州故为滕王，且于滕州筑一阁楼名以"滕王阁"，后滕王李元婴调任江南洪州，又筑豪阁仍冠名"滕王阁"，此阁便是后人所熟知的滕王阁。"时来风送滕王阁"，滕王阁因"初唐四杰"之首的王勃一篇骈文——《秋日登洪府滕王阁饯别序》（简称《滕王阁序》）而得以名贯古今，誉满天下。历史上的滕王阁先后共重建达29次之多，屡毁屡建，今日之滕王阁为1989年重建。

滕王阁似乎有一种超强的叙事功能，无论阁存阁毁，它仍然在叙事，在水天相接的空白里虚构着忧郁的辉煌。如果恰巧有孤鹜划过，那或许是神的笔在书写无字之书。

也就是说，南昌滕王阁的历史长达一千三百多年，巴黎埃菲尔铁塔的历史还不如它的零头。但是现存的滕王阁建于1989年，仅仅存世二十一年，勉勉强强也只相当于埃菲尔铁塔的一个零头。所以如果它们之间若按存世的年头来形成一种对话，将是无比奇妙，且充满玩味的。谁都可以高原一头，谁也都比对方矮一截，里面充满反讽与悖论。然而，它们确确实实都是名胜，纵向看滕王阁远比巴黎埃菲尔铁塔的时间要长，横向看必须承认埃菲尔铁塔在全世界名声远比滕王阁要广。其游人来自世界各地，他们去巴黎的理由之一就是登埃菲尔铁塔，这是必须身体力行的，除此，他们与该塔不会发生任何关系。因此，人们会把巴黎埃菲尔铁塔当作幽会的情人。而滕王阁则不能，其知名度历时虽久，但远没有世界闻名，不可能会令远在非洲的人也想来南昌登滕王阁。其知名范围大都限于华人以内，前提是他们读过唐人王勃的《滕王阁序》。与埃菲尔铁塔不同，滕王阁可以通过那篇"序"的文本传播手段，帮助人们完成在精神上的一次饶有兴致的游历，而未必非得像登埃菲尔铁塔那样现场亲临，才能完成登塔仪式，否则其意义将永远停留在零。

从中不难看出中国传统文化输出能力存在的普遍性缺陷。而且关键是，纵然有人慕名来了，他们面对的是一座落成才二十一年的钢筋水泥仿古建筑，还是滕王阁一千三百多年的历史。也就是说，这种亲身的游历本身，就存在必须事先割裂一千三百多年历史，而全身进入一座新建筑物的抉择，由此使滕王阁的游历本身变成一种巨大缺失。反之埃菲尔铁塔只向人们提供一次性消费的游历经验，其存世价值便可宣告完成。

当我们面对在阳光和文辞作用下熠熠散发出异样风采的滕王阁，不能不想到当下的滕王阁是怎样与其应该拥有的一千三百多年历史割裂的。这不能不说是滕王阁之殇。

二

近日阅览八大山人诗画资料，令我突然惊讶起来的是，几乎找不到八大山人触及滕王阁的丁点笔墨，哪怕一首诗，一幅画。我们自然知道当年唐寅来南昌还经过一幅《滕阁秋风图》，虽"殊感草草"，却还留存至今。可见唐寅与该阁发生了某种关联。但身为南昌人的八大山人，虽为王室后裔却是生于斯长于斯，南昌名物，不用看，料定他也烂熟于胸，他和朋友在一起游戏笔墨，经过东湖边的草树，经过在青云谱随处能见到的荷，以及我们寻常也吃到的鲑鱼，等等，然而对于南昌城偌大的滕王阁却恍如未见。今人编注的《滕王阁历代诗选》上没有他的诗，出版社精心编辑的八大书画全集里也没见到他笔涉该阁的一幅画。他以写意山水花鸟见长，但楼台亭阁草庐恰恰又是山水中不可或缺的重要意象之一，他是在有意规避这座故乡的阁楼吗？他是有心不让自己的笔墨在宣纸上与滕王阁相遇？

如果是这样，我们必然会感到一种遗憾。那么，究竟为什么？！

也许我们没有必要、甚至也不会要求呆在巴黎生活和写作的让-保罗·萨特去写埃菲尔铁塔，要求莫奈在花布上也不把它放过。只要罗兰·巴特写了《埃菲尔铁塔》便已足够，人们的文化审美欲望就获得满足。可是，南昌毕竟不是巴黎，在文化和艺术地理上，两个城市还真无法等量齐观。我们固然希望南昌是一座都城，即便不可能成为世界之都——但是，历史上，南昌确曾有过一小段时光是一座小且局促的都城——公元961年南昌成了南唐李家的短暂国都，且南唐宫廷出于李氏父子对于艺术的偏好，又确实养了一批画家，南昌是时也仿佛是外省艺术家意欲出名必来之的"艺术之都"，如同十九世纪的巴黎，只是时光太短，仅仅三个月南昌这个短命国都就被废弃了。此后，我们想象不可能会有大批艺术家出于某种功利目的汇聚南昌，而与之相反，他们不是出于偶尔路过、或非功利的避祸乃至隐居考虑，就会在这里呆一会儿。因此，本土出生而又一生绝大多数时光都呆在南昌的大画家八大山人，让人们不难产生某种不同于别人的艺术奢望，他何不画一拳滕王阁，抑或滕王阁怎么会成为他诗画笔墨里的缺失呢？也许这不该是一个谜，但我们却可以追问！

从八大的境遇和内心出发，可以作出这样的解释：身为南昌宁献王朱权的九世孙，一个沦落的前朝亡命王孙，当他在城里见到滕王阁时，应是低头而过的。他如何能将当年另一个王族世子建造的莺歌燕舞的场所接纳入怀，虽然他与滕王李元婴相隔千年，但毕竟二人在斯地处境悬殊，心里落差巨大。纵使王勃曾在阁上一遣感伤诗怀，使该阁仿佛由曾与高级青楼会馆等量之地一跃而升格为文化圣所，可这又怎能提得起心事浩茫的八大山人的吟诗作画的兴致。我想，基于内心伤痛，他的画笔会有意规避它。而中国古老的建筑即使不存抑或它曾经作为一种著名的存在，都会像作家莫言所说：旧宫殿就像精心设置的一个历史迷宫，它华丽而苍凉，妩媚而毒辣，庄严而污秽。它诱惑我们走进去，让我们陶醉其中，浑然不觉，其中所有通向历史暗角的路径，都尽在宫殿的掌握之中。它像一个老谋深算的巫师，在不为人知的角落里窥视着历史，也占卜着我们的将来。

而我们现行城市的决策者与规划者往往就少了一种历史的毒辣眼光，缺乏朝前看三百到五百年的眼光，也没有向后回望三百到五百年的眼光，所以建出来的东西是即时性的，不会想到长远，百年后在文化意义上有可能是一堆垃圾。

而滕王阁的始作俑者李元婴乃何许人也？

据《旧唐书》记载："李元婴，唐高祖李渊之二十二子也，唐贞观十三年（639）受封为滕王，食禄山东滕县。"李元婴初到山东封邑时，骄奢淫逸，横征暴敛，大兴土木，在当地民愤极大。无奈之下，太宗李世民只好将他贬至苏州。李元婴先为苏州刺史，后转洪州（今南昌）都督。永徽四年（653），他又选址赣江之滨，广聘能工巧匠，修建起供其歌舞宴乐的滕王阁。应该说李元婴不是为南昌的城市史而建的滕王阁，也不是为其后来的一位外省诗人而建的一座诗词中的楼阁，只是出于满足个人的感官享乐，他无意间为一场即将发生的文化盛事提前作了准备。我们不能说他有什么眼光，而仅仅是滕王阁的设计者和一帮能工巧匠成全了滕王之名。

八大当然知道对方与自己有同好，都善画。这是缘于都出身优越王族的相同经历，使他们受过良好的宗室教育，只是李元婴画的是一手散发着富贵脂粉气息的翩翩蛱蝶，仿佛滕王纸醉金迷的铜臭岁月。而他八大画的是一把辛酸的残山剩水，仿佛空山岁月抛下的丑陋遗骸。在八大眼里，李元婴只能是他生活的反面，一个荒淫无度的王爷。

当然，并不是不可以有另一种解释，八大山人诗画对滕王阁的空缺，或许真正出于一场大变故。那就是其时滕王阁已经不存，我查阅史料，确实找到清兵与南昌金声桓部激战，城陷，南昌不仅遭到血屠，滕王阁也毁了，一场血腥冲天的大变局，在清人范文宣（1597–1668）的《重建滕王阁记》只是八个字："金逆播乱，阁毁于兵。"也许是时八大在赣江边滕王阁的遗址处所能见到的正如范文宣所述——"昔之飞云卷雨，瑰伟绝特者，空余颓垣败瓦，与江流共凄咽，不可复识已。"

明滕王阁而遭清毁，这正成了八大山人人生逆转惨痛的见证！他不画滕王阁的理由变得很简单：滕王阁已死！

三

对于滕王阁而言，那个令此阁出名的书生早已先它而死，其死于探父途中的海溺，时年二十七岁，这于一个正常人的寿限而言，是真正的早殇。

——王勃，字子安，出身望族，为隋大儒王通的孙子（王通是隋末著名学者，号文中子）。未成年即被司刑太常伯刘祥道赞为神童，向朝廷表荐，对策高第，授朝散郎。乾封初（666）为沛王李贤征为王府侍读，两年后，因戏为《檄英王鸡》文，被高宗怒逐出府，随即出游巴蜀。咸亨三年（672），补虢州参军，因擅杀官奴当诛，遇赦除名。其父亦受累贬为交趾令。上元二年（675）或三年（676），王勃南下探亲，渡海溺水，惊悸而死，时年二十七岁。

而八大山人（约1626——约1705）则倔倔犟犟、半疯半癫地活到了将近八十的一大把寿数，带着一世的沧桑才告别了这个世界。在他眼里，王勃不过是一个早殇的且好卖弄文采的书呆子。

一个无用的王，加上一个早殇的书生，造就了滕王阁。

从历史上说，滕王阁的出现，就是一个"无用"的隐喻。而促成滕王阁闻名的书生的早殇，自然也为滕王阁埋下了不祥的暗疾。

何为"阁"也？随手查一下相关资料竟有十三种说明之多。

——(1)古代放在门上用来防止门自合的长木桩；(2)门限；(3)一种架空的小楼房，中国传统建筑物的一种。其特点是通常四周设隔扇或栏杆回廊，供远眺、游憩、藏书和供佛之用；(4)又如：亭台楼阁、阁仔（小木板屋）、阁束（束之高阁）、阁室（阁道中的小室）、阁馆（楼阁馆舍）、阁殿（楼阁宫殿）；(5)藏书的地方；(6)又如：汉时有"天禄阁"、"石渠阁"，清时有"文津阁"、"文汇阁"。或指供佛的地方，如：文渊阁、佛香阁、阁斋（书楼）、阁本（帝王秘阁所藏的书籍、法帖等）；(7)架空的栈道；(8)又如：阁梁（阁道的横梁）、阁路（栈道）；(9)官署名。内阁的简称；(10)又如：组阁、入阁、阁老、阁抄（中央政府的公报）、阁学（内阁学士）；(11)搁置食物等的橱柜；(12)特指女子的卧房；(13)又如：出阁。

在这十三种说明中，与滕王阁最接近的解释是远眺、游憩。而这十三种说明也似乎一再强调，阁"以长木为之，各施于门扇两旁，以止其走扇"；"一种架空的小楼房"；"藏书和供佛之用，接屋连阁"；"五步一楼，十步一阁"；"指供佛的地方"；"搁置食物等的橱柜"；"酒店中隔成的客座小房间"；"女子的卧房"。

也就是说这里所指的"阁"，都是相对小、狭窄或者仅仅是搁置物品的地方，充其量也只是小楼房，滕王阁几乎是"阁"的能指，仿佛是一个人极尽其"无用"的想象，把本义上的"阁"，无限地放大，由此而使之"层峦耸翠，上出重霄；飞阁流丹，下临无地"。它不可以直指阿房宫，但它也绝对是皇宫格局之外的"阁"的极致，好在它所昭示的不是权力野心，而是感官的放纵。

然而无论它怎么在想象中放纵它的建构，它的命运也注定在它"以长木为之"的宿构里。因此，火，首先是它无法逃脱的宿命与劫数。

有文字记载，滕火阁遭火焚（尚不包括战火）的次数是惊人的。

唐大中二年（848年）夏夜，毁于火。

明景泰三年（1452年），毁于火。

明万历四十四年（1616），毁于火。时八大山人十岁。

清康熙十八年（1679）十二月，章江门外民房失火，被殃及，阁毁。时八大山人五十三岁。

清康熙二十一年（1682），毁于火。时八大山人五十六岁。

清康熙二十四年（1685），毁于火。时八大山人五十九岁。

清康熙四十五年（1706），毁于火。八大山人刚去世一年。

清雍正九年（1731），毁于火。仅御书亭幸存。

清道光二十六年（1846），章江门外民房失火，被殃及，阁大部被毁。

清道光二十八年（1848），毁于火。

清光绪末年（1908），毁于火。

这份记录是否完整？我以为尚有很大存疑，它应该是民国初期的一份档案，故对时代较近的清代滕王阁火灾记录相对细致、无遗漏，而明代仅记了两次，宋代完全空缺，唐朝一次。也就是说在滕王阁立于赣江边漫长的千年时光里，滕王阁毁于火灾十一次，尚不包括战乱兵焚，亦不包括唐宋明时代较远而没记录到的。其中以清代最为频繁，达八次。八大山人从这份记录就可以看出，他在世时，滕王阁就三次毁于火。也许清代滕王阁乃至周边建筑是最不规范的，对于火的防患能力最为薄弱，这一点从难得的几帧老照片里就可以看到，尤其是日本人山根倬三摄于1916年的滕王阁照片，阁仅两层高，前半部塌毁，露出横竖支撑的木头和简易门板，几与民房混在一起，赤膊闲逛和挑桶的市民漠然行于阁前。另一帧是1926年被毁前由南昌"鹤纪"照相馆拍的滕王阁风景照片，说是风景照，也只看见滕王阁的残破与狼藉，歇山顶和翘角飞檐尚见古风，而支撑屋顶的木头梁柱总觉瘦弱，而防洪堤竟也是一道密集的木栅栏似的，后面垒着高高的土。可见那时滕王阁的最大克星是火。

四

滕王阁虽然建在江边，水能克火，但近在滕王阁下的赣江之水又仿佛永远是个浩大的历史隐喻——槛外长江空自流。

好一个"空"字。

它似乎早就隐喻着这江水当滕王阁遇火而漠然处置的姿态。

关于王勃当年咏滕王阁诗句中留下的这个"空"字，坊间尚有"一字千金"之说，据传王勃作赋题诗后即扬长而去，时南昌都督阎伯屿对王勃之才赞叹有加，突然发现"滕王阁"诗末一句原本是七言的，竟写为六言，止句"阁中帝子今何在"，下句却是"槛外长江自流"，显然是少了一字，阎都督及身边文人再怎么搜肠刮肚想补上一字都不恰当，只有着人带上千金润笔追上王勃请他补上一字，王勃一笑说，那字早已在那儿，在"长江"与"自流"之间"空"着吗！阎都督得知，一拍脑瓜，妙。

当然，此类故事是坊间惯传的文字游戏，是对于名人的某种夸大其词的附会。但无论哪个朝代，人在滕王阁朝外一看，着实会与广大的时空轰然相撞，使你感觉到浩渺时空对于弱小生命的无情漠视。

一条赣江与立于江边滕王阁的关系就是空间的关系，说白了也就是距离的关系，所以我们几乎没有发现滕王阁在遭遇火灾时，一拳悠悠流水对它起过拯救作用。哪怕一缕火星在阁上燃起，无一例外都是导致毁灭的结局。

我们不难想象在那样一个星斗满天的南昌的夏夜，火在滕王阁上燃起"其声如雷霆，火光烛半空，但见千万红鱼奋迅跳跃于云海内"，如此关于火灾的描述，因其文辞的华丽如同伤口撒盐，"千万红鱼奋迅跳跃于云海内"又真切地描绘出火焰烛空而不见施水扑救的场景。能对火灾写出这般绚烂文字者必定是个抱着于己无关的隔岸观火者，他是安全的，他置身事外或灾难之外的身份完全可以将他转换为一个对于一场突发事故的"奇遇者",从而令他从欣赏的视角来看待这一切,事实上我引述的那节描述是18世纪一位历史学家关于圆明园大火的描述文字。从中也可见古典中砖木质建筑之殇多少次毁于火的焚烧,既是一个劫数,也确实是一个历史上不可回避的命题。

宏巨的雕梁画柱在火的焚烧中使隐藏在木头里的声音发出噼里啪啦的痛苦惨叫,火焰释放出木头里隐藏已久的死亡的黑天使,它们一旦从里面呼啸地扇翼而出,炙人的热浪会令空气颤动、扭曲、破碎。精美雅致的门窗、屏风、卷帘在焚烧中散发出焦糊难闻的刺鼻气味,多少根木头在焚烧过程中突然睁开炽烈喷血的眼眸,仿佛高烧的病人在离世前最后的决别,且目睹木质的躯体烧焦、转黑、化为轻浮的白灰。黑色木头上一只只喷血吐火的眼睛睁开的时候,看见了地狱的黑暗和虚无的空白之色。

可以说木质的滕王阁从建成之时就隐藏它一再难逃的劫数,无论它拥有如何的精美浮华而又温良敦厚的禀性,死亡的黑天使早就藏在它的每一根木头里,这是滕王阁的宿命。

古希腊神庙存在了数千年,依然屹立不倒。古罗马建筑历经多少岁月,仍昂然于世。它们的石质建材与古典中国的木质建材有本质的区别。

东、西方建筑对两种自然材质的选择有天然客观的地理性因素,也有两种不同的人生态度与文化价值取向。西方传统认为,宇宙是由神创造和控制着的,人和宇宙是两个独立的实体,因此,宇宙自然法则必须遵守。这样的宇宙观形成了后来的二元论世界观。他们认为人和世界是各自独立的,彼此的关系是对立,而人处在支配和改造自然的位置。人的任务就是要发现被超自然创造者所设置下的真理,其生命目标就是征服自然。变化被认为是进步,对待生命的态度倾向客观理性。中国人认为人与自然共为一体,做事讲究天时、地利、人和,顺从自然规律,注重天人合一,道法自然。

石头,无情物,无生命体征,然而它坚硬,耐久,不腐,不烂,不畏水冲火烧,甚至对外力的挤压和击打也是具有超常承受性的。

木头,天然生长,吸收日月雨露精华,成长于深山大岭,丰盛茂挺,人类与之仿佛有着与生俱来的亲近感与归属感。但是它在向人类提供庇护的同时,也暴露它难已持久的时间限数，以及承受力同样有限的腐烂、断裂，甚至本身就具有以身殉火的自然属性。

从公元前600年奥林匹亚古老的赫拉神庙的柱子选用石造开始，我们的先人就义无反顾地选择以木头作为建筑的主要材料，尤其古代黄河中游森林茂密，木材较之砖石便于加工制作。以至后来发展到从寻常百姓的民居到精雅的楼台亭阁和高深府第乃至宏巨的宫殿，皆无一例外。

中国古代建筑主要是木结构，即采用木柱、木梁构成房屋的框架，屋顶与房檐的重量通过梁架传递到立柱上，墙壁只起隔断的作用，而不是承担房屋重量的结构部分。"墙倒屋不塌"这句古老的谚语，概括地指出了中国建筑这种框架结构最重要的特点。这种结构，可以使房屋在不同气候条件下，满足生活和生产千变万化的功能要求。同时，由于房屋的墙壁不承受重量，门窗设置有极大的灵活性。此外，由这种框架式木结构形成了过去宫殿、寺庙及其他高级建筑才有的一种独特构件，即屋檐下的一束束的"斗拱"。它是由斗形木块和弓形横木组成，纵横交错，逐层向外挑出，形成上大下小的托座。这种构件既有支撑梁架的作用，又有装饰作用。只是到了明清以后，由于结构简化，将梁直接放在柱上，致使斗拱的结构作用几乎完全消失，变成纯粹的装饰品。

历史上的滕王阁是木质建筑的谱系里的一个典型范例，然而也正因为缺乏对于风火的防护设置，它也成了中国建筑史上遭火劫次数最多的一个语辞镜像。

古希腊建筑主要是以石质的廊柱式建筑给人类留下了不朽的艺术经典之作。其建筑语汇深深地影响着后人的建筑风格，它几乎贯穿在整个欧洲两千年的建筑活动中，无论是文艺复兴时期，巴洛克时期，洛可可时期还是集体主义时期都可见到希腊语汇的再现。古罗马的建筑受古希腊建筑影响最深，古罗马时期还发展出了自己的一种混合柱式，来源于希腊柱式。古希腊建筑特点主要是和谐、单纯、庄重和布局清晰，而神庙建筑则是这些特点的集中体现者，同时也是古希腊，乃至整个欧洲影响最深远的建筑。其中古希腊建筑史上产生了帕提农神殿、宙斯祭坛（帕加马）这样的艺术经典之作，给世界留下了宝贵的艺术遗产，同时对世界建筑艺术有着重大且深远的影响。古希腊建筑通过它自身的尺度感，体量感，材料的质感，造型色彩以及建筑自身所载的绘画及雕刻艺术给人以巨大强烈的震撼，它强大的艺术生命力令它经久不衰。它的梁柱结构，它的建筑构件特定的组合方式及艺术修饰手法，深深地影响欧洲建筑达两千年之久。古希腊建筑是西欧建筑的开拓者。古罗马建筑是继承古希腊建筑成就，在建筑形制、技术和艺术方面广泛创新的一种建筑风格。一般以厚实的砖石墙、半圆形拱券、逐层挑出的门框装饰和交叉拱顶结构为主要特点。建筑类型有罗马万神庙等宗教建筑，也有皇宫、剧场、角斗场、浴场、广场和巴西利卡（长方形会堂）等公共建筑。古罗马建筑在公元1~3世纪为极盛时期，达到西方古代建筑的高峰。公元4世纪下半叶起，古罗马建筑潮趋衰落。15世纪后，古罗马建筑在欧洲重新成为学习的范例。这种现象一直持续到20世纪20~30年代。古罗马建筑的书籍和图画在明代末年开始传入中国。意大利传教士利玛窦从意大利索来《罗马古城舆图》画册3卷，存放北京耶稣会图书馆。1672年，意大利传教士阿莱尼带两册《广舆图说》到中国。这些书里有罗马角斗场、浴场、神庙和罗马街市的图像。此外，17世纪初北京耶稣会图书馆里有过3册维特鲁威的《建筑十书》，但古罗马建筑对中国建筑没有产生实际影响。

也许比较历史上东、西方建筑的孰优孰劣，不是本文的主旨，它们各自的营造方式都绝对有其存在的合理性。然而两千多年过去，环顾国中，几乎找不到一处已存在两千多年的中国古建筑，而历经两千多年的古希腊帕特农神庙等建筑仍在，——无意间一场石头和木头跟岁月的拔河，木头的宫殿、庙宇、阁楼在两千多年的岁月里灰飞烟灭，而不畏火噬战乱的石头的神庙、斗兽场的残躯却巍然不倒。

五

木头对于火而言，是脆弱的，由木而派生的纸更脆弱，它不仅畏火，也畏火的反面：水。而在有稍微外力的作用下，它便会粉碎。用木质建材营构屋宇的中国匠人如鲁班者流绝对是聪明智慧的，发明造纸术的蔡伦的伟大不会低于鲁班。然而任何事物都不能以完美而论，这样他人才有创造可为。

我们不能说石头对火是绝对有免疫力的，只能说在火的焚烧中它有着比木头更强的忍耐力，有着比木头在时间面前更强的抗侵蚀性，仅此而已。但在火与时光的同等侵蚀境遇里，我们也不能排拒战乱，这在东西方几千年的历史中都无法排拒的。只是我们少有发现，西方人会毁灭自己的文明，他们可以践踏和毁灭他人的文明，但对自己的文明，即使在战乱中也相对地表示了一定的尊重。

而以滕王阁为例，在一千三百年的历史中，滕王阁除受火灾之毁之外，每次波及或发生在南昌的战乱，都使它遭殃。

历史上有文字记载的著名战乱中滕王阁屡次"中标"，明正德十四年（1519）夏，明代宗室、世袭南昌宁王朱宸濠以"清君侧"立名起兵，出鄱湖，趋安庆，直薄金陵。时任右佥都御史、巡抚南赣及提督学务的王守仁速调高安、安义兵力趁南昌城里虚空先行攻占，迫使宁王回师与之交战，仅43天，宁王兵败。滕王阁在这场战乱中遭到破坏。

清顺治五年（1648），清军围攻南昌，明将金声桓、王得仁为守城计，放火毁民房1000余家，滕王阁亦付之一炬。

清朝咸丰三年（1853），驻守南昌的清军为了抵御太平天国军队进攻，放火焚烧城外民房建筑，捎带着烧毁了滕王阁。

民国十五年（1926）年秋，国民革命军程潜第六军所属王伯龄师王永西团攻克了南昌。之后又被北洋军阀邓如琢的部队反扑，不得不撤出南昌。10月，军阀孙传芳派邓俊彦接替邓如琢，任赣军总司令。赣军怕北伐军以滕王阁为依托，居高临下攻打南昌城，守军师长岳思寅决定焚烧滕王阁。他组织了400多名士兵，每人悬赏五块大洋，让他们将城中大批煤油集中在德胜、章江、广润和惠民四座城楼上，然后利用消防水龙和水枪，喷油放火。沿城街巷、赣水之滨顿时成了一片火海。大火烧了三天，长达十几里的街巷，成了焦土。百姓哭喊哀号，拼命逃生，章江门外的滕王阁在大火中化为灰烬。北伐军攻克南昌后，罪犯被悉数捉拿归案，1927年1月12日在贡院大空场召开宣判大会，张风歧、唐福山、岳思寅、白家骏、侯本全五名主犯被绑在囚架上，听候处决。时任北伐军政治部副主任的郭沫若以江西人民裁判逆犯委员会主任身份，朗声宣读裁判书："……其对民众历年之摧残与压迫，施痛甚深，为害甚巨，姑不具论。即以数月来之残害论，南昌一隅，焚烧商店民房计万余户，杀害民家逾二千名，掳掠财物达一万元以上。其如滕王阁胜迹，同付一炬，事实显然。……实触犯新刑律一八六条第一项之罪，处以死刑……"宣读完毕，罪犯即被押赴刑场处决。

与滕王阁毁亡所对称的是世人对它不屈不挠的一次又一次的修建，仿佛希腊神话西西弗斯的传说，当西西弗斯把巨石推上山时，石头又从山上滚下来，他又不得重新推石上山，由是而再，循环往复。而中国神话中的吴刚斫桂也是几乎相同的命运。

让我们来看看滕王阁兴废的记录：

历经宋、元、明、清，滕王阁历次兴废，先后修葺达28次之多，唐代5次、宋代1次、元代2次、明代7次、清代13次，建筑规制也多有变化。上元二年（675）洪州都督阎公重修此阁，王勃写成《秋日登洪府滕王阁饯别序》。贞元六年（790）和元和十五年（820），御史中丞洪都观察使王仲舒两次重修，韩愈为之作《重修滕王阁记》。宣宗大中二年（848）夏，滕王阁毁于大火，江西观察使纥干于次日在旧址上重建，同年八月竣工。宋朝大观二年（1108），江西洪州知府范坦重建滕王阁，丞相范致虚为之作《重建滕王阁记》曰：阁"崇三十有八尺，广旧基四十尺，增高十之一。南北因城以为庑，夹以二亭：南溯大江之雄曰'压江'，北擅西山之秀曰'挹翠'"。元代姚燧《新修滕王阁记》称宋阁"其基城为阁……大抵非唐屋矣"，元代滕王阁几经战乱而破败不堪，至元三十一年（1294），第一次重修滕王阁，阁高五丈六尺。元统二年（1334）江南行台御史大夫塔夫帖木儿游登滕王阁，下令重修，第二年七月竣工。明代洪武初年（1368）朱元璋击败陈友谅，在滕王阁上大宴文武群臣，正统初年，江西布政使吴润重建，改阁名"报恩馆"。景泰三年（1452），都御史韩雍巡抚江西，重建之，"堂高逾二十尺，而楼又逾其半，宏深富丽，……"。成化二年（1466），布政使翁世资重建"西江第一楼"，同年十月落成，工部尚书谢一夔作《重修滕王阁记》。正德十四年（1519）滕王阁亦毁于宁王朱宸濠兵乱。嘉靖五年（1526），都御史陈洪谟重建，次年二月落成，吏部尚书罗钦顺撰《重建滕王阁记》曰："阁凡七间，高四十有二尺，视旧有加"；万历二十七年（1599），江西巡抚王佐重修。万历四十四年（1616）又一次毁于火，江西左布政使王在晋、大中丞王佐发起募资重建，再由王在晋撰《重建滕王阁碑记》，捐款人"皆得列名于右"。崇祯六年（1633）江西巡抚解石帆捐款重修滕王阁，由邹维琏撰《重造滕王阁记》。清代顺治五年（1648）清军围攻南昌，滕王阁付之一炬，十一年（1654），由巡抚蔡士英重建。康熙十八年（1679），滕王阁毁于大火，由安世鼎重建之。康熙二十四年(1685年)，阁又遭火焚，由中丞宋荦重建。康熙四十一年（1702），阁又大火，江西巡抚张志栋重建滕王阁落成，立即飞奏朝廷，康熙大喜，亲书董其昌之《滕王阁序》以赠。康熙四十五年（1706）又被大火烧毁，惟"御碑亭"幸存，巡抚郎廷极随即重建。雍正九年（1731）阁毁于火，乾隆元年（1736），由江西总督赵宏恩、巡抚俞兆岳重建。乾隆五十四年（1789年）江西巡抚何裕成重建。嘉庆年间，滕王阁年久失修，江西巡抚秦承恩、江西巡抚先福先后重修。道光二十七年（1847），阁遭火毁，不久修复；道光二十八年，阁又遭火毁，江西巡抚傅绳勋重建。咸丰三年（1853）四月，太平天国翼王石达开奉命出镇安庆，赖汉英、胡以晃率军进攻南昌，围城三月，清军方面由安徽巡抚江忠源稳守南昌，把总李光宽被太平军乱枪轰毙，滕王阁烧成为一片灰烬。同治十一年（1872），江西巡抚刘坤一主持集资重建。光绪末年（1908），阁又遭火焚，于宣统元年（1909）重建，此时清廷内外交困，民穷财尽，修阁规模大不如前。1926年滕王阁再度毁于军阀混战，此后50多年一直没有重修。直到1985年动工重建，1989年新滕王阁落成。

在写此文时，我不得不大量引用与滕王阁兴废相关的资料，不如此，绝不能让人看到一座阁楼在千年的时光里是如何断裂，又如何努力与时光拼接的。从中看出的，与其是一座楼阁之殇，倒不如说是时间之殇。正是滕王阁的屡毁屡建暴露了时间的破绽，让我们似乎从虚无中发现了存在的某种隐秘真相。

六

现在让我们来登楼阁，在钢筋水泥之外的彼时——从唐永徽四年（653）开始，登楼会听见木板楼梯咯吱声响，楼高只有二层，但我们登楼的步子却要从唐上元二年（675）走到贞元六年（790）和元和十五年（820），走到宣宗大中二年（848），走到宋朝大观二年（1108），走到至元三十一年（1294），走到元统二年（1334），走到明代洪武初年（1368），走到景泰三年（1452），走到成化二年（1466），走到嘉靖五年（1526），走到万历二十七年（1599），走到崇祯六年（1633），走到清代顺治十一年（1654），走到康熙十八年（1679），走到乾隆元年（1736），走到道光二十七年（1847），走到同治十一年（1872），走到宣统元年（1909），直至1926年——历史上每一次重新修建的年份，都是时光留下的清晰脚印，都会在木质楼梯上发出回声，就这样一步一级，咯吱过唐宋元明清，咯吱过唐宣宗、明洪武、嘉靖、万历、崇祯、清顺治、康熙、乾隆、道光、同治、宣统，时光如水，槛外赣江如镜，唯一看见滕王阁仿佛魔术般的时隐时现，它吸收了木质楼阁上发生的所有脚步声，以及那些储存于木质结构里的陈年旧事，终于付之一烛，而那脚步的声音也在水泥中悲哀地板结，即使其身体看似再生，抑或超越原有的高度而至宏巨，然其质感的脚步声再难复活——以后的历史如何发出回声？！

在深邃的时光里滕王阁不过是一种幻象，人们把自己的臆测与想象，还有在现世无以言表的悲哀倾注其中，使它演绎为一座精神上的阁楼，其实其立于现实地面——赣江边的指向仅仅是虚无。它是历来文人精神谱系上的一个时光驿站。

滕火阁的屡毁屡建使它获得了在最初死亡——唐永徽四年（653）至唐高宗上元二年（675）后复活的不死之身，它的复活能力仿佛成了它的魔法——有了在时光中时隐时现的特质，如同海市蜃楼，它时而隐匿在时光背后，时而突然将其古老的镜像呈现，由此令它化为一座迷宫，而时间的复仇者隐身其中，滕王阁于是一再成为幻想家意图构建的时光摹影，它总是在追摹前朝的背影，以此来实现自身对于时间无能的有限阻挡，并试图通过"赋"或"记"的形式把自己的影子加入到滕王阁的巨大幻影里去。

而这一切的另一个最初，是滕王阁完成了使一个性命殇逝者——由于他的死——而让楼阁一次次找到了复活的理由，令殇者的魂魄寄托于绚烂工整的文辞而仿佛一再提升到神的规格，滕王阁在他走向殇逝之前便让他完成了自己的造神工程——《滕王阁序》——既是殇者提前为自己也为他所赞美的楼阁赋就的悼词——也是他（它）向上天签下的死而复生之约，由此仿佛时间也对它无何奈何！——"关山难越，谁悲失路之人？"——纵使滕王阁一再在时间里迷失——火烧兵焚——纵然躲藏在时间里的纵火者一再出现，把它毁之一炬，它总能自我超度。而一千三百年来最后一个纵火者岳思寅，竟又死于诗人王勃殇逝千年后的另一位诗人郭沫若之手，这仿佛是上天精心安排的一次复仇。而1927年郭沫若在宣判岳思寅死刑时，他已于六年前的一场如火如荼的五四运动中完成了他的火山喷发的白话诗《女神》——作为五四运动狂飙突进的歌者他将由此而进入中国文学史——如果用色谱中的一种颜色来为之定性的话，它是红色的，因为这五四运动对于封建传统有着火一样的杀伤力。同年年3月郭沫若又在南昌花园角二号朱德住处作《请看今日之蒋介石》——而四十一年后他的儿子郭世英将死于另一场火山爆发般的运动"文革"——郭世英是郭沫若与于立群所生的第二个儿子。现在所能见到的最早涉及郭世英的文字，是陈明远提供的郭沫若1960年11月18日致他的信："您跟世英、民英的通信，他们两人拿给我看了。近年以来，你们交了好朋友，推心置腹，相互切磋学问，探讨文艺与哲理的问题，我很欣慰……但是世英提出要整理你们的通信，搞出一本《新三叶集》送去公开出版，我觉得没有必要。"这封信，不但透露出世英和民英（主要是世英）的思想情趣，更重要的是提供了了解郭沫若当年心境的有意味的材料。《三叶集》是五四时期郭沫若与田汉、宗白华的通信集。才华横溢的郭世英对于父亲当年性情真率，汪洋恣肆的文字及其文学上的实绩，无疑有着极大的向往。不到20岁的他，要弄出一部《新三叶集》。饱经沧桑的郭沫若对此事的反应颇为复杂，作为过来人，他完全理解青年的渴求，但他强调："现在早已不是五四时期，""尚未成熟的东西，万不可冒失地拿出去发表。"郭世英在读了父亲五四时期的文论和诗歌之后，对父亲后来特别是建国以来的文字大不以为然。1968年3月，许多高校的造反派大揪"反动学生"。郭世英就读的北京农业大学的一伙人非法绑架了他，并私设公堂，刑讯逼供。这伙人要他招供五年前的旧案——X诗社事件。他们要追究的是——"谁包庇了反动学生郭世英？"谁都知道，郭沫若当时虽为副委员长，却无以决定此案的审理判决。这位当年在南昌理直气壮秉承古老公义和先进正义的诗人兼革命者审判滕王阁的纵火犯岳思寅是如何的毅然决然，以其诗人铿锵发出的声音气壮山河。

　　郭妻于立群要他以爱子遭绑架一事直接向周恩来求助，但他见到周恩来时只字不提。4月22日上午，在征得军代表的同意后，郭沫若让秘书和世英的妹妹去农大了解关押他的情况。然而，就在他们赶到学校的三小时前，郭世英从三层楼上关押他的房间里破窗而出，以死抗争。他死时，年仅26岁，比英年早殇的王勃还小一岁，而王勃已为他才名的不死而事先留下了《滕王阁序》，空有才识的郭世英除了死亡的恐惧与惨痛，什么也没留下，悲愤难忍的于立群责备郭何以不及时向总理反映，郭称"我也是为了祖国好"。晚年郭沫若悲痛思儿，狼毫宣纸爱子日记八大本！

——历史往往在时间的镜像里就这样看似有意而又无意地出现了重叠、映衬、反照，滕王阁如果作为一座时光的迷宫，它幻化出的影像将光怪陆离，仿佛世界上发生的任何事都不是没有关联，没有来由的。而死亡也不可能把曾经的存在抹平，让它消失，这就使死亡获得了另一种意义。而当年一个文人（诗人）郭沫若不可能亲手开枪杀死军人岳思寅，他只能用语辞的宣判，而岳在接受郭的宣判时已死，那后来响自刑场的枪声只是在他身体被语辞处决死于非命后的仇恨回响。

更为有意思的是，在一千多年岁月里屡遭火焚的滕王阁第二十九度重建放弃了木质材料而选择了向石质靠拢的水泥钢筋的混合体浇铸，这在另一种意义上宣布了历史上木质建筑的滕王阁屡毁屡建的无效，同时证实了滕王阁作为古典存在的死亡。

而作为钢筋水泥体滕王阁的出现，只是为已逝的滕王阁立起的一座纪念物，里面更多是新鲜的悼词与过去的遗证。换句话说，与曾经作为历史遗物存在过的滕王阁相比，它确实如我的朋友、文史学家、重建滕王阁的总指挥、诗人宗九奇所说的那样：它只是一座"滕王壳"。

八大山人在诗的语词与绘画的笔墨对滕王阁的放弃，完全可以把它看作是文化意义上留白。

我个人以为多少年来滕王阁仅真正存在于那一次次修改过的最初江边的原址，存在于最初一次亡毁后所留下的它所隐匿的虚空里。时光一开始就将它接纳到自己的怀抱，后来人们所看见的一次复一次重新修建的楼阁，仅仅是滕王阁的幻影——是滕王阁死亡后留下的人心里的幻象，其最初意义乃是出自对于文字中的滕王阁的臆想和杜撰，因了世人对文辞的膜拜和对殇者缅怀的激情不可遏止，使这座仿制物（仿古建筑）成为文本的另一种实体，从而让人们通过对实体的抵临而完成对于千年文化不死的想象再造，让坍塌的记忆得在精神和物质上获得双重重建，以便在现场找回在多少个世纪里迷失的存在尊严，以此抵抗如死般的遗忘。尽管从不同年代建造的不同的滕王阁里可以明显看到记忆的缺损，但更能让人得到记忆的安慰——而最近的重建乃是以钢筋水泥的混合方式埋葬木质的速朽与火焚，并以此作为对二十九度兴废的补偿，期冀永在的时光在钢筋水泥的滕王阁里固定，抑或换取脆弱记忆在将来坍塌前的相对完整与持久。

北方日记

张守仁

2012年7月3日　星期二

晨7时30分从北京乘火车抵达哈尔滨。阿城金上京历史博物馆刘学颜馆长接站。早餐后参观博物馆内"走进金代历史"、"女真的崛起"、"金上京的辉煌"、"金源文化与金源人物"等展厅。馆内珍藏的三百余面铜镜，制作精美，给我留下深刻印象。

金朝（1115～1234）历时119年，是中国历时上以女真为主体的王朝，先后在哈尔滨郊区阿城、北京、开封建都，其创造者是金太祖完颜阿骨打。学颜告诉我，北京永定河上的卢沟桥，就是金章宗时命人花三年时间建造的。"卢沟晓月"，金代已把它列为"燕京八景"之一。十三世纪意大利马可·波罗来到中国，在游记里十分赞赏这座桥，说它"是世界上独一无二的。"

下午3时许，我在百顺宾馆见到了从武汉乘飞机赶来的熊召政。召政的长篇历史小说《张居正》荣获茅盾文学奖。这次他为写作《大金王朝》亲赴阿城参加签约仪式。他告诉我，为写《大金王朝》已做了四五年的准备工作，先后到国内各地、日本搜集了金代数千万字资料，遍览了宋史、辽史、金史。曾反复研究，他终于找到了主题：一个崛起的、有活力的草根民族，怎样打败了腐败的南宋王朝。为了有实际感受，他多次去大同考察。实地研究零下17度的严寒下，马队能否经过风陵渡；还去大行山几个隘口，调查山间地形能否埋伏七万金兵直奔华北平淡。《大金王朝》准备写八十万字，作为贺礼献给2014年金朝建国900周年。

晚上召政送给我他最近出版的两本书：一本是故宫出版社出版的《闲庐诗续稿》，一本是长江文艺出版社出版的《文明的远歌》。《文明的远歌》2011年1月出版第一版，至今已重印18次，可见读者喜欢的程度。我回送他一本《永远的<十月>——我的编辑生涯》。

2012年7月4日　　星期三

10时整在阿城区政府会议室，举办《大金王朝》签约仪式。熊召政谈了他的创作计划，说他历时近5年，已走遍东北、西北、华北许多地方，行程数万公里，准备描写金王朝如何建国立都、发展壮大，最后成为了辽、宋、西夏同载华夏史册的历程，歌颂女真人古朴粗犷、善学人长、富于创造、兼容并包的精神。区领导表示了对作者的感谢，提出了对书的期望。主持人要我发言。我说，熊召政先生是当代作家中最适合写这本书的人。他不仅是著名作家，更是历史学家，又有高瞻远瞩的政治智慧。相信2015年《大金王朝》出版后，将给阿城增光添彩。

午餐后驱车至呼兰县城南二道街204号参观萧红故居，看到了《呼兰河传》里写到的住宅、后花园、碾房、粉坊。《呼兰河传》是一部带有自传性质的小说。萧红写了那里的自然风光、社会习俗和她童年时见到的弱势群体。语言清新优美、朴素自然，描写人物细致入微、惟妙惟肖，字里行间流露出对底层人民的同情和悲悯。茅盾说《呼兰河传》"是一篇叙事诗，一幅多彩的风俗画，一串凄婉的歌谣"。

我们在故居内一座两米高的汉白玉萧红塑像前留影存念。旋去参观萧红纪念馆，浏览了萧红的生平、踪迹、所写作品《生死场》《马伯乐》《商市街》等国内外众多出版社不同的版本，见到了萧红生前用过的梳妆台、小书柜、学生字典以及印章等遗物。纪念馆里挂着萧红幼年和生母姜玉兰的留影、萧红和萧军的照片，还看到了东北作家群的合影以及萧红与萧军分手后她和端木蕻良在西安、重庆生活在一起的照片。

东北作家群中，萧红是才女。呼兰河养育了她，她使呼兰河名闻国内外。她以晨曦般的明朗，照亮了灰暗的地带。而她生前最后4年的伴侣端木蕻良，天赋更高，诗、词、曲、文俱佳。端木21岁那年写的长篇小说《科尔沁旗草原》

气魄宏大、语言娴熟、民风淳厚、人物生动、矛盾丛集，堪称史诗性的经典之作。尤其令人感动的是1942年萧红在香港去世后，火化前端木剪下萧红几缕青丝作为永久纪念物，一直保存了整整半个世纪。1992年，他献出心爱之物做成了呼兰西岗公园里萧红墓从广州迁来故乡之前的青丝冢。有一次端木蕻良借参加哈尔滨国际红楼梦学术研讨会之机，到呼兰河畔寻访萧红故居。当他走进萧红出生的5间住房时，像个孩子那样躺在爱侣的炕上，他对这张生育了英才之床深怀挚情而潸然泪下。

2012年7月5日　星期四

晨8点乘越野车出发，离开阿城，绕过哈尔滨，越过松花江，沿哈嫩公路向西北驰驱。公路两旁，触目皆是绵延不尽的玉米、高粱、大豆。我和熊召政坐在汽车后座。他望着车窗外的庄稼，情不自禁哼起了张寒晖创作的《松花江上》："我的家在东北松花江上，那里有森林煤矿，还有那满山遍野的大豆高粱……"我感慨道："这首歌当时传达了流亡到关内的众多漂泊者的心声，立即传遍大江南北。任何文学艺术，只要应和了千百万人的心绪，必能传之久远。比如改革开放初期，徐迟的《哥德巴赫猜想》就是这样。"

召政接着我的话头，兴奋地说：徐迟是我的恩师。五十年代初，他任英文版《人民中国》编辑，后和臧克家合编《诗刊》。突然提出要求南下落户武汉，报道长江大桥、三峡大坝。这样他成了武汉市作家。七十年代末、八十年代初，我有幸和他成了同事。徐迟觉得我创作上有前途，坚决不同意湖北省委书记陈丕显调我去从政。他要培养我成为他的接班人，为我开外国文学书目，鼓励我学英语，经常带我在东湖上散步，一路上教我如何扩大视野，提高文学修养。整整8年时间，他手把手引领我走上坚实的文学之路。我有今天，要感谢恩师的培养。

我说：1981年11月末，我和诗人晏明拜访珞珈山下东湖畔徐迟的寓所。我发现他书房里有许多音乐书籍、音乐大辞典、音乐家传记，好奇地问他："您为什么如此热爱音乐呢？"徐迟告诉我："我的故乡是太湖之滨的南浔镇。我父亲在家乡办过一个贫儿教养院。教养院里有个管乐队，还有钢琴，但没有弦乐。我从小在音乐声中长大，这样培养了我对音乐的爱好。"我问他："您原名叫徐商寿，为什么取笔名'徐迟'呢？"他笑道："我从小性子急，生活节奏快捷，取这个笔名，是希望自己从容一点，慢一点，稳一点。但一辈子忙忙碌碌，这个笔名也改变不了我的性格。"

召政说："徐迟知识丰富，智慧超群，说话常常幽默。"

我说："幽默这个词是从英语Humour翻译过来的。这是一个诠释，使汉语里出现一个新的、既是音译又很传神的词汇。"

召政说："《萧伯纳传》里有一则幽默故事。萧氏临死时，亲友们围着他哭泣。他在弥留之际，摇动着食指道：'不要哭泣，别耽误我离世的时间。'"

我说："有一次作家莫言去西安，请从未见过面的贾平凹接站。莫言下车时胸前贴着'莫言'的纸条，好让平凹一眼就认出他来。他一出站，人们看到这条字感到奇怪，这人叫大家别说话，难道他是聋子吗？"

召政和坐在副驾驶座上的刘学颜听了哈哈大笑。

车子经过大庆、齐齐哈尔，奔往嫩江，道路笔直向前，仿佛要伸进远方的天空。我们已进入大兴安岭北边东侧的丘陵地带。这里已属内蒙古地界。

奔波一整天，行程600多公里，夜宿加格达奇北山宾馆。当地接待人员告诉我们："加格达奇是鄂伦春语，意即生长樟子松的地方。"

2012年7月6日　星期五

从加格达奇向西北行，不久抵达鄂伦春自治旗阿里河镇，再往北走约10公里，出现一个森林公园。车子沿着绿荫中的道路前进，至一停车场，我们下了车，走上一条两百多米长的石板道。石板道两侧石柱上，均刻有长虫，这也许是当地先民的图腾。石板道尽头，登临斜上的草中小路数十米，便见一石洞，这就是闻名史学界的嘎仙洞。进入洞内，十分宽敞，穹顶高悬，可容千八百人聚会。石洞幽暗深邃，清凉潮湿。远古时候，这嘎仙洞是拓跋鲜卑族祖先祭祖时刻下的祝文。祝文共19行201字，字体古拙有力。这是最早在崖壁上留下的档案，现已成为国家一级文物。

我在石洞内绕行一圈，发现洞中间地坑上有一大石板，底下有灰烬，心想这可能是洞内居民烤肉用的石灶。

鲜卑民族祖先从这里向西，再向南，往中原发展。由于他们无穷的创造力，给我们留下了大同云冈石窟、洛阳龙门石窟里壮美无比的造像，还传下一首永垂青史的《哥勒歌》："哥勒川，阴山下，天似穹庐，笼盖四野。天苍苍，野茫茫，风吹草低见牛羊。"

近十九年，余秋雨、李存葆等名家先后专程前来探察这个嘎仙洞，并撰长文描述这个北方第一洞窟的历史意义。如今这一神秘石窟已成为内蒙古东部最重要的旅游景点之一。

我们打算参观旗里的鄂伦春博物馆，但博物馆四周围着脚手架，馆内外正在装修，于是调转车子，开往根河市，参观从北方迁来的敖鲁古雅鄂温克民族新村。敖鲁古雅鄂温克民族原生活在根河市极北部茫茫林海中，孕育了神秘的驯鹿文化、狩猎文化。由于森林和鹿类动物减少，生存条件艰窘，根河市政府便把整个民族乡迁到根河市西部，以改善他们的居住环境。

根河市领导为传承独特的民族文化，通过挖掘濒危的传统艺术和民间传说，打造了一出原生态歌舞剧《敖鲁古雅》，内含《祭大神》《萨满鼓》《仙鹤舞》等节目。该剧到国内外演出，获得广泛赞誉。

下午沿着根河向西，奔往额尔古纳市，河两岸风景秀丽。远处起伏的山坡上是墨绿的森林，河滩湿地上长着茂密的水草。远山、树林、河流、碧草、油菜花，汇合成一幅山河美景。

刘学颜原是研究历史文物的学者，今年爱上了摄影艺术，购买了昂贵的器材带上旅途。见此佳景，请司机停车。他和召政拿了照相机下车寻找角度猛拍。我也下车，站在公路上遥望，这一带景色确实非凡。碧海中点缀上几块金黄的油菜地，我仿佛觉得上天把南方的美景一下子搬到了北疆。

天色已近傍晚，西山霞光射天，这更给周围的土地染上了绚烂的色彩。学颜和召政一直拍了近半个小时，才恋恋不舍上车。

今天行程370公里，晚宿额尔古纳市假日酒店。

2012年7月7日　星期六

从额尔古纳市政府所在地雅布达林镇出发，向北走了三四十公里，见到一大片绵延不断的白桦林。惊呼之下，入林观赏。据看林人说这片白桦林面积7万公顷，长达数十公里。白桦素有"林中美少女"之称。透过树隙，向远处望去，周围似有摩肩接踵的白衣"少女"拍着叶掌，欢迎我们到来。

白桦为落叶乔木，耐严寒，大多生长在北方。我一向喜爱白桦树的洁白、正直和柔韧。我在白桦林里观察林梢在夏风中摇曳，那富有弹性的律动，宛如白衣少女曼妙的舞姿。

白桦是额尔古纳对岸邻国俄罗斯的国树，是他们民族精神的代表。我去过俄罗斯两次，他们把心爱的事物都命名为"小白桦"，有小白桦公园、小白桦幼儿园、小白桦工艺品商店，还有闻名世界的小白桦歌舞团。我曾经译过诗人谢尔盖·瓦西利耶夫描写莫斯科保卫战的诗篇《白桦林》："我记得黎明时分/弹片把白桦砍伤/冰凉的汁液像眼泪/沿着受伤的树干流淌/林外大炮轰鸣/硝烟团团升起/可我们守住了首都/救下了莫斯科郊外的白桦……"白桦，在这里成了俄罗斯人爱的载体，祖国和心上人的象征。

我们沿着白桦林夹道的东路前行，仿佛检阅着浩浩荡荡的白衣军团。当白桦林稀疏处，便出现辽阔的草原。这儿已是大兴安岭林区向草经过渡地带。经过一个叫"三河"的地方，司机说这儿盛产著名的三河马、三河牛。再往前走，我看到草地上散放着庞大的牛群：有吃草的，有斜窝的，有望天的，有甩尾驱赶蚊蝇的，有鸣叫着呼唤幼崽的，有抵着牛角嬉戏的，有让小牛钻在胯档下吃奶的，形成一幅怡然自得的放牧图。

车子继续北驶，到达中俄边境上俄罗斯民族乡室韦——据说这儿是蒙古族的发源地。几百米外的河滩上就是由铁丝网拦挡的界河额尔古纳河。河那边山谷里静卧着一个叫"奥洛契"的俄罗斯村庄。我站在室韦乡友谊广场向北眺望，看到边界两边的地形是相似的，河流是随意的，天空是连成一片的，感悟到这儿的鱼儿、鸟儿不受界桩的阻挠，可以自由地游过来，欢快地飞过去。对它们来说，人为的国界是不存在的。

界河这边室韦的居民，都是往昔迁徙、联姻的华俄后裔。他们住的是"木刻楞"的房子，建筑呈现俄罗斯风格，店名、橱窗上俄汉语并存。礼品店里销售着俄罗斯套娃、首饰、放大镜、望远镜。村里还有座小巧玲珑的东正教堂。

中午在"安娜之家"小酒店用餐。店主人安娜二十多岁，她拿来菜谱时说她有八分之一俄罗斯血统。我看她蓝眼睛、黑头发、白皮肤、细高身材，果然有俄罗斯姑娘楚楚动人的风韵。她开朗、热情，得知客人是搞写作的，央请我们跟她合影。我们欣然允诺。

饭后我们计划沿着额尔古纳河右岸国境线前往满洲里。安娜送我们出村，在草原上陪我们走了一程，情不自禁献唱了几首歌唱草原的歌。为了表示谢意，我在路边采摘了一束娇艳的野百合送给安娜，与她挥手告别。然后沿着额尔古纳河南侧的边防公路奔往满洲里。走了两个多小时，见一骑着电动摩托车的牧人。他竟能一人放牧六十多匹马，一千多只羊。我们停下来休息。我走过去问牧人叫什么名字，他说叫"桂双全"。他能用一种特殊的声响把马群迅速拢集在一起。我问他，这马儿就在野外过夜么？他说，是的。在落日余晖中，我又问他，有人说马是站着睡觉的，真是这样么？他说，不全是，也有躺下来卧着睡的。

夜宿满洲里宜必思酒店。想不到这北方边城酷热，彻夜开着空调才能睡觉。

2012年7月8日　星期日

满洲里市东依兴安岭，南濒呼伦湖，西邻蒙古国，北接俄罗斯，是一座独领中俄蒙三国风情，中西文化交融的最大口岸城市。走在满洲里街道上，你会感到这儿城市街道建筑风格，受俄罗斯影响很深。大街上到处都是男男女女的俄罗斯游客。因为天气热，游客们穿着短衣短裤，甚至趿蹋着拖鞋。他们说着我能听懂的俄语，议论着这儿东西真便宜，忙着走进贴着俄语招牌的店铺，采购着他们需要的物品。

到了满洲里，我们最感兴趣的是去观看几公里外的国门。这里是我们陆地口岸上最大的国门，高达30米，宽40米。乳白色的门体上方嵌着"中华人民共和国"7个鲜红大字，上面挂着的国徽闪着金光，显得巍峨、庄严、肃穆。但对面俄罗斯的国门简陋、低矮得多。一列火车正从俄罗斯那边驶来，新中国成立初毛泽东主席就是乘着火车经过这里去莫斯科会见斯大林的。

尽管门票很贵，每人80元，但来瞻仰国门的人很多。人们熙熙攘攘，排着队，站到两国交接的41号界碑处拍照留念，并好奇地观看国门下铁路上来往的车辆。

离开国门，我们去看红色秘密交通线遗址。20世纪20年代，中国共产党在满洲里设立了秘密交通站，通过当地的熟人，把李大钊、陈独秀、刘少奇、周恩来、瞿秋白、李立三等早期领导人经过化装后送往苏联，去学习马克思主义或去参加在莫斯科召开的中共"六大"会议。这条红色交通线是中共早期领导人奔赴苏联的必经之路，具有重大的历史意义。

后去参观世界上最大的俄罗斯套娃广场，主体套娃建筑高达30米，外部彩绘中俄蒙三个美丽的少女代表三个国家，内有俄式餐厅和演艺大厅。

2012年7月9日　　星期一

晨从满洲里出发，向南开往新巴尔虎右旗。这一带地广、人稀、草密、牲口多，熊召政望着车窗外广阔的天地，感慨道，这草原辽阔得让人忧伤。我说，辽阔才能孕育出蒙古音乐的长调。他们把歌曲拉扯得那么长，那么长，仿佛在展示他们家乡的草原长卷。

车往呼伦湖开去。湖畔悬崖高处建一凉亭。步入亭子，遥望远方，湖波浩淼，不见涯际，夏风吹来，清爽宜人。

当地百姓管这呼伦湖叫达赉湖，是内蒙古第一大湖，也是全国除鄱阳湖、洪泽湖、洞庭湖、太湖之外北方最大的江水湖。它面积大，仿佛是一颗明珠镶嵌在呼伦贝尔大草原的怀抱之中。古籍《山海经》《唐书》中就有关于它的记载，当时称为"大泽"。

我们绕湖走了一程，在克鲁伦河流入呼伦湖入口处，遇到几位筑坝逮鱼的渔民，他们说由于气候干旱等原因，近年湖水持续下降，导致湿地萎缩，湖区环境恶化，鱼类资源锐减。

我们坐在河边凳子上，坝前入湖的水声哗哗，时有水花溅到我身上。我问坐在我身边的赤脚渔民，现在呼伦湖水多深？他说，原来湖水深达八九米，现在只有三四米了。鱼的品种也大为减少。过去冬天冰下撒大网捕鱼，一网拉上来，可有几十吨、上百吨，现在一网只能捞到几吨了。我问，这湖里有什么鱼呢？他说，目前主要有鲫鱼、白鱼、鲢鱼等，以前这湖里有好几十种鱼呢，还盛产白虾。赤脚渔民的话语里，流露出忧戚的神色。

我们在渔民开的露天小饭店吃了一顿全鱼宴，继续赶路。沿着克鲁伦河向西，抵达和蒙古国交界的边境。越过边境不远，就是蒙古国的乔巴山城，再过去就是温都尔汗。想起林彪、叶群、林立果1971年9月13日坠机于温都尔汗，这一折戟沉沙、震惊世界的事件，竟整整过去了41年。如梦的时间流逝得实在神速。

克鲁伦河是蒙古人民的母亲河。目前雨量稀少，河边荒凉的草地上有土拨鼠刨出的一个个斜洞，奔跑的马儿一不小心踩进鼠洞，会把马脚踩折。

归途中，晚霞映入云层，幻化出龙、马、羊、骆驼等生动的形象。

2012年7月10日　星期二

晨从新巴尔虎右旗临街小旅店出发，车行约八十公里，到达阿拉坦额莫勒镇南一座名叫"圣山"的地方。这圣山名叫"宝格德乌拉"，山高900多米，山下立着九根高大的"苏鲁锭"图腾柱，"苏鲁锭"是蒙古语，意思是长矛，它成为铁木真·成吉思汗所向披靡的标志。相传，铁木真一日兵败退至宝格德乌拉山上，而敌兵已经逼至山下。铁木真仰天长叹，这下完啦。忽然，云雾满山，电闪雷鸣，敌军不敢妄动。待援兵赶到，铁木真用长矛挑开雾幔，勇士们杀声震天，最终转败为胜，周旋的铁木真遂率众叩拜宝格德乌拉圣山。这一天是农历七月初三。多年后，草原连年大旱，寸草不生，人们手捧哈达、奶酒前来圣山祭拜，接着倾盆大雨连降三天三夜。草原从此人畜两旺，草密花香。祈祷那天是农历五月十三。此后每年五月十三与七月初三，草原上的牧民都要在宝格德乌拉圣山下举行隆重的祭奠盛会。数百年来，每逢这两个日子，方圆几百里成千上万的牧民便如期而至举办庆祝活动。我看见圣山下排列着许多蒙古帐篷，就是供牧民们住宿。犹如众多回民朝拜麦加时那里立起如云的帐篷一样。

在圣山下逗留了近几个小时，驱车来到中蒙两国共有的贝尔湖。贝尔湖与呼伦湖是姊妹湖，由一条乌尔逊河把两者连接起来。故这一带的草原称为呼伦贝尔草原。我们到达湖边，见这儿立着一块警示牌，上书：您已进入边境前沿地带，请您遵守边境管理法规。这里的湖岸不像呼伦湖边耸立着悬崖峭壁，而是铺展着一片银色的沙滩。今天有风，湖波舔岸，有成群的湖鸥在天上盘旋飞翔。我看见两个蒙古族的小姑娘在湖边戏水，她们赤着脚，穿着单衣裤，小黑脸上是一副专注玩耍的神情。一个较大的八九岁的小姑娘，把冲到湖边的湖鸥羽毛一根根捡起来，长长一排密插在湿泥里。我问她，你为什把鸟羽都插在这里？她说，我要让湖岸长出翅膀飞起来。我感到吃惊，这么小的姑娘，竟有如此丰富的想象力，真可算是呼伦贝尔草原上天真的小诗人了。我很兴奋，叫她站在湖岸上拍了几张照片。

经过新巴尔虎左旗，驶抵鄂温克自治旗，住进鄂温克宾馆。

2012年7月11日　星期三

今天主要参观鄂温克博物馆，馆内有三个展厅：历史厅、自然厅、习俗厅。历史厅主要展示鄂温克民族的起源、迁徙以及古籍中的记载。这个猎鹿民族发祥地躺在贝加尔湖一带，以后南迁至呼伦贝尔森林及额尔古纳河两岸。1689年9月7日中俄签订尼布楚条约后，鄂温克开始成为跨界民族，中国境内的鄂温克族主要安居在土地肥沃的嫩江流域上游、水草肥美的呼伦贝尔大草原和大兴安岭的森林之中。而俄国境内的鄂温克族统称为通古斯人，大都分布在贝加尔湖、勒拿河、叶尼塞河、鄂毕河一带的西伯利亚地区。自然厅展示了这个民族的生存环境，那里的森林、草原上植物种类繁多，动物有鹿、牛、羊、马、野猪、骆驼、熊等。树木有兴安落叶松、樟子松、白桦、山杨、山荆等，草原植物有羊草、冰草、百里香、黄芪、扁蓿豆等。鸟类众多，春天，大量的禽鸟北飞；秋天，候鸟南归，鸣叫着惜别这块肥美的土地。民俗厅陈列着鄂温克人的服饰，衣，帽，靴，他们的生活用具，狩猎工具以及捕鱼用的网、篓、画皮船等。

一个县级单位能建立这样一个颇具规模的博物馆，可见它已具备了一定的经济实力。

旋去附近伊敏河畔山坡上，参观当地最大的敖包。如果你到内蒙古旅游，经常可见用大小石块聚集起来的圆锥形堆子，上面插有许多柳枝，还挂着五颜六色的神幡、彩旗，召唤着远方的牧人，这就是敖包。一般都要在敖包上添加几块石头，并按习俗绕行三圈，以祈求吉祥安康。我们去参观的那个大敖包，一排共有13个，中间一个最大，两侧各有6个小的。来瞻仰的人很多，我看见几个蒙古人跪在草地上向大敖包虔诚参拜。

附近立一石碑，上面刻着说明：这里的巴彦和硕敖包是中国敖包文化历史上遗存最完整的一个。早在公元前，鲜卑人就把祖先葬在巴彦和硕，开始了最初的祭奠活动。据《史记·匈奴列传》载，敖包是鲜卑人聚在一起祭祀天地神人的地方。

由于蒙古族作家玛尔沁夫作词的电影插曲《敖包相会》流传广泛，深入人心，有些地方的敖包已由过去的聚众祭祀之地演变为人们谈情说爱的场所。我看见这个大敖包前一对新婚夫妇相拥、接吻，男的还把女的驮在背上围着敖包绕行的情景。

习俗也会随着时代的前进而有所变迁，有所发展。

2012年7月12日   星期四

海拉尔是呼伦贝尔地区政治、经济、文化中心。有一条海拉尔河流过，城市因此得名。从这里北上额尔古纳市，南下鄂温克旗，西出满洲里，东走牙克石，交通非常便利。这次到北方游历，亲眼见到党的民族政策贯彻、执行得好，边疆建设一新，少数民族兄弟生活改善，安居乐业。这是深感欣慰的事情。

鄂温克族作家乌热尔图现在就定居在海拉尔市，上世纪八十年代初，他的短篇小说《七叉犄角的公鹿》《一个猎人的请求》《琥珀色的篝火》连连获奖。1985年，他被推举为中国作家协会书记处书记，到北京工作。大作家孙犁说："作家宜散不宜聚。"1990年，乌热尔图不满意作家们扎堆聚在一起，不习惯喧闹的城市生活，毅然回归故里。前几年他撰写、出版了《呼伦贝尔笔记》，赞美了故乡的森林、草原与脚下养育过自己的土地。

海拉尔的城雕，地域特色鲜明。胜利大街成吉思汗广场规模宏大，广场中间一根巨大的圆柱顶端，雕刻着铁木真·成吉思汗跃马飞奔的雄姿。从市区开往呼伦贝尔机场的路上，我看到中间隔离带上置放的一组组生动的雕塑：有牧羊的场景，有挤奶的迎面，有驯鹿的造型，还有草原英雄小姐妹的巨幅塑像。

海拉尔呼伦贝尔机场是近年新建的空港，已与哈尔滨、天津、北京、上海、呼和浩特通航。

登机后，我坐在商务舱靠窗的位置。当飞机跃上几千米高空，眺望机窗外，翼下的森林、草原、河流，翼上的蓝天、白云，一一尽收眼底。我戴上耳机，那里正播放着旅途上司机反复给我们播放的、歌唱家龙梅女士演唱的歌曲《陪你一起看草原》：

> 因为我们今生有缘
> 让我有个心愿
> 在最美的季节
> 陪你去看草原
> 去看青青的草，蓝蓝的天
> 去看白云轻轻地飘，带走我的思念
> 啊，在草原最美的季节
> 让我陪你去看草……

这次一路上有美丽的龙梅女士伴唱这首缠绵深情的歌，使我的旅程无比愉悦，加倍美好。

下午2点30分，飞机抵达北京南苑机场，结束了这次内容丰富的草原之旅。

方圆数里

——1990年代一个南方乡镇的日常生活

李晓君

暮色山冈：公家

如果说小店具有一种临时的性质，那么镇政府大楼、邮电所、派出所、卫生院、中心完小、农业服务站、税务所、财政所、农村信用社等等，这些贴上公家标签的单位，则具有一种如同体制一般的坚固性和恒久性。这些建筑一旦矗立在那里，就没有人会担心它们的命运——就像写在纸上的墨水痕迹，永远擦不掉了。这些公共的建筑发出的语言，和村民们发出的语言，是两个完全不同的语言系统。这些系统内部，天然地有根指挥棒在指挥着，使之运转自如。

在一般情况下，这两种语言会和平共处，不会发生冲突，乃至对抗。但是这种可能性并不会消除——甚至随时可能发生。村民的语言和公共建筑的语言来自两根垂直的管道——一根是时间意义上的，一根是空间意义的。有意思的是，它们源头的语言制造者，它们从未相见。村名的语言系统是不完整的、坼裂的，但是你还是能够隐约捕捉到一些关键词，诸如"忠孝"、"良心"，总之，依然归结于"仁、义、礼、智、信"的范畴，其中隐约还夹带着一些"毛主席"的话，这套语言的制造者站在远古的时间之河的对岸，面目模糊，几近于神迹。公共建筑的语言系统是完整的，措辞清晰甚至异口同声，它们来自中央、省、市、县，最后到达这里，这些声音从会议和文件上层层传达，准确而不容置疑。它指向服从（书面上叫"贯彻执行"）。

　　从我的学校到达乡镇中心，有几百米的距离。我通常会散步到那里。这时天色未晚，小镇的街两边的摊点已经蒙上了灰扑扑的塑料纸，上面架着一些歪七扭八的板凳——仿佛拖拉机满载稻草上的后箱上坐着躺着的一些农民；地上有狼藉的垃圾、潲水，两边的店面里亮起了黄色的灯火，那些公共建筑停止了白昼的活动，这时显得沉寂，像是空无一人。唯独镇政府的大门依然敞开着，有零星的几个人在大楼前的台阶旁聊天——其中一个梳着大奔头，穿着绿军裤，宽厚的棕色皮带高高地架在圆凸的肚腹上，上身着短袖白衬衣，露出的壮实的手臂（其中一只叉在腰上，一只捏着牙签剔着嘴里的牙缝）；另一个是个文弱的大学生陌生的小伙子，头发也是光溜地分向两边，脸上的眼镜的反光遮挡了后面的眼睛，他一直使劲在笑，身体随着笑声而筛糠一样的抖动不停；站在大奔头左边的是一个微胖的中年妇女，剪着短发，那双可以称得上大的眼睛里透出一种女性所不具有的坚定和锋利，她穿着一件偏中性化的衬衫，一条深色裤子，平跟的黑色皮鞋，总之，她的身上寻找不出一丝柔和的、妩媚的色彩来，夸张地说，从背面来看并不容易看出她的性别来；大奔头对面是个长头发姑娘，穿着裙子，容貌和身材姣好，打扮也不俗，不像是个乡镇干部，她的脸上的神情有一半是逢迎，有一半是游离，不安和迁就同时在她的眼窝里隐现。这四个人以大奔头为中心展开，他们那么愉快地、轻松地也可以说是投入地沉醉在交谈的氛围里，对大院外的一切视而不见、充耳不闻，偶尔有浮光掠影的一瞥，鸿毛一样飘出乡镇大门，也是难以捕捉和去向未明的。镇政府（包括其他公共建筑）都立在国道旁，因此，不时有卡车、中巴车，偶尔也有黑色的小汽车，从大院门口一掠而过，急冲冲地消失在前方的暮色中。

　　几个乡镇干部聊天的场景如此打动我，他们那种神气、旁若无人的姿态，具有一种诚挚的感人力量。可以说，我有些着迷了，不由自主地停下了脚步，眼睛盯着他们的表情看。自始至终，我没有看到一个"闲杂人员"走进乡政府大院去，最多是有几个路人，如同我一样，好奇地往里面观看——但是他们很快又面无表情地往前走了。乡政府对面的小店里，有几个人，有男有女，往小店门口泼洒潲水，清扫门口垃圾（它们看起来不是被清扫，而是不断被添加），偶尔也抬眼往这边望一眼，那目光也是冷淡的、毫无内容的。小镇似乎在某一瞬间，陷入一种死寂当中。

　　那种隔膜和陌生的情境，使我更加深刻地感受到自己像个"局外人"，应该说，作为一个乡村教师，我占有这个乡镇一席之地。但是为什么，我的心中总是感觉到，我是个过路人，一个观察者，一个闲汉，我不属于这里——一刻也不属于，我像是梦游到此，而会转身回去在自己的床上醒来。

　　有时我会陷入到卡夫卡小说描写的梦魇里，如同我眼前发生的现实一样。我觉得眼前的生活，具有卡夫卡小说般的幻想和荒诞的情境。如同此刻，当我不安地同时又津津有味地注视着乡政府大院里面几个聊天的人——他们脸上那种养尊处优的神情造成的排他感——使我的脑海里浮现出一篇卡夫卡的小说来，这个小说叙述了一个农村来的男人，请求进入法律之门，但是被门卫阻挡，直到临终之前都始终未能进去。

　　是什么样的力量在撕裂我们，在人心之间划出了暗藏但不容置疑的界限？当我们退远到虚渺的高空——退到宇航员的位置，我们这个小镇，在地球上是多么小的一个点啊，甚至根本难以看清。但是在这么小的一个点里面，人与人之间的缝隙感、陌生感和虚无感，又是这样的巨大、醒目。

　　如果让我来画一幅小镇地图，我的学校是在西北角的一个高处（山冈），西南角是火电厂和几个小店，东边是镇政府所在地（那些公共建筑，以政府大楼为中心，向它团聚，形成一片建筑群），由东到西，是国道（一条乡村公路）贯穿其间，周围有成片的农田和点缀其间的村庄。

　　站在我学校的高坡上，可以将全镇俯瞰眼底。那是一种表象的场景：无非是一些呆头呆脑的建筑，一些行动迟缓的人群，一些稻田，马路和一些村道、河流，被风吹得哗哗响的树木。

　　然而此刻，我在暮晚中，站在集镇的马路上，我的目光停留在那些公共建筑的墙体上——上面写着一些标语。对标语的琢磨，似乎花去了我的一些时间——我说过，我有很多空闲时间，而且我年轻，未来还有大量的时间可以虚掷。那些标语，就像是文件、会议的派生物，他们被美工用宋体或者黑体字醒目地刷在墙上，提醒着路人、村民观看；它们往往只表达一层意思——比如肯定什么，或者否定什么——但是，显然，话的背后隐含着另外相反的内容，即肯定什么的时候即表示不赞成什么，否定什么的时候即是鼓励和倡导什么。一目了然，简明扼要。有的甚至借鉴了对偶、民歌体乃至"口水诗"的形式，这些标语都具有易于口头流传的特性，祈使句较多，音调铿锵有力，悦耳甚至振聋发聩！

这些标语，就像是绷带一样包扎在公共建筑上，成为本镇的一个景观。与之对应的是，我们学校的围墙上，也刷写着关于教育的标语。但是首先跳荡出眼帘的是"穷"和"苦"字，它们像一声叹息，挂在山冈暮晚学校的墙上，因为每日所见，已经为观者所熟视无睹了。

不知是我天性喜欢独来独往，不喜欢集体和公共活动，还是我性格中的怯弱、胆小、怕事，总之，我对镇政府大楼和那些大盖帽，有着天然的畏惧心理。为什么我一走进机构办事程序的流程中，就感到心慌手乱，面红耳赤，甚至晕头转向？只有当我回到山冈，站在夜晚的高坡，站在自己想象的乡镇地图边角，毫无目的地俯瞰时，内心才获得一种超脱、轻松乃至愉悦的感受。仿佛离开了生活的压迫，离开了公共建筑对我内心的威慑。

为什么我不把这些"隐居"在公共建筑里的公职人员，看成是另一种更平易近人的人呢——这是完全可能的。完全可以把他们看成是头上谢顶、身上有狐臭、脚上有脚气、贪婪、好色、心眼小、爱开玩笑、没有心计、内心良善喜欢发牢骚、丢三落四、浑身不少毛病但不缺少人情味、有些迟钝和愚但总体是个明白人——诸如这样的人呢？事实上，我常常看到一个收税员或者小警员，骑着一辆破烂摩托车，身上的衣服和农民一样脏污松垮，头发凌乱而布满油垢，满脸通红，乐呵呵地在小镇夏日午后的公路上飞驰。这样的人让我感到可爱和可亲，就像是小说家无数次描写过的那些小人物，具有世俗的温度和可以原谅的缺点。

谁主浮沉：计生

英国人口学家马尔萨斯1798年曾作出一个著名预言：人口增长超越食物供应，会导致人均占有食物的减少。他悲观地认为，如果没有限制，人口是呈指数速率增长，而食物是呈线性速率增长。其结果是许多人可能没有饭吃了。这个有着兔唇（家族遗传）的老牧师，倾向于用道德限制（包括晚婚和禁欲）来控制人口增长。

1950年代，马寅初就提出过《新人口理论》，建议要对人口控制，但是遭到批判。如同我国不少大政方针一样，实行计划生育政策，也是始于毛泽东，并带有较浓的行政色彩（这也是西方一些国家诟病中国的一个原因）。在一个封建制达几千年的国家，中国不少方面都带着这个东方帝国的痕迹，很多西方国家觉得难以理解。这正是文化的差异所在。现实生活中，往往不少完美的、理想的主张，无法推行，有些甚至会带来灾难性的后果。

一个族群、民众的思维方式中，总是不可避免地带着传统的烙印。中国历朝历代的改革，从商鞅变法，到王安石变法，到张居正变法，都带有浓厚的行政色彩。在1970年代计划经济条件下出台的计生政策，行政色彩亦无可避免。至于今天，其利弊和今后发展趋向如何，不是本文所能够探讨的。

我来到县里上班，是在春节前夕。春节后，主任布置我们一个任务，就是配合全县计划生育突击月活动，要去拔钉子户，以点带面，推动这项工作开展。虽然拔计生钉子户，我早有耳闻，但是自己亲自参加，还是第一次。

我们单位选定的对象，是我教书的乡镇某村一户人家。这户人家的媳妇因为迟迟没能生出一胎男孩，而一再超生，已经有六个女孩了。春节前夕，夫妇俩从打工的福建回到了镇里，过完年继续回到福建。因计划生育实行户籍地管辖，所以平时他们在福建打工，镇政府鞭长莫及，现在正好利用这个机会给解决掉。之所以将其选定为拔钉子户对象，也是因为其家风彪悍，从老爷子到儿子，都是斗狠搏命的角色。一般乡镇干部奈其不何。

第二天凌晨三点多钟，我们办公室十几个人，都赶到了单位。车辆早已备好，一辆小车，一辆面包车。这项工作，溢出了平时工作常态，有些新鲜感。按照部署，我们每人带着一把电筒，轻装便衣出发了。县城到我教书的乡镇不到十里路，十来分钟就到了。望着黑漆漆的窗外，我有一种异样的感觉，好像这不是我熟悉的乡镇，而是一个陌生之地。我特意望了一眼曾供职的中学，看不到一盏灯火，在一片低沉浓重的黑云下面，在一个凸起的山坡之巅，暗黑如同一个虚无之所。我的心顿时莫名地感到失落，仿佛过往的记忆和痕迹被黑夜一笔抹消了……

镇政府的干部早已恭候在院子里，我们的车刚停稳，就有镇领导前来握住主任的手，并逐一和我们握手。我感到些许荒诞的是，曾经我随同"讨薪"

的老师，在这里和乡镇干部剑拔弩张地对立，现在则握手言欢，共同去执行任务。镇政府的车在前头带路，我们的车紧随其后。一路上，大家沉默不语，眼睛只顾看着前方。

在村口以外几百米地方，我们下车步行进入村子。加上镇政府的干部共有三十余人，分成四路，悄悄地摸着篱笆、墙根，接近了计生对象的房子。其后的场面我述说起来，总觉得有一种罪孽感。我甚至有些后悔参与这样的行动，在内心深处对自己的行为产生了抵触和质疑。我在一种自责心理中，变得犹疑和怯弱。

冲在最前面的是熟门熟路的乡镇干部，警觉的狗吠，划破了黑夜，沉睡的屋子一片混乱。几个工作人员早已冲到主人的卧室，将熟睡中的妇人从床上架起来，而他的丈夫则被其他的人摁住。另一个房间的老人也已经被工作人员控制起来了。

妇人呼天抢地，但无济于事。被几个人强行弄进车里，直接开到了乡镇卫生站，实行了节育措施（结扎）。

至此，拔钉子户行动，算是圆满结束。回想整个过程，我们县里下来的人员，更多地起到一种壮声势的作用，大家平时擅长的，是写作公文材料，对于这种"真刀真枪"的具体工作，并不在行，还得依赖乡镇干部。

天微微亮，我们告别乡镇干部，大家有些疲倦、有些睡眼惺忪地回到县里。

我似乎还在久久地回味刚才"惊心动魄"的场面，这人生中第一次也是仅有一次的拔钉子户的经历，让我反思自己的生活。

对于这个妇人，我心里深表同情。我第一次体会到干群之间有时不可避免的一些冲突，不是缘于个人行为，而是缘于地方政策，缘于工作目标和工作对象之间存在的巨大的裂缝。从纪律上来讲，单位的工作部署下来，即使有不同想法，个人必须以服从为前提，并不能因为想法不同而甩手不干。这名妇人在一种非自愿的情况下，被节育了，因为国家法规要求她计划生育。而偷生、躲生（这又是重男轻女的传统思想的反映），和上级对基层政府计生率考核的硬指标，使得这对矛盾无法调解。并因此出现所谓拔钉子户现象。

回想起来，我对在县委某部门工作近四年的经历，从未写过一字。而我却一再地沉湎于对初次工作的乡镇中学的回想中，并写下大量文字。究其缘由，说明自己一直没有认同一个行政干部的身份（在心理素质和价值取向上相距甚远），更愿意成为一个自由散漫的小知识分子（一个乡村教师、民间诗人、乡土学者、业余作家和漫游者）。当我意识到后者的自我身份时，记忆的闸门便瞬间打开，生活五彩斑斓的细节呼啦地扑面而来……

春哥是一只鸟

冉正万

当我开车去茅台镇，钻进长达2090米的坛厂隧道时，我一下想到了另外一片山区，想起二十年前，我和周四卫在野外搞地质的情景。当时我们一边爬山一边幻想，要是把山凿个洞就好了，凿个洞我们就能清楚看见山里面的地质结构和矿物质了，就用不着这么费力地再爬上爬下了。一会钻进山沟，一会爬上山坡，烈日流火，工作服上一圈圈汗碱，不光背心有，胸前也有，像风吹日晒后的靶标，不用子弹，一股风就能吹倒。走到下午，腿发酸，太阳穴发疼，手指头发胀。因为双手老是下垂，血集中到指尖上去了。对艰苦的工作，我没少抱怨，可见我不是一个优秀的地质队员。最难受的不是长途跋涉，而是夕阳西下，到哪里去借宿搭伙。我们没配备帐篷，领导给我们配备的是一句话：嘴是江湖脚是路。他的意思是只要嘴甜一点，不会找不到吃的住的，又不是在无人区。我是从农村出来的，却总是羞于向农民大叔开口。搞野外地质调查是两个人一组，第一年，我的组长性格和我一样，这就惨了，一到需要联系食宿就互相推诿，谁都不想上前。我们采用过值日轮班、划拳、猜枚子等方式，可他经常要赖，眼看到住家户了，他一下钻进旁边的玉米地，说是肚子疼，要大便，熬到我硬着头皮联系好了才出来。和周四卫一个组后，我再也不用为此担心了。周四卫话多，爱吹牛，虽然只有两个人，他可以从早说到晚，说了一天你却不知道他都说过什么，只知道他在滔滔不绝。有时候我很想把他的嘴封起来，太阳晒得人浑身发臭，还有个人在耳边呱唧呱唧的，真是烦不胜烦。只有到联系食宿时，他那张嘴才成为我赞赏的对象，他那些花言巧语也成了美德。他从不和我计较，每次都是他主动上前，把主人说得眉开眼笑，热情地邀请我们进屋。有一次，那户人家九口人，家里只有一床被子，这床被子是家里两个孙子盖的，一个八岁，一个五岁。其余的人把脚伸进火堂的热灰里，歪倒在草捆上睡到天亮。只要不出远门，他们是不会洗脚的。他们这儿的人大多数一生只洗过三次脚，出生的时候，结婚的时候，死去的时候。这么穷的人家，也让周四卫夸高兴了，晚饭炒了腊肉和鸡蛋，还让我们睡床上，虽然太挤只能侧身睡，但毕竟有被子啊。农民的床铺难免会有杯子，我们防杯子的办法是脱光了睡，连裤衩也不穿，这样即使在被窝里被咬几口，天亮后它们不会留在身上，因为它们喜欢爬在棉布上。杯子和成年男子不同，它们不喜欢裸体，它们喜欢往棉缝里穿。如果穿上衣服睡，它们钻进衣服躲起来，那就得带着它们一起搞地质了，杯子在野外是很难清理干净的。两个光溜溜的男人，抱着两个光溜溜的孩子，可以称做赤子吧？

让我难忘的当然不止这些事情。那年九月，我们到了杉树坪。村子坐落在高山梁子的洼地里，全村只有七户人家。资料显示这一带有金矿，我们需要驻扎下来进行详细调查，看看黄金含量能达到多高，有无开采价值。杉树坪是高寒山区，常年有一半的时间大雾弥漫，只能种一季庄稼，玉米因为缺少阳光，要到十二月份才成熟。我们站在山坡上看了看，村子里没有一栋砖瓦房或者木瓦房，全是干打垒的土墙房，屋顶上盖的是麦草。有的麦草已经沤烂了，长出不知名的花来。看到这样的房舍，我心里叫苦不迭。

周四卫一见人就打听队长家在哪里，乡村早就没有生产队长了，但村里人习惯把村民组长叫队长。不管在什么样的乡村，村民组长家总是比一般人家条件要好些。为了吃好点住好点，我们一进村就露出嫌贫爱富的嘴脸。村民组长作为当地最高行政长官，接待来村里工作的人，也算是他的职份之一。站在我们面前的人没回答，而是问我们是不是石匠，因为他看见我们拿着地质锤。我们说不是，他说，那你们一定是卖菜种的。因为我们肩上搭着白布口袋，是用来装土样和化石的。我们仍然说不是，他警惕地问，那你们是干什么的？我不高兴地说，你管我们是干什么的，问你队长家在哪儿，你告诉我们就行了。他说，我就是队长。我尴尬地想，天啦，我搞砸了。我没料到这个又瘦又黑满额头皱纹的人是队长。周四卫摸出烟，眼睛笑得像豌豆角一样，腰一弯，连打几个哈哈。烟点上后，周四卫说明来意。队长说，住倒没问题，只是条件不好。周四卫忙说，不要紧不要紧，我们不讲究的，队长贵姓？队长说，我姓黄。周四卫又打了个哈哈，啊呀，冉正万和你还是亲戚呀，冉正万，你外婆是不是姓黄？我想也没想就顺竿爬：是的，我外婆姓黄。事后一想，为了住好点吃好点就把外婆的姓改了，觉得自己有点无耻。心想下次再这样问，一定要否认，告诉他我外婆姓陆。

黄队长同意我们住他家，不是因为和我攀上亲戚，而是他认真看了我们的证明，"我不能让来路不明的人住在杉树坪，最近有人偷牛。"

我难堪地想，怎么看我们也不像盗牛贼呀，野外生活把我们磨得一点书生气都没有了？难道？除了地质图和罗盘，我的行囊里可是每天都背着一本《世界文学》的。

不知为什么，我像小孩一样，产生了一种赌气的心情。当我看到一个漂亮姑娘提着篮子从屋里出来时，我赌气地想，肯定不是黄队长的女儿，凭他那副长相，就不可能是这么漂亮的姑娘的爹。姑娘的篮子里装着一把镰刀。我和周四卫正在搬行李，她低头与我们擦肩而过。黄队长吩咐她，"顺便买把面条回来！"在乡下，面条是当菜来吃的，还是招待贵客的高档菜。人漂亮，买回来的面条说不定也要香一些。这么一想，我不再像小孩那样生气了。周四卫一边铺床一边无聊地哼歌：你到我身边，带着微笑，带来了我的烦恼。这是十多年前的老歌了，亏他就记得这一句。所有的歌他都只记得一句两句。我觉得好笑，人家把你当石匠，谁会到你身边呀。

晚饭的大菜果然是面条，用跑油煮出来的，就是把水烧开后先勾一点猪油，让油花跑在水面上，面条煮熟后连同油汤一起端上桌，看上去油多一些，其实没有多少油。除了面条还有一钵酸菜、一钵素南瓜。是姑娘和她母亲一起端上来的。队长说，没什么菜，吃吧。他老婆说，旱了四十多天，菜园里的菜都干死了。两年前，我们在麦冲找锰矿时，主人也煮了一钵面条，没经历过农村生活的小王把面端到自己面前，像鸡毛上天一样轻巧地宣布，你们吃饭，我一个人吃面。我们还在整理记录没上桌，主人家又不好意思提醒，他一个人把其他人的菜全吃了。现在一看见面条，我忍不住扑哧一笑。这一笑把低头吃饭的姑娘得罪了，她看了我一眼，似在质问：笑什么，笑我们家穷吗！周四卫已经和黄队长聊开了，关于收成，关于村里人。我则忍不住想，这么漂亮的人儿，能嫁到好点的地方去吗？我要是在农村……姑娘好像看懂了我的心思，只见她全身发抖，双眼上吊，头禁不住一阵乱摇，吃力地大叫一声，突然往后倒下去。我被吓得目瞪口呆，黄队长和他妻子已经扑过去，把倒在半空的女儿接住了。他们掀开板凳，把姑娘直挺挺地放在地上，紧紧地压住她踢打不停的四肢。周四卫比我抢先一步过去帮忙压住双脚，我慢了一步，蹲下去压住脚踝，但已经用不着多大力气了，姑娘已经没刚开始踢打得厉害了，但口中喷出了鲜艳的血液，当她像被砍了一刀的羊一样咩咩地叫唤时，血液被吹得满脸都是。姑娘的母亲残酷地用筷子撬开姑娘的嘴，就像要杀死她一样，后来我才知道，她这是为了避免她咬断自己的舌头。过了十多分钟，姑娘慢慢停止抽搐并清醒过来。我既难过又尴尬，为姑娘的病感到难过，为自己压住她脚感到尴尬。我不敢真压，怕把她压疼了，结果被她踢了一脚，踢在我下巴上。黄队长习以为常地说，吃了好多药，一点效果也没有。我们继续坐下吃饭。不一会，我听见姑娘压抑不住的哭声。本来就没食欲，这一来更是咽不下去了。周四卫好像没什么"感觉"，我是说那种同情心和恶心感。想到那些面条是姑娘摸过的，我就不敢吃它们。周四卫说，这种病能治好，他老家也有人得过种病，但最后治好了。"没去医院，是用偏方治好的。"他微笑着，呼噜吸进一口面条。毫不含糊地说，"根本就不用花什么钱。"姑娘的母亲突然轻轻地、语气坚定地插了一句："明天挖地萝卜。"不知道姑娘的母亲为什么突然不高兴，也许是女儿的病让她有点神经质。周四卫环顾了一下四周，脸上泛起一层红晕。他说："我明天去牛渡河打电话，问老家的人用的是什么药，让他们把药方给我。"

第二天他真去了牛渡河，回来时醉醺醺的，他爱喝柜台酒，高兴了爱喝，不高兴了也爱喝。从乡村野店柜台后面打出来的酒大多是掺了水的苦酒，极其难以下咽，他用三个手指扣住土碗，咕噜三次，脸苦巴巴地皱三次，然后笑容释放出来，继而红光满面。我问他打听的结果怎样，他挠着头说，他昨天记错了，他老家得这病的人早就死了。我有点生气，你怎么能像无赖一样啊，人家得了病的人在等你的好消息呢。他说，我就不相信连这种病都治不好，又不是癌症！

几天后，小队长来了解工作情况，顺便把积存了两个月的报纸杂志带来。这些报纸杂志没来之前，我急切地盼望着，就像上面有什么重大消息不容错过似的。每次翻完后，却又像不解风情的人对爱情的理解：还是老一套，和以前差不多。没料到周四卫翻到一张我丢失的报纸时激动地笑起来，我以为他在读笑话，歪过头一看，是半版广告：让癫痫病患者不再痛苦，是×××传人的神圣职责。

他按广告地址寄钱买了三个疗程的药，广告上说一次买三个疗程可以打六折。周四卫看重的不是折扣，他看重的是这些药的疗效。在野外工作久了，对报纸上的任何话都信以为真，哪怕一再上当，也会再次心甘情愿地上当。邮购回来的药刚开始似乎很有效，全家人都把周四卫当贵人，连我也觉得他功德无量。吃第二副时姑娘的反应很强烈，一吃下去胃就疼。姑娘的父亲不耐烦在叫她忍一下，"这是药呢嘛，当然没饭好吃。"后来看见姑娘吐出的秽物里有血，才不敢再叫她吃。

我们在杉树坪搞了两个月，金矿异常范围太小，品位也不高，加上野外越来越冷，我请示分队领导后，结束了杉树坪的野外地质工作。我们这一走，十有八九不会再来了，这些年跑过的地方不止一百处，回访过的少之又少。和主人家处热络了，他们舍不得我们走，杀了鸡要为我们饯别。我的心早就飞到遵义去了，一天也不想耽搁，可一时找不到搬家的车辆。周四卫看出来了，他说，你先走吧，我等两天，我找车把行李带回去。

我回到遵义就去书店买书，恨不得把它们嚼啐吞下去。买了一把圆珠笔芯，不管写什么，我规定自己必须三天写完一根。实在写不出来就翻书，把书上那些精彩的段落抄写在一个巨大的笔记本上。右手中指骨节凹下去，从此不再复原。

有一天看见脏兮兮的行李堆在门口，没见到人，我以为周四卫回老家了。两个月后，队上安排我们去一个叫四坪的地方找铝土矿，周四卫笑嘻嘻地走进会议室，穿了一套粗呢西装，新理的头发能看出小理发店的手艺，生硬、坚执、传统、正直。假期他哪里也没去，我的行李是托别人带回来的，他一直在杉树坪，最让我吃惊的是，他已经结婚了，他娶了黄队长的女儿。他那件粗呢西装就是结婚时的新郎装。下班后，在办公室外面碰到那个有癫痫病的姑娘，她红着脸对我笑了笑。不知为什么，我的心怦怦跳，连问好、祝福的活都忘了说。我好像有点嫉妒，因为她那么漂亮。也好像有点担心，因为她是有病的人。周四卫说要请大家喝酒，直到又一次去野外也没落实。估计是钱不够，他的钱一半用来给媳妇治病，一半用来喝酒。

　　到四坪去找铝土矿，周四卫把新娘也带去了。单位上不可能给他媳妇安排工作，也没给他们分房子。当时还没人买房，住房都是按职务、工龄由行政科分配。以周四卫的职务，再过十年也没份。

　　这次一起工作的人多，有十一个，小队长让周四卫的媳妇当炊事员，好给他们一点补贴。我有点怕吃她煮的饭，但我很虚伪，假装什么也不知道，每顿都吃得多吃得快。新媳妇发病时，我们所能采取的，和姑娘父母的方法一样：把她按在地上，不让她动，等病过去后再放她起来。

　　有一天，周四卫听说一种偏方，用猫头鹰幼崽煨汤，是治疗癫痫病的。但猫头鹰幼崽必须是整窝的，一次两只。从这天起，周四卫一有空就去寻找猫头鹰，先找到它们的窝，再找它们的崽。他大多是晚上出去，带一支自己组装的，可以装六节电池的长电筒。有时候到天亮才回来，衣服撕破了，手和脸也划烂了，他的头发，则差不多可以给小鸟做窝了。他仍然笑嘻嘻的，对猫头鹰的习性越来越了解。猫头鹰的视力、听力都好，远远超过人，搜索它们的窝时，会受它们的猛烈攻击。他说，他只有用电筒射它们的眼睛，用电筒砸它们的脑袋。不过，最让他苦恼的是猫头鹰和其他鸟不同，它们的小鸟是逐一孵化出来的，产下一个蛋后就进行孵化，小鸟不是一窝同时孵化出来的。我们一致认为，这个偏方是骗人的。但周四卫没停止寻找猫头鹰幼鸟，在没有人告诉他新的偏方前，他一定要把一对同窝的猫头鹰幼崽煨给媳妇吃。他说，只要捉到一只，先放笼子里养着，等捉到第二只再一起煨汤。

　　当地人给猫头鹰另外取了一个名字，叫它春哥。因为它们一到春天就"喝乐、喝乐"地叫唤，似在告诉人们，春天到了。叫声像在发笑，阴森凄凉，乡下人因此认为和死人有关，不死也要遇到倒霉的事儿。说"不怕夜猫子叫，就怕夜猫子笑"。因此又叫鬼东哥。

　　周四卫为了接近它们，把它们的叫声模仿得惟妙惟肖，他为此很得意。他媳妇也喜欢他的叫声，但能分辨出到底是猫头鹰，还是周四卫。

　　在四坪，他煨了两次猫头鹰幼崽给媳妇吃，媳妇的发病频率没以前高了，但谁也不知道，是因为爱情，还是因为猫头鹰的幼崽真有药效。

　　我在四坪工作了一年，因为写作，调到总部宣传科，后来又到报社，再后来做合同制专业作家，但周四卫的生活，我依然知道。地队质为了解决职工住房困难，把在野外住过的木瓦房买回来，分配给年轻职工和带家属的工人住，两层，每栋住六家，每家两间。这种房子，墙壁是篾席，一点不隔音，冬天不保暖。周四卫分得两间，生活比以前好些了。他在屋子外面搭了间猪圈，养了两头猪。年底杀一头，卖一头。他的猪不用杀到菜市，在屋门口就卖完了。因为是他媳妇捡西瓜皮和菜叶煮熟喂大的，没喂过生饲料。

这时的地质队，从事技术工作的人最为茫然，会上总在强调，要以这样为荣，要以那样的为荣，但没有人一个感觉到，那样的生活何以能称得上荣耀。整个小分队，除了我挂在宣传科有一份稳定的工资，其他人各求生路，从农村来的，回家养鸡去了，在城里长大的，批发水果去了，虽然不是全都去养鸡，全都去卖水果，但路数大同小异。这期间呼拉圈风靡全国，有个同事买了几捆黑色的塑料管，往管子里装上砂子，缠上彩条，接头处用透明胶带封死。商店里的呼拉圈十块钱一个，他五块，一个星期就卖了几百个。等效仿者一捆一捆出炉，价格降到两元一个，他转行做酒生意去了。卖一种叫"茅合"的酒，合字草写和台字大同小异，很像茅台，有人怀着羡慕嫉妒恨的心情，把他举报了。从这以后，他跳出地质队人的视野。至少我没再见到他，直到十余年后，在贵阳街头不期而遇，他给我一张名片，说他有十余款酒，我需要时，可随时打电话，一定给我最大优惠。我用掉的酒，一年不到三件，感觉用不着打电话给他，就没再联系。

举座惊慌之际，只有周四卫能沉住气。或者说，各自寻找门路时，沉得住气也是一种门路。他把安置房前面的荒山开垦出来，种上玉米和四五种蔬菜。荒山上没有多少土，全是石头窝子，土是他从山下背上去的。山不高，路也不算陡，但要造一块书房那么大的土，没有十天半月是完不成的。山上原本有些杂树，有鸟飞出来或落入林中，他展颜一笑：噫，是不是猫猫雀？猫猫雀是他老家对猫头鹰的称呼。

倒是他媳妇变了，她融入安置房那些工人家属中后，对艰难生活的抱怨，和由此产生的焦虑使她不再爱笑，谁要是动了她地里的庄稼，她会站在山顶上大骂一阵。谩骂声中夹杂着抱怨，她的抱怨是一种自暴自弃的哀唤。她开骂时，有人说，周四卫家的大喇叭开始广播了。

大喇叭的苦水是倒不完的。周四卫偶尔干点地质工作，是招之即来挥之即去，全是临时的，没有一个长久、稳定。

在这样的境况下，他们居然有了孩子。没有人说他们不应该有孩子，但都认为孩子是他们最大的负担。不但有经济上的负担，还有精神上的负担。大喇叭的癫痫病是否遗传给了孩子？如果孩子也有这种病，这是怎样的愁烦和绝望？想到这些，就会替他们发愁。同时也为自己感到庆幸。

化验室的屋顶漏雨，某段围墙坍塌，这些话也给他干。他的手艺远远不如那些从农村招来的钻工，但小单位的负责人宁愿找他。他不挑剔不讲价，无论叫他做什么，他笑嘻嘻地答应着，"要得哇，要得哇，说了就是哇。"

到了九十年代末，地质队有所好转，活儿渐渐多起来。1998年年底，我被临时抽调出来，去高速公路搞地质勘察。是贵阳到重庆的高速公路，当时真叫崇山峻岭，单位上的车把我们送进去就不管了，我们要出来得去村里雇摩托。这条曾经亲自勘察过的公路，当我开车在上面奔跑时，却找不到当时出入过的村寨在哪里，当时爬过的山是哪一座，滚到地上、浑身裹满泥浆的小路是哪一条。高速公路修好后，似乎所有的东西都变了。

四个勘察小组，每个组三个人。我没料到，我会和周四卫在一组。他是小组长，因为他一直从事地质工作，没断，我呢，已经有好几年没接触了。

我们的工作其实非常简单。沿高速公路设计线测量几条地质剖面，然后对钻机取出来的岩芯进行地质编录，取出钻孔柱状图。钻孔深度只有25米，两天或者三天钻一个。而我们搞编录带作图，最多一个小时就能完成。我们的空闲时间太多了。承包钻探施工的是另外一个地质队的钻工，他们的设备太老了，一会钻头坏了，一会柴油机坏了，老机器的配件很不好买，一停工就是好几天。这样一来，我们的空闲时间更多了，多得让人无聊。

空闲时，我看书或者写作，周四卫寻找猫头鹰。另外那个同事要么看电视，要么去钓鱼。我们驻扎的村子有一座水库，还有一条小河。水库里大鱼不少，两三斤一条的有几十吨，二三十斤一条的也有好几百条。这是水库承包人说的。我这同事一条大鱼都没钓到过，钓上来的全是指头那么长的小鱼。他平时没钓过鱼，现在一钓就是一天，纯粹是为了消磨时间。水库是人家承包的，刚开始还去阻止，不允许他钓，后来见他如此水平，就懒得管了。

有人说，写作一定要有成块的时间。我当时的时间不但成块，还是一块接一块，一堆接一堆。可我的写作进度很慢。我最渴望的是有人呼我，尤其是有区号的电话号码。我的BP机是数字的，有电话来，我得步行两个小时去镇上回电话。我在那里住了三个月，只响过一次。盼望有区号的电话传呼，是因为心里苦盼有人告之，你的小说通过终审了，你的小说已经发表了，你的样刊已经寄出了。那天响了，我兴冲冲跑去回电话，是同学打来的，要我去参加同学会，说毕业十年了，应该聚一下了。我的失望，几近绝望。沮丧地回到村子里，第二天就又决定去参加同学聚会，我得把无聊和孤独打发掉。

只有周四卫大有收获。他捉到了两只猫头鹰，并且一公一母。他太高兴了，我们也替他高兴。等它们产下蛋，孵化出雏鸟。他媳妇（或许还有他儿子）就不愁没有幼崽炖汤了。把猫头鹰捉回来，周四卫的手被啄烂了，他没有责怪它们，反倒是夸个不停，说它们凶狠，说它们有种。他请村里的篾匠编了个大笼子，用树叶杂草搭了两个鸟窝。

"万一它们两口子合不来，它们可以分开睡。"他说。

他挖蚯蚓，捕蝗虫、蜻蜓，打小鸟，抓老鼠。

"猫头鹰只吃肉，不吃别的。"他说。

没料到，猫头鹰对他打造的豪华新居和所有的肉都不领情。它们不吃不喝不睡。周四卫这下急了。他像骂不好好吃饭的孩子一样骂它们：

"不吃，不吃饿死你们两个狗日的。"

"吃一点嘛，乖乖，就吃一点点。"

骂没用，求也没用。

周四卫情急之下，掰开猫头鹰的鸟嘴，把肉食强行喂进去。还好，喂进去没有吐出来。周四卫到村卫生所要了一支没有针头的注射器，用它往掰开的鸟嘴里注水。

两只猫头鹰居然就这样活了下来。钓鱼的同事也有了用武之地，以前钓到就丢的鱼，现在全都用来喂猫头鹰。

猫头鹰是昼伏夜出的动物，白天打瞌睡，晚上精神抖擞。晚上叫唤时，我们睡不着，房东一家也睡不着。周四卫只好一到晚上就把它们挂到村外的树上。他怕有人偷，每天挂在不同的树上，而且挂得很高。半夜里，他还要去巡查，去给它们喂食。

猫头鹰生蛋了，没有生在窝里，从笼子里掉下来，砸碎了。

周四卫爱恨交加："这是你们的儿哩嘛，你们咋个把它摔到地上！"

我说："说不定它们是故意的，它们把它孵化出来后要被你炖掉，所以先掀到地上摔烂，不让你炖它们的幼崽。"

周四卫反唇相讥："难道它们像你一样读过那么多书，不然咋会知道这么多？"

从这以后，我不敢拿他的猫头鹰开玩笑。

接连几天，鸟蛋都掉到地上，周四卫通过观察，发现鸟没把蛋生在窝里。

周四卫向村子里的人讨教，终于有个老人告诉他，猫头鹰和别的鸟不同，它们繁殖时是不筑窝的，它们喜欢利用树洞、岩穴，或者其他鸟遗弃的旧巢进行抱蛋育儿。

周四卫还没找到合适的树洞或者其他鸟的旧巢，我们的勘察工作已经结束了。周四卫说要到镇上打电话，叫队上派车来接我们。我一刻也不愿多留，卷起行李就走了，我宁愿到镇上去赶班车。周四卫也只好挑着他的大鸟笼和我们一起走。

回到家，第一时间是打开我的专用报箱，有报纸和杂志，有小说、散文已经发表了，只不过没有打电话告诉我。

有天下午，家里的电话响了，是《山花》编辑部的主编何锐打来的："有个编辑请假复习去了，准备考博士，你能不能来帮忙看看稿子？"

第二天，我夹着一个人造革的黄皮包就去了。几个月后，办理正式调动，把周四卫的猫头鹰和大鸟笼忘到了九霄云外。

第十个年头，我任《山花》副主编。《山花》的办刊经费历来紧张，财政拨款仅占十分之一，其余部分得靠我们自己想办法。当编辑时，没管过这事，当副主编了，必须得管。我所能联系的企业，大多是地质队，自己毕竟是从那个行业出来的，找队长、书记要钱时脸皮厚一些。从这时起，和地质队的联系又多了起来。这次去茅台，也是同样的目的。现在，看稿的时间和跑企业的时间各占一半，写作的时间，在白天几乎没有了，除非长假。

回到老单位，问起周四卫，都说他比以前好多了。他媳妇的病，有人说已经好了，有人说，偶尔还在发。我见不到他，因为他不在队上，和一个公司到非洲搞地质去了，已经去了两年了。合同规定，至少要干三年才允许回来。收入很不错，年薪25万。那个非洲国家叫赞比亚。

　　我想，周四卫看中的，或许不是年薪，应该是非洲的猫头鹰比中国的多。

去库车

曹志岩

一

我骑着自行车，穿过三条街。两条灯火通明，最后一条的尽头是火车站。库车火车站。候车的人坐在行李上，安检人员尽职地例行公事。偶尔一位烟客买个打火机，买包烟，店铺几乎没有什么客人了，所以店主也坐在门口，侃大山，喝起啤酒来。我想看看灯火通明的月台，想看看列车，所以我围着车站转起来。但无路可走。只模模糊糊看到一个女生在跑步，渐渐慢了下来。她冲着黑黢黢的角落里叫道："奥巴马，是我！"紧接着，我听见狗的吱吱声。

夜幕降临之后，我突然特别想看看库车火车站。去年的这个时侯，我和孔雀坐火车从和田回库尔勒，夜半时分经过库车站，睡意沉沉，看着远处稀稀……的灯火，我们隔空调侃了几句爱发牢骚的弘肃。今年我和弘肃喝着酒吃饭，很多共同的东西却已被各自的债务所分割。

我等了半天，也听不到火车的尖叫，于是骑车走上了另一条街。路灯是黑的，迎面驶来的车晃着刺眼的脑袋，几个半透明的人影和模糊的声音飘在半空。我的心慢慢沉静下来。白杨树，石子路，低矮的小屋，摩托车，听不懂的私语，两公里，三公里……一切都在催人入梦。

二

延安特大客车交通事故发生不久，内地部分省市停开了夜班车。但新疆地广人稀，铁路和航空运输尚不发达，只能在未雨绸缪上下功夫，于是夜里两点到五点必须停车休息的措施出台。后来还是不放心，又改成夜里两点到七点半必须停车休息。我对夜班车患有恐惧症（车一开我就想上厕所），根本睡不着，而新源直达库车的217国道（全程只需7小时）明年才能通车。出发前一天我甚至吓得失眠，这一失眠让我想到了两个问题，一个高深，一个庸俗。高深的问题是：217国道到今天还不通车是国家对公民权利的侵害。庸俗的问题是：要么挣钱买车，要么坐飞机。

出发前，我跟一位同事开玩笑，说喀什还不敢去，因为我怕去了喀什别的地方再不想去了，就留在伊宁了。其实如果长途车这么限行下去，就我这收入，就我这时间（休假也只有7天），喀什确实不敢去。而在90后大学生一毕业就考公务员、考特岗"拿编制"的今天，我也不确信什么来日方长之类的妖言。

但——

一个转折。

车过开都河，已是中午12点左右，烈日当空，大地月球般荒凉。尘埃被空调抽进车厢，干涩的苦味儿弥漫开来。你感觉舌尖含着一小撮干燥的粉尘，水分子被吸收净尽，一种绝望夹杂了无与伦比的渴望铺天盖地压来。

干燥，这就是南疆的味道。

无论在乌鲁木齐还是伊宁，我时刻都在竖着耳朵去嗅这股味道。在这里"太阳很大，人很小"，"太阳向每个生灵公正地分配阳光"。（沈苇诗句）

在这里，留下来的一切都是经过蒸发的。

三

我读沈苇《我的尘土，我的坦途》，整本诗集要说的几乎可以浓缩成两个字：谦卑。

　　我的意思是，沈苇一再告诫我们：面对西域这片大地，要保持谦卑。因为"太阳很大，人很小"。

　　一位评论家说：沈苇眼里只有他自己，是超级自恋狂。另一位评论家说：沈苇写《植物传奇》，高高在上。譬如，当沈苇在《正午的诗神》自序里写下第一段话时："……你阅读的不是我的文字，而是五十个伟大的灵魂。回顾我半年的写作，可以总结成两个字：幸福。——这是自己卑微的灵魂被伟大灵魂照耀和提升的幸福。"当沈苇写下这段话时，他一定想到了里尔克教诲青年诗人卡布斯的话："一个伟大的人、旷百世而一遇的人说话的地方，小人物必须沉默。"——而他是唯一可以听懂箴言的人。

　　请允许我再一次冒犯沈苇。从他的诗歌中，我觉得他既不是那旷百世而一遇的伟大者，也不是安于沉默的小人物。因为他一会儿是旷百世而一遇的伟大者，一会儿是安于沉默的小人物。而不论出演哪种角色，他都在"向每个生灵公正地分配阳光"。

　　话说两位青年登门拜访罗伯特·弗罗斯特，开门见山自我介绍："您好，我们也是诗人……"弗罗斯特摇摇手指："不，不，你们还不能自称诗人。"俩后生吓得落荒而逃。

　　沈苇身上似乎还没有这种从容和统一。

四

　　但以上只是我的一种想法。

　　当车子驶过开都河大桥时，太阳明晃晃的，凌乱的荒野涌起，匍匐在荒山脚下。24年前，一位二十出头的年轻人从浙江漫游到新疆，只身一人，"太阳很大，人很小"。看不到希望的下午，他在开都河盘看到一只背着粮食返程的蚂蚁，就这么无目地观察了一个下午。在这个下午，他肯定想到了家、粮食、路途这些具体的事物，也想到了太阳、宇宙这些辉煌的、朴素的、难以理解的存在。在这种无远弗届的秩序统治下，一个不知道该往何处去的两手空空的年轻人和一只背着粮食返程的蚂蚁究竟有何区别呢？在这种状况下，批评家无权指责沈苇，因为在那种情况下，矛盾恰恰就是孤独抗争的利器。

同样，在滋泥泉子（现在叫紫泥泉），沈苇有权写下这动人的诗句：

> 在一个叫滋泥泉子的小地方，我走在落日里
> 一头饮水的毛驴抬头看了看我
> 我与收葵花的农民交谈，抽他们的莫合烟
> 他们高声说着土地和老婆
> 这时，夕阳转过身来，打量
> 红辣椒、黄泥小屋和屋内全部的生活
> 在滋泥泉子，即使阳光再严密些
> 也缝不好土墙上那么多的裂口
> 一天又一天的日子埋进泥里
> 滋养盐碱滩、几株小白杨
> 这使滋泥泉子突然生动起来
> 我是南方人，名叫沈苇
> 在滋泥泉子，没有人知道我的名字
> 这很好，这使我想起
> 另一些没有去过的地方
> 在滋泥泉子，我遵守法律
> 抱着一种隐隐约约的疼痛
> 礼貌地走在落日里

在阳光密实，墙上布满裂口的南疆，读着这些句子，我感觉到一种隐隐约约的疼痛，感觉到一丝苦涩的甜蜜。

五

从伊宁出发25个小时之后，我来到了库车。

库车，古龟兹国都城，汉西域都护府和唐安西大度护府治所，西域的政治、经济、军事和商贸中心。在小说《麻赫穆德·喀什噶里》上篇第十二章

里，维吾尔族作家帕尔哈提·吉拉热烈地赞叹道："这就是库车！这是闻名遐迩的文明中心之一的著名大都市！这就是以她著书、绘画、雕刻艺术、歌舞在历史之舞台上留下荣耀的古城龟兹！在这座乐园般的绿洲家园里不知有多少勤奋的文人写下了火热的诗篇！不知有多少天才的翻译家翻译了印、梵、汉文经典作品！不知有多少心灵手巧的绘画家、雕塑家展示了自己的才华和风采！"

在历史上，龟兹首先以佛教中心著称于世，在龟兹修习佛法的鸠摩罗什是中国古代三大佛……译家之一，克孜尔千佛洞（现属拜城辖区）是早期佛教艺术的集大成者。其次，龟兹乐舞闻名世界。唐玄奘《大唐西域记》记载："龟兹东西千余里，南北六百余里……管弦伎乐，特善诸国。"隋初，文帝置七部乐，龟兹伎为第六种。大业中，炀帝定九部乐，龟兹为第三种。唐代因之。不过，龟兹音乐和中原的渊源在宋朝断绝，所以宋人沈辽《龟兹舞》诗云："龟兹舞，龟兹舞，始自汉时入乐府。世上虽传此乐名，不知此乐犹传否？"

另外，汉唐时期，龟兹还是西域的冶金中心，今天在库车文化广场上，就有一具铁匠铸铁雕塑：火苗升腾，两位健硕的匠人在火苗之中挥锤舞钎。雕塑极具现场感，仿佛火舌就要炙烤到你的面颊。雕塑位居两条拱形柱子构成的凉亭中央，凉亭顶端是取自千佛洞石窟穹顶壁画的金翅鸟，四根柱子四面分别刻有华夏文明、伊斯兰文明、古希腊罗马文明、印度文明图案。整个作品的名字就叫做《汇聚》，表现了库车海纳百川泉的气度。

时间来到今天，库车引以为豪的主要就是乐舞艺术了。我们熟悉的维吾尔族乐器，如都塔尔、弹拨尔、热瓦普、艾杰克、手鼓、纳格皮鼓、扬琴、卡伦琴等，全都是龟兹匠人发明的。

诗人沈苇曾说过，听到雅典奥运会开幕式上的鼓点声，他一下子就想起了新疆的纳格皮鼓艺术。可以这么说，新疆是世界四大文明唯一交汇的地方，而库车是这种交汇最积极、最充分的城市。

六

今年库车建县正好一百周年。我一直以为她的韶华早已逝去，留下的不过是一座普通的新疆小县城。但坐车来到老城区，我的心兴奋地几乎要跃出来。

保存完好的清城墙、恢弘的库车王府、兀立的烽燧、壮观精致的库车大寺、夕阳下的回城遗址，所有的一切都回味无穷。

　　或许在新疆，很少能找到这样一个县了，一县之地，就可以直观地看到两千多年来的历史遗存。克孜尔千佛洞、苏巴什古寺、龟兹古城遗址……在这里，族群和地域的秩序被打破，拜占庭人、印度人、汉人、突厥人、粟特人，大家曾住一样的房子、喝同样的酒；不同的语言交谈着、大历元宝和拜占庭金币碰撞着，然后生意就这么做成了；楼上住着日本人，楼下住着阿拉伯人，门房来自河中地区，而门口卖胡饼的则是波斯胡人。通过考古学家和历史学家的研究，我们知道，这些情况都肯定存在，而在库车，我们有机会看到这一切。在王府的一间陈列室里，摆满了从汉代至民国时期当地流通的货币，囊括了历史上亚欧大陆许多重要货币，而千佛洞部分雕塑的头部复制品（原品均藏于德国民俗博物馆）展厅，则聚亚欧大陆主要人种于一堂。

　　漫步库车老城区，就仿佛在用足迹阅读一本写在大地上的Who's who。只需花费大半天工夫，你就可以知道，"他父亲怎样揍他，他怎样出走，／少年作什么奋斗，是什么事迹／使得他在一代人物里最出风头"。

七

　　库车是一座善于挖掘自身文化资源的城市，在她的街头和公共绿地，分布着大大小小许多雕塑，功用各不相同，但大都是运用现代艺术手法表现当地丰厚的文化资源，如前述文化广场上的《汇聚》，还有多处在建公园里的龟兹乐舞雕塑。尤其打动我的是库车王府对面绿地的雕塑：一位理发师正在给一位老汉理发，两人的表情是专注加享受式的。仿佛理发这件事对于老人而言也是一件应尽的义务似的。这座雕塑作品不经意间传递的库车人的人生态度让我低回久之。而漫步老城区小巷子，几次我看到，夫妻俩躺在葡萄架下，有一搭没一搭地说着什么。好多日子就在絮语中流过，有变故，有悲伤，但这片土地上，她的生民懂得生活是一种忍受，而不是表演，不是冒险，他们从来不懂为了生宁可去死的后现代哲学。无论生或者死，他们从不试图走捷径。

　　公交车站台的阅报栏里，都是库车文史方面的宣传漫画，有的用维文，有的用汉文，内容为有关龟兹的诗歌或小故事，皆活泼有趣。坐了几次8路公交车，我倒是读到了几首诗，在老城区林基路维文学校对面的站台上，图文并茂地摘录了几首诗的片段，选录如下：

南山截竹为觱篥，
此乐本自龟兹出。
胡旋女，胡旋女，
心应弦，手应鼓。
弦鼓一声双袖举，
回雪飘摇转蓬舞。
左旋右旋不知疲，
千匝万周无已时。
人间物类无可比，
奔车轮缓旋风迟。

在库车待三天，还遇上了县里的农民的展示和摄影作品展，摄影作品都是有关民俗风情、自然景观和社会主义新生活的，大多不错，部分极佳。农民画让人大开眼界，理发师的、砍柴人的、打馕匠的，想象奇特，部分作品甚至运用了几何构图方法，极具现代主义风格，令人叹为观止。看评选出来的十佳农民画家介绍，最小的是1985年生人。

就在我一幅幅惊叹的时候，一男一女走来，男的问女的："这是小孩画的是吧？"

我觉得这是最好的褒扬。

八

我打车来到默尔纳额什丁麻扎。应该就是毛自纳额什丁，伊斯兰教精研典籍的大师。院子里有几棵百年榆树，祠西廊下挂一块光绪七年李蕃题写的匾额，匾额没有什么修饰，"天方列圣"四个大字也很草率，显示出日落西山的苍凉。天色渐渐暗了下来，内院柴扉紧闭。

从门缝望进去，一条四五十米长的砖道通向麻扎。麻扎前后是整面的格子窗，左右山墙上也各有两扇大窗子，额什丁的陵寝就在其中。当然，这些都是后来知道的，当时只能看到麻扎的一角，只能看到砖道两旁的花畦和满院子的树。

小院静极了，我似乎听到了鸟鸣和额什丁的咳嗽声。我以为小院里是额什丁的故居。我想到了居住在尼夏普尔（塞尔柱汗国兴起时的首都）的马赫穆德·喀什噶里。公元1069年，河中地区统治者易卜生欣·桃花石·喀尔汗在撒马尔罕去世，死前三天，他将汗位传给了长子纳斯尔特勤，易卜尔欣的小儿子、布哈拉阿奇木举兵反对，双方爆发了战争。饱尝政变之苦的马赫穆德厌倦了这种部落至上的纷争，带着养子伊力泰木耳来到尼夏普尔，并在这里购买了一座有院子的小屋，又开始投入到学堂的教师生涯。从维吾尔族作家帕尔哈提那里，我读到了这个故事，不妨讲来听听。

　　马赫穆德独自一人坐在屋里，显得忧虑满面。他将不少金币、银币和铜钱洒在前面的矮桌上开始数起来，稍思片刻，他又重新数了一遍。

　　留着一脸花白颔须的仆人进来在门槛驻足。

　　"阁下，不知午饭您想吃些什么？是否买些肉？"

　　"我已经给了伊力泰木耳钱，他到街上去买菜和肉了。"

　　马赫穆德说，并摇着头深深叹了口气。

　　"看来钱不省着花是不行了，"马赫穆德说，"钱越来越少了。"

　　"胡大会给的，阁下，胡大会给的。"老仆人毕恭毕敬、双手抚腹地说："最近您身体欠佳，由于未能上班，所以也没有收入。尊敬的阁下，只要安然让您尽快痊愈，恢复您的健康，事情便会重新转好的，安然不会让他自己造就的可爱子民受到屈辱的。"

这个小故事多么朴素，多么美好。两百米外就是热闹的市井生活，当年，这番对话想必也会发生在额什丁和他的仆人之间吧？我甚至感觉到额什丁就在房子里著书，累了他随时有可能走出房门，看见我。这个念头让我魂销骨蚀。

最后额什丁并没有走出来，而我翻墙进去了。

　　当时，我走出小院，只想尽量绕着这位哲人的麻扎转一圈，却不经意看到路边的标识牌。上面写着：民间艺术家妮萨汗陵墓。妮萨汗是库车现当代著名的音乐家、舞蹈家，在库车王府陈列馆里还有一张老人在秋日的胡杨前弹奏的照片，笑容灿烂、安详。我大喜过望，来老人墓前拜谒。墓碑上的文字显示，老人出生于1902年，卒于1987年。这让我想起健在的末代库车王（老人曾任库车县政协副主席，现已退休，就居住在王府的一座小院里。游客如欲拜见，可提前向管理处申请）。当年，两位年轻人一定见过吧？而沧海桑田，他们的一生经历了太多的世事变迁。

　　我一直喜欢新疆的墓园。喜爱墓园里的安静和……的凄凉味儿。我穿行于墓园中，来到额什丁麻扎墙外，一棵大树就靠在墙上，我攀援而上，在小院中驻留了二十多分钟，默默地向大师表达了敬意。

　　从额什丁麻扎出来后，我来到一片树林，在树篱后面，我看到一位农夫在和他的卷心菜寒暄，谈的是些和丰收有关的话题。我像一片树叶，屏息静气地倾听了一会儿。

九

　　走马观花过很少几个地方后，我曾自作聪明地评论："自然景观哪里都一样！"天哪！安娜是如此仁慈！在库车，他让我领略了那让人无语的非凡之美。

　　库车是龟兹的王城，但因为一知半解，我一直把库车等同于龟兹，所以产生了"到库车看千佛洞"的误会。其实唐代的龟兹国东西千余里，南北六百余里，克孜尔千佛洞在今天的拜城县境内，千佛洞附近就有一个克孜尔乡，这也是千佛洞得名的原因。然而千佛洞虽然地属拜城，离库车县却更近一些（80余公里），很多游客慕名来到库车，无不顺道参观克孜尔千佛洞，口耳相传，讹误也就产生了。其实从库车坐车前往千佛洞，进入拜城县不久就能看到巨大的旅游宣传牌，上面就写着：温泉、雪山、千佛洞。不过，阿克苏地区东五县属库车最发达，克孜尔千佛洞的工作人员每两周进城购物一次，往往也去库车。

　　克孜尔千佛洞是佛教早期艺术的宝库，她的盛名早已传遍全球，而她的恢弘庞大也绝非一般游客甚至学者所能领悟。我们的导游是新疆师范大学美术专业的硕士，主要从事千佛洞的壁画临摹工作，游客多时也被抓丁兼职导游，她深深地感慨："千佛洞里的东西是一辈子也学不完的。"所以，对于这份艺术宝藏，我只能保持缄默。我只能谈谈那让我不住口赞叹的千佛洞自然风光。

作为宗教圣地（早先千佛洞是许多僧人修行的地方），克孜尔千佛洞地理位置形胜，依山傍水，脚下就是蓝色的河流，滋养了大片的树木。金色的太阳、蔚蓝的天空、黄色的崖壁、蔚蓝的河水、葱郁的树木，这一切在方圆几十里荒芜的南疆，是令人心醉的组合。游人经过长途跋涉，来到这片净土，一定会屏住呼吸，由衷地赞美。而这还不算，从千佛洞下来，导游建议我们去看看千泪泉，"来回大概需要四十分钟，但值得一看"。

我们沿着清澈见底的小溪溯流而上，地势渐高，泉水的尽头，是几十米高的崖壁，崖壁呈半包围形状，需要仰着脖子才能看到崖顶，而从这个角度看出去，泉水仿佛是从天空渗出。西下的太阳照耀着天空，那种壮观是无法言表的。由于我们的摄影技术太一般，这种奇观只能人们自己去寻找了。我只能说，大自然的鬼斧神工远远超过了我那卑微的想象力。这道泉水真是克孜尔千佛洞的点睛之笔，由于它的存在，画在墙上的壁画，立在佛龛里的雕像一下子生动起来，它们脱离了二维空间，仿佛一下子都可以自由行走了，瞧！它们动了起来。

溪水最宽处也只有三米左右，清得惊人，掬而饮之，略带一点咸味儿。我觉得这是千泪泉得名的一个小小原因。很可惜的是，我们没有时间去探寻这个名字背后的故事，我觉得肯定有。

从库车出发，过了盐水沟隧道就是壮丽山区。这里的山很奇特，它们朝一个方向倾斜，如果你明白我的意思的话，就是山体像是一排超级巨大的书籍，而它们倒向一个方向，高低起伏，寸草不生，和雪山蓝天辉映，极具视觉冲击力。噢，我真的无法用文字去形容，在这里，摄影显示出了它无可取代的统治力。作为一个文学爱好者，我只能劝读者去读读岑参的诗句，既然他能写出"火山突兀赤亭口，火山五月火云厚。火云满山凝未开，飞鸟千里不敢来"这样的诗句，既然他能写出"天山有雪常不开，千峰万岭雪崔嵬。北风夜卷赤亭口，一夜天山雪更厚"这样的诗句，既然冰火两重天他都能写得如此传神，我相信他一定也写过关于那里的诗句。我将尽力找出来与大家分享。

更靠近库车一点，是魔鬼城景区。司机停下车，我们爬上最靠近我们的一座"城堡"（雅丹），风从四面吹来，一股"一临龟兹，身价百倍"的自豪感油然而生。风绕着一座座"城堡"回旋，被逼仄的通道挤压成了锋利的刻刀。我相信，源自太阳的风吹过这里，就仿佛一位绝代大师在小心翼翼又干脆利落地修改它的杰作。弘肃大嚷起来："以前读到'胡地多悲风'，却不知道怎么个'飙'法，今天终于见到啦！真他妈太壮观啦！"

真他妈太壮观啦！

十

这一节和开头四段一样，其实和库车没什么关系，只是我的心理在作怪罢了。

据我们的导游介绍，目前龟兹研究院有四五十名工作人员，年轻人也不少。他们一年的大多数时间就待在千佛洞，两个星期进一次城。我知道那肯定伴随着一些日常工作的乏味，但我们都在工作，有多少人能做如此有价值的工作呢？有多少人能有机会天天和这些绝世的艺术品朝夕相处呢？人都有生活得更好一些的欲望和权利，这也是基本人权，但有一点也同样不容否认，大千世界，所有的人都在逐渐老去，有的人熙熙攘攘得到了一笔养老金，有的人亲近艺术得以永葆青春。

这些话和库车没什么关系，只是我的滥情病又发作罢了。

年轻人在做什么，这个国家接下来的几十年就以此为开端。我一直认为，要产生大的艺术家，也许可以寄希望于90后。他们的父辈给他们创造了富足的经济保障。但由于同他们一起玩耍的伙伴们也都是中产阶级出身，他们有个错觉，认为自己置身于一个巨大的无产阶级的社会之中。这种矛盾心里对艺术家是好的。他们既能体会到现代社会的好，同时也就体会到了它的坏。但我亲身接触的一些90后却让人大失所望。我们的父辈，他们曾经害怕过一眼望到50岁的生活，他们挣扎。有的就范，有的被杀，有的逃亡，有的被收编。结局有好有坏吧。但1985—1990年代出生的年轻人，却害怕一眼看不到50岁的生活，他们害怕飘摇，害怕不确定性，总想早早有归宿，早早依附于强大的物体。在今天，至少在新疆，公务员和特岗成了他们大学毕业后理所当然的选择。

据朝日新闻社报道，独岛和钓鱼岛等争端爆发之后，日本选择报考海军的年轻人增加了数倍。对此，《环球时报》记者邱永峥调侃道："我们的年轻人在忙着考公务员。"

我知道，如果此时我引用肯尼迪的名言："不要问你的国家为你做了什么，要问你为你的国家做了什么！"这只能是个笑话。年轻人会说：我们看不到希望。经济学家说：经济基础决定上层建筑。

十一

好吧，我只是个文学爱好者。为了让上一段没头没尾的话有始有终，我还是引述一段菲茨杰尔德的《丑闻侦探》里的一段。

> 有些代人同下一代人紧密相连，也有些代人和下一代人之间的鸿沟广阔得难以跨越。巴克纳夫人——她是个有名望的女人，是中西部某大城市上流社会的一员——她拿着一壶柠檬水穿过她自己的后院，她跨越了一百年。她自己的思想能为她的曾祖母所理解；可是正在马房上面的房间里发生的事，这两位太太却完全不能理解。在那间一度是马车夫卧室的房间里，巴克纳夫人的儿子和他的朋友正在干不正常的事，但是，他们是，打个比方说，在真空里进行试验。他们是第一次试验性地把思想和他们手边的现成事实联系起来——这些思想注定在将来的岁月里先是富有表达力的、接着是令人吃惊的、最终是平淡无奇的。当她朝楼上喊他们的时候，他们正以毫不引人起疑的安详神态坐在尚未孵化的二十世纪中叶的鸡蛋上。

我承认，我和我的同时代人正在穿过后院，朝巴克纳夫人靠近，但从我结识的90后身上，我只能看到那"令人吃惊"的东西，却看不到"富有表达力"的东西。

我的意思是，龟兹研究院的那伙年轻人身上有"富有表达力"的东西。

噢，天，我终于回到我想说的东西上了。

<h1 style="text-align:center">十二</h1>

现在略微介绍一下库车县城的情况。库车县总人口50余万，是新疆第二大县，其中县城人口17—18万。县城分新城和老城两部分，文化遗存主要在老城区。新城和新疆其他城市一样，正处于"跨越式发展"阶段，不能说比伊宁好，但不比伊宁差。两座城市的老城区各有千秋，侧重不同，但库车厚重的历史感（天哪！我怎么敢这么比？），试问全国又有多少城市可及呢？

现在很多大学毕业生都选择留在大城市。但实际上，马尔科姆·考利在《流放者归来》一书中早就指出，1900年以后，"地区传统开始消失；所有的地区都在转变为汽车、象牙肥皂、成衣的一个统一的大市场……不论他在新英格兰成长，或在中西部，还是在太平洋沿岸长大，他们的环境都大致相同；在南方则略有不同，那里还保存了一些乡土特点，但这些特点也在逐渐消失。"这种变化在中国发生的时间大概是上世纪80年代，"还保存了一些乡土特点"的则是西部偏西的某些地区，"但这些特点也在逐渐消失"。

《南方周末》近期的一份报道显示，目前，我国的收入差距已进入转折期，基本表现为：城乡差距快速扩大后渐趋平稳；地区差距已连续下降；城乡内部收入差距逐渐扩大。收入高低开始取代地域成为衡量一个人社会地位的标准。所以，朋友，何不就留在这"世界荒凉的边缘"呢？马雅可夫斯基怎么说？"繁华的都市固然迷人，但我曾与之患难的土地无可取代！"（大意如此）

但艺术家除外。因为——

危险增加了，惩罚也日渐严苛；

而回头路已由天使们把守住，

不准诗人和立法者通过。

十三

最后，录一首小诗记述这美妙的旅程。（有点激烈）

> 我相信那些重复的语言
> 我相信人去楼空的神殿
> 我相信耶稣把水变成酒的地方
> 我相信除了回声，没有什么躲在树叶后面
> 我相信那些从未曾写出的书
> 我相信那些从未曾射出的断箭
> 我相信那些从未曾开放的花朵
> 我相信那些从未曾被许诺的正义
> 我相信冬天会稍作停留
> 我相信夏天已踮起脚尖
> 我相信异教的民间传说
> 我相信子午线从每个人身上穿过
> 我相信每一丝被树叶指证的风
> 我相信五月的太阳
> 我相信天空下面的村庄和繁殖
> 我相信你们正在承受的苦难

阳关三叠

江少宾

他就哭了两声

那个五月的傍晚，天空布满阴霾。病房里空荡荡的，三张病床挤在一起，逼仄的过道刚够放下我们的加床。三个女人都是剖腹产，不能开空调，不能开窗户，室内弥漫着一股咸涩的鱼腥气。

临床的那个孩子比儿子早出生两天，每隔一个小时她就要哭一次，仿佛不愿降临这个不堪的人世。好在，喂过奶粉的儿子始终在熟睡，偶尔会有些惊悸，片刻之后，便再次沉入梦乡。十点多钟的时候，妻终于睡过去了，甚至起了轻微的鼾声。我睡不着，读汪曾祺，《晚饭花集》，几乎一目十行——思维实在是太跳跃了，想起妻子十月怀胎的艰难，想到自己初为人父，还想到古稀之年的父母终于圆了一个期盼多年的愿望……临近午夜的时候，我忽然胸闷，心慌，汗水从后背汹涌而出，仿佛身体内部的液体都要漫出来。我轻轻地推开门，走廊里的灯光亮得炫目，地上横七竖八、男女混杂地躺着一些人，一些家属则靠在墙上，眉头紧锁，面目模糊。在医院里，人都是中性的，没有多少人会在意自己的隐私和身体。

走廊里的空气好了许多。新生儿的哭声此起彼伏，产妇揪心的呻吟从病房里鱼贯而出。不时有产妇被推进来，不时有产妇被推出去，人影在地面和墙壁上乱晃。走廊的尽头，一个黑而且胖的男人坐在地上，眼里遍布血丝，深重的疲惫，堆满了他黧黑的脸庞。他的妻子躺在一张逼仄的加床上，腹部高高隆起，宛如一座小山。男人似乎憋坏了，我乍然现身于深夜，大约帮了他的大忙。他逮住我说，女人怀的是三胞胎，乡下的医院居然一直没有查出来。乡下的女人皮实惯了，怀了三胎的女人依旧像往常一样做着粗活，还挑过一百多斤的稻谷，走到五里之外的粮站。更令他自责的是，他们依旧同房，因为没有医生告诫过他……谁知道孩子刚到五个月，女人的羊水就破了，他想保胎，但月份太浅，费用也过于高昂，而且，保住的可能性也不大。他们已经在走廊里躺了十三天，在女人呼天抢地的十三天里，妇产科的床位腾空了若干次，每一次，他们依旧只能躺在人来人往的走廊里，后来的反倒先搬进了病房。他和护士为此发生过几次激烈的争吵，然而争吵能解决什么问题呢？一点问题也解决不了。相反，他已经明显感受到了自己的冷遇，几个年轻的小护士踢踏着骇人的高跟鞋，在他们面前旁若无人地踢过来，又旁若无人地踏过去。女人一直没有停止过呻吟，她太痛了，撕裂般的痛，然而那些美丽的天使们却不愿意主动询问一声……他絮絮叨叨颠来倒去地诉说着，在难得的一次停顿里，他向我要了一支烟，走廊里贴有"禁止吸烟"的标志，但在那一刻，我实在不忍心说明这一点。我看见，一团接一团烟雾从他的鼻孔里喷薄而出，那双烟雾缠绕的眼眶里，盈满了两汪浑浊的泪。

我蹲在地上，陪他抽了两支烟。接过第二支烟时，他的心情终于平静了一些，甚至没有对我说一声谢谢，仿佛我们已是旧相识，客套都是多余的。在不着边际的闲聊里，女人时常会发出一阵锐利的叫喊，这时候他便立即蹦起来，握住女人的手，凑近她的身边。我无法听清他们的耳语，只看见他一个劲地点头，偶尔也会抚摸一阵女人的肚子。回来的时候，他经常满头大汗，经常会深深地吁出一口长气。我知道他依旧沉陷于深长的自责，依旧在担心着三个刚满五个月的孩子。我不知道该怎么劝他，面对一个疼痛了十三天的孕妇，面对三个即将夭折的五个月大的孩子，劝慰其实无济于事。

凌晨两点的时候，睡意终于袭上我的眼睑，我正思虑着如何和他告别，那个肤色蜡黄、腹大如鼓的女人忽然哭了起来。他看了看我，缓慢地挪动着身子，直接跪到女人的床边。女人一边哭一边捶打着他的脑袋，他默默地承受着，头埋进了裤裆里，直到我独自默默离开……

办理出院手续那天，除了新生儿的啼哭，人来人往的脚步，整个产科异常安静，几乎算得上鸦雀无声。走廊里依旧排满了加床，只是不见了那个女人，我在走廊里来回奔走了两趟，也没有发现那个男人的身影。时间才过去三天，他们就出院了么？我很诧异，便和妻子说起那天晚上的经历，妻子始终默然不语，一直陪侍的岳母突然叹了口气。原来，那个怀着三胞胎的女人，几乎整个产科都知道她的经历，她在叫喊了十四天之后，终于永远地停止了疼痛。当天晚上，医院就送走了他们一家，五口人。在妇女们的传言里，男人得了一笔钱，具体数目，岳母也说不清。还是钱好啊，岳母说，人太假了，他就哭了两声。

那么壮实的一个大男人，黑而且胖，我想象不出他痛哭流涕的样子。他真是太老实了，"就哭了两声"，大约是已经筋疲力尽，当然，经过十四天的煎熬之后，他大约也已经懂得，自己终究无能为力，就算再闹腾，人死也不能复生。在他的乡下，应该盛行着这样的生存哲学，媳妇可以再娶，孩子可以再生——只要有钱，一切皆有可能。

漫长的等待之后，我终于办好了出院手续。妻子和病房里的妈妈们告别，岳母握着儿子的小手，让他和弟弟妹妹再见。儿子忽然哭了起来，病房里的人都笑了——他们的笑容多么幸福，他们的幸福多么完整。

安详的悲伤

如今，十五年过去了，我还记得那个夏天，还记得那场雨中的长途跋涉。那时候，合肥到破罡还没有直达的客运班线，我和父亲不得不顶着淋漓的大雨，先到了孔城，尔后满大街寻找能够带我们回老家的营运车。然而没有一趟车能够直达，我们只好辗转到了牛集，再从牛集辗转到了扫帚沟，又在扫帚沟找到了一辆四处漏雨的蹦蹦车。

回到牌楼的时候，天色已经暗了，好在我的小村没有下雨，夕阳的余晖镀亮了父亲悲伤的脸。穿过一座陈年的坟茔，五叔的家就到了，门楣低矮，纸幡低垂，五叔安静地躺在门板上，他再也不能乐呵呵地坐起来，笑眯眯地，看一眼自己的孪生兄弟。那是我第一次目睹父亲的痛哭，一屋子的痛哭，我在其中，身体不断下陷。父亲跪在五叔的身边，他轻轻掀开五叔脚边的床单，我看见，五叔穿着一双崭新的黑布鞋，昏黄的烛火，在半明半暗中飞快地摇曳。这个奇怪的举动困惑了我很长一段时间，很多次我都想问问父亲，但每一次话到嘴边，我都生生地咽回去了，直到我居然成了一个作家，父亲才主动向我揭开这个谜。

五叔是个老实人，那是一种令人心痛的老实，尤其是在短暂的晚年岁月里，对于性情暴烈的五婶，他真正做到了骂不还口、打不还手。五婶挑衅的时候，他总会独自躲开，任凭五婶吼破了喉咙，他也始终埋着头，沉默着，手里牢牢地握着一拳茶。五婶骂得过分了，他也会报以一两声剧烈的咳嗽，他是真的咳嗽，呼吸过于急促导致的咳嗽。等五婶的火终于发完了，他又会轻手轻脚地出现在五婶的面前，嬉皮笑脸的样子，依旧是一句话也没有。这样的好脾气并没有消解五婶对他的不满，记忆里，更年期的五婶总爱拿他撒气，似乎没有任何来由，也没有任何动机。而在那些终于平静一些的日子里，五叔总是微微地佝着腰，自言自语地摸进我的家里。他已经习惯了向父亲诉苦，向母亲诉苦。在母亲的劝说下，五叔很快就平复了自己的愤懑，他安详地靠在门框上，手里捧着一拳茶，笑眯眯地看着门前那条凹凸不平的机耕路……他是真的安详了下来，仿佛什么也没有发生，很难相信他刚刚经历了一场千疮百孔的战争，很难相信这个靠在门框上的安详的老人，他的内心也有一大把的委屈和无奈，悲凉与疼痛……那时候我还在念初中，还无法理解五叔的逃避，以及他对自尊的无原则的放弃与牺牲。事实上，五叔的沉默避免了无数次可能的战争，他不惜牺牲有限的尊严，最大限度地换取内心的安宁。

在我的乡下，晚年的五叔，是一个彻底的与世无争的老人。今天想来，五叔的与世无争并不是与生俱来的秉性，而来自于那一场中年丧子的痛。

我依稀还记得三坡堂兄。他生着一张乡下极为少见的白白净净的脸，身材瘦削，身高大约一米七二，更难得的是他的言行和举止，总是那么温和。在乡下，这样的男子无疑是出色的，五叔也以三坡为傲，每次说起，总会喜形于色，眉开眼笑。

三坡是服毒自尽的，那年夏天，三坡还不到二十岁。辍学的三坡鬼使神差地迷上了"摇单双"，而且输的多，赢的少，更令五叔和五婶无法接受的是，三坡竟然学会了夜不归宿，像一只断线的风筝，短暂地丢下了五叔和五婶。除了喝茶，五叔一生没有什么别的嗜好，他无法容忍自己引以为傲的儿子，居然沦为一个不争气的赌徒。那个夏天的早晨，三坡大概又输光了，他踩着软绵绵的步子，从我家门前慢慢地走过。那一刻的三坡大约没有料到，迎接他的，不仅有五婶的咒骂，还有五叔的万丈怒火。那大约是五叔一生唯一一次动怒，但那一次，五叔的火发得吓人，甚至还对三坡动了手。现在，我已经无法完全还原那场灾难，面对堂兄的死亡，我也不忍发挥自己的想象。当天上午，三坡堂兄就服了毒，他居然喝下去半瓶农药！抢救无济于事。五叔、五婶惊觉的时候，三坡正歪歪倒倒地奔向门前的机耕路，他痛苦地蹴着一根细长的柳树，脸色黑里泛红，嘴里漫着难闻的白沫。母亲抓着三坡的右手，我看见，三坡很想说些什么，但他最终什么也没有说。那一刻的三坡想来是后悔的，但有些错误注定无法挽回，三坡的决绝，让五叔坠入万丈深渊。

五叔一下子就老了，乡亲们都不能劝他，唯一能做的就是陪他坐着，或是听他祥林嫂一样重复地诉说。

五叔后来很少出门。逢年过节的时候，阴雨天的时候，堂兄祭日的时候，我们总能听见五叔大放悲声，那种响遏行云的哭号，多年之后，依旧让我黯然动容。那段时间我格外地同情五叔，有时也在五叔的悲凉里悄然落泪，但毕竟年岁尚小，就是想去劝慰，也不知道究竟该如何开口。更多的时候，我只是默默地站在五叔的旁边，听他絮絮叨叨地女人一样地哭诉。五叔陷在深长的懊悔里，一直无法原谅自己——他没有料到，自己唯一的一次动怒，竟然是对自己最宠爱的儿子，而自己最宠爱的儿子，竟然能够如此决绝。

三坡堂兄的决绝，也将五婶推进了一个漫长的更年期。在更为漫长且又无法宣泄的压抑里，五婶积累了过多的怨气，她像一包移动的火药，一句话就能点燃，一分钟就能爆炸。五叔不是她唯一的燃烧的对象，很多熟悉的乡邻，都曾经遭遇过她无端的攻击与谩骂。在深长的岁月里，五叔摸透了五婶的脾气，他比谁都清楚地知道，五婶何以会沦为一个泼妇，蛮不讲理，人见人怕。在五婶的燃烧里，五叔选择了无规则的逃避，放弃自尊的忍让。五叔的选择虽然有些窝囊，但时间已经证明，五叔的选择其实是理智的，如果他不选择沉默而是选择了对抗，五婶或许很难度过漫长的更年期，即便是安全地度过了，也会千疮百孔，遍体鳞伤。

让五叔始终沉默的，其实还有那些一直潜伏着的自责，他乐意接受五婶的攻击和谩骂，或许在他看来，这是他应该接受的惩罚。他在五婶的诅咒里，终于慢慢地安详了下来，而五婶的诅咒，也在慢慢地抚慰着他内心的创伤。晚年的五叔过早地学会了乐天知命，成了村里为数不多的闲人。

后来随着我外出求学，对五叔的记忆也只是逢年过节的时候，陪五叔下下象棋。五叔是个臭棋篓子，下得奇慢，而且时常悔棋。但五叔却不允许我菲薄他的技艺，每次赢我，便乐得合不拢嘴，张着空洞的牙口，像个孩子……可惜这样的机会也并不常有，几年之后，五叔的耳朵就聋了，和他说话，很少应答，脸上堆满了不明所以的憨笑。

再后来，五叔就一病沉疴，终于撒了手。那个端午的前夜，小村下着淋漓的大雨，五婶恍惚听见五叔在叫着堂兄的名字，但竟没有在意，一早起来的时候，五叔的身体已经凉了。也就在那天晚上，远在合肥的父亲第一次梦见自己的孪生兄弟，在梦里，五叔穿着一双黑色的布鞋，远远地站着，笑眯眯的。

五叔过世那年，刚到六十虚岁，在我的小村，六十岁，还远远没到应该享福的年纪。事实上，五叔一生都没享过什么福，和大多数父辈的中国农民一样，五叔有的，只是旧中国的压迫，新中国的磨难，等改革开放的曙光终于照亮了小村，他们已经老了，儿孙们开始满世界忙碌，空旷的小村一片荒凉。

……如今，十五年过去了，古稀年纪的五婶依然康健，她独自生活，性情温和了许多。我很怕陪她说话，每次说话，眼前总会浮现五叔安详的脸。我承认自己已经过早地迈入了中年，尤其是最近一两年，我时常想起晚年的五叔，想起那些闲适的午后，五叔安详地捧着一拳茶，和我面对面地坐着，专心致志地，下着象棋。

是啊！我无比怀念下棋的五叔，安详的五叔，虽然我知道，他的安详，潜伏着无边的悲伤。

出没风波里

昨夜，我忽然梦见了胡遥，梦见长江里那艘飘摇的小渔船。醒来的夜里，胡遥又鲜活地浮现在我的眼前——十年时间过去了，我还记得那张胡子拉碴的沧桑的脸。"大胡子"因此成了胡遥的绰号，他的胡子，短、黑而且硬，安静的时候，像一幅木刻。

　　胡遥是我的高中同学。学校离长江不远，穿过一条逼仄而狭长的街道，一条晴天一身灰雨天一身泥的机耕路，长江就到了。大堤绵延数里，垂柳绵延数里，放学的时候，一些不到黄河心不死的同学，会到垂柳深处温习功课。我们也时常装模作样地带上一本书，偶尔……，随即用来垫屁股。大多数时候，我们只是静静地坐着，看汛期的长江浊浪滔天，看江心里缓缓驶过的轮船。船上的人影隐约可见，万里无云的朗日，还能看见有人往水里扔垃圾，有人站在甲板上，俯身看着迎面。轮船过去，浑浊的迎面上一浪追着一浪，轰鸣着的交响，十年过后，依然回荡于我的梦乡。风平浪静的日子，还能看见江豚在欢快地跳舞，它们争相表演，像一群戏水的孩子。

　　那个午后，迎面辽阔，素面朝天。垂柳深处的知了，扯着嗓子在喊热。岸边泊着一只小渔船，舱里搁着两只受伤的橹，把手已经裂开了，绑着几道细细的红绳子。虽然生长在江边，但划船我们都是第一次，胡遥解开岸上的绳索，和我一起把船摇进了江里。一开始我们都划不好，协调了几分钟之后，我们就掌握了划船的技巧。前所未有的兴奋冲昏了我们的大脑，我们甩开膀子，渔船像一支离弦的箭，在迎面上犁出了一条直线。就在我们都有些忘乎所以的时候，刺耳的汽笛声突然响起，我们这才骇然发现，下游正驶来一艘轮船，虽然还有一段距离，但迎面上已经掀起了浪花，渔船开始在浪花里起伏，前后摇摆。这时候我才意识到，我们的渔船实在太小了——最多只有一米宽，长度肯定不到两米——随时都有倾覆的危险。胡遥脸色煞白，他冲我大喊大叫，我听见了，但双手根本不听使唤。现在想来，那时候我已经乱了方寸，无法听从胡遥的指挥，也无法步调一致地摇橹，我们虽然使出了浑身的力气，但渔船始终在原地打转。我听见自己的心脏，敲起了急促的鼓点，我想自己大约就要死了，离岸太远，而水面上热气腾腾，至少比岸上高出五度，在这样的水面上浮游，本身就危机四伏，更何况经过这番折腾，我连逃生的力气都失去了。死亡的恐惧第一次向我袭来，渔船还在打转，轮船还在快速靠近，船头的方向，就在我们的右侧——应该不到一米！

　　胡遥的橹摇断了。我的橹也摇断了。所有的努力都无济于事。轮船正在逼近，我看见乌黑的船头，像一把锐利的犁铧，将浑浊的江水劈成了两半。渔船在水面剧烈摇摆，一个浪头将我们推出去，另一个浪头又将我们拉回来。摇摆在秋千一样的浪头上，我闭上了眼睛，狂乱的心里塞满了恐惧。

谢天谢地！轮船驶过的时候，我们竟然躲过了轮船掀起的巨浪，借助于劈面而来的巨浪，胡遥将渔船推出了一米多远！就是这一米多远的距离，给死神让出了一条道路，我看见死神的黑色的背影，从我们的身边一掠而过……我惊魂未定，胡遥大口大口地喘着粗气，他双手抓着船沿，身体淹在水里。我不知道胡遥是什么时候下的水，我更不知道，假如我看见胡遥正在下水，自己会不会予以阻止？这时候下水其实是在玩命，轮船过后，巨大的漩涡完全有可能将他吸入江底。现在想来，生死，其实只在一念间——假如我发现并阻止了胡遥，那一次，我们必将葬身鱼腹，难逃一死。

大难不死之后，我对水产生了持久的畏惧心理，以至于到了现在，我依旧不敢贸然下水，即便是面对那些水平如滑、清澈见底的室内游泳池，我也会心生胆怯，紧张不已，我必得由爱人牵着手，才敢小心翼翼地走进水里……我不知道胡遥是否和我有着同样的感受，事实上，我和胡遥之间的私人联系非常有限，那一次魂飞魄散的经历，我们再也没有提起。

高中毕业之后，胡遥先是四处漂泊，最后在一家啤酒厂里谋了个差事。每年夏季，胡遥总要来合肥，有时是公差，有时是绕道而来，为了和我们这帮老同学见见面。胡遥长得壮实，又做着和酒有关的生意，每次见面，酒自然必不可少，但胡遥并不善饮，时常被我们灌得烂醉如泥。渐渐地，胡遥便很少喝酒了，脸色灰暗，令人生疑。和我们一起吃饭，胡遥会主动要来一只"公筷"，自己的筷子再也不伸进碗里。联大是个爱开玩笑的人，有一次联大说，大胡子现在真是变了，连筷子都用"公"的。我们几个哈哈大笑，胡遥却摇了摇头，他一本正经地说，吃一次，少一次了。胡遥惯于老气横秋，席间的这句话，我们谁都没有在意。

那是我和胡遥最后一次见面。在之后很长的一段时间里，胡遥再也没有来，或许也来了，却没有再和我们联系。为了生活，我们每个人似乎都在争分夺秒，在日复一日的忙碌里，我们竟慢慢地淡忘了胡遥，偶尔想起，也总以为他在忙着自己的生意。我们谁也无法相信，那段忙乱的岁月，初为人父的大胡子，刚刚跨进三十岁门槛的大胡子，竟然走到了生命的尽头。

　　胡遥得的是重症肝炎，昏迷到第七天的时候，终于撒手去了天际。从迟来的消息里我们知道，胡遥欠了不少债，经营上的惨叫使胡遥过得非常窘迫，平时有个小病小痛的，从来不肯去医院，不成想这一回竟是个重症，不得不去医院的时候，已经拖成了肝昏迷。

　　我们这帮老同学都没能参加胡遥的葬礼，但胡遥的祭日，我一直记在心里——2003年6月23日，星期一。那天下午，我在环城公园里坐了两个小时，静穆的树冠上，滴着寒凉的细雨……

图书在版编目（CIP）数据

重建 /《百花洲》杂志社编著. -- 南昌：百花洲文艺出版社，2013.8
（中文之美书系）
ISBN 978-7-5500-0745-1

Ⅰ.①重… Ⅱ.①百… Ⅲ.①散文集－中国－当代Ⅳ.①I267

中国版本图书馆CIP数据核字(2013)第240073号

重建

《百花洲》杂志社　选编

出 版 人	姚雪雪
责任编辑	胡青松　朱　强
美术编辑	赵　霞
制　　作	张诗思
出版发行	百花洲文艺出版社
社　　址	南昌市红谷滩世贸路898号博能中心A座9楼
邮　　编	330038
经　　销	全国新华书店
印　　刷	江西千叶彩印有限公司
开　　本	720mm×1000mm　1/16　印张　19.75
版　　次	2013年12月第1版第1次印刷
字　　数	300千字
书　　号	ISBN 978-7-5500-0745-1
定　　价	31.00元

赣版权登字　05-2013-289

版权所有，侵权必究

邮购联系　0791-86894736
网　　址　http://www.bhzwy.com
图书若有印装错误，影响阅读，可向承印厂联系调换